“百年恩怨沉思录”丛书

# 叩问尊严

旻子 著

长江出版传媒
湖北人民出版社

**图书在版编目(CIP)数据**

**叩问尊严**/昊子著.

武汉:湖北人民出版社,2019.9

ISBN 978-7-216-09703-1

Ⅰ.叩…　Ⅱ.昊…　Ⅲ.纪实文学—中国—当代　Ⅳ.I25

中国版本图书馆 CIP 数据核字(2019)第 037686 号

选题策划:邓宁辛

责任编辑:刘　佳　王书艺

封面设计:汪　汉

责任校对:范承勇

责任印制:谢　清

| | |
|---|---|
| **出版发行**:湖北人民出版社 | **地址**:武汉市雄楚大道 268 号 |
| **印刷**:湖北恒泰印务有限公司 | **邮编**:430070 |
| **开本**:787 毫米×1092 毫米 1/16 | **印张**:25.5 |
| **版次**:2019 年 9 月第 1 版 | **印次**:2019 年 9 月第 1 次印刷 |
| **字数**:378 千字 | **插页**:2 |
| **书号**:ISBN 978-7-216-09703-1 | **定价**:75.00 元 |

本社网址:http://www.hbpp.com.cn

本社旗舰店:http://hbrmcbs.tmall.com

读者服务部电话:027-87679656

投诉举报电话:027-87679757

谨将此书献给我苦难深重文明深重的祖国！

——旻子

# 目　录

**序** /1

**引子　还活着的历史** / 1

**地狱篇** / 9

战争是血与火的世界。战争中的百姓是炼狱中的生灵。

地狱之路 / 10

血腥岁月 / 22

鬼逼人反 / 44

花冈惨案 / 56

**正义篇** / 69

正义是一种理念而利益却很现实。正义的魅力在于它周身都散发着真善美的芬芳，人们崇尚正义。但现实世界中正义往往显得柔弱而且备受委屈。

胜利的角落 / 70

冤魂出土 / 84

使命和平 / 93

不死鸟的吼声 / 104

生命在等待 / 111

走出沉寂 / 120

**讨伐篇** / 137

讨伐的勇气在于义无反顾，就像中国象棋中过了河的卒子，有进无退。

索赔序幕 / 138

寻找幸存者 / 148
交涉初始 / 163
昙花一现 / 181
民间对日索赔潮 / 194
内部裂痕 / 201
负隅顽抗 / 224

**诉讼篇** / 239

法律离政治太近，往往便是政治与权力的工具。所以法律没有绝对的公正，特别是在强权政治之中。

起诉在东京 / 240
与邪恶的较量 / 251
法律的尴尬 / 265
最后一次开庭 / 273

**和解篇** / 283

人们往往将遭受的挫折归结为“命运”。命运是什么呢？常常是人们为自己的错误开脱的理由。俗话说：“胜者为王败者寇。”

和解始末（一）/ 284
和解始末（二）/ 294
和解之后（一）/ 307
和解之后（二）/ 326
人在漩涡中 / 340
5 亿日元风波 / 357
耿谆的再和解 / 368

**补白：立在日本的“和平碑”** / 388

**后记** / 394

# 序

若说中国与哪一个国家的关系最难说清的话，恐怕就是日本。

历史上没有哪一个国家像中国这样，给日本以如此巨大的影响。从汉字到围棋，从《论语》到《法华经》，日本人几乎一成不变地从中国学去了这些文化精髓。

历史上也没有哪一个国家像日本这样，给中国人如此巨大的伤害。自1874年入侵台湾开始，几乎每一次针对中国的战争，都少不了日本；哪一个帝国主义杀人，都不像日本人那样在南京屠城。

中日两国，说不清的关系，扯不清的恩怨缘由，皆用这四个字一笔带过：一衣带水。

因为一衣带水，联系方便，影响也方便；

因为一衣带水，掠夺方便，侵略也方便。

中日两个近邻，关系就是这样的复杂纠结。

今天的中国已是世界第二大经济体，日本则是世界第三大经济体。今天的中国是日本第一大贸易伙伴，日本是中国第二大贸易伙伴，双方贸易额超过3000亿美元。每年都有数百万中国人到日本旅游、数百万日本人到中国旅游。今天中日之间有着如此密切的经济交往与人员往来，相互之间的历史纠结就会消失无踪吗？

并非如此。

非常之处还不仅于此。

还在于后来作为侵略者的日本，最初也是被侵略者。

1853年7月8日，美国东印度舰队司令官佩里率4艘军舰，打开了日本国门。

1854年,美国强迫日本签订第一个不平等条约《神奈川条约》。

1855年,俄国强迫日本签订《下田条约》。

1856年,荷兰强迫日本签订《和亲条约》。

1860年以后,英国也强迫日本签订不平等条约。

1863年至1864年,美、英、法、荷四国组成联合舰队,炮击日本下关,勒索战争赔款,控制日本关税,取得在日本的驻兵权。

就是这种境况,引发了1868年日本的明治维新。

这个曾经的被侵略者,明治维新后摇身一变,成了侵略者:占琉球、夺台湾、霸辽东半岛……其迈向资本军国主义的第一桶金、第二桶金、第三桶金,全部来自战争。

中日从此分道扬镳。

中日分道扬镳中需要特别注意的日本人,不是明治天皇,不是"维新三杰"西乡隆盛、木户孝允、大久保利通,甚至不是伊藤博文这样的维新重臣,而是今日头像仍印在1万日元纸币上的福泽谕吉。此人1885年发表《脱亚论》:"为今日计,我国不能再盲目等待邻国达成文明开化,共同振兴亚细亚,莫如与其脱离关系而与西洋文明共进退。"又云:"中国和朝鲜是日本的邻邦,同他们打交道用不着特别客气,完全可以模仿西洋人的方式处理。"

获得理论支持的侵略行动就此开始。这一理论指导了一个多世纪的日本政治实践,今天仍备受推崇。

1874年,福泽谕吉发表另一著作《文明论概略》的前一年,日本派兵入侵琉球和台湾,中国的大麻烦就此开始。

中国作家晏子的"百年恩怨沉思录"也就从这里开始。通过发掘若干重大历史事件,用数十万字笔墨,给人们活脱脱展现一个由被侵略者变成侵略者的日本。

这不是一件容易的事情。从1999年采访"花冈事件"算起到今天，旻子用了将近20年的时间探索、思索、概括、提炼。其间吃了多少苦，受了多少累，经历了多少委屈，遭受过多少挫折，只有她自己内心知晓。从另一方面说，这也是面对历史、总结历史、概括历史的代价。

历史是什么？

是包袱，也是财富。看你怎么理解、如何拥有、怎样运用。

有些人聚焦于前者，于是希望大家放下包袱，轻装前进。

有些人聚焦于后者，相信其中有地火能量，有警钟长鸣。

旻子是后者。否则不会如此执着。

“百年恩怨沉思录”的要旨之一，就是从一个侧面展示中华民族曾经经历的百年救亡和正在经历的百年复兴。

我们没有权力忘记昨天。

为了我们的今天和明天。

谢谢旻子的奉献！

国防大学　金一南

2018年8月28日

# 引子　还活着的历史

## 1

面对历史绝不是一件轻松的事。特别是面对半个多世纪前的那场日本侵华战争。

1999年夏天，在日本秋田县大馆市的“花冈事件陈列室”里，我看到一组木刻连环画。后来一位参加调查“花冈事件”的日本人町田忠昭，将无明舍(出版机构)1981年出版的这套连环画册送给我，名为《花冈的故事》。

这是一本装帧素雅的画册，一页诗，一页画，还有解说诗画的文章，厚厚的一本。

我一页一页翻看着，童年的记忆渐渐浮现在脑海。当时我不明白这相隔了近40年的相遇到底寓意着什么？

记得我跟一个朋友说，我小时候看过这套连环画。她说：“怎么会呢？我现在都不清楚‘花冈事件’是怎么回事。”

朋友说的没错，不是人人都知道“花冈事件”的。我是1994年秋天在日本采访期间，因为接触了旅日华侨林伯耀才对其略知一二，但小时候看过这套连环画却是千真万确。

那是在20世纪60年代初，我在武汉东湖八一子弟学校就读。学校是寄宿制，每逢周末，家在本市的学生坐班车回家。我家在外地，因此只有寒暑假才能回家。

周末的学校对我来说空荡冷清寂寞，好在这所全封闭式的学校设施齐全。校舍后的半山腰上，有一座像大庙似的绿琉璃瓦屋顶的两层楼房是少年宫，周末的大部分时间我都在少年宫二楼的图书馆里度过。

在宽敞明亮的图书馆里我浏览了不少图书，大部分的书名和内容随着岁月的流逝印象已淡，但我清楚地记得这本木刻连环画。

薄薄的一本，呈正方形，比普通的连环画开本要大。我们把连环画叫作小人书，大多是巴掌大的长方形横开本，也可能是开本的与众不同加深了我的印象。后来在町田先生送我的这本连环画附录的解说文章里得到了证实。文章说，1956年7月人民美术出版社在中国翻译出版了这套连环画册，共52页，书名为《花冈惨案》。我想我看到的正是这一本。

当时给我留下深刻印象的画面是：一个瘦骨嶙峋的男人趴在地上，从两只手撑地的情形看并没有死。画面定格的瞬间，是一个凶神恶煞的日本兵，手拿长棍，高抬穿着皮靴的脚正朝那人的头狠狠地踩去。后面是一排被端刺刀的日本兵看押着的中国劳工，他们低着头，一脸不忍目睹的悲伤。

还有一幅画，画面上是一排整齐的尸体，由近及远，把生命的悲哀一直铺排到天边。尸体上的肋骨清晰得令人触目惊心……画面描绘的是劳工们暴动失败后惨遭毒打死亡的情景。

当时我上小学二三年级，也就八九岁的光景。对于事件发生背景的印象不深了，还以为是发生在中国的事。但感想却极深地烙印在心里：“日本鬼子真坏！旧社会太悲惨了！”至今还记忆尤深。

## 2

1994年9月，我受日本神户华侨总会林同春会长的邀请，前往日本采访旅日老华侨，采访时认识了林伯耀。他是日本民间研究“二战”劳工问题的“强掳中国人思考会”的主要成员。他送给我一些有关“花冈事件”的书和资料，还请我到他家看了一部反映“花冈事件”的电视剧《幸存者》，片子的男女主角分别由我国著名演员张丰毅和著名主持人倪萍饰演。

不知是否是受林伯耀所委托，一个我们共同认识的中国留学生郑重地建议我写“花冈事件”。

当时我不假思索地一口回绝了。我说：“那都是过去的事了。如今的人们，谁还会对过去的悲惨故事感兴趣呢？”

至今想起来，我还会为自己这浅薄而自负的回答感到汗颜，只有不懂得历史的人才会表现出这等傲慢。

1995 年是世界反法西斯战争胜利 50 周年。8 月 15 日前后，我去天津参加抗日殉难烈士纪念碑揭幕仪式，与“花冈事件”幸存者们同乘一辆轿车。

时光流转，似乎看不见摸不着，但岁月会在每一个人身上悄悄留下痕迹。生活优越者，显得雍容华贵；生活艰辛者，则满脸沧桑；读书人，是一脸的书卷气；为官者，则是挑着一副官架子。

这就是岁月。

“花冈事件”幸存者们大都来自农村。皮肤黝黑，一脸老树皮般的皱褶，目光有些茫然无措。苍老面容上岁月风霜遗留的痕迹，让我感受到了他们生命的质感多么沉重。

抗日殉难烈士纪念碑位于天津的水上公园。该公园里有两处历史的纪念场所。一处是为建立中华人民共和国而牺牲的革命烈士的纪念碑和纪念馆；另一处则是为在“二战”期间被强掳到日本的中国劳工殉难者修建的纪念馆。

劳工纪念馆名为“抗日殉难烈士纪念馆”，过去是一栋普通的红砖红瓦平房，里面存放着在“二战”期间被强掳到日本的中国劳工殉难者的遗骨，其中包括“花冈事件”的殉难者。

何谓“花冈事件”？

抗日战争期间，日本政府为了弥补国内劳动力的不足，从中国抓了大批战俘到日本做苦役。其中被抓到日本秋田县花冈矿山的 986 名中国人，因不堪忍受非人的欺辱虐待，在大队长耿谆的带领下，于 1945 年 6 月 30

日深夜发起暴动，打死了4名日本监工和1名汉奸，暴动最终失败。前前后后，有418名中国人被虐待致死在异国他乡，而这一事件中的加害者们战后被远东国际军事法庭（BC级①）判罪，这是唯一的一例被国际法庭判为战争犯罪的迫害中国劳工案件。

《辞海》中有“花冈惨案”的词条，但“花冈事件”的影响，在国内远不如在日本。

1949年春天，原来是中国劳工居所的花冈中山寮，它的后山坡露出了深埋其下的秘密，被雨水冲刷过的山坡上到处是散落的白骨。

尚未冷却的历史突然被大自然之手掀起面纱的一角，把一段血腥的历史展露在世人面前，于是有人开始进行调查。

1950年1月11日，日本《华侨民报》第16期上刊登了记者山下龙三的调查报告，揭开了“花冈惨案”的真相。

1月20日，《赤旗》杂志转载了有关“花冈事件”的报道，在日本引起轰动。

在此之前，日本政府对“花冈事件”讳莫如深，新闻媒介也从未报道过。它的震撼力在于它像一面历史镜子，照出了日本军国主义分子的残忍与凶恶。

时任中华全国文学艺术界联合会主席的郭沫若得知后，在当年4月14日的《人民日报》上发表《对花冈矿山大惨案的声明》，其中说道：

> 日本反动派的残酷无人性，早就是世界有名的。在侵华战争和太平洋战争中，他们生吃战俘，用战俘施行活体解剖，用战俘作为细菌的实验生物，以作细菌战的准备，这些都是有人证物证现存，无可掩盖的事实。
>
> 最近东京出版的《华侨民报》于1月11日发表了日本反动派在投降前夕，集体屠杀了被俘的中国士兵及被强征的中国工人——

① “二战”结束后，国际战争法庭对日本战犯的审判分为两档，对发动战争负有责任的称为A级战犯，由东京法庭审判，亦称东京审判；中低级军官由横滨法庭审判，这类战犯称为BC级战犯，亦称横滨审判。

> 416人的花冈矿山大惨案的真相。这是日本反动派的残酷罪行的又一次暴露。
>
> 像这样的大惨案，我们相信，在日本投降前后，决不止花冈矿山这一次，而遭了屠杀的我国同胞也决不止这416人，可能是这个数目的100倍以上。日本投降已经5年了，今天还只暴露了这一件。而在这一件大惨案真相大白之后，在日本方面更处之泰然。这是我们不能容忍的。

但是，我们忽略了事件另一面，它表现出中华民族“宁愿站着死，绝不跪着生”的大义凛然的民族气节。

这次暴动发生在当时作为敌国的日本国土上，暴动的领导人耿谆说：“我们知道暴动是必死无疑，但大家为了中华民族的尊严，就是死也要站起来！”

林伯耀评价道：“这是发生在日本国土上的中国人的抗日斗争。”

用中国人的目光回眸这一历史事件时，我们体会到的将不仅仅是悲惨，还有中华民族坚韧不屈的那份悲壮的骄傲。

为了以史为鉴，旅居日本的华侨以林同春先生为首，捐资2000万日元，重新翻修了纪念馆，并在纪念馆前建造了一座表现有压迫就有反抗主题的雕塑。还立了两面长10米、高2.5米的黑色花岗岩碑墙，上面刻有惨死在日本135个工场的6723位中国劳工殉难者的名字。

就是在这次揭幕仪式上，我亲身感受到跨越了漫漫50年时空后依然难以治愈的伤痛。

黑色的碑墙前，殉难者的后代们在为父辈祭祀。一个中年妇女伏在碑上摸着父亲的名字大声哭唤着，边哭边叙述着丧失了亲人后经历的苦难，一声声揪心的“爹啊——爹啊——”，像啼血的杜鹃……

在父亲名前洒一杯薄酒，曾父子俩一起被抓到日本的赵满山如今已过花甲之年。他跪在碑前，点燃一张张纸钱，淡黄色的纸钱化作缕缕白烟，袅袅飞升，飞起来的灰烬变成了一只只的黑蝴蝶又落回他的身上和旁人的身上……

我还看到一双怆然的眼睛。

头发花白的北京北方工业大学的副校长王起祯，站在碑墙前，久久凝视着一个点。其父在他年幼时被抓到日本三井矿山，死在异国，至今尚不知骨灰下落。

日本律师团的新美隆律师来到王起祯的身边，他轻轻地拍了一下王的肩膀，轻轻地用生硬的汉语问道："你父亲的名字找到了吗？"

王起祯抬起手，指着他凝视了许久的那个位置说："嗯，找到了。"

话一出口，憋忍了许久的泪水像开闸的渠水，"唰唰"地流在了饱经沧桑的脸颊，这位年近花甲的老知识分子竟也泣不成声。

悲痛是可以传染的。新美隆的眼圈红了，他从上衣口袋掏出手帕，擦去眼角的泪花。

后来我听说，为了给"花冈事件"以及其他在侵华战争期间被抓到日本的中国劳工讨回个公道，以东京一桥大学的教授田中宏为代表，专门成立了"强掳中国人思考会"，正式会员有三百多人，支持者不计其数。

我还听说，1989年冬天，以耿谆为代表的"花冈事件"幸存者，向当年迫害他们的鹿岛建设公司发出公开信，提出谢罪、在日本大馆市和北京修建纪念馆、给每个受害者赔偿500万日元的三项要求。经过近6年交涉无果，是年（1995年）6月28日，向东京地方法院提起了诉讼，这是战后第一例中国民间向日本企业提出战争受害赔偿的案件，而且把官司打到了东京。

历史还活着。

1997年对中日关系有重要意义。这一年是南京大屠杀60周年、中日邦交正常化25周年。12月10日，也就是南京大屠杀纪念日的前三天，中央电视台新闻联播节目播报了"花冈事件"诉讼案一审败诉的消息。

心感到很沉闷，不记得天是否在下雨，心却在流泪。

默默地，默默如天上的冷雨。

案件根本没有对事实进行审理和认定就判败诉，理由是案件过了时效期。

"杀人偿命，欠债还钱。战争犯罪没有时效可言！"耿谆老人的话说得多好！

是的，事实俱在，日本法庭根本不敢认定，要一个伎俩，搪塞过去。这个判决针对的不仅仅是原告，它代表着日本政府的态度——对过去侵华战争的态度，对战争中的中国受害者的态度，也是对中国人的态度。

大概是血管里流淌的炎黄子孙的热血使然，我一个越洋电话打给在日本的林伯耀。我说："我要写关于'花冈事件'的书，请多关照。"

这样，我走进了历史，也走进了现实。

## 3

一晃15年过去了。事实给我的教育是，我太理想化了。

花冈诉讼案于2000年11月29日，即21世纪到来之前，以"和解"的方式结案。

这是一个中国受害者明明白白的再次受到伤害的结局。后来的两起中国劳工对日索赔案也都是按这个模式走，后来，日本法庭索性关闭了受理中国劳工诉讼的大门。

2011年10月19日，《法制周末》一篇报道《日赔偿我劳工5亿日元去向成谜　曾信托红十字会》发表后，在社会上引起强烈反响，中国红十字总会成了靶子。事实是，记者为了吸引眼球，制造轰动效应，故意拿红十字会做文章，报道中有失实之处。

世界就是这样，绝不是黑白两色，而是五彩斑斓，五味杂陈。

2002年，我撰写的以"花冈事件"为蓝本的长篇纪实文学《尊严》问世之后，获得过中国报告文学奖，亦在日本翻译出版了日文版。我的写作方向因此逐步聚焦，深入到日本侵华战争领域，确定了一个大的选题——"百年恩怨沉思录"。

我想，这就是我与“花冈事件”的缘分。

我重新来写“花冈事件”，书名更改为《叩问尊严》，因为它与《尊严》已不同。“和解”之后的故事让我更深刻地体味到了文化与苦难的关系。

我更愿意看清楚我们自己。

# 地狱篇

战争是血与火的世界。战争中的百姓是炼狱中的生灵。

# 地狱之路

## 1

天阴得很——

虽然故事发生在50多年前，我想那时的天气一定与当今一样，也会有阳光灿烂的日子。但那一段岁月对于被抓到日本去的劳工来说，在心理上一定是阴沉沉、暗无天日的，所以当我想象着去描述过去的岁月时，我愿意把每一天都当作是布满阴霾的日子。

火车行驶在华北平原——

1944年夏天的华北平原满目疮痍。

灰白的阳光阴沉沉地铺洒在广袤的大地上，从眼前旋转而过的焦黄的庄稼和破旧的平房，被战火醺燎得无限凄凉。

我跟随“花冈事件”中的代表人物耿谆的人生历程来描述这个故事。

人生就是一部故事，每个人的故事都绝不会雷同。据说当年被抓往日本秋田县花冈矿山的中国人有1000名，除去途中逃跑的死去的，到达目的地的有986人。986人就有986个故事。为了讲述的方便，在“花冈事件”的故事里，我突出的主人公是后来被指定为劳工大队长的耿谆。因为当时的大队长如果不是耿谆而是另外一个什么人的话，那故事可能就是另一种情节、另一番景象、另一个结局了。

时年的耿谆将要跨进30岁的门槛，他1.76米的个头，年轻英俊。他1914年农历九月二十九日(公历11月16日)出生在河南省襄城县北大街的耿家大院里，在兄弟姊妹中排行第七。

追溯得远一些，他的太祖父，即爷爷的爷爷耿兴宗是清朝举人，当过开封府中牟县教谕，也称儒学正堂，是县里管教育的，相当于现在的县教育局长。祖父耿象震是清朝秀才，做过私塾先生。耿谆的父亲耿锡麒也是读书人，当过县警察局长，不知什么原因，半路从仕途退出改商界，在县城里开了个“瑞麟祥”茶庄。

耿谆的名字是祖父和父亲共同起的，出自于《东坡集》中的“著书已绝笔，一默含千谆”，以及《韩昌黎集》中的“吾嫉惰游者，怜子愚且谆”。“谆”有学而不厌、诲人不倦、光明正大、忠勇诚实之意，可见老辈人对他的期望之高。

我到河南襄城县采访耿谆，是在1999年暮春，天已暖，阳光明媚，他家门前正开着粉艳艳的花朵。

老人从日本回来后半生务农，20世纪70年代末他作为民间人士代表被选为襄城县政协副主席。虽无公职，但享受国家干部待遇，在县干部休养所里分配了一套住房。

左邻右舍的房屋都装修得十分气派，对比出了老人家境的贫寒。时年耿谆85岁，已是耄耋之人。椭圆脸，高额头，下巴上飘了一撮山羊胡子。身子骨尚硬朗，身板笔直，目光坚毅，不卑不亢，透出几分铮铮骨气。

耿谆告诉我，其祖母姓姚，按照旧社会的习惯，女孩没有正式名字，出嫁就随夫姓，叫耿姚氏。祖母信佛，一生烧香拜佛，他七八岁时，经常给祖母背着烧香的黄布袋，一起到庙里烧香。

他说他受母亲的影响最深。他的母亲是个贤慧善良的女性，充满了同情心。她对子女要求很严，教导他们要正直做人，平等待人，遇到乞丐上门讨饭，母亲从不斥责，宁肯自己少吃点，也要给讨饭人一点，这些对他人生价值观的形成有潜移默化的影响。

中国古人曾把人生的成就分为三个层次：立德，立言，立功。德列为第一位，可见德行不仅仅是人生建功立业的资本，而且它本身就是一种功业。

耿谆8岁念私塾，读过《三字经》《诗经》《论语》《四书》等。在他11岁那年，土匪进了县城，烧杀抢掠，烧了临街的房屋，“瑞麟祥”茶庄也被烧毁。因为断了生计，家境一落千丈，直至一贫如洗。他断断续续地上学到 14 岁便彻底辍学，摆了个旧书摊，也兼收废铁烂铜，赚些钱来贴补家用。

大概有三年时间，摆旧书摊时，耿谆把人家残破的旧书作废纸收来，整理粘补好再卖。这期间凡是收来的旧书他都读了，最喜欢的是《名人传》《名将传》《名相传》等。收来的旧字帖也仔细看，行话叫“读帖”。由于穷，买不起笔墨纸张，他就拿根棍子在地上照着帖练字。

这段经历影响了他以后的人生。那些名人传记，忠孝义勇，轰轰烈烈，令他向往也构成他人格的基调，因此也奠定了他命运的轨道。而对书法的喜好和专研，不仅在逆境之时成为他精神生活的一种补充，而且在以后的社交活动中，对于一生贫寒的他来说，书法成了他唯一拿得出手的馈赠朋友的佳品。

1932 年春天，耿谆 18 岁。县城里来了征兵的，在街头插个小旗，上面写着“招募新兵”。

年轻时的耿谆最崇尚的格言是“位卑未敢忘忧国”，他认为如果不能成为文学家著书立说，就应当成为一名军人，特别是在战乱年代，他羡慕班超的投笔从戎。

耿谆走上前去，征兵人以为他来看热闹，便不客气地问他干啥？

他说，当兵。

负责征兵的连长走上前来打量了他一番，用力拍拍他的肩膀捶捶他的胸，看人长得挺壮，便发给他一张表格，填了表就算正式入伍，部队的番号是国民军第 15 军 64 师 191 团 2 营 5 连。

该连驻扎在县城的一个大院里，离耿谆的家不远，但穿上军装便不能随便外出，每天只是在院子里操练。耿谆一入伍是二等兵，不久，连里的文书请假回家了，连长看他断文识字，书法也好，就让他代理文书。

文书主要做些保管文件、填报表册之类的事，在连队里，人称师爷，跟连、排长一起吃饭，年纪大点的师爷也不出操，不参加训练，但耿谆严格要求自己，跟其他士兵一样每天出操训练。半年后，因文书一去不返，连里就提耿谆当了正式文书，文书是上士，比二等兵的待遇要高。

后来，队伍开到汝阳、南阳、洛阳，当时连里的司务长一职空缺，有人推荐耿谆去考，司务长是排长的预备役，官阶为准尉，他考上了，但让给了一个家境困难的老班长。一年后，老班长回了家，耿谆被提升为司务长，是年他19岁，20岁时他请假回家结了婚。

耿谆当司务长之前，连里的剩饭都是倒掉的，他当司务长后，买了头猪，用剩饭喂养。猪大了肥了，杀掉改善伙食，剩下的钱再买小猪，循环往复。还有，过去食堂的面袋经常被炊事员私下卖掉，耿谆接任后，将用过的面袋搜集起来，一起卖掉，所得之钱给大家改善伙食，因此他深受好评，当了两年司务长就调到机关枪连当少尉排长。

1937年，“七七事变”爆发。耿谆所在部队从河南信阳开拔到山西太原，在山西忻口与日军遭遇战事，在忻口守了十来天。北上时，耿谆升到营部当中尉副官，管全营的杂务，协助营长督战。忻口战役中部队和八路军共同作战，打了胜仗，耿谆所在营在战斗中打死了日军的一个小队长，缴获了战刀、日本军旗、手枪等，战役结束后，营长升为中校，耿谆升到团部当上尉军械员，管理全团的枪炮弹药，时年他24岁。

部队调防到中条山，一住两三年，主要是在敌后打游击。大约是1942年春，中条山失守，部队开过了黄河，5连连长阵亡，耿谆调回5连任上尉连长。

耿谆以他一贯的风格治理连队——以德带兵。当时连里180号人大都是新兵，有人病了，耿谆亲自找中医给看。有个新兵，病了想吃橘柑，耿谆派人到洛阳去买，还为病号们单开了小灶。一个战士的母亲来部队看儿子，耿谆给老人买鸡吃，还送她路费，这些都是花他自己的薪水。他一月工资60元，基本月月花光，战士们说他是穷连长，也叫他耿善人。

连里的小号兵王占祥是回族人，连里改善伙食吃猪肉，耿谆就让到部队探亲的妻子炒素菜或炖鸡给他吃。

滴水之恩，涌泉相报。王占祥一直把耿谆当作大哥甚至是父亲，洛阳战役耿谆负伤被俘送往日本时，王占祥是为了照顾他，才跟到了日本。

在坐上这列通往地狱之门的列车前，耿谆所领导的连队奉命参加了洛阳战役。

战役从是年 5 月中旬开始，5 连驻扎在洛阳西工西下池的村庄里，任务是守住洛河，防止从汝州经龙门口进犯的日军。

鬼子进攻的具体日期耿谆记不清了。只记得烈日灼灼，有 5 辆鬼子的坦克轰轰隆隆地沿着洛河扑向 5 连阵地，后面是黑压压戴着钢盔的日本兵。钢盔铁甲搅起的尘烟，使天地间一片混沌。

5 连坚守的阵地西下池是个土包，耿谆率士兵们依据地形优势顽强抗击。日军不久派兵从东西两面夹击，战斗十分激烈，5 连伤亡惨重，有 70 多人战死。中午时分，耿谆被炸弹炸伤，身上六处伤口，血流如注，衣服和皮肉被血粘在了一起。

身边的人让他下去，他担心那样会动摇军心，便用刺刀划开衣裤，用布条勒紧伤口，换上衣服，继续指挥战斗。下午部队接到撤出阵地的命令，因为失血过多，他没走出阵地就昏倒在地，士兵用门板将他抬下火线，当时人们都以为他阵亡了。

耿谆在战地医疗所里治疗了十多天，基本痊愈，正好团长去看望伤病员，告诉他受了嘉奖，他要求归队，被批准。

因为部队伤亡重大，一个营缩编成了一个连，依然是 180 人左右。耿谆归队后，奉命带领连队到洛阳东关车站附近的碉堡里，负责守卫一座铁路桥，防止敌人的火车进来。

赶到阵地的第二天清晨，日军开始了总攻击。陆空配合，天上飞机扫射，地上大炮轰击，顿时昏天暗地。

耿谆率连队苦战一天，阵地被日军摧毁。在他下命令撤退的一刹那，一颗子弹从他腹部脐上二指处贯通而过。皮带打断了，幸亏没伤到内脏。他说他当时感到腰部像是被棍子猛击一下，便栽倒在地。

他醒来时在日军的俘虏营里，小号兵王占祥和司务长李克金守在身边。几天粒米未进，药的效力反显得大，伤口日渐好转。日军押解俘虏出发时不带重伤员，凡是伤势重走不动的，当即就用刺刀捅死。耿谆被王占祥和李克金搀扶着站了起来，咬紧牙关走，保全了一条性命。

## 2

列车停靠的地点叫石门，这地方后来改名为石家庄，中华人民共和国成立后是河北省省府的所在地。

天阴沉沉的。

被绳索捆绑的俘虏们一个系着一个，像长长的锁链，蓬头垢面，走在灰尘扬起的土路上。他们并不知道这是在走向地狱走向死亡。

50年后，耿谆接受一名日本记者的采访，记者问他当时的感觉是马上就会被日本军杀死呢，还是觉得可能有一个生存的机会？他说："我的感觉是，被俘，按国际公法，应当受到战俘应有的优待。"

胸襟坦荡的他不会想到，对手并不是一个按国际公法办事的君子，否则中国人就不会把日本兵叫作"鬼子"了。

耿谆等人被集中在石门俘虏收容所，日军称之为"劳工教习所"和"劳工训练所"，当地群众称它为"石门南兵营"。

该所受驻石门日军3906部队，由日本侵华派遣军司令部参谋部二科所属的日本特务组织"北京六条公馆"领导，行政上归华北政务委员会下属的劳工协会领导，其实都是装模作样。把守的、押解的、役用的都是日本人，之所以搞一套繁复的公文手续，因为日本政府心里也虚着，为将来战败后的算账留条退路。

那是一段让人压抑得喘不过气的日子。

住的席棚，原有七排，后来抓捕的人多了，又临时搭了几排。一间大棚里关押的足有一千人之多，每个人的地盘不足一个人的身长，无法躺，只好蹲着，缩成一团。

为了防止逃跑，所有人被剥光衣服，每个棚里留一条裤子，出去大便的人轮流着穿，小便、呕吐就在棚里。

绿头苍蝇一群一群飞舞在空间，“嗡嗡嗡”的声音与室外天空上的日军战机的轰鸣声浑然一体。

地上乱爬的是蛆。蠕动着白白胖胖的肉体，地上的位置不够，就爬上人的躯体，拖出一道道黏黏糊糊的液痕。被污浊的空气快要窒息的人，眼睁睁地看着身上蠕动的虫子，虽然作呕，却已没有气力把它捏住。

饮食是每天两顿高粱米饭，一顿一小碗，没有油和菜。饮水是一千多人一天一小桶凉水。

拉痢疾、生疥疮，疫病流行……死人的事每天都发生。

刚开始每天死亡四五人，后来越来越多，每天用马车一车一车地拉出去，足有三四十具尸体，多时达百余具。据说1944年的冬天，一夜之间就死了290多人。天一亮，还活着的人去拉已僵硬的尸体，一具具赤裸裸地被扔到大板车或汽车上，拉到休门村南的大坑里掩埋，那个坑后来被称为“万人坑”。

很多当事者还记得楚子玉。当时逃跑的人很多，抓回来就杀一儆百，但照样有人逃跑。

楚子玉是国民党军的上尉副营长，在耿谆他们那批俘虏里的官阶最高。后来日本人采用中国人管理中国人的办法，是按在国民党军队里官阶的大小来指定负责人，如果楚子玉不死，也可能他是大队长，那花冈劳工的历史可能就是另外一副样子了。

楚子玉逃跑被哨兵发现，击伤后被抓了回来，在全体中国人面前被枪毙。

那是6月的日子，太阳白辣辣的，树上的知了高一声低一声地叫着，嘶哑了嗓门。

受了伤的楚子玉浑身是血，双臂反捆，跪在地上。日本人放狗上去撕咬，狗发出狼一样嗷嗷的号叫，人发出惨叫。待他血肉模糊断了气，日本兵上前补了几枪。随后日本军官指挥士兵把那只狗捆起来扔向了电网。

刚才还不可一世的狗，眼睛里突现出惶恐的神色，嗓子里发出“呜呜”的哀鸣。主人并不为之所动。就在一瞬间，狗被抛向电网，一声惨叫，白烟窜起，爆发出一股焦糊味，狗当即毙命。

日本军官的嘴角透着冷酷，威风八面地用战刀指着狗说：“你们能逃出去吗？死了死了的！”

## 3

离开石门，被押往北平的西苑俘虏营是在6月中旬。

骄阳似火。

大地焦渴，人也焦渴。闷罐车像一个巨大的烤箱，烧烤着关在其中的人们。

此时饥饿感已退让其后，干渴是燃烧的焦炭，不见明火，却把生命一点一点地吸干。能咽的吐沫都咽下去了，吐沫在口腔里也成了柴，成了炭。

河北农民张五十，背过身去，解开裤裆，掏出那活，接了半碗浓稠的像隔夜茶一样的尿喝了下去。

旁边的路春祯看见，求身边的弟弟路三春道：“三春，尿一点尿给我喝吧。”弟弟一脸无奈地说：“哥，我也两天没吃没喝了，尿不出来呀！”

火车走走停停，约三天时间才到北平车站。下了火车，俘虏被命令沿着小河往清华园走。

水——！

尽管所谓的河不过是一条漂浮着杂物的污水沟，所谓的水不过是像生满了绿色铜锈般散发着腥臭气的液体，但只要是液体就行。

衣衫褴褛、蓬头垢面的人们，蜂拥上去，趴在河边，用手捧着水喝。

日本兵冲上来用枪拦，渴疯了的人们像涌向岸边的海浪，后浪赶前浪，不顾一切地扑倒在河边。

一个端枪的日本兵走上来，抬起穿着皮靴的脚，一脚踏到正在喝水的一个劳工的头上。他一脸的杀气，攒足了劲儿地踩、碾，生生地将这个劳工的头踩进水里，碾进污泥里，闭过了气。

在西苑俘虏营，死人的事也天天发生。

死了的人装进一个“抽屉式”棺材里，装满十几具尸体后，抬到远处的柏树林里，那里有一个事先挖好的大坑，抽出底板，尸体落入坑里，稍稍蒙点土了事。

一次，六名劳工抬棺材到柏树林，其中三人伺机逃跑被日本兵发现，两人被打死，一人受伤。

翌日清晨，这名受伤劳工赤条条地被绑在院子里的旗杆上，腿上还残留着斑斑血迹。

被关押着的全体中国人被日本兵用枪押着跪在升旗台周围，日本军官训话。他扯着公鸭嗓子说：“他想逃跑，被抓回来，大日本对中国人客气，没有即刻处死，为教育大家，就地正法。”

一队扛着步枪的日本兵正步走到旗杆前，军官一声令下，两个士兵端着刺刀向那青年的胸膛猛刺过去。一声撕肝裂胆的惨叫，鲜血从胸前和腹部柱状喷射而出，染红了面前的土地。

青年的头已耷拉在胸前，端着刺刀的日本兵依然两人一排上前刺杀，到这一队鬼子兵全部练完，那青年的尸体已像蜂窝似的惨不忍睹。

这是一个令人难忘的场面。这场面不仅局限在西苑俘虏营，实行大屠杀的南京有，东北的平顶山万人坑有，中原大地，江南水乡，黑山白水，比比皆是。当我描述这一历史画面时，心像在开水里氽过一样。

不明白那时候的日本人到底是不是人？长的是人心还是兽心？这一些丧尽天良的行为，实在难以让人与现在日本人表现出来的彬彬有礼温文尔雅相联系。

看来战争破坏的不仅仅是外部世界，它把人内心深处的潘多拉魔盒打开，不仅把有序的世界破坏，也把有序的心灵破坏。

## 4

资料上记载，劳工上船的日子是1944年7月28日，地点在青岛港。

原计划此次运往日本的中国劳工为300人，但在开往青岛的火车上有一人跳车，押上“信浓丸”号货船的人数实际是299人。

上船之前大家还懵懵懂懂，以为是押到国内的某个工场干活。一上了船，人们便开始嘀咕，一面是浩淼无际让人悬心的海，一面是陆地。——不管怎么说，踩在自己的国土上心里总踏实，人们开始惶惶不安。

开船之前，所有中国人被赶上甲板，日本军官通过翻译训话，说此行是去日本做工。

汽笛鸣响了，尖锐的声音像一把利刃从人们的心头划过。货船缓缓地离开岸边，不知是谁先向着岸边祖国的方向扑通一声跪下。立马，跪下了一大片，哭声喊声，撕心裂肺。有人磕头，磕得“咚咚”地连响；有人高骂，骂日寇祖宗八代！

突然有人高喊：“有人跳海了！有人跳海了！”甲板上须臾哑然，紧接着是一阵骚乱。

最惊慌的是押船的日本兵，枪栓拉得“哗啦啦”地响，满嘴的“八格呀路”！

人打捞上来了，是山东汉子刘锡财，被捕前是搬运工，20多岁。

日兵见此况如临大敌，端着枪号叫着，慌慌张张地把所有中国人赶到底舱，并用帆布将舱口严严实实地盖上。

底舱里装的是铁渣似的矿石和从中国掠夺的财物。当舱盖封上的那一刻，立马漆黑一片，闷不透风，如进地狱。

人们或坐或躺，在凸凹不平的矿石上。不知过了多久，舱盖打开，一片月亮似的光照进舱底，看见的是日本兵的一脸横肉。声音是翻译的，翻译吼着:“当过尉官的出来!”

耿谆、李克金、张金亭、罗士英、王成林,一个挨着一个,上了甲板。

日军决定还是用他们的老招儿——以中国人来治中国人。按着在国民党军队官阶的大小,耿谆被指定为劳工大队长,罗士英为副大队长,李克金、张金亭、王成林分别为第一、二、三中队的中队长。

对于是否接受这个职务,耿谆有过考虑。采访时他对我说,从心情上是无论如何也不愿接受日军的委任,但从现实考虑,他担此任,起码可以照顾自己的兄弟。他接了下来,谁知此后一生他都难以卸任。

回到舱底,他对大伙儿说:“弟兄们,从今往后咱们就同命运,共生死。为了家里的妻儿老小,咱们一定要活下去!只要活着,就有希望重返祖国。”

船在航行,航行在茫茫无际的大海。

夜空深邃,浩浩的宇宙究竟有没有神灵?

夜漫漫,路漫漫,苦海无边。

为了便于管理,耿谆将每个中队又划分三个小队,任命了小队长,这样,近300名中国人的生活基本有了秩序。

伙食依然是一天两顿。从被日军抓捕后,饥饿就一直紧紧跟着他们,所有的悲惨都是由饥饿引起。一餐一个米团子,有时是玉米面窝头。以小队为单位轮流做饭,用的是驱动轮船的蒸汽。

最缺的是水。

风起浪涌时,海水一次一次冲击船顶,船是海浪手中的纸鸢。大多数人早已呕吐的翻江倒海,折腾了一场的胃需要水的滋润。年迈的赵有义被折磨得死去活来,他无力地伸出手对年仅15岁的儿子赵满山说:“水——水——”

刘当路找到一只小水桶,把几个人的裤腰带连接一起,趴在船舷边从海里打起一桶水,赶紧舀了一碗递给赵有义。

海水是咸的,苦涩之极,可以回味。

对于这些生长在平原的人来说,他们不知道海水是咸的,不知道大海的变幻无常,过去也不曾知道海中有个岛国叫日本。

有一个小青年偷偷走出船舱，他先在甲板上转悠着找水，后来在通往船舱的蒸汽管上发现有个小洞，从洞里冒出的蒸汽凝结成一滴一滴的水珠，他赶紧找了一个空罐头盒接了一点水，端给赵有义喝。

这个洞以后便成了大家的生命之泉。小青年的名字叫孟连祺，时年18岁，是八路军战士。

他们在海上航行了七个昼夜。在起航的第二天，那个曾经以尿解渴的张五十昏迷过去。有人向日本人报告，请求治疗。一个日本兵下舱一看，命令把他抬到甲板，往身上绑了两块矿石，两个日本兵抬起来就要往海里扔。

耿谆冲上去，抱住张五十的身体，用手比画着说：人还没死，不能往海里扔啊！

日本兵一把推开耿谆，把张五十“咕咚”一声扔进大海。不知是谁哭喊了一声：“他还活着啊！”在场的人都泪水夺眶，放声大哭起来，心里仿佛承受着海浪的冲击。

后来还有两名劳工在船上死去，其中一人是在即将登陆之时。这次耿谆无论如何也不让日本兵将他扔进大海，他用坚定的语气对日本军官说，我们抬到驻地去火化。

8月5日，“信浓丸”号在日本下关靠岸。

下关即昔日的马关。1895年4月17日，李鸿章父子代表清政府与日本政府的代表伊藤博文在马关的春帆楼签订了丧权辱国的甲午《马关条约》。

劳工们从下关被押上向东北方向行驶的火车，经过了三昼夜的行驶，中途在东京和大馆换了两次车，才到达一个被群山环抱的小站，站牌上写着“花冈”二字。

花冈的故事从这里开始。

接下来的是山路。

崎岖蜿蜒的山路上，是踽踽蛇行的队伍。衣衫褴褛的队伍中，人们抬着一具尸体，他是这支队伍中第一个被埋在异国土地上的中国人。

# 血腥岁月

1

中山寮。

说不上是哪尊神灵的安排，中国劳工居住的地方居然叫“中山寮”。

后来当地爱好和平的人士在调查“花冈事件”搜集证言时不少老百姓说：“我们对把收容中国劳工的寮以孙文的字号命名难以理解。”也有人猜测，这一寮名可能来自寮主中山的姓氏，但没有确凿的证据。

于是，中国劳工住进了与中国民主革命的先驱孙中山先生同名的地方。这个地方充满了罪恶、悲伤和壮烈！

1999年夏天我到此地采访，见到的是山清水秀的景致。

这是一个四面环山的山坳，林木苍翠，天蓝云白。原来中国人居住的中山寮已经被鹿岛建设公司开挖成一潭湖。湖面深邃，波光粼粼，像历经过沧桑的眸子，静幽幽而神秘地眨巴着眼睛，似乎在述说着隐匿在湖底的罪恶，一桩一桩又一桩……

据记载，当年第一批被押进中山寮的中国人有295人，在夕阳落山时到达。落日下的中山寮显得无边的苍凉。

中山寮的布局，类似一个“川”字，底下有一道笔画不连贯的“一”。我采访过的幸存者，每一个人都能随手就画出当时的格局，可见过往岁月对他们来说是多么刻骨铭心。

三排像鸟笼似的木板房是劳工的居所，屋内的格局像火车的硬卧车厢。中间一条过道，两边是上下两层的木板统铺。不远处的一排陋室后来成了病房及存放骨灰的地方。

底下的一横由西向东，依次是食堂、厨房、仓库，而那断开的一笔是条件最好的房屋，由日本监工办公和居住。房前一片空旷的场地，是每天集合和升旗的地方。场上竖着一根旗杆，上面挂着中国人俗称的“膏药旗”。每天升旗仪式后，都要向南方举行“皇宫遥拜”。

中国人被集合在院子里，七八个高矮不一的日本人从事务室走出来。他们一律身穿草绿色的日本“国民服”，一色光头，昂首挺胸，一脸傲慢，每人胸前挂着一个写有各自姓名的布条。

胸前写着“伊势知得”的中年男子是代理寮长。约莫四十多岁，高个，瘦长的脸上架着副眼镜，龅牙，目光凶狠。

他盛气凌人地站在队列前，通过翻译向劳工训话。他说，中山寮的寮长河野正敏因兼任鹿岛组花冈出张所（即事务所）的所长，公务繁忙，这里的一切由他来代理。

他又说：“为了东亚各国的共存共荣，日本正进行大东亚战争。日本是东亚最先进的国家，自当承当东亚的盟主。大和民族是东亚最优秀的民族，当然必定要当东亚的主人。东亚各国必须在日本领导之下，为实现大东亚共荣圈的理想勇往直前。日本是神国，有神圣的天皇、不败的皇军和伟大的大和魂，在战争中一定会胜利……”

伊势知得滔滔不绝，唾沫横飞，气壮如牛，可见日本帝国主义的傲慢无理和霸道渗透到了某些国民的骨血中。而后，他指着身边的一排日本人说：“这是管理你们的辅导员，今后，你们要听从他们的指挥，否则严惩不贷！”

美其名曰的辅导员其实是监工。训话结束后，伊势指令手下小畑惣之助向队伍宣布，耿谆为大队长，罗士英为副大队长，李克金、张金亭、王成林分别为第一、二、三中队的中队长，原国民党少尉军需官任凤岐为伙食管理员。

## 2

人世间的苦难太多，事先几乎无法想象它会以什么形式什么形态出现。这些中国劳工的苦难是从花冈川水路改道工程开始的。

先说说花冈。

秋田县与青森县的交界地区，在日本封建藩主统治时代就以资源宝库而闻名，位于秋田县的花冈就属于这一带。据说明治十八年（1886年）当地居民浅利藤松、藤盛常吉、龟山万之进和藤盛贞吉四人在此地发现矿石，拿到外地化验，判明含银量很高，因此这里名声大振，引起了激烈的开矿争夺战，建设了小规模的炼银场。

1916年，企业发现了堂敷屋矿床，那里生产优质的铜、铅和锌，这是花冈矿山繁荣的基础。侵华战争伊始，这些矿产成了军需工业的必需品。1941年12月7日太平洋战争爆发，军需产品的需求量急剧增加，花冈矿山被指定为军需工场，规定月产量为3万至5万吨。

再说说鹿岛组。

后来的鹿岛建设公司株式会社成了日本土木建筑业的龙头老大，为世界级的建筑企业。在侵华战争时期，公司的名称叫鹿岛组，创业于1840年，由鹿岛家族的鹿岛岩吉首创，最初主要从事铁路建设工程，以“铁路的鹿岛”而闻名于日本。

学者王墨林曾撰文列举过鹿岛组的历史①：

1894年，为配合当时的日本对中国的侵略，鹿岛组在中国东北、台湾地区以及朝鲜从事带有帝国主义掠夺性质的铁道建设。

1900年7月，在当时是日本殖民地的朝鲜半岛修建了第一条铁路——京仁铁路，这也是日本铁路工程向海外扩张的开始。

1903年，为配合日俄帝国主义战争的迫切需要，鹿岛组与其他8家日本土木工程公司在当时的殖民地朝鲜快速修建完成193公里的铁路工程，使京釜线得以在1905年元旦通车。

1904年4月，日俄战争爆发，鹿岛组受日本军方委托，快速完成汉城（今首尔）至义州线铁路的修建，全长499公里。当年秋天，为配合日军支配台湾，鹿岛组与大仓组、久米组入台。鹿岛组负责纵贯铁路南部工程，

① 载台湾《人间》杂志1986年7月号。

架设曾文溪桥和二层行溪桥，使全线得以竣工。

1905 年，日本占领中国东北旅顺港，日本当局特命鹿岛组负责东北铁路的修复及新设，鹿岛组承接了满铁、安奉线铁路工程，以酷役和虐杀中国劳工增加其资本积累。

1912 年至 1938 年，鹿岛组完成台湾下淡水溪桥梁工程及台东工程、日月潭工程项目的修建，并接受日本殖民主义“东洋拓殖会社”之聘，在朝鲜承揽了多项殖民地建设工程。

1930 年，日本在中国的东北建立了伪满洲国。鹿岛组在东北地区修建的铁路工程有拉滨线、林住线、兴宁线等，为日本掠夺中国资源效力。

1937 年，以“卢沟桥事变”为突破口，日本帝国主义向中国发起全面侵略战争，此间，鹿岛组在中国东北、台湾地区以及朝鲜也从事着活跃的扩张工程，其主要包括铁路、水力发电、开矿等，为日本侵略者加强战力和兵员输送及物资掠夺服务创造条件。

1940—1941 年，鹿岛组完成台湾电力公司和大甲溪开发工程项目修建。1940 年在东北设“满洲国法人株式会社满洲鹿岛组”，承揽日本军部、伪满等发包工程。截至 1945 年日本战败，鹿岛组完成 1000 公里的铁路工程修建，并自称其在东北地区的进出，并非为了营利，而是“配合日满经济阵营的国策”（见《鹿岛建设公司百三十年史》）。此外，鹿岛组还协力建设机场、仓库、兵工厂等军需工程。

1941—1945 年，鹿岛组积极加入日本战争工程体制“军建协力会”及“海军设施协力会”。负责人鹿岛精一出任协助日本侵略战争的“日本土木建筑统制组合”第一任理事长；社长鹿岛守之助出任支持军方政策的“大政翼赞会”的调查局长，积极响应日本侵略总动员。

花冈川的水路之所以需要改道，是因为花冈矿山自 1938 年 7 月发生大洪水以来，几乎每年都要遭到水灾侵袭。1944 年 5 月 29 日，同和矿业的七馆矿坑内地下水突然喷涌，造成矿井塌方，在井下作业的 11 名日本工人和 11 名朝鲜工人被活埋地下，这就是著名的“七馆事件”。

为防止事故再次发生，同和矿业株式会社决定挖一条新的河道，改变河流的方向，这项工程由鹿岛组承接。在此之前，鹿岛组承接的是花冈矿业所2000公斤选矿场的成套设备工程，因为“七馆事件”才又承包了花冈川的水路改道，并从中国抓来免费的苦力。

花冈冬天来得早。

这个位于日本东北部的山区小镇8月时就已凉意袭人。一入冬，雪花飞至，天上地下银装素裹，整整一个冬季积雪不化，大地像是被抽干了血液的僵尸。

劳工们从北平西苑出发时，每人发了一身浅绿色单军衣，两条裹腿带，一条粗线毯和一床薄棉被，到了冬天依然是这套行头。

鞋早已破得不成样。平时穿的草鞋是只有底没有帮，脚面上用几根细草绳系着。大雪纷飞时，发了一双能盖住脚面的鞋，美其名曰“防寒鞋”，其实还是草鞋。

整天与砂石打交道，盖住脚面的草鞋很快就磨穿了。前露脚趾后露脚跟，脚心脚背生满冻疮，有人脚趾头冻掉了，有人冻烂了脚后跟，白骨阴森森地裸露在外。

河北省农民路晚成在回忆录中写道：“等到第二年春天，才慢慢地长出新肉，路春祯、柳荣福到死也没长上脚后跟。”他自己也是到死脚上还缺一个小脚趾，那脚趾就是在日本的雪地里冻掉的。

花冈的冬天特别漫长。降雪期从11月持续到第二年的3月。1944年的冬天，积雪深达1.5米至2米。为了御寒，大家开始动脑筋，先是在那条粗线毯上打主意。河北人褚万斌把线毯对折成三角，围在腰上，再用绳子绑住垂落在腿边的毯角，虽然看上去不伦不类，倒也挡寒。不少人争相效仿，但好景不长，辅导员规定，必须将上衣脱到腰部，光着上身干活。

有一天，在河床干活时，一名劳工实在冷得受不了了，拿出破旧的衬衣准备穿上，这时辅导员福田金五郎幽灵般出现。那劳工慌乱地脱衬衫，福田已经凶神恶煞地三步并作两步冲到他面前，挥拳便将劳工打倒在地，从嘴角流出的血，将雪地洇红一片。

有人又想出一个办法，把用过的水泥袋裹在身上。这个办法最早在七小队出现，很快普及开来，还有人在脖子上也围一圈纸，权当“围巾”。

林树森说，他当时把稻草袋捆在身上，可冬季的风像刀子一般，仍然吹透。

他还说:“我们一个个都弯腰抱着肩膀,就像个小偷似的。在暴风雪的日子,有很多人冻得哭泣起来。在大雪纷飞的情况下干活,只要一倒下就再也站不起来了。很多人不是倒下以后才死掉,而是死了以后倒在雪地上的。”

“纸衣”也是不允许穿的。尽管他们把水泥袋揉搓得尽量软些,动作时尽量避免“纸衣”出声,但纸就是纸,怎么可能像布一样绵软无声呢?

猎犬似的辅导员从“窣窣”的响声中嗅到了异常,眼睛立刻射出凶光,大喝一声:“脱掉衣服!”被抓住的人吓得脸色灰白,身体颤抖不止。

当时的景象深深地印记在幸存者的心底:寒风在天地间发出尖锐刺耳的哨音,卷起地上的雪劈头盖脸地打下来。被扒光了衣服的人们在寒风中瑟瑟发抖,身上清晰可见搓板般的肋骨和斑斑点点的疥疮、伤痕。牙“咯咯咯”地打架,辅导员手中的皮鞭如毒蛇般从天而降——有人倒下后,再也没爬起来。

…………

最难熬过的还有夜晚。夜幕深沉时,他们拖着湿透了的衣服和冰冷的身体回寮睡觉,连沉沉的黑夜都在呜咽中颤抖。

饥饿和寒冷使病号猛增,因为怕影响工程进度,鹿岛组拿来些军毯,二三人合盖一条。但不久后劳工身上发现了虱子,而且繁殖得飞快。大队长耿谆想出了一个办法,在后山坡的倾斜处挖个灶,把衣服、军毯放在灶上,上面盖着土,下面点火蒸,不仅杀死了虱子,而且能使衣服和军毯又软又暖和。这就是中国人的智慧。

柳寿鑫被抓到花冈时才 19 岁。

一天早晨起来,他发现身边的两个人都硬邦邦的,伸手一摸,已全身冰凉,原来他夹在死人中间睡了一夜。

看护班的人让他跟着一起抬尸体到后山去火化。后山本无名,因挨着中山寮,死了的人都被抬到山上烧掉。烧完便就地挖坑将骨灰和残骸掩埋,堆起一个坟头。刚开始一次火化一具,一个人一个坟头。后来死亡的人多了，来不及烧了便改为七八具尸体一起烧，烧完了埋在一个坑里堆成一个坟头。即便这样，坟头也是日日增多，布满山野，当地的百姓就称此山为“钵卷山”。在日语里，“钵卷”二字是缠头之意，坟头即是山的缠头。

柳寿鑫抬着尸体上后山时起风了，风扬起雪，夹着哨音，凄厉狰狞。

两具骨瘦如柴的尸体静静地躺在雪地上。生命经历了跋涉，饱尝了人间的暴虐屈辱饥寒交迫，累了，倒下了。生命如此脆弱苍白。

大地茫茫，风在呜咽。蓬头垢面的柳寿鑫冻得瑟瑟发抖，想到同命相怜前途凶险，他不禁顾影自怜，流下泪来。

这时耿谆上山来了。作为大队长，他可以不参加劳动，但他每天都到工地、病号室和这个掩埋着同胞尸骨的小山转转。

耿谆走到柳寿鑫面前，问他怎么了。这时柳寿鑫正好脚下一绊，闪了个趔趄，耿谆上前扶了他一把，他抬起头，那是一张长满了疥疮的脸。

耿谆心头一酸，沉吟片刻说：“走，到我屋里聊聊。”

耿谆的屋里除了一张木板床、一张小桌和几条板凳，别无其他。床上的铺盖与大伙一样，一条褥子和一条毯子。地上放了一个小火盆，盆是木质的，盆底放了块铁皮，木盆四周抹上泥巴，盆里有几块未燃尽的炭火。

耿谆顺手加了几块炭，叫着柳寿鑫在中山寮时用的名字说：“凤春，你是哪里人？今年多大了？家中还有什么人？怎么到这儿来的？把你的身世对我说说。”

柳寿鑫挨着火盆坐下，身上有了点暖意。他说：“我是河北人，父亲识文断字，家中有几亩薄地。父亲在50岁时才得了我这个独子，让我读了两年私塾。12岁那年，日军占领了家乡，17岁时，父亲一病不起，临死时拉着我的手叮咛道，兵荒马乱，不要出远门。可是父亲去世，我得出外谋生，这样才被鬼子抓来。走的时候，家中老母还不知道我的去向，也没来得及托人捎信。”说着，柳寿鑫已泪流满面。

耿谆沉默了一会儿，说：“按规定，我可以找个人帮我跑跑腿，收拾收拾屋子。今后，你来干这个差事怎样？帮我看着这个火盆，别让它灭了，帮我扫扫地。这样，你便不用吃病号饭，粮食可以增加一半，一冬也不至于挨冻，你看行吗？”

其实明摆着，屋里没啥可收拾，让他来，就是为了让他多吃口饭，不至于冻死饿死。柳寿鑫感激地呜呜咽咽地哭出声来。后来他说，是大队长把他从死路拉回到活路上。

## 3

饥饿从他们被日军抓走的那一天起，就像瘟疫一般紧紧地跟随着，饥饿是一个长长的梦魇。

说到当时的伙食，接受采访的幸存者们众口一辞：每天两个橡子面馒头和一顿糊糊，馒头比日本人的茶杯还小，连半饱都达不到。

据说，馒头也不是正经的白面，先是掺着苹果渣，后是掺着橡子面。在日本，青森和秋田两县是盛产苹果的地方，据说当时在东大馆车站的附近有一个制造苹果酒的农业加工厂，苹果汁做了酒，苹果渣就掺到了小麦粉里。

秋田县出生的作家野添宪治，20世纪70年代初开始调查“花冈事件”。他在《花冈事件记闻》一书里写道：“我遇到三个中国人都告诉我，一天只给三个小馒头吃，副食是煮萝卜干。在其他出版的资料中，也是这样写的。那个馒头也只有少量的面粉，掺的都是代用品，有的人吃了就泻肚。我认为也许是没有给中国人与日本人同样的配给量，而是另有特别的待遇吧。怀着这种想法，便到秋田县公署去调查一下留下的资料。这已经是十几年前的事了，可是现在我还记得当时自己的惊讶情况。展现在我面前的资料，却记载着和日本人同等的配给量。而且，考虑到中国人的特殊饮食生活习惯，主食供应的是日清制面粉所的四等粉。尽管这样，可是那些食品都未到中国人的嘴里，跑到哪儿去了呢？”

当年在花冈精米厂记账的一位女工，证实了野添宪治在县公署看到的资料的真实性。

日本投降后，由民间人士组成的中国殉难者名册共同制作执行委员会，编制了《有关强掳中国人事件报告书》，其中记载了有关的两项谈话内容：

一位当时在花冈镇镇公所工作的职员谈道："粮食好像是被克扣了，我曾经看到他们只给那些中国人一个馒头和带皮的萝卜干。同样，从汪精卫政权那里派来的直接在矿山工作的人们，配给量也相同，可是相比较实在得多。看来，鹿岛组干得那一套真够呛啊！"

另外两位是当时暴动中被打死的辅导员的邻居，他们都作证说："他们家的粮食总是那么富裕。大家都知道，那个时候我们家是越来越紧张，可他们家却越过越富裕。大家都在议论他们是在克扣中国人。听说他们被中国人打死了，都认为是理所应当的。"

在《花冈事件记闻》里，野添宪治还写道：

"我的朋友中有一位嶋田展代女士。她是已故议员嶋田谱作的长女，现在住在东京。战时曾在大馆市大町住过，她回忆当时的情况说：'我们一家住在大町菅原家，把后边的房子租给了花冈矿山鹿岛组事务所所长河野正敏家了。那里有个豪华的防空壕，我还进去过几次哪。听妈妈说，是朝鲜人（当时不说是中国人）给建造的。我们那时粮食总是很紧缺，可是后面的河野家里却有从来看不到的方块砂糖和面粉之类的，漂亮的夫人总是打扮得那么好看，简直是另一个世界啊！这都是我亲眼看到的。'"

当时的伙食管理员任凤岐，为讨好日本监工，把配给中国人的粮食克扣下来给了辅导员，因此辅导员许诺给他讨个日本老婆。

每逢休息日，回家的辅导员鼓鼓囊囊的背囊里盛的都是中国劳工的血泪粮。他们把吃不完的粮食卖给黑市，因此发了财，而中国劳工饿死无数，才引发了暴动，暴动中劳工们打死的唯一中国人就是汉奸任凤岐。

日本战败后，据调查中山寮屠杀事件的美军军官威廉·B.辛普森的备忘录上记载，劳工翟树棠供述，1944 年 10 月和 12 月，耿谆为了调查辅导员盗取粮食的情况，专门派人在厨房看守。耿谆将看守人的报告通报给寮长伊势知得,伊势回应他的是两个耳光。

粮少,就要让大家吃得公平。

耿谆给炊事员规定,盛饭统统过樘子,即用木片刮一下,与碗平齐,不能高不能低;他还特意做了一杆小木秤,上笼前每个馒头称一称,多了掐下点,少了补上点,绝对公平。就是吃剩下的锅巴,也放到下一顿吃,炊事员不能多吃多占,他自己率先垂范。

他也只能做到这一点了,巧媳妇难为无米之炊啊。

人们说不清是谁开的吃草的先河,但以草充饥在劳工中习以为常。

饿。

刚开工时，每天干 12 至 15 个小时。规定是早上 4 点起床，5 点半开工,干到下午 4 点半,中间有 15 分钟的休息和半小时的午饭时间。但劳动量有定额,如果在下午收工之时没完成定额,殴打惩罚之后,加干两个小时。如果完成了定额,也必须干到下午 6 点半。

1945 年 6 月 24 日,工地开始实行为期 10 天的"突贯期"(即工程突击期),劳工们每天早上 3 点半起床,干到天黑,时间长达 16 个小时之上。饿着肚子,那是一种什么滋味儿!

利用午休时间,人们开始到山上找野草吃。不辨有毒与否,是草就吃。为了抢在被辅导员发现之前咽进肚里，人们有时都来不及甩净草根上的泥土,匆匆下肚,中毒的情况经常发生。

路老坎奄奄一息了。耿谆听说后,匆匆赶到看护班。

路老坎在等他，凹陷下去的眼眶里盛满了浑浊的泪水。他拉住耿谆的手,充满悲怆地说:"队长啊,给我弄口饭吧!我死后不能当饿死鬼啊——!"

耿谆哽咽,说不出话,只是紧紧地握住路老坎的手,轻轻地拍着他的手背,轻轻地,轻轻地,泪流满面。

路老坎的眼皮是耿谆给合上的，那两口深奥的洞穴中装满了忧伤和苍凉的渴望。

这情景令耿谆今生难忘。1987 年耿谆受日本一部分国会议员的邀请到花冈故地重访，在记者招待会上他说到路老坎死去的情景时泣不成声哭成了泪人，会场里也哭声一片。

耿谆找伊势知得和管理伙食的小畑要求增加粮食，他说大家都饿得受不了了。

伊势知得两手一摊，冷着脸说，上边只给这么多粮食，没有办法增加了。小畑惣之助态度更恶劣，用棍子把耿谆赶了出去。

回到寮里，耿谆气得脸色苍白，不用问大家就明白了结果。

第二天，伊势集合训话，说："现在，日本正指导东亚各国从事大东亚战争，你们当然要节约支持军队，并且要好好做工。……从今天开始，我们实行'建设周'的计划，以表现你们对大东亚战争的热忱。各个队长要很好地听从辅导员的命令，好好指挥队员工作。只要大家好好地努力工作，每人将特别配给一支香烟，假使成绩不好，就要追究队长的责任。"

标重点号的字眼请读者细细品味。

把侵略说成是"指导"，谁请日本去"指导"了？

伊势的训话里两次提到"队长"，管理的时候"各个队长"要听从辅导员的命令，谈到惩罚时，就只是"队长"而没了"各个"。听话听音，伊势用日本人惯用的暧昧方式表示了对耿谆的不满。

不仅没有增加粮食，反倒增强了劳动强度，饥饿的是肚子，一根香烟顶屁用！

病室里有上百人呻吟号饥，耿谆每次到病室，病号都握着他的手，声泪俱下。

"队长啊！我要是多吃一口饭，还能站起来。"

还有的拉着耿谆的手，无力地哀求着说："队长，回去的时候一定把我的骨灰带回去啊！"说完就撒手人寰。

于是有人吃人肉了。有人说不止一个人吃，但真正落实了的只有一个河北某县的农民，代号为L。

L最初也在工地上干背沙石的活儿，因太瘦弱，耿谆派他去焚烧尸体。

那段日子，L的脑海里就被一个字占据：饿！它不断地膨胀，几乎把他逼疯。

有一天，L在路边拣到一只死老鼠，偷偷地带到焚尸场，放在烧尸的木柴上烧熟吃了，他长舒了一口气，美美地咂着嘴巴。

后来，他又拣到一块巴掌大的带着蛆虫的生马皮，不等马皮烧熟，听到动静，他迫不及待地将半生的马皮塞到嘴里。

还是饿！

他张望四周，山上阒寂无人，只有天上的白云在默默地俯视着他。

L迅速地撕下死尸身上一块烧焦的肉，匆匆地吞咽下去。下山时，他把一块半生不熟的人肉用布包住，带在身上，准备饿的时候再充饥。

有人发现了L的秘密，几个人把他揪到耿谆面前，气愤地说："队长，把这个丧尽天良的家伙打死吧！"

L跪在耿谆的面前，鼻涕一把泪一把地哭着，语无伦次地说："队长，我饿啊！我不是人，我该死！我不如一条狗，你活埋了我吧！"

耿谆虽然不动声色却心如刀绞，许久说不出话来。他心里在说："要不是饿得没办法谁会干出这种事来？这是被逼出来的呀！"

两行清泪顺着耿谆的脸颊默默地落下。他将L慢慢地扶起说："以后不要再这样做了。"

后来在工地休息的时候，他对大家说："以后就是饿死，也不能干这种事啊！"他还讲了"塞翁失马"的故事，他说："咱们虽说这是受罪来了，也许能像塞翁老头一样，因祸得福呢。"

刘智渠曾在《回忆花冈暴动》的文章里谈到自己吃草的情景，那是在肖志田遭受毒打之后的事。

肖志田的伤势略有好转，便支撑着起来，说要到后山找草吃。刘智渠劝道："忍耐一下吧，要是让辅导员看见是要受罪的。"

肖志田说："要打就打吧！"说着从屋角找出一把旧扫帚，拄着当拐杖，慢慢地走了出去。刘智渠放心不下，追了出来，两人偷偷溜出后门直奔后山而去。

春意浓了，满眼的绿色，是生机张开的臂膀。二人饥不择食，拔草便吃，泥土都未甩净，只要能把肚子填饱就行。刘智渠边吃边想，福田叫我们是畜生，如今我们当真和牛马一样跑上山头吃草来了。

正在这时，对面路上出现了一辆马车，拉的粮食和其他物品。二人便急忙潜回中山寮。

不一会儿，越后谷叫刘智渠帮助卸东西。拉车来的马，正不停地吃着放在面前的一箱干草。

刘智渠卸着物品，不免自惭形秽。马虽然不肥，却不像他似的瘦得根根肋骨露在外面。他在心里自言自语道：刚才还觉得自己和牛马没两样，看来连牛马还不如。看，这匹马吃着这么多草，它的工作一定没有我们辛苦，挨打的次数也不会有我们多，主人更不会把它活活打死，所以，它比我们幸福。

张德贵是因饥饿晕倒在工地上的，住进了病室。

一天下午，张德贵在病室的一角痛苦地呻吟："水……水……"刘智渠赶忙拿个碗到门外的河沟里舀了碗水，端到床边。张德贵仄起身，吃力地将水一口一口喝完，有气无力地说："肚饥……给我个馒头吧。"

刘智渠看了看外面西沉的太阳。

那一天的晚霞忧伤得仿佛在泪水中浸泡过，像患了病一样令人难受。

离吃饭的时间还早，刘智渠安慰张德贵说："老张，再稍忍耐会儿吧。"

日语将加大施工力度的突击称作"突贯期"，自"突贯期"后，病人猛增，日本监工想出更毒的一招，凡是生病不能出工的粮食减半，馒头比日本人饮茶的茶杯还小，只够吃一口，这就是病人一餐的食粮。

晚霞在苍茫的山峦中沉下去，张德贵的呻吟声也渐渐微弱了。当大地完全被黑暗笼罩的时候晚餐送来了。

刘智渠赶紧把一个馒头送到张德贵的枕边，他连伸手的劲儿都没有了。

他睁着眼睛，眼睛大而空洞。

刘智渠把馒头送进他嘴里，说："老张，你等了好久的馒头终于来了啊！"

张德贵的嘴唇动了一下，似乎要咬的样子，喉咙里咕隆地响了一声，但他咽下去的并不是盼望了许久的馒头，而是最后一口气。

橡子面馒头散发出从未有过的梦幻般的香味儿，刘智渠流着眼泪，把馒头缓缓地放在他的枕边……

晚饭后，耿谆和平日一样，到病室看望病友，并去放骨灰的小屋向死去的难友致敬。

张德贵的眼睛尚未闭上，两个深深的洞穴中装着难以言说的悲伤。耿谆轻轻地把他的眼皮揉上，在他的尸体前流着泪敬了一个长长的礼。

## 4

挨打如家常便饭。五十年后，张德宽老人仍然清楚地记得王丙辉被打死时的情景。

王丙辉和张德宽同是山东人，王丙辉是西白家沟村人。张德宽在回忆文章中写道："我们过着猪狗不如的生活，每天吃橡子面，从没吃过一顿饱饭。吃橡子面腹胀拉肚子，拉得人们提不上裤子，屁股上苍蝇成群，肛门处长出长尾蛆，死了不少人。"

那天他们在一起挖沟，王丙辉闹肚子。他四处张望了一下，确认辅导员不在眼前，才急忙跑到树丛里解手。

似乎还不到一泡屎的工夫，树丛里就传出一声惨叫，张德宽一惊，抬头望去，只见一个戴眼镜的监工从树丛中走出来，招手让张德宽过去。

他慌忙提着铁锹跑过去，只见王丙辉的裤子还没提上，人倒在草丛中已断了气。血从头上和耳朵里流出，像蚯蚓似的从脸颊缓缓地爬到泥土上，他的双眼半睁半闭。

张德宽面对眼前的惨状，目瞪口呆。刚才两人还在一起挖沟，就这么一会儿工夫，王丙辉就死了？监工说王丙辉偷懒，说着踢了王的尸体一脚，说："死了的好！死了的好！"并命令张德宽就地挖坑埋掉。

张德宽一边挖坑一边哭，多少年后，那种感觉还滞留在心里，他说当时就像是自己埋葬自己。

肖志田死在春光明媚的5月。

要不是非人的虐待使生活暗无天日，花冈倒是一个春草秋水景致迷人的地方。

肖志田被俘前是八路军战士，河北人。1944年5月在河北雄县王家台对日军伏击战中被俘。

一年后的肖志田已经瘦得皮包骨头。一天下工的路上，他一步三晃地走在队伍的最后边，在昏暗的月光下，看到路边有一块白色的东西，捡起来，竟是一个被掉落的小饭团。

喜出望外的他急忙把沾着泥土的饭团塞进嘴里。这时，发现他掉队了的辅导员福田金五郎提着木棍冲过来，见他嘴里嚼着东西，一声怒吼，说吃的什么？吐出来！

肖志田不理，硬是把饭吞了下去。福田踢他、打他，却无计可施。

回到中山寮后，全体不许吃饭，在院子里集合，听福田金五郎训话。

在中山寮里，除了代理寮长伊势知得（当年40岁）以外，还有十来名部下。小畑惣之助（32岁）负责管理粮食，越后谷义勇（19岁）负责杂务，剩下的都是监工。福田金五郎（35岁），长崎辰藏（30岁），猪股清（30岁）。桧森昌治（35岁）、吉谷四郎（25岁）与小畑惣之助是从中国战场回来的伤兵，桧森昌治因被打掉一条腿拄着拐杖，大家私下里给他起绰号“铁拐李”。

另外还有清水正夫（25岁）和石川忠助（40岁）。这些人中，越后谷义勇和石川忠助对中国人比较同情和关照，大家私下里称二人为“小太君”和“老太君”。

福田金五郎气势汹汹地说：“肖志田收工回来，竟敢离开队伍在路边捡脏东西吃，连猪狗都不如，是畜生！让他活在世上，是给我们丢脸！”说着把肖志田推到队伍面前。

福田命令耿谆惩处肖志田，耿谆不动。福田愤怒地一步冲到耿谆面前，左右开弓给了他两记耳光。

耿谆仍然保持着军人立正的姿势，身板笔直，眼睛不眨，声色不动。福田还想再发作，就在他抬手的瞬间，大约意识到耿谆的身份，若激化了矛盾不好收拾，悬在半空的手臂便软软地塌了下来。

他又命令二中队长张金亭出队，因为肖志田是二中队的人。福田给张金亭一根棍子，命令他打肖志田。

张金亭接过木棍，为难地看了看耿谆，又看看肖志田，福田咆哮着，催张金亭快下手。张金亭无奈地走到肖志田面前，在他的屁股上轻轻打了两棍。

已怒发冲冠的福田夺过木棍，喝令张金亭趴下，举棍狠狠向张金亭打去，边打边喊："照这样打！懂吗？"然后把棍子再次丢给张金亭。

张金亭艰难地爬起来，站在肖志田面前痛苦地望着他。

肖志田仰着脸说："队长，你打吧。我怎么也逃不过这一关。打完好叫兄弟们去吃饭，不要为我一个人让大家都站在这里饿着。"

说完，肖志田闭上眼睛，队伍里有人发出哭泣声，张金亭只好艰难地举起棍子……

棍子举得很高，但斜着下落，落下时棍子的前端先着地，然后才接触到肖志田的身体。这样，看着好像使了很大劲儿，落下去的却轻。这一招并没有逃过其他辅导员的眼睛，一个辅导员从身后冲过来，狠狠地给了张金亭几个耳光，喝道："混蛋！你想找死吗？平着打！劲儿大点儿！"张金亭只好重一棍轻一棍地打下去。

福田在一边不停地吼叫："打！不停地打！"其他辅导员背着手凶神似的站在一边。伊势在队伍里来回穿梭，观察是否有反抗的迹象。

天黑透了，屋里透出来的昏暗灯光使众人无法辨认肖志田被打成了什么样子。刚开始还听到他嚷，然后是呻吟，最后便没声了。

过了很久福田才发出停止的命令。肖志田趴在地上已无声无息。福田命令看护班的刘智渠、刘当路和赵满山（当时的名字叫赵青儿）把他抬到病室。

灯光下，大家看清了肖志田的伤势，臀部被打烂，大腿的皮肉也绽开，裤子的碎布和血肉粘在了一起。

病室里没有消毒药，刘智渠等人只好用布沾着水轻轻地擦洗。

刘当路愤愤地说："太残酷了！让我们自己打自己！日本鬼子真是太残忍了！"

赵满山咬着牙根说："这是'铁拐李'的阴谋！福田骂我们是畜生，但不是人的到底是谁呀？！"

当晚，张金亭去找耿谆请罪。耿谆的脸色阴沉，久久无语。随后中、小队长们陆续到齐，耿谆说："今后不论是中队长还是小队长，也不论是什么原因，都绝对不能再自己人打自己人，这要作为一条纪律，看他小鬼子把咱们怎么样！"

就在肖志田和刘智渠到后山找草吃没几天，肖志田因伤口恶化死去。

为了防止中国人反抗，日本监工多数住在中山寮，每晚熄灯前，监工要到各个工棚去巡视，清点人数。

一天晚上，小畑清查人数时发现少了刘泽玉，他大发雷霆，扇了小队长几记耳光后，命令小队长派人去寻找。

月色下，刘泽玉正在后山拔野草吃，清辉一片，映照出他嘴角残留的泥土的痕迹。被叫走时，他匆忙揪了几把草装进口袋里，带给睡在他身边的难友。

小畑把守在门口。阴郁的眼睛直勾勾地盯着刘泽玉，眼窝里射出狼眼般阴森森的绿光。刘泽玉心里一颤，心想一顿毒打是逃不掉了。

小畑黑着脸，见刘泽玉走近，一个箭步上去，左右开弓，抽得刘泽玉好几个趔趄。他命令刘泽玉把草掏出来扔在地上，并气急败坏地上前用脚把草碾得稀烂。尔后恶狠狠地瞪了他一眼，悻悻而去。

刘泽玉被捆绑了一夜，大家也提心吊胆地过了一夜。清晨，月亮惨淡地挂在天空，与山谷里若隐若现的朝阳交相辉映，东方一片苍白。

大家集合在场地上，小畑把刘泽玉推到队列前，宣布了他的"罪状"后，命令中队长张金亭棒打刘泽玉。

张金亭不动，一副视死如归的神情。

小畑又命令小队长刘锡财打，刘锡财也不动。小畑把目光投向大队长，耿谆威严地目视着前方。

队列鸦雀无声，小畑感到有点不对劲，他不知道在劳工里已有了不许打自己人的规定。

小畑恼羞成怒，一步冲到刘泽玉的面前，动手撕下他的衣服，其他八名监工也冲上来，七手八脚把刘泽玉推倒在地，有的用棍棒，有的用皮靴轮流向刘泽玉的头上、身上猛打狠踩。这个山东汉子刚开始还狂吼不止，不一会儿，就不省人事了。

桧森见状，用中国话骂道："他妈的！你这混蛋装死吗？"另一个监工提来一桶水，泼在刘泽玉的脸上，他微微动了一下，呻吟着睁了一下眼睛，清水立刻喊道："乌受！乌受！"（日语，撒谎的意思，在这儿指装死。）福田便狰狞着面目蹲下身去，把燃着的香烟头摁在刘泽玉的脖子和脸上，吸一口烫一下。这时，清水用铁钳子夹着一块烧红的铁轨片从厨房跑过来，放在刘泽玉的大腿之间，只听刘泽玉"啊——！"的一声惨叫，一股白烟夹着皮肉烧焦的气味"噗"地腾起。

在凄厉的惨叫声中，刘泽玉满地打滚，他用手去扒铁片，手又被烫焦。几个监工冲上来，按住刘泽玉的手脚，清水再次把铁片放在他的臀部和两条大腿之间，刘泽玉再一次发出撕心裂肺的吼叫后昏死过去。

铁片像毒蛇吐出的舌信子在刘泽玉的大腿根处发出"嗤嗤"的声响，空气中弥漫着皮肉的焦糊味。

耿谆的眼泪唰唰地落下，像瀑布一样挂在脸颊。他依然保持着军人的身姿，身板笔直，一动不动，脸部肌肉却在愤怒地抽搐。

队伍里的啜泣声起，声如远天滚过的隐雷。

暴徒们的余兴过去了，便宣布行刑结束。小畑说："你们不想都变成这样，认真做工去吧！"

看护班的刘智渠、赵满山和刘当路把刘泽玉抬进了病室，都以为他活不成了，但他竟然奇迹般地活了下来。

日本战败后，刘泽玉作为证人参加了远东国际军事法庭BC级法庭的出庭作证，在日本待了两年多，伊势知得、福田金五郎、清水正夫等人被判刑后，才回到祖国。

那次酷刑的刺激，使得刘泽玉精神失常，加上他身体残疾，一生未能娶妻成家，生活十分贫困，靠难友接济度日，于1962年去世。

薛同道的死直接触发暴动。

自耿谆等第一批人抵达中山寮之后，1945年4月，日本又在中国山东等省抓了600人作为第二批劳工运往花冈。除去中途死去的，5月5日到达中山寮的有587人；6月4日押来第三批人，原有人数100名，除去途中死去的，到达中山寮98人。

三批人数加起来总计1000名，押上货船的有986名，实际到达中山寮的是979人。在不到一年的时间里，相继死去近300人。不管是崩溃还是反抗，都到了人的忍耐力的极限。

事件发生在6月中旬的一天，耿谆记得是暴动前两个星期左右。

夜幕降落以后，黑黝黝的山形像剪影一样坐落在靛蓝色的天幕下。按规定是下午6点收工，但每天工时都被延长，做工的没表，有表的是监工，他说几点就是几点。

太阳落山已经很长时间了，还要在黑暗中走八九里的山路才到中山寮。

那几天薛同道拉肚子，耿谆让他在寮里休息，说养好病再干。薛同道说，我要是养病不干活，每天只有一半的饭吃，饿肚子的滋味儿比干活还苦哇！还是让我出工去吧。

这天的午饭被克扣了一半，监工说是没有完成上午该挖的土方，所以要施以惩罚。饥饿使薛同道头昏眼花浑身无力，他在一棵树上靠了靠，一靠就掉了队。

前面不远处是韩国人的寮，星星点点，闪烁着昏暗的灯光。

就是在这一带，前些天有一个上了年纪的山东人王廷邦，因拉痢疾卧床，被监工视为偷懒，被迫带病出工。王老汉不堪忍受虐待和屈辱，悄悄上山自缢，被路过的朝鲜人救起，送回工地。

其实还不如让他自缢了的好，好心救他一条命，送回来后却被福田金五郎乱棍打死。

今天薛同道也走到了这个地方。虽然选择死需要极大的勇气，但有时活着比死需要更多的勇气。

薛同道一定认为生命较之其他显然重要得多，为了生存，他一步一步挪到“韩国寮”前,敲开了一扇门。

出来的是一位朝鲜大妈,虽然语言不通,我想朝鲜大妈还是明白了薛同道的意图。

朝鲜人因国家是日本的殖民地而备受日本人的歧视,在花冈,他们对中国人遭受的非人虐待是有目共睹。出于同情,朝鲜大妈递给薛同道一个饭团。那香味儿肯定使他的胃和肠子一起扭动。他接过饭团,战战兢兢咬了一口,那种瞬间的久旱逢甘露的快感不是语言能描绘出的。

幸福的感觉太短暂了。他听到了大皮靴的脚步声和随着脚步声的一声怒吼:“你的,你的什么的干活!”

小畑发现人数少了,和代理寮长伊势知得一路找来。薛同道一惊,说时迟那时快,他手中的饭团被小畑一巴掌打掉在地,接着一脚踹在他的脸上,歪倒在地的他,鲜血顺着鼻孔和嘴角淌出。

薛同道被押回中山寮,双手反绑,锁在黑暗的仓库里。耿谆和各中、小队长被叫到医务室,随后清水和福田把捆绑着的薛同道连推带搡押了进来。

伊势指着桌上一团沾着泥土的饭团怒气冲冲地对耿谆说:“看到了吧?你的明白?”

桧森用中国话训斥道:“你们刚到这里来时,伊势君就跟你们讲过,要努力工作,不许违反纪律,可是今天收工回来,薛同道装病不好好走路,竟敢向朝鲜人讨饭吃。这是中山寮的耻辱,是鹿岛组的耻辱,也是你们支那人的耻辱!”

他还说,薛同道违反纪律,是队长管束不严,所以叫大家来接受教育,云云。

伊势走到薛同道面前,把烟头狠狠戳在他的脸上,薛同道扭过头来,狠狠瞪了伊势一眼。

“开始吧。”伊势说。

拎着木棍的福田,箭步冲上,一棍子打在薛同道的背上,接着又一棍打下去,薛同道被打趴在了地上。

这时,站在旁边的清水、小畑、长崎、猪股清等人疯狗般蜂拥而上,木棍、铁棍、皮鞭、皮靴雨点般向薛同道的身上砸着、打着、踢着。

刚开始薛同道还喊了几句,不久粪尿溢出,很快就血肉模糊昏死过去。

暴徒们站在一边气喘吁吁,刚才出去了的小畑右手挥舞着一根又短又粗的皮鞭进来。

小畑挥舞皮鞭向薛同道的头上猛抽,始终没有动手的石川面部紧张起来,阴沉着脸看了一眼小畑手中的凶器。

石川忠助在中山寮成天阴沉着脸,很少说话,但没有打过中国人。起初,大家以为他很阴险,渐渐地发现他与越后谷义勇对中国人有同情心。

在薛同道挨打时,耿谆注意到小畑手中的皮鞭又短又粗,身边的张金亭拉了拉他的衣角,小声说:"那是牛阳鞭,很厉害,要置人死地的。"

"牛阳鞭"即把公牛生殖器晒干后做成的鞭子。耿谆浑身一震,倒吸了一口凉气,心想薛同道今天非死在这伙野兽的魔爪下了。

薛同道早已经不动弹了,小畑用长筒靴踢了踢,便令任凤岐提一桶水来。

小畑把手中的皮鞭伸到水桶里,随后用手一指薛同道,任凤岐立即心领神会,提起那桶水泼下去。

昏死的薛同道,受到刺激,轻轻地打了一个激灵,微微睁开双眼,小畑狞笑道:"站起来呀,今天死了死了的,你的明白!"

说着挥起沾了水的牛阳鞭,朝薛同道的头上、背上和腿上猛烈抽去,薛同道抽搐了一下便又昏死过去。

任凤岐跟着日本人扬长而去了。薛同道被难友们抬进病室。血肉模糊的薛同道身上的衣服已成了碎布条,一条一条嵌在肉里。刘智渠和赵满山欲给他脱衣服,耿谆说:"那样脱不行,拿水来,用水沾着慢慢地揭,动作要轻。"

得知消息的人悄悄来到病室,都按捺不住内心的怒火。有人说:"大队长,咱不能这样忍下去了,看小薛被打成这个样子,再忍下去咱们非死光不可!"也有人说:"跟他狗日的们拼个鱼死网破,死也死个痛快,总比这样窝窝囊囊的被别人打死好!"

耿谆心中的怒火已不是一天两天，他一直在压抑着自己。对他来说，一头要掂量民族尊严，另一头还要掂量难友们的生命。两头都同样沉甸甸，同样宝贵。

这时，门口传来“铁拐李”桧森昌治那条假腿敲在地面上发出的“笃笃”的响声，屋内顿时鸦雀无声。

“铁拐李”见屋里聚集着很多人，便大声吼道：“你们站在这里干什么？快去睡觉！”随后把刘智渠叫过来，气势汹汹地说：“薛同道违反了皇军的纪律，三天内不许给他吃饭，也不许给他水喝，听见了吗！”

“铁拐李”走了一会儿，薛同道的身体动弹了一下，嘴里轻轻地呻吟着：“水……水……”

刘智渠让刘当路在门口望风，自己倒了碗水去喂他。

他刚把薛同道的头扶起，正要喂时，在门口望风的刘当路举起了手，压低嗓门说：“来了！”刘智渠慌忙放下薛同道，转过身来，给旁边的人喂水。

“铁拐李”进来，在屋内巡视一周，处在昏迷状态的薛同道嘴里仍然在低低地呻吟着：“水……水……”

“铁拐李”听见，转身出去，提了桶水来，照着薛同道的头兜底泼下，薛同道打了一个激灵，“铁拐李”恶狠狠地说：“给你喝水！”说着举起拐杖朝薛同道的脸上打去，只听到薛同道一声带着血丝地惨叫，倏地归于寂然。

“铁拐李”走了，“笃笃”的拐杖声由近及远，渐渐消失在夜幕中。

屋里的人全部惊呆了，目光齐刷刷地投向了耿谆。

耿谆的眼神突然像鹰隼一样闪射出怒火，紧绷的脸微微颤抖，他猛一甩手，转身而去了……

这是一种格局最后的断裂和崩溃。

人生关键时刻的选择有时并不惊天动地，也许是深思熟虑，也许仅是一时冲动，也许是别无选择的选择，但就这么定了。

战后不久，从秋田县派遣到花冈矿山为中国人诊治的医生高桥实在其所著的《一个事实》中写道：“他们已经处于是选择死还是抵抗的关键时刻，除此之外别无道路！对这些人来说已经是走投无路了。”

# 鬼逼人反

## 1

对耿谆来说，暴动的念头在心里的酝酿已不是一天两天的事了，他心口像坠着一块石头，沉甸甸地在胸膛内摆来摆去。

据说，在薛同道被打死之前曾酝酿过两次有关暴动的事。第一次大约是1945年3月，当时耿谆心里很苦闷也很矛盾。

漫长的冬季夺去了许多同胞的生命。记得初到中山寮时，为了照顾老的和小的，他特意设立了一个“老头班”和一个“小孩班”。上了年纪的老头儿留在寮里做杂务，年纪小的几个负责给监工们做勤务，都可以免去到工地做大活儿之苦。可是冬天还没有过完，满山遍野依然白雪皑皑，老头儿们都“走”了，“老头班”已名存实亡。

多少次看到自己的同胞因饥饿寒冷疾病暴虐而死，他心中实在不忍；多少次请求改善条件无济于事，便想到暴动用流血来抗争。

“决心难下啊！——”

说这个话时耿谆已是耄耋之年。当他向我讲述往事时，语气里依然透露着面对选择时的为难。他长长吁了口气道：“我们虽然到了不能忍受的地步，但还是强忍受着。”

“身在日本，人生地不熟，语言不通，又是四面临海，暴动本身就是凶多吉少，暴动是死，不暴动也是死。”

他说，到了3月，日本人搞了一个“突贯期”，打通下水道。每天干活16个小时，并限定工作量，人饿得受不了。

有时他将自己的口粮省下一半，让勤务员于学来给重病号送去，但杯水车薪无济于事。

死人的事每天发生，有时一天死几个。有人找到耿谆说：“队长，我们真活不下去了，你下命令吧，你走到哪里，我们跟到哪里，就是下火海，我们也跟着你跳！”

也有人说：“跟他们拼了，咱死也是站着死，表明咱中国人有志气。”

还有人说：“就是咱死了，让日本人不敢再欺侮中国人，我们流血斗争以后，其他地方的中国劳工的生活可能会得到改善。”

面对一双双信任的目光，耿谆在感激之余，更深感肩上责任的重大。

他开始有意识地征求意见。

白天工地上看管很严，不能随便谈话；晚上收工晚，大家很累，而且也不便聚集，便利用中午休息的十来分钟谈话。

当时一个小队不定期发一盒火柴，用完后还得将空盒交回。为了节省火柴，大家常常是凑在一起点烟，耿谆就是利用这个不易引起监工注意的抽烟对火的机会，与中、小队长交谈。也有中队长或小队长向他汇报情况时，捎带着议论两句关于暴动的事，时间不敢长，怕被日本监工发现。

参加密谋的人有：刘虞卿、刘智渠、李光荣、张肇国、贾毅民、宫耀光、李克金、刘玉林、赵书森、翟树堂、刘锡财、张开化等。

张肇国提出夺船回国，说他的小队里有人会开船，最好夺个军舰开回家。当时化名张开化的王敏主张上山打游击，他被俘前是河北省“晋深极县”（晋县、深泽、无极交界）第三区的民政助理员，1939年加入中国共产党，一直跟日本鬼子打游击来着。

各抒己见，众说纷纭，耿谆默默地听着。历史把他推到了这个位置，运筹帷幄、当机立断都要深思熟虑。

当时设想的行动计划是：

1.联合在花冈的“东亚寮”铜矿的中国劳工一起暴动。

2.袭击花冈警察署，夺取武器。

3.夺取附近关押美军战俘的俘虏营里日本兵手中的枪支弹药。

4.动员一起做工的一位朝鲜籍技术员。

5.砸死中山寮几个最凶狠的日本监工。

6.饱餐一顿，带足干粮，带领大家逃离中山寮，寻路到海边，夺船回国。

在酝酿的过程中，耿谆听说不久又要有一批中国劳工到中山寮来，他想等他们到达后再说，一来想听听国内的抗日形势，二来想动员他们一起行动，人多力量大，因此推延了暴动的时间。

## 2

1945年5月5日第二批人到达中山寮，其中有一名日语翻译叫于杰臣。

耿谆想把于杰臣争取过来，因为暴动一旦发生，必然要在日本国土上战斗，人生地不熟，语言又不通，没有一个熟悉日本语言和地理环境的人，困难会更大。

耿谆试探性地与于杰臣交谈了几次，于杰臣有些犹豫，说再考虑考虑。

第二次行动的时间定在1945年的端午节。耿谆打算让于杰臣弄点酒，在酒桌上把辅导员灌醉再下手，完成第一次拟定的暴动计划。

离端午节越来越近了，还不见于杰臣表态，于是在一天下午屋里只剩于杰臣一个人时，耿谆去找了他。

于杰臣说："大队长，作为个人，我佩服你的人格和胆识，但我还是劝你一句，最好还是放弃暴动的念头。"

他说，这里是日本不是在中国，想从这里逃出去可能性极小。于杰臣无意之中透露说，苏联红军正准备向日本发动攻击，日本失败的日子不远了，他劝耿谆再等等。

耿谆明白了他的态度，装作若无其事的样子说："你说得也有道理，我再考虑考虑吧。刚才说的事也只是个想法，你千万不要对别人说。"

于杰臣说，那你放心。

耿谆起身告辞时，无意中瞥了一眼身边的纸篓，发现里面有一张揉搓成一团的地图。他拾起，佯装揩鼻涕，顺手装进口袋里。

回到房间，耿谆赶紧打开那张废纸，竟是一张日本的火车路线图。他仔细研究，发现花冈过去就是青森县，青森过去，隔海相望是北海道。刚才于杰臣说，苏联红军快打到北海道了，耿谆心里计划着，花冈到海边也不过两天两夜的路程，暴动后可连夜向北突进，夺船过海，到北海道后再见机行事。

第三次商议暴动的日期原定为7月7日，这是发生“卢沟桥事变”的日子。有人说，在这一天暴动即使不能成功，起码也让日寇知道，我中国人不可辱。耿谆说是这个理，即便失败，这件事也会在日本全国引起震惊，说不定会使在日本各地的战俘劳工因此得到生活条件上的改善。

日期提前是因为薛同道事件。当时劳工的情绪如烈火烹油，耿谆说：“用牛阳鞭抽我中国人，实在是侮辱我中国人太甚，不暴动不足以维护我民族尊严，不暴动不足以洗此奇耻大辱！”

从另一个方面考虑，距原计划的7月7日等待的时间也太长，当时监工们千方百计地延长工时虐待劳工，耿谆想，如果再等些日子，不知鬼子又使出什么花招，难友们也说不定又有多少人丧命。

1999年夏天，耿谆接受我的采访时说：“当时我内心痛苦得不得了，暴动是必死的，四面是海，没有生路，但我们苦得没法活了，薛同道之事实在是有损我中华民族的尊严，这才下决心。”

这次，暴动日期预定在6月27日深夜。行动计划是把中山寮的日本监工和汉奸全部干掉，然后向北海道方向逃奔。

刘智渠在回忆录里写道，6月25日晚上，耿谆把他叫到屋角里，悄悄地对他说：“最近辅导员们的残酷行为太过分了，有的难友因此而神经错乱起来，情况已严重到了令人不能再忍耐下去了，各队长都认为除了用武力来和他们斗争以外，再没有别的路可走了……”

刘智渠问：“那么，具体怎么干呢？”

耿谆将计划告诉了他。

大概也就是这一天，“小孩班”的孟连祺到耿谆的屋里办事。

“小孩班”给监工做勤务的一共有三个人，监工们按日本人的习惯分别给他们起名叫太郎、次郎、三郎，孟连祺是次郎，日语发音为“季娄”。

每天天不亮，三个“郎”们就得起床给监工屋里拢火，做清洁，打洗脸水，铺床叠被。猪股清尿床，晴天拿到户外晒，雨天就得给他烤。大人的尿臊，必须等屋里没人时烤。如果烤晚了，任何一个监工闻到臊味儿，他们都少不了挨打。对于这些，耿谆也心知肚明。

耿谆让孟连祺坐下，然后说：“季娄，你家还有谁？”

孟连祺说：“有爹、娘、哥哥。”

“想家不？”

“想啊，咋不想。”说着，孟连祺眼圈红了起来。

耿谆问：“想回家吗？”

孟连祺答：“想。”

“那咱跑吧？”

“好。”

“你怕吗？”

“不怕。”

“如果敌人追来咋办？”

“那就跟他拼！大队长，您上哪儿我就跟到哪儿。”

耿谆问他在家时做什么，他说是八路军，跟鬼子真刀真枪地拼过。

耿谆又问：“你看日本人里谁比较好点？”

孟连祺说：“要说对我们好点，那就是老头儿太君石川忠助和小孩儿太君越后谷义勇，他俩还真没有打骂过咱们。”

“他们是哪天休息？”

孟连祺掐着指头算了算，说是6月30日。

6月25日晚，在大队长的屋里研究时，耿谆谈到这个情况。他说：“石川从没打过咱劳工，越后谷还悄悄给病号送过稀饭。这两位是有良心的日本人，咱们不能伤害他们。”

暴动的日期因此推后到6月30日深夜。大家心里都明白，每推后一天，危险发生的可能性就增加一分，他们拿自己的命去保他人的命，因为中国文化传统里讲究滴水之恩涌泉相报。

经过与骨干们多次秘密商议，耿谆终于制订了一个周密的行动计划，具体部署是：

1. 6月30日晚上10点半后开始暴动。

2. 李克金率30人把好外围，见到从窗户里逃出来的一律打死，从门里走出来的不用管，不许走漏风声。

3. 王敏稳住与任凤岐关系密切的副大队长罗士英和第三中队长王成林，防止他们与任凤岐串通。

4. 孟连祺进监工们寝室查观敌人是否睡熟，等在外面的人见手势后，由张金亭率20名突击手，持铁镐进入日寇寝室乘其熟睡，把他们一举歼灭。

5. 刘锡财入敌室后，控制住电话机不许任何人接近。

6. 在歼灭日寇同时，刘玉林和刘虞卿进入汉奸任凤岐的住室，将其砸死。

7. 以上行动得手后，张赞武、刘锡财各率50人分别突袭美军战俘营及大馆警察署，夺取枪支弹药。

8. 炊事班造饭饱餐，每人带圆锹一把作战斗武器，并带足干粮和草鞋。

9. 病号能走的尽量带走，刘玉林、刘智渠带上所能找到的药品，刘当路小队协助护理病号。

10. 行进中严禁骚扰居民。

11. 到达海边后如能夺得船只，就漂流大海，如不能得手，则背海与敌决一死战后，全部投海自杀。

## 3

6月30日晚，熄灯号吹过后，孟连祺和张小宛劈完柴，朝宿舍走去。途经耿谆的门口时，梁文科对孟连祺说，大队长找你。

耿谆一脸严肃地坐在桌前，心事重重，孟连祺感觉到要发生什么事了。

耿谆拍着床沿说："季娄，你坐。"而后又说："今晚叫你干一件事，你怕不怕？”

孟连祺说：“不怕，大队长叫我干什么我就干什么！”

耿谆将一张纸摊在小桌上，上边画着辅导员们的床位，叫孟连祺指出每个辅导员睡觉的具体位置。而后说：“今天晚上你的任务就是把日本人办公室和宿舍的两道门打开。等会儿，你拉门进去看看，装作整理衣服，看他们睡熟没有。如果睡熟了，你出来后就向门外的人招招手，你的任务就算完成了。他们就是没睡熟，见是你也不会生疑，你能完成这个任务吗？”

孟连祺说：“能！”

回到宿舍孟连祺十分激动，有一种海燕迎接暴风雨来临时的兴奋，他想，我们的苦总算是受到头了。

大约晚上11时，司号员王占祥从耿谆的屋里出来，悄悄地闪进劳工们住的大屋，将在铺上假寐的孟连祺轻轻地捅了一下，孟立即起身，到耿谆的屋里。

耿谆说：“熄灯号已吹过多时了，你去执行任务吧。一定要沉着冷静，动作要轻，千万不可慌乱。”

孟连祺穿过空场，先到事务室（即办公室）门口，轻轻拉开第一道门，侧耳听听，室内没有动静，便又蹑手蹑脚地拉开辅导员睡觉的房门。

扑面而来的是一股睡熟后人体散发出来的混合的臭气，有的监工踢开被子，露出半条大腿，有的大声打着呼噜。孟连祺假装叠衣服，在屋里轻轻走动，突然靠窗户的福田挥着胳膊翻了个身，孟连祺浑身颤抖了一下。

孟连祺灵机一动，倒了一杯水，端到福田床前小声说：“太君，喝水吗？”对方没有反应，翻了一个身，打起呼噜来，孟连祺悄悄地退出了房间。

就在孟连祺去侦察情况的同时，李克金、李光荣、张金亭、张赞武、张肇国、刘锡财、刘虞卿、刘玉林、王敏、李秀深等骨干分子带着铁镐和铁锨来到耿谆的门口。

耿谆神色威严，压低嗓音说：“今天要把几个最凶暴的小鬼子砸死，为弟兄们报仇雪恨，然后造饭饱餐，带领大家逃出中山寮。现在已快半夜，孟连祺正在鬼子们的寝室里侦察动静，你们马上各就各位。”

停顿了一下，他语调更坚定铿锵，说：“报仇雪耻，扬我民族尊严的时候到了！记住，要沉着冷静，勇敢机智，下手要准要狠，动作利索，不可鲁莽，动手前不可闹出任何声响。金亭、锡财、秀深，你们几个先等候在敌室外，看准孟连祺的手势后再下手。石川太君和翻译于杰臣都睡在里边，不要伤害这两人，放他们从门口跑出来。玉林、虞卿等他们下手后立即处决任凤岐这个民族败类。”

耿谆又说：“克金，你带的人要把守住鬼子寝室的窗户，凡是从窗户逃出来的一律打死，从门口出来的不用管。对逃跑者要追杀不放，记住了吧？”

李克金答道：“记住了。”

耿谆最后说：“肇国，现在你去召集预备队到我这里来待命，大家开始行动吧！”

孟连祺退出了房间，心里还不踏实，关灯前又重新向屋里扫视了一遍，见确实都睡实了，才关上了灯，但没有关门，他向潜伏在周围的难友们招了招手，便退出去了。

## 4

暴动开始了。

兵分几路。

当时既没有通讯联络工具，也不可能事前演练，所以实际过程不可能像设计的那样精确。

负责守护电话的刘锡财进了事务室。当时的他并不懂得只要切断电线就行，而是抡起十字镐头向电话机狠狠砸去，“咣当”一声惊动了隔壁的辅导员，有人惊问：“谁？！”

这时,守候在门口的李秀深一个箭步冲进去,对准睡在门口的桧森就是一镐头,这个平时残害劳工的恶魔便即刻毙命。

李秀深回身向另一个人砸去的时候发现是石川,赶紧说:“还不快跑!”石川惊慌地从门口跑出。

小畑听到动静,刚坐起身就被张金亭一把扯下了床。平时耀武扬威的他此刻全然没有了往日的威风,跪在地上连连磕头说:“饶命!饶命!”

张金亭愤愤地说:“饶命?老子今天要让你偿命!要结果你娘的狗命!”说着一镐砸下去,结果了他罪恶的一生。

另一头,刘玉林和刘虞卿提着镐头进入任凤岐的房间。任凤岐听到响声大声喊:“谁?!”

刘虞卿箭步上去把他揪下了床。他跪在地上哆哆嗦嗦地说:“你……你们要干什么?快松手!我要喊太君了!”

刘玉林一听,火冒三丈,冲上去抡了两拳,又一脚把他踹倒在地,脚踏在他胸口上说:“我叫你奶奶的喊!你的老太君已经见阎王去了,你就使劲喊吧!”

任凤岐连忙求饶:“大哥,饶命!大哥,饶命!”

刘虞卿对刘玉林说:“少给这狗日的废话,让他到阴曹地府找他太君老子去吧。”

刘玉林用镐头顶住任凤岐的肚子说:“任凤岐,今天叫你死个明白,你是民族的败类,背叛祖国的狗东西。老子今天就要结果了你的狗命,免得你再给我们中国人丢脸!”说着两个人的十字镐先后劈在任凤岐的头上和肚子上,任凤岐当场毙命。

与此同时,住在大屋的副大队长罗士英和第三中队长王成林也听到动静,罗问王道:“成林,你听,什么动静?在干什么啊?”靠在门口监视他们的王敏说:“没事,睡觉吧。”二人翻了个身,没敢说什么。

此刻,监工宿舍里已混乱成一团,清水正夫被打伤后趁着混乱跳窗而逃,福田金五郎穿着裤衩也夺窗而逃。

这时,负责守候在外的李克金上厕所去了,外围人员尚未布置好,只听得有人喊:“小鬼子跳窗逃跑了,追呀!”外围的人员便分头追了出去。

这是暴动失利的原因。

当时逃掉了三个人,除了清水正夫、福田金五郎外,还有长崎辰藏。但刘虞卿追上了长崎辰藏,与之搏斗多时,被赶上来的刘锡财一镐头夯死。

暴动功亏一篑。

负责指挥的耿谆怒气冲天,在院子里大声训斥:“李克金你怎么搞的?!”刘智渠说,这是他第一次看见耿谆发火。

只有临时改变计划了,放弃去美军俘虏营和警察署夺取枪支,也放弃做饭饱餐,耿谆命令以小队为单位,迅速集合,每人带一件工具当武器,立即出发。

在这种万分紧急的情况下,耿谆不忘严明纪律:沿路不许骚扰老百姓。

多少年后,王振瑞、徐凤功、周传家还清楚记得耿谆动员劳工时的话:“我们生要站着生,死要站着死,要保持做一个中国人的气节!”

耿谆手里拿着那张从废纸篓里捡来的地图,带着队伍匆匆向中山寮后面的狮子森山进发。

夜幕下的狮子森山莽莽苍苍,阴阴森森,月光被林中的枝叶切割成荧绿色的碎片撒在地上和人们的身上。

没隔多久,花冈警察署的警报拉响了,漫山遍野长啸着尖厉刺耳的警报声。

夜沉沉,山路崎岖,杂草灌木丛生。劳工们互相搀扶着,先是排成一字长蛇阵,但不久队伍就走散了。

跟在耿谆后面大约就三四十人,走到半山腰时,可隐约地看到山脚下带状公路上有汽车行驶的光束。

耿谆对大家说:“那可能是敌人调动兵力的汽车,天快亮了,我们争取在天亮时到达山顶,那样即使敌人追上来也便于拼杀。”

耿谆的估计没错,那正是敌人调集的兵力。这次暴动震惊了日本当局。因为当时在日本各地分散着135个劳工所,有近4万名做苦役的中国人。另外还有朝鲜劳工和美国的被俘人员，如果引起连锁反应将直接威胁着日本的战争后院。为了防止暴动的烈火蔓延，日本当局连夜调动了秋田县、青森县等地两万一千余人,对逃出去的600多名中国劳工进行了围攻堵截和残酷镇压。

天蒙蒙亮时,晨雾笼罩着阴森森的狮子森山。爬到山顶,耿谆发现这座山并不太高，三面是长有松树和杂草的山坡，朝下望去，成群成伙的难友们散布在山野,吃力地往上爬着。

一弧血红的朝阳从延绵的山峦间缓缓升起。远处山脚下，敌人呐喊着开始向山上围攻。

耿谆对身边的王占祥说:“敌人开始进攻了，占祥你下去通知大家快选择好地形,预备些石头,准备同敌人拼杀。”

雾气散尽，天大亮了。山坡上穿着便衣的日本人有的拿着带尖头的竹竿,有的拿着带铁钩的木棒往山上爬,有人用中国话喊道:“你们跑不了啦！快下来吧,给你们饭吃。快下山吧！”

便衣的后面和旁边是举着大刀的警察,如果便衣因挨石击而停下脚,警察就会举着刀斥骂督促。

太阳升高了，白灿灿的阳光下枪声四起。劳工们被枪弹打得抬不起头,经过一夜惊心动魄的洗礼,大家都筋疲力尽了。

耿谆站在山顶的一棵小树旁，眼睛布满血丝，神情冷峻。对于失败,他早有思想准备,他原来想着暴动后可能还有两三天的生存时间,没想到死亡来得这么快。

环顾四周,队伍已完全脱节,身边只有四五十人。山坡上的难友一群一群的被敌人包抄,连推带打的往山下赶。

大势已去。他对身边的李克金、李光荣说:“你们各自为战吧,我要以身报国了。”

暴动前,耿谆专门让王占祥给磨了一把小刀带在身上,此时急摸那把小刀,却不知去向。

他命令李克金道:“快把你的绑腿解下来给我！”

李克金迟疑地说:“队长——”

耿谆回头望了一眼正在朝山头蠕动的日本人,厉声喝道:“都什么时候了！不要迟疑了！”

李克金不情愿地将解下的裹腿递过去,耿谆迅速地将带子的一头系在树上,另一头套在脖子上,用脚猛力一蹬树——昏死过去。

耿谆醒过来时已是在押往花冈警察署的卡车上……

邪魔挑起战争,罪恶应运而生。沉默像礁石一样峥嵘,爆发像沙滩一样平静。

# 花冈惨案

## 1

暴动失败了，花冈附近的山村却像过节一样沸腾了。

后来做了秋田县劳动组合联合会大馆地域协议会事务局长的谷地田恒夫说起那时的情景还记忆犹新，“花冈事件”发生时他才5岁。

他家住在离花冈镇不远的名叫片山部落的村子里。村里只有100多户人家，他家附近有片葡萄园，葡萄园旁边有个猪圈。

谷地田说，暴动发生后，大多数劳工们在狮子森山被警防团抓住，带到花冈镇上的共乐馆广场，但也有极少数零散人员跑到了别处，其中一个就跑到了片山部落。

跑到片山部落的这个劳工，在葡萄园旁的猪圈里抓猪食吃，被警防团(即民兵)的人给抓住了。附近的居民都来围观，谷地田就夹在这些围观的人群中。5岁的他个子矮小，他是从大人两腿之间的缝隙中看到那个被抓的劳工的。

劳工就在被抓住的那一刻，还抢先抓了一把猪食塞进嘴里，这个画面给谷地田留下了极深的印象。

当时老百姓们不知道发生了什么。狮子森山漫山遍野是拿着竹枪、木棍的民兵和老百姓协助警察搜山，人们把这个行动称作是“打兔子”。

他们把抓到的中国人用绳子捆绑起来，带到镇上的共乐广场，扒去他们身上的衣服，让他们半裸着身体，胳膊捆在背后跪在地上。

人们盛传，说这些中国人杀害了日本人，还说中国人吃死人肉是畜生不如的东西，等等。老百姓们因此对中国人充满了蔑视和仇恨，不少男人拿青竹抽打跪在广场上的劳工，嘴里还骂着：“清国奴，死去吧！”

老师带着学生来到广场，发给学生们棍子，让他们抽打中国人，并向他们身上吐口水。

听说在离镇子不远的村庄里，青年团的十几岁的少年把几个中国人活活地打死了。

谷地田曾跟着母亲一起到共乐馆去观看那些被捆绑起来的中国人，听说他们三天三夜没有吃喝，有的人受不了了，甚至喝自己的尿。谷地田刚看了一眼一个日本男子用竹子抽打中国人的情形就被母亲拉走了，母亲说，孩子不能看这种场面。

对于5岁的谷地田来说，当时不可能有什么感受，只有记忆存在了心底。但就是记忆改变了他一生的道路，使他成为和平运动的积极参与者，并由他发起，在"花冈事件"发生地大馆市成立了"花冈事件记录会"。

后来当了作家的野添宪治1935年出生于秋田县山本郡藤琴村，"花冈事件"发生时，他是小学5年级的学生。

他在《花冈事件记闻》一书的"后记"里写道：

"传说花冈矿山的中国俘虏发起了暴动，沿着山岭跑到我们村里来了。并且传说那些中国人把上山去挖菜的小女孩在烧炭的屋子里给烧着吃了，也偷窃了一些农民的牛马给吃掉了，村里的人都战战兢兢地害怕得了不得。白天，男人们都拿着镰刀竹枪去搜山，天黑了在村口燃起篝火放哨。小孩们都把柴镰放在枕头下面，以便在万一的时候使用。这种情况持续了两天，抓住了两个中国人。第二天通知让看中国人去，我们5年级以上的学生集体到4公里之外老村看热闹去了。有两个中国人背绑着手坐在村公所的广场前。我们围绕着他们排成队列，一边转一边配合着老师的口令喊着：'杀人犯！'这是我对'花冈事件'的体验。"

## 2

惨绝人寰的事情在7月1日发生，地点是共乐馆广场。

共乐馆当年是花冈镇的一个剧院，剧院前面是铺着碎石子的广场。如今的共乐馆成了大馆市的体育馆，与过去的景象大相径庭。

在广场的原址上，1980 年 3 月，由大馆市民武田武雄带领修建了一块长方形的纪念碑，上书“共乐馆址”四个大字，并在黑色大理石上镌刻了“花冈惨案”的历史。

不远处有一座塑像，是一个扎着小辫的女孩赶着一群鸭。据说这是一个姓松田的先生设计。在共乐馆重修之时，他原先设计的是一个青年拿着弓箭朝天怒射，向苍天表达愤慨，象征这里是不共戴天的罪行发生的地方。他说，因为这么多人在这里受了那么多的苦，老天不长眼呵！

但当时的市长不同意，就改成一个女孩放一群鸭。有人说这是象征着自由和幸福；也有人说看不明白是什么意思。1987 年 6 月，耿谆第一次故地重游，解说员对他讲这是自由和幸福的象征时，耿谆幽幽地说：“但愿我们的后代永远像她那样快乐。”

话说回来，当年的共乐馆广场上跪着五六百名被抓回来的中国劳工，跪了三天三夜。两个人用一条绳子绑着，如果一个人倒下，他的重量就由另一个人支撑，就连上厕所也要拖着死者。

跪着时，每个人必须腰板挺直，屁股不许挨着脚后跟，稍有松懈，宪兵用枪托猛打，警察用刀背砍，穿着便衣的民团队员用削尖的竹竿和木棍扎，围观的老百姓和孩子则用石头砸。

广场上铺着碎石子和沙，劳工们的膝盖都磨破了，膝盖上露出了骨头，粘着沙粒，稍一挪动，疼得钻心。

三天不给饭吃也不给水喝。幸存者柳寿欣说：“我们一个个被打得鼻青脸肿，血肉模糊。日本人变着花样殴打我们。他们用木棍一个挨一个地打我们的头，从排头打到排尾，又从排尾打到排头，一个打手刚刚过去，另一个打手紧随其后，无一人幸免。第二天，我口渴得要命，谎称去厕所，看到垃圾堆上有一个米饭团，上面爬了很多虫子，我偷偷抓起，三口两口就吞下去了，也许这两口饭团才使我不致死掉。记得一个姓马的难友，要求我们尿点尿给他喝，可谁也尿不出来。我亲眼看到厕所的出口处躺着一个死去的难友。"

后来旅居日本的林树森这样说道：

"最痛苦的是想喝水。口中，嗓子眼里热辣辣地疼。有好多人在叫嚷'我要喝水！''给点水喝！'可是，只要一大声说什么，跟着棒棍就飞过来。现在想起来，真不知怎么活下来的。警察当中，可真有坏人啦，你想喝水，他就拎来一桶水放在你身边，用舀子盛上水送到眼前。这时当然想喝，便扯着捆在一起的人向前够着喝。于是，他便将盛着水的舀子往远处挪，伸着脖子向前够的人把后边的人给拉倒了，又说你不好，棍棒就飞了过来，最后把好水泼在眼前的碎石块上或者泼到人的头上。水从头往脸上流，伸出舌头去舔那水，看着可笑，围观者便哄堂大笑。干这种事的人，简直是没有人心哪！"

"跪在碎石块上边，三天三夜，食物和水一滴不给。夜里也不能躺躺或睡觉。到了第三天，给了半碗像疙瘩汤似的东西吃。现在想起来，能活下来真是不可思议。疲劳，空着肚子，各个晃晃悠悠，坐也坐不住，好多人实在受不了便倒下去。一倒下便要挨揍，所以死了很多人。即使死了，也不管不问。两个人捆在一起，死了一个照样捆着。和我背靠背捆在一起的是谁，名字也不清楚，是个身体非常虚弱的人，被带到广场的当天晚上就死了。死了的人身体慢慢僵硬，也就越来越沉重了。在这种环境下，一个人都够受了，还背上一个死人，更加苦不堪言。天气炎热，尸体慢慢发臭。背着这么个又重又臭的死人，简直一点办法也没有。到了晚上有好多猫狗跑来啃死人的手脚，夜间听到它们争夺食物的咬架声和嚼骨头的声音。有时连活着的人也要咬了。我的膝盖就被猫给抓了几下，赶也赶不走，身体又动不得，太疲劳啦。幸好我还没给狗吃掉，过后听说确实有人被狗给吃掉了。真是个比地狱还残酷的地方啊！"

当地老百姓看到的是在三四天的时间里，没给中国人一顿饭，只是一天一小碗水，死亡无数。有记录说："人们哀求，哭泣也无济于事，得到的只是一顿没头没脑的棒打脚踢。他们把削尖的竹刀、竹枪、棍棒当作殴打华人的武器。华工们由于饥饿和折磨东倒西歪地躺了一地。他们将小麦粉掺上泥撒在地上，华工们由于饥饿难忍就用嘴去舔吃沾满泥土的小麦粉。但是，两个人被捆在了一起，怎么也吃不到，就这样，一旦被发现，两人则一起被殴打直至到死。当时被动员来的警察官中最坏最狠毒的是：今野、后藤、菅原（派出所所长）、天野、永井、山口等人，这里的直接指挥官是三浦（太一郎）大馆署长。宪兵荷枪实弹地围守在四周，使这些凶残的警察官更是有恃无恐了。”（调查手记《花冈矿山事件》）

第一天入夜后下起了大雨，第二天清晨广场上就是一排排的死人。刚开始，鬼子们还把死人拽到广场的一角，像堆放木材一样码成一摞。后来索性不管了，地上尸体横陈，有的趴着，有的仰着，也有扭曲着的，其状惨不忍睹。

经过日晒雨淋，广场上弥漫着血腥的恶臭。

掩埋尸体的人手不够，警察就在花冈镇和大馆的街上招人，条件是每天给工钱 13 日元之外再给 1 至 2 升大米。

据日本提供的资料，7 月 4 日，日本警察派朝鲜人在钵卷山上挖了两个大坑，分别埋有 57 和 53 具尸体，两个坑旁树立了两根木桩。战后，的确在那两个大坑里挖出 108 具遗骨，遗骨现安放在天津烈士陵园抗日殉难烈士纪念馆里。

但对于广场上死亡的人数至今尚无定论，有说是 108 人，也有说是 130 人，还有说是 135 人。当时有权利清数的是加害者，他们不会去数；想数的是正身陷囹圄的被害者，却没有权利清数。

留下一个谜。

但有一个确切数字就是所有死在花冈中山寮的中国人为 418 名，是被掳去人数的一半左右。

我见过一幅从美国国立公文书馆翻制的照片，图片上是日本投降后盟军挖掘钵卷山的情景。盟军在山坡上一次挖掘出 98 具遗骸，图片上是挖出尸骨后的 98 个洞子，齐齐整整围绕着荒凉的山坡，像传说中的外星人乘坐的飞碟上那一个紧挨着一个的幽深的窗口。

这是冤魂聚集的地方。

## 3

花冈警察署设在共乐馆的旁边。共乐馆是一栋高大而宽敞的木板房，警察署与它毗邻，也是木板房。

耿谆被五花大绑地押进警察署，警察得知他的身份后，格外地对他提高了警惕，令他坐在椅子上，又把他与椅子捆在了一起。

耿谆感到很累。该干的都干了，该发生的都发生了。当万念俱寂时也是最轻松的时刻。

耿谆歪在椅背上，很快就睡了过去，睡得很熟，还发出轻微的鼾声，以至屋里的警察换成了宪兵他全然不知。他是被隔壁刘锡财的惨叫声惊醒的，他睁开眼时，发现屋里有了宪兵，端着上刺刀的枪，持立一边。

警察署隔壁的剧院被用作临时审讯室。头上缠着绷带的福田金五郎猎狗一般带着警察在广场上搜寻，见到身上有血迹的可疑者便拉进剧院审讯。

当时化名为李光荣的李振平这样介绍剧院里的审讯情景，他说："当我走进那空荡荡、高大的剧场时，我想大概是要在这里处死我们的。可一进了剧场，便过来几个人朝我们的脸上猛打。我们已经站都站不稳了，一记耳光就被打倒了。倒下去还让站起来，照样还是打。打倒了又让站起来，站起来再打。就这也不知重复了多少次，可是没有一个人坦白真情。"

"随后，让我们仰卧在一个长条凳上。用绳子捆紧了。提来了一桶水，舀起水往鼻子、嘴里灌。本来身体都虚弱，很快晕了过去。他们便将条凳倒立起来，头朝下，让水从嘴、鼻子里流出来。第二天又被带到剧场，心里也在害怕，不知道又有什么新花招哪。来了个翻译对大家说，只要坦白就饶了我们。可是，没人张嘴。这回拿来一个粗大的注射器，把注射器伸到水桶里抽满了凉水后注射到肚子里，注射过几次以后，本来瘦瘪的肚子鼓得圆圆的了。这时，不知是谁穿着鞋蹬到肚子上，使劲地往下踩。于是，肚子里的水从耳朵、鼻子和嘴往外喷出来。那时的痛苦劲儿，简直受不了。这样，有时反复地整上四五次，还是没有任何人坦白。这回，在顶棚的大梁上吊起两根铁丝，把铁丝拴住人的大拇指，往上卷吊铁丝，身体悬了空。用粗木棍往屁股、大腿等处胡乱地殴打，一疼便摆动身体，大拇指的皮肤勒脱了，人便掉到地上。手指只剩下了骨头，血流不停。这样一来，几乎所有的人都要晕死过去。”

李振平所说的情形，被当年最先奔赴花冈现场的秋田宪兵分队的伍长H所证实。他说：“在共乐馆中，警察在审讯，在用刑拷问。用滑车把人吊上去，放下来。然后让仰面躺下，脸上蒙上湿手巾，用水壶往上面浇水，因为不能老屏住气必然把水吸了进去，肚子慢慢地鼓了起来，然后用力按肚子让水喷了出来，就这样拷问，可真够受的啦。”（《花冈事件记闻》）

虽然没有人统计过被拷问的人数有多少，但林树森的证言里说：“在共乐馆内死了的人，便运到馆的旁边堆在那里。3天中间，死了好多人，堆得老高老高，大概有二十来个人。”

情形之惨烈可见一斑。

刘锡财就是被抓上开往日本的轮船时跳海未遂、暴动时又一镐头砸碎了电话机的那个山东烈汉子。

刘锡财被拉进了剧院审讯室，一个会说中国话的便衣警察说：“你小子长得很结实，一定是你动手杀人的啰。”

刘锡财说：“不是。”

站在一边的警官火了，他叫人用房梁上悬垂下来的铁丝把刘锡财两手的大拇指扎起来，然后把铁丝一拉，刘锡财的身体吊在了半空中。

刘锡财疼得狂叫起来，豆大的汗珠从额上流下。

警察趁此逼问：“是谁杀的人？”

刘锡财在半空中呻吟着，气喘着说：“是我……是我……”

“还有谁？”

“就我一个。”

“可是逃出来的辅导员说有二十多人。”

“不……不对……就……是我一个……把我放下来，处我死刑吧！……”

刘锡财最后一句“处我死刑吧”完全是一声惨叫，像锐器划在钢板上，把空气割裂成锯齿般的牙状，这声音割锯着凡是能听到这一声惨叫的人的神经。沉睡着的耿谆就是被这一叫声惊醒，他浑身颤抖了一下。

耿谆隔着木板愤怒地高喊：“把他放下来！你们打错人了！我是这件事的主谋，全是我做的，跟他们没有关系！把他放下来！”

便衣警察跟那位主事的警官商量了几句，把刘锡财放了下来，他们到隔壁去审问耿谆：“谁是同谋者？”

耿谆缄默了，不再回答任何问题。

便衣警察火了，脱下皮靴朝耿谆的脸上重重打去，他的脸顿时肿起来，血从鼻子和嘴里流了出来。

第一天没有审出结果，耿谆被关进拘留所。进屋时，他发现屋角有一把一尺来长的匕首，上边还带有血迹，当时他想有机会还是要自杀，不能让敌人来侮辱。

跟随进来的日本军官也发现了匕首，弯身拾起，耿谆不无遗憾地想，我只是想早死，不料想死也死不成了。

第二天临时军事法庭对耿谆进行审讯，一连审了七天无果。

一次，一个警察进屋对耿谆说：“你听，那些被你们打死的人的家属都在外边哭。”

耿谆反驳道：“我们这些中国人都有家属，有父母、妻子、儿女，他们天天都在哭，可是你听不见。”

第八天由宪兵司令亲自审讯。

宪兵司令是上校军衔，有三颗星，看上去态度和蔼，进来后首先命令宪兵给耿谆松绑，并上前查看耿谆脸上的伤势，见脸上有血痕，便令卫兵端水洗脸，还给他削了一个苹果。

耿谆坐在宪兵司令的对面，两侧站有持枪的宪兵。

宪兵司令带了一个翻译。翻译走上前来，向耿谆鞠了一个躬，自我介绍道：“我是中国人，名字叫王冈。我家住东北，来日本留学，今天我来当翻译，队长此举，我很钦佩。队长你今天只管说，我一定做好翻译。”

审讯开始了，宪兵司令问道：“你在中国是什么阶级？”

耿谆答：“上尉连长。”

“在什么地方被俘？”

“在洛阳战场被俘。”

“你怎么被俘？”

“腹部受伤被俘。”

“为什么暴动？”

“每天做十六个小时重劳动，吃的不能半饱，雪天雨天从不停工，看守对我战俘拳打脚踢，视为牛马，横加罪名，滥施毒刑（用火烙身），因受摧残致死者将近300人。更有甚者，竟用牛阳具打我同胞当场毙命，侮辱我中国人太甚，所以要暴动。”

“为什么不向负责者要求增加吃的和改善待遇？”

“我曾同翻译前去要求过两次。”

“吃的增加多少？”

“一点也没有增加。”

“你向何人要求？”

“河野正敏。”

“我查明你是中国将官阶级。”

“我是尉官阶级，被俘时尚佩有徽章。”

“中国政府授给你什么任务？”

“我的阶级很低，根本够不上接受政府任务。”

“是不是中国政府授给你颠覆日本的任务？”

“不是。我完全是为了挽救我劳工的生命。”

“你们出去后往哪里去？什么地方接济你们？”

“为了不被在中山寮全部饿死，出去寻生路，哪里也没有接济。”

“你要暴动，计划了多少天？”

“没有计划过。”

“没有计划，怎么能把人带出去？”

“我是队长，我向全体下过命令，就亲自领着他们逃出中山寮。”

“你下命令，他们都听吗？”

“战俘都是军人，军人养成了服从的习惯。”

“你都指定谁去打死日本人？”

“没有指定，命令是向大家下的。”

“你知道都是谁下手打死了日本人？”

“不知道，那时很混乱。”

“按法律打死人是要抵命的。”

耿谆激动起来，提高嗓音说：“中山寮里我战俘死去数百人，何人应该负责？”

宪兵司令说：“这与直接杀人不同，直接杀人得抵命。”

耿谆说：“我杀人我抵命，我愿自己剖腹！”

司令说：“这得考虑。”

宪兵司令拍案而起，脱口说了句话便起身走了，跟在后面的翻译王冈路过耿谆的身边时对他说：“队长，他说你伟大。”

关押在隔壁剧院的人都听到了审讯的情况，王敏在证言里写道：“在花冈警察署受审时，我隔墙耳闻耿谆大队长受审的情况，他受审开始，就承担了暴动的全部责任，他慷慨陈词，怒斥敌人，把活的希望留给难友们，把死的可能留给自己。他视死如归的精神至今使我敬佩不已。”

被关押的人都松了一口气，大家互相传递着消息：“大队长一人揽下来了，我们不要紧了。”

经过这次审讯，警方认定了13个人为罪犯，其余的人全部释放。这些人是耿谆、李克金、刘虞卿、李光荣、刘锡财、刘玉林、赵树森、宫耀光、张赞武、张金亭、孙道敦、褚万斌、李秀深，他们被移往秋田县监狱，李克金没多久就被释放了。

在秋田监狱里，每个人都是单间，耿谆说他住的房大约也就3平方米，一张榻榻米，一个小木勺，一个碗，一双筷子，里面还有一个便池。

门上有个孔，用铁片挡着。每天狱警换班时点一次名。点名就是喊号，从1喊到15，后来知道关押的中国人里有三人是其他工场的，他们杀死了与日本监工狼狈为奸欺负同胞的汉奸大队长。

在秋田监狱里，耿谆被提审过三次。审讯者四五个人，身穿便衣，没有翻译，耿谆认为可能是私自提审。审讯时，将门紧闭，责令耿谆跪下，耿谆不从，盘腿而坐。他们用木棍打耿谆的肩部和头部，每次都打得他昏死过去，后脑受伤，落下后遗症，至今还经常头疼，脖子扭动时，嗑巴嗑巴地响。日本战败后，在远东国际军事法庭控诉时，耿谆忘了提这件事，留下一个终生的遗憾。

过了些日子，有个少尉军官到关押耿谆的房子里问他："你的父母有？"

耿谆说："有。"

"奥库桑（妻子）有？"

"是的，有。"

"阔托毛（小孩）？"

耿谆用日语答："奈依（没有）。"

军官用手势比画着，问他要不要给家里写信，耿谆摇了摇头说："不用。"

军官对看管耿谆的宪兵说："果基汉（五点半）。"然后看了看手腕上的表，走了。耿谆以为5点半要处死他，正好听到隔壁李光荣的咳嗽声，便大喊了一声："光荣，来生再见！"隔壁顿时爆发出了哭声。

不久，秋田法庭派去了一个佥事长到监狱正式提审耿谆，记录口供，翻译是名为金野武夫的警察，共提审了三次。

开庭的日期已无从可查，据说连续开庭了三天，12名被告全部出庭。

三名身穿法官服的人坐在中间，佥事长侧坐，翻译仍然是金野武夫。

法官宣布开庭后，佥事长宣读口供，念一个核实一个，法官说，如有不符，准许提出。

第二天仍然是复查口供，第三天开始宣判。

宣判前，法庭给耿谆指定了两个辩护士（即律师），辩护士把耿谆带到隔壁的小屋对他说："我们是辩护士，替你说话，你把你的事情告诉我们。"

法官宣布判处耿谆死刑，其余的人无期徒刑及有期徒刑7年、15年、20年不等。

辩护士站起来替耿谆进行了辩护，他说："在凶恶的犯罪背后，有着悲哀的生活，不应忽视这一点。必须看到耿谆不是出于私人仇怨，而是从作为大队长统领全体的责任上，成了行凶的主犯。张金亭、孙道敦也是同样。给予减刑或执行犹豫（犹豫在日语中为延期、缓期的意思）是最恰当的。”

李秀深后来回忆说，他当时举手说：“大队长没有杀人，是我们杀的，判大队长死刑不公平！”翻译对李秀深说：“今天不算判决。”但法庭上仍宣布维持原判，之后就休庭了。

回到监狱，耿谆有一种如释重负的感觉，给他开门的狱警叫吉谷，这个人平时对耿谆的遭遇深表同情。耿谆想，判了刑不是就要马上执行了吗？便问吉谷，刑场在哪里？

吉谷在纸上写下“仙台”二字，耿谆不禁生出一丝宽慰。心想，人死了上仙台也算是一件快事吧。吉谷从衣袋里掏出两个饭团送给耿谆，耿谆不要。吉谷用手比画着告诉他，是夫人亲手为他做的，他才收了下来，心中十分感动。

根据《秋田县警察史》下卷记载，正式的宣判日期是1945年9月11日。

其实，在“8·15”日本战败投降的第二天，即8月16日，日本内务省就向有关单位通报了“关于处理华人劳工问题”的文件，要求中国劳工一律释放。显然，这是日本法庭战后对所谓“战时罪”作出的判决。《强掳中国人的记录》一书中这样评价道：“这个在战后判决的‘中国人叛乱罪’，却是个严重事实。也就是说，由‘战败的国民’判决了‘战胜的国民’。”

秋田县地方法院的判决书如下：

### 9·11秋田地裁的刑事判决

事件发生以来，全力以赴对逃跑者搜查、逮捕的结果，到7月7日为止，逮捕792人，对参与策划及实施杀人者13人，根据“国防保安法第16条第2款”适用的“战时骚扰杀人罪”判决如下：

| | | | | | |
|---|---|---|---|---|---|
| 1. | 首魁 | 大队长 | 耿谆 | 30（岁） | 无期徒刑 |
| 2. | 谋议参与 | 大队副官 | 李克金 | 28 | |
| 3. | 谋议参与 | 大队副官 | 孙道敦 | 44 | 10年徒刑 |
| 4. | 谋议参与 | 第一中队长 | 张金亭 | 32 | 10年徒刑 |

| | | | | |
|---|---|---|---|---|
| 5. 谋议参与 | 第一小队长 | 赵书林 | 36 | 5年徒刑 |
| 6. 谋议参与 | 第二小队长 | 刘锡财 | 32 | 3年徒刑 |
| 7. 谋议参与 | 书　　记 | 刘虞卿 | 30 | 2年徒刑 |
| 8. 谋议参与 | 看　护　长 | 刘玉林 | 37 | 2年徒刑 |
| 9. 杀　　人 | 第二中队长 | 宫耀光 | 22 | 8年徒刑 |
| 10.杀　　人 | 第四小队长 | 李光荣 | 27 | 5年徒刑 |
| 11.杀　　人 | 第五小队长 | 张赞武 | 23 | 3年徒刑 |
| 12.杀　　人 | 第一小队员 | 褚万斌 | 27 | 8年徒刑 |
| 13.杀　　人 | 第一小队员 | 李秀深 | 23 | 6年徒刑 |

对于这12人的起诉，昭和二十年(1945年)九月十一日，处以无期徒刑1人，其余人处10年以下的徒刑。

1951年10月，由刘智渠口述，刘永鑫、陈萼芳整理的日文版《花冈事件》一书即将出版之时，日中友好协会创始人之一的内山完造先生为该书撰写了前言。

内山完造先生是鲁迅先生的好友，他去世后，骨灰一半埋在中国上海，一半埋在故乡日本冈山。

他的前言题为《忏悔的铁证》，全文如下：

只要一听到“花冈惨案”，我就感到窒息般的痛苦。说它是残酷呢，说它是无耻呢？纵令是在战争时期，但试问这样的事是人间所应有的吗？而且一想到这是由我的同胞动手干出来的事，那就不止惭愧和悔恨，还要泣不成声了。这本小册子是那件事活生生的记录，是我们应该忏悔的活的铁证。那么，大家在这小册子所揭露的事实面前低头认罪吧。

1951年10月30日

# 正义篇

正义是一种理念而利益却很现实。正义的魅力在于它周身都散发着真善美的芬芳，人们崇尚正义。但现实世界中正义往往显得柔弱而且备受委屈。

# 胜利的角落

## 1

1945 年 8 月 15 日，日本裕仁天皇宣读的投降诏书宣告了日本帝国时代的结束。

同年 9 月 2 日上午 9 时，在停泊于东京湾的美国战列舰“密苏里”号上，举行了被历史定格了的投降仪式。

那一天，天高云淡，阳光灿烂，“密苏里”号军舰显得格外威武雄壮。有人说，麦克阿瑟选择“密苏里”号是为了赢得新总统杜鲁门的欢心，因为杜鲁门的家乡是密苏里州。

签字桌是舰上军官食堂里的长方形餐桌。桌面铺着绿呢子台布。桌子前方，左边立着 50 位身着白色制服的美国海军将领，右边站立着 50 位身着黄色制服的美国陆军将领。

8 时 30 分，乐声大起。值日官高喊：“全体立正！”舰上立刻肃静下来。海浪拍打军舰吃水线，“唰唰”的声响清晰可闻。稍许，麦克阿瑟和尼米兹上将乘驱逐舰从横滨而来，扬着高傲的头颅，迈着坚实的步伐，从舷梯走了上来。

投降的日本代表团于 8 时 55 分到达。为首的是日本外相重光葵。他一只真腿，一只假腿，走起路来一瘸一拐，登扶梯时异常困难。这位对朝鲜和中国犯下侵略罪行的罪犯，1932 年在上海虹口庆祝胜利时，被朝鲜义士尹奉吉投掷的一枚炸弹炸断了一条腿，他代表日本政府来签署投降书。紧跟其后的是陆军参谋长梅津美治郎，代表日本大本营签署投降书。

桌子里侧是同盟国受降代表站立的地方，外侧则是投降的日本代表。

日本代表 11 人列成三行，与联合国代表隔桌而立。

9 时整，麦克阿瑟、尼米兹等高级将领走出将领指挥室。麦克阿瑟走到扩音器前，发表讲话。他说：

"我们，各交战国的代表聚集在这里，签署一个庄严的协定，从而使和平得以恢复……"

演讲完毕，麦克阿瑟昂首向日本代表团说："我现在命令日本天皇和日本政府的代表，日本帝国大本营的代表，在投降书指定的地方签字！"

重光葵费劲地走到桌边，把大礼帽放到桌上，坐入椅中，脱下手套，然后从衣袋里取出一支自来水笔，在两份投降书上分别签了字。日本陆军参谋总长梅津美治郎没有入座，站着欠身签了字。

麦克阿瑟继续宣布："盟国最高统帅现在代表同日本作战的各国签字。"说毕，他回身邀请他的副手、曾在菲律宾向日本投降过的温赖特将军和在新加坡曾向日本投过降的英国白西华将军陪同他签字。这两位将军都是刚从日本集中营里出来的，骨瘦如柴。

麦克阿瑟在签字时用了 5 支笔。第一支写了 Doug（道格），然后把笔送给温赖特；用第二支笔写了 las（拉斯），然后把笔送给了英国白西华将军，以此来抚慰这两位受尽日本人折磨、蒙受奇耻大辱的盟国将领。他用第三支笔写完 MacArthur（麦克阿瑟），这支笔后来交给了美国国家档案馆。接着，又用两支笔签署了他的官衔。第 4 支笔后来交给西点军校，第 5 支笔是他从自己衣兜里掏出来的红色小笔，用后送给他的妻子。

然后，盟国代表分别代表自己的国家在降书上签字，表示接受日本代表的投降。他们是美国代表尼米兹海军上将，中国代表徐永昌将军，英国代表布鲁斯·弗雷泽海军上将，苏联代表杰列维扬科中将，澳大利亚代表托马斯·布莱梅将军，加拿大代表穆尔·戈斯格罗夫上校，法国代表雅克·勒克莱尔将军，荷兰代表赫尔弗里希中将，新西兰代表艾西特空军中将。

签字完毕，麦克阿瑟再次讲话。他说："让我们祈祷，和平已在世界上恢复，祈求上帝永远保佑它。仪式到此结束。"

这意味着第二次世界大战至此结束。

这时，盟国的成千上万架飞机向"密苏里"号飞来，显示着盟国的强大威力。亦是向全世界宣布，正是这种力量和各国人民的团结战斗，迫使德、意、日法西斯败北投降。

## 2

对于中国来说，打了14年的抗日战争终于以胜利的形式结束了。作为无条件投降的义务之一，关于应如何妥善安排俘虏的联合国军人及扣留人员的问题也写进了投降书。要求有三：一、处罚虐待俘虏及被扣留人员的有关人士；二、解放及护送俘虏及扣留人员回国；三、报告有关俘虏及被扣留人员的情况。

在日本投降的第二天，内务省就向有关单位下达了“有关华人劳工处理问题”的文件，命令立即中止役使中国人劳动，要向他们支付工资，发给衣服，拘留者立即释放，整理好死亡者的遗骨准备送回中国。

外面发生着翻天覆地的变化。外面的世界好热闹，外面的世界很精彩，中山寮却一如既往，寂寥沉闷。

在共乐馆广场跪了三天三夜后活下来的500多名中国劳工，于7月4日回到中山寮被监禁起来，寮外是大批荷枪实弹的武装警察。

原来的辅导员都逃走了。大约十来天后，大馆警察署的署长三浦太一郎前来训话。

他说：“你们以前反抗过日本军，然而日本政府非但没有把你们处死，并善意地送你们到此参加大东亚建设，给你们重新做人的机会。然而你们非但没有悔改之意，反而犯了如此重大的罪行。你们忘恩负义，恩将仇报，畜生不如。耿谆等12名主犯已在秋田监狱处死了。剩下你们这批人，暂时还不打算追究，看看你们以后的表现。你们必须深刻反省，努力工作，假如再不听命令，再次犯罪，定将严加惩处……”

大家听说耿谆殉难，有人暗自落泪，有人泣吁不已。河野寮长宣布了新上任的代理寮长名叫大久保任，一名姓赤冢的新辅导员管理粮食，劳工们也被重新编队，7月16日，在武装警察的押解下开始做工。

关于日本战败的消息，劳工们是从管押他们的日本人那沮丧的神情中猜测到的。说不准是从哪一天开始，管押他们的人开始垂头丧气，没有了平时的威风。有时候还会给劳工们一个谄媚之笑。夜晚，辅导员的宿舍里传来饮酒者的吵闹声，又哭，又笑。

有人说那是8月24日的下午，但大部分人都记不清日期了，一群标着白星徽的飞机从正在干活的人们的头顶上空飞过。人们直起腰来，发现不是日本飞机，却又没了往日的防空警报，监工们的神情令人纳闷，他们低着头，竟一脸的羞愧。

大家好生奇怪，还没回过味儿来，天空中一个个的降落伞像盛开的花朵一样坠下。降落伞上挂着很大的包裹，飘飘悠悠，向不远处美国俘虏营的方向飘去。

有人说，大概战争结束了吧？

有人说，去他妈的！咱们不干了，看他鬼子能把咱们怎么样？！

不知是谁喊了一声："盟军的飞机！盟军的飞机！"大家丢掉手中的工具，追着飞机跑，又喊又叫，仰着泪脸，挥着手，后来竟爆发出一片激动的哭声。

大馆警察署的三浦署长骑着挎斗摩托车来了，他把大家集中到广场上说："现在大东亚战争结束了，已经不再有什么敌我之分，互相友好吧。日本军队将要回国来，然后就把你们送回国。不久，你们就可以和自己的亲人会面了。"

他用寥寥数语把一切苦难都化解得那么轻松，好像导游对旅游团成员的告别辞。过去滴着泪和鲜血的岁月呢？夺去的几百条生命和埋在钵卷山洞穴里的冤魂呢？他一句也没提。

有人说，盟军到中山寮是在一个天气晴好的日子，来的是一个高鼻子蓝眼睛的美军上尉和一位名叫王胜之的中国翻译。王翻译介绍说，高鼻子蓝眼睛的美军上尉叫早恩。当时，一些劳工正倚在墙根下晒太阳。没穿衣服，披了条毯子。因为身上长满了疥疮，衣服摩擦不仅又疼又痒，如果脓和血粘住了衣服，脱衣服还会脱掉一层皮。

后来有一张著名的、广为流传的照片被存在美国国立公文书馆。照片上是9名赤身裸体、瘦骨嶙峋、身上又长满疥疮的中国男人站在中山寮露着指头般宽缝隙的木板房前，这就是他们当时生活的真实写照。

早恩上尉走上前去握住这些中国人的手，目睹他们的惨状动了真情。

他一遍又一遍地拍着这些人的肩膀，感伤地摇头吁叹，然后真挚地表达着他的同情和对他们暴动壮举的钦佩。

山东籍的劳工袁子河、张洪辰和张士贵在回忆文章中说："大家高兴得直问王翻译何时能回家。美军上尉看了我们的样子，通过王翻译对我们说：'大家都这么瘦，又有病，等身体养壮一些，把病治好了，就送你们回家。'"

那真是天亮了，解放了，阳光灿烂的日子。扬眉吐气了的奴隶们奔走相告，又唱又跳，又哭又笑。

第一个举动就是奔到每天集合的场院上把旗杆上的太阳旗扯下来，升起中国国旗。当国旗冉冉升起的那一刻许多人都哭了。有的人干脆放纵地号啕大哭起来，像是受尽了磨难的孩子扑在母亲的怀里，释放着满腹委屈。

国破山河在。他们对祖国哭诉，因为祖国是母亲。

谁能说得清祖国是什么呢？一方土地？一片山水？一间房屋？一盏灯光？是春天盎然的绿芽？是夏日灿灿的阳光？是秋季累累的果实？是冬夜暖暖的炉火？祖国是生你养你的地方，是护卫着儿女的翅翼，是血管里流淌着的血，也是生命航船歇息的港湾。

## 3

耿谆等人得知日本战败的消息也是在早恩上尉到中山寮的前后。

8月14日，日本遭受了一次大空袭，耿谆他们在监狱听到了昼夜不息的爆炸声。在此之前，牢房里所有的窗户、电灯都用黑纸糊着，此后不久，黑窗纸、黑灯罩都取掉了，耿谆虽然感到奇怪但并不知道是停战了。

一下子沉寂下来。树欲静而风不止。好像要发生什么。

有一天，一个大约二十四五岁的穿便衣的日本青年推开耿谆牢房的门进来，掏出纸笔，写下"日本战败"四个字，匆匆推门而去。

过了几日，这位青年又来了，写下"世界和平"几个字。耿谆用日语问道："奥纳迈耶（你的姓名）？"他写下"小长光"三字后又匆匆离去。从此耿谆再没有见过这个青年。后来听说小长光是东京的一个反战派大学生，三年前因行刺日本首相东条英机被判刑15年。在日本判了刑的犯人可以在狱中服杂役，日本战败后，服杂役的小长光被无罪释放了。

就在小长光出现后没几天，有三个中国留学生到监狱看望耿谆，其中一人就是后来给美军上尉当翻译的王胜之。

他们由狱警领进来，在一间会客的房间里见到了耿谆。他们称呼耿谆为"队长"，其中一人说："队长可能很快要到东京去了，我们来看看您。"

日本战败的消息从他们那里得到了证实，耿谆心情很激动，但监狱的生活还和以往一样。

大约是留学生来监狱后的第二天或者第三天，监狱长陪同一个美军军官去牢房视察。美军官没有带翻译，到监狱巡视了一遍，因为语言不通，只冲耿谆亲切地点了点头。

美军官走后，监狱长和庶务课长来到耿谆的牢房，席地而坐，用笔在纸上写了"要求"二字。

耿谆心领神会，立即在纸上写道：一、我们12个人同住一处；二、饮食不得限制；三、允许向家里写信。

监狱长在前两项要求上面划钩表示同意，在第三项的旁边写了"考虑"二字。

当即，12个人搬到另一栋空着的牢房里，虽然还是单间，但可以自由走动了。铺盖都换成了新的，伙食也改善了，他们说想吃馒头就给蒸馒头，说想吃包子就给做包子，说要吃罐头就马上给拿罐头。天亮了解放了的感觉真好。

有人说，恢复自由了，想到街上去转转。这一条没得到批准，说是为了保护战胜国人的安全。也有人听说，保护他们的安全是为了日后出庭作证，说他们是重要证人，李振平后来回忆说："那时，都在想，究竟是什么审判啊？"

中山寮的530名劳工1945年11月24日由王敏带队回国。回国前的11月中旬，他们派了刘智渠、翟树堂等15名代表到监狱看望耿谆等人。

难友相见，自是一番感伤，何况是同甘苦共患难又经过生死离别的人。大家商定，在回国之前要给死难的同胞开个追悼会，耿谆当即写了一篇短祭文交给翟树堂。

祭文的原稿已遗失，耿谆记得最后一段的大意是：今天我们胜利了，就要回祖国了，你们就跟随我们高举着的白幡一起回去吧。

当时，耿谆捧着祭文的手在微微颤抖，表情沉重而悲伤。他说："树堂，这是一篇祭文，我在这里作的，以慰死者在天之灵。"

他还叮嘱他们，回去以后要告诉大家，不能一个人外出，不能做坏事，要保持中国人的道德中国人的荣誉感，不能将中国人的气节丢了。

翟树堂1948年回国后，5月在南京的《中央日报》上连载了《日本人这样虐杀我们》的文章。文章中他这样描写追悼会的情景：

> 11月20日午后，这个不能忘掉的日子和时间，活着的五百多难胞，以悲哀沉痛的心情追悼着死难的同胞。
>
> 在国旗下，在白幡围绕的广场上，我们低垂着头，默默地流着泪，尤其最后进行到为死难同胞静默3分钟的节目，人群响起了低泣，早恩上尉悲痛而有力的语句，打动了每个人的心坎："我坚决以最大的努力和帮忙，为惨死的盟国同胞复仇……对战争的犯罪人，对杀人的刽子手，是不容我们宽大的……"后由代表李介生君主祭，他代表生存的我们向死者致哀……
>
> 我极力压抑着痛苦的心站在灵前，以沉痛无比的心情诵毕祭文。

人群里一阵骚动，突然大家举起了拳头，扬起一张张泪脸：“我们要报仇，我们要给惨死的同胞报仇！”这喊声对“中山寮”是一种威胁，对祖国的国旗呢？却是一种哭诉。

黄昏里，白幡寂寞地飘着，三三两两的人，默站在灵前。……

是的，我们要报仇，我们要给死难的同胞报仇！然而，武力行动是不可以的，哭和喊也是不中用的。我们几个人便连夜赶做出一控诉书，向盟军最高当局控告“鹿岛组花冈出张所所长河野以下7名”，并译成英文，有早恩上尉和王胜之先生证明，呈递盟军。

归国的景象肃穆壮观。

500多人的队伍秩序井然，沿着蜿蜒的山路，曲曲弯弯。队伍前面飘扬着国旗和白幡，队伍中不少人捧着骨灰盒，像一曲无声的哀乐在山间奏响，凄婉悠扬。

回国人员乘火车离开花冈。29日从日本九州博多港乘“江岛丸”轮返回中国，并于12月3日在天津塘沽登陆，结束了他们生命中一段不平凡的苦难历程。

——这一段历史为他们将来的人生路埋下伏笔。

## 4

这些人中，翟树堂、刘智渠、张肇国、李介生、罗士英、李克金、刘泽玉、刘当路（林树森）、贾毅民、周德连、王成林11人留了下来等待出庭作证。

翟树堂说，在一个雪花飘飘的早晨，他看到河野正敏、伊势知得、清水正夫和福田金五郎等人戴着手铐，被一群荷枪的美国兵押上火车，模样狼狈不堪。

正式的调查与取证从1945年10月开始。

10月2日，在东京的盟军最高统帅部成立了司法处。司法处的任务是担任最高统帅部的法律事务顾问，并负责检举BC级——即级别低一些的日本战犯。成员有英国、中国、加拿大、澳大利亚、荷兰、菲律宾、法国、新西兰等国代表，因为中国对日作战时间最长，遭受的蹂躏和损失最惨，战争罪行案件也最多，所以专门成立了中国科。

10月，美军调查人员在中山寮存放骨灰的小屋里，发现破烂不堪的木板箱里摞放着的尸体。尸体的脚裸露在箱外，屋子里散发着腐烂的臭气。美军代表命令日本管理人员把木箱里的尸体立即烧掉。

美军调查员拍摄了大量照片。其中有从钵卷山挖掘出的尚未腐烂的劳工尸骨和大量遗骨。有一幅照片是堆积如山的骷髅和遗骨，骷髅的眼窝和鼻翼处的三个黑洞盛的全是无尽的冤屈和愤怒。

还有那张钵卷山腰像飞碟的窗口一样密密相挨的挖出遗骨后的洞穴。

另外有一张照片，拍摄的是劳工们食用的以苹果渣和橡子面制作的窝头，旁边是一截米尺，标出窝头的直径为3.5厘米，高为5厘米。

1946年4月15日，翟树堂、刘智渠等11人与监狱中的耿谆等15人会合，由美军护送乘火车到东京中野区刑务所，等候前往国际军事法庭起诉和作证。

一等就是近两年。这期间他们重新穿上军装，担任中国政府驻日代表团的警卫。

1946年7月，耿谆应邀旁听了东京A级法庭对东条英机等25名战犯的审判。10月间，天气转冷，耿谆在狱中挨打落下的头疼病发作，法庭批准他回国养伤，后因国内战乱，通讯不便，未能赶上出庭作证。

对于“花冈事件”战犯的审判于1947年11月26日上午9时在横滨美国第8军BC级战犯裁判法庭（原横滨地方裁判所）开庭。首席法官是美国的戴维斯上校。法官有中国的王公五上校和盟国的劳泊治中校、衣布兰少校、吉尔哈少校、纳斯泊治上尉。检察官由中国的张乃文上尉及美方律师格瑞哥雷等4人担任。战犯是河野正敏等8人。被告律师团首席律师是美国的奥康奈尔，另有2名美国律师和6名日本律师。

法庭上悬挂着中美两国国旗。戴维斯上校首先宣读了《波茨坦公告》

中的一段话:“我们无意奴役日本民族或消灭其国家,但对战争犯罪,包括虐待我们战俘在内,将处以法律之裁判。”

这是战胜国一方联合起来审理战争分子的是与非,决定他们的罪与罚。这是一个庄严的时刻。

根据张乃文检察官(日语称“佥事”)事后写的“报告书”记载,被告的辩护律师首先提出反对中国的王公五上校任裁判委员,其理由是王上校在任中国代表团对外联络官时曾参与了遣送战俘的工作,可能预知本案的案情。被告方的请求被裁判长戴维斯上校驳回。

从开庭之日起,到1948年1月13日,检察官共询问证人13名,展示各类文件40份,还附有多帧照片。

被告方提出的辩解,综述起来有:一是被告所执行的是“战时保安法”,故中山寮俘工死亡多名应由日本的执政者即在东京的A级法庭上受审的东条英机等人负责。二是中国俘虏系经华北劳工协会募集而来的志愿劳工,而鹿岛组是民间企业,纵有虐待事件亦应由日本的司法部门审理,不成为战犯案件。三是中国俘工多为病俘,来日之前皆不健康,死亡为自然结果,而不是由于日本人虐待。四是华工逃跑后被杀,因为强抗拒捕,被罚跪3日间死亡百名之原因,为彼等逃跑时饮山泉冷水,自取死亡。

世间的事,尽管真真假假移花接木盘根错节欺世盗名,但谎言和狡辩在证据之前会显得软弱无力。检察方对辩护方提出的辩解逐一加以驳斥,并召唤证人出庭。

从美国芝加哥特意赶来出庭的前“花冈事件”调查员辛浦森,向法庭说明了在中山寮调查日本人虐待中国俘工之经过及事实,并对他提交给法庭的“暴行调查报告”进行了说明。

美军的前调查员布可斯也向法庭说明了在中山寮的调查情况,证明辛浦森的报告完全属实。

中国方面出庭的证人有翟树堂、张金亭、李光荣、刘智渠、张肇国、李克金等。据说,刘泽玉声泪俱下,将大腿上烙下的伤疤展现给法庭看时,那一刻法庭静默无声。

辩护方传唤了80多名证人，被告河野正敏、伊势知得、清水正夫、福田金五郎和大馆市警察后藤健藏也出庭为个人的罪行辩诉。

声势浩大，却是欲盖弥彰。他们的供词反而成了被告的致命罪证。张乃文在“报告书”中写道：“结果反而使裁判委员的印象加重，益觉彼等被告‘罪有应得’之不可宽恕。”法庭审理于2月26日宣布结束。

## 5

3月1日，横滨下大雪，大片大片的雪花像宣告王朝末年的纸片一样飞扬在空中。

法庭上挤满了人，大多是罪犯的亲属。下午2时，裁判长戴维斯上校宣布判决结果：鹿岛组花冈出张所所长河野正敏判无期徒刑；中山寮代理寮长伊势知得、辅导员福田金五郎、清水正夫三人绞首刑；花冈警察署署长三浦太一郎、警察后藤建藏判20年徒刑，其余人释放。

胜利了！

胜利的喜悦只洋溢在出庭作证的受害者的脸上，很快就被外面纷纷扬扬的雪花，以及纷乱世界的政治交易掩饰得无声无息。胜利和喜悦仅是瞬间的感受。胜利的动静其实很小。

人类迎接春天的时候，地上满是泥泞，手中拎着的是一把破旧的伞。

据说，关于BC级法庭审判的结果，东京的报纸悄然不提。只有秋田县的地方报纸《秋田魁报》及《朝日新闻》《每日新闻》的秋田地方版在第二版上用极小的版面刊登了消息和判决书。

日语里有一个词叫“默杀”。当年对待《波茨坦公告》，日本政府就采取“默杀”的态度。“默”者乃为“沉默”，“杀”者为“杀死”之意。《新和英大辞典》中的释义是“不予理睬，不屑一顾，不注意”。

“默杀”还有另外一种含义，即“保持在一种聪明的、不声不响的状态中”。当年，日本政府“默杀”《波茨坦公告》的结果是激怒了美国，招致了两颗原子弹。而对远东BC级军事法庭的判决采取的“默杀”态度，使中国的胜利变得暧昧了，判决结果很快流于形式。据说，宣判以后，由罪犯亲属发起的要求释放罪犯的签名运动得到了当地政府的支持，于是犯人们被释放，逍遥了。

而这一切与当时的政治背景有关。

1947年1月，美国政府重新派斯揣克赴日本进行调查，这标志着美国赔偿政策的一大转折，也使美国对日本的态度转变初露端倪。

战争赔偿不仅仅是一个金钱问题，它是胜败的证明，亦是是非的证明。

1945年7月，由美、英、中三国签署的《波茨坦公告》中的第11条明确了日本的赔偿原则，以“维持其经济所必需及可以偿付实物赔偿之工业”。1945年11月，在远东咨询委员会还没有成立前，美国政府派赔偿顾问鲍莱为特使，赴日调查经济实况。根据他的“临时报告”，远东咨询委员会于1946年3月制订了“临时赔偿方案”，其主要内容是择定日本国内主要战争工业和支持战争工业的有关种类，拟定数额，先行拆迁充赔，等到将来“最后赔偿方案”决定后再行结算。

但是，斯揣克调查后发表的意见与鲍莱大相径庭。“鲍莱报告”和“临时赔偿方案”的基本精神是要消除日本经济中的作战力量，而“斯揣克报告”则认为日本的作战能力已经消除，应侧重在日本经济力量的恢复。而且，就在斯揣克发表意见不久，鲍莱先后辞去了赔偿特使和赔偿顾问的职务。

这一动向引起世界舆论的关注。澳大利亚的报纸指出，这是美国对日政策的一大转变，是“零拆和平政策”，并指责美国企图化整为零地实现对日媾和。但新闻界的敏锐并不能阻止美国实现意图的步伐。

1949年5月13日，美国发布第140号临时指令通知东京的盟军最高统帅部（简称“盟总”）取消先期拆迁指令，盟总遂于7月7日在赔偿技术顾问委员会特别会议上宣布停止拆迁，使“临时赔偿方案”的先期拆迁计划流产，实际上，战后对日索赔的事宜至此已被美国腰斩，而吃亏最大的是中国。

中国战时损失，据当时的国民党行政院赔偿委员会的估计，不下620亿美元，而中国分得的赔偿物资约值2250万美元，只占约万分之三。

1949年下半年，中国共产党的胜利已成定局，使美国依靠蒋介石政权建立亚洲反共屏障的希望落空，日本便成为美国新的希望所在，于是决定变打击日本为扶植日本。

美国开始修改并放弃当初制定的对日本实行民主化的政策，停止执行赔偿政策，解散财阀的计划也不了了之，并加紧策划片面对日媾和。

是年9月17日，美国国务卿艾奇逊和英国外交大臣贝文、法国外长舒曼在一起商讨，决定即使苏联反对，西方也要缔结对日和约。

与交战国缔结和约是结束战争状态的手续。按常规，对日和约应该是当初签署《开罗宣言》《雅尔塔协定》和《波茨坦公告》的中、美、英、苏四国共同协商，而美国倚仗着占领了日本的优势和其霸权地位，一手遮天地决定将中国和苏联这两个对日作战的主要国家排除在外。

1951年9月8日，美国片面召集英、法等48个国家同日本在美国旧金山签订了《对日和平条约》，该和约于翌年4月28日正式生效。

1951年4月，英国曾向美国提交备忘录，提议由中华人民共和国参加对日和约的谈判和签字，当时正值朝鲜战争期间，美国对中国的敌视政策有增无减，但又不便得罪英国，几经协商，决定海峡两岸的中国人都不参加和约的签字。

隅居台湾岛的国民党当局心急如焚。为了使自己的地位得到国际社会的承认，便求助于美国。在美国的斡旋下，日本与其他国家签署多边和约不久，与台湾当局签订了双边和约。日本政府利用台湾当局地位下落，却急于求成，硬要追求形式上的平等地位的心理，作为签订和约的条件，迫使台湾当局放弃了战争赔偿。

历史在那一刻沉沦。

中国的抗日战争胜利一下子变得如此闷气。也因此日本只承认败给了美国，而不承认败给中国，甚至不承认对中国是侵略而说成是“进入”。

在抗战胜利50周年时，日本首相村山富士笼统地向受战争所害的亚洲各国致歉,但日本政府从来没有就战争问题向中国正式道歉的文字。

因此中日战争问题历经半个多世纪仍是中日关系的敏感穴点，也成了两国之间跨世纪的话题。

错综复杂的政治交易给历史留下了一道巨大的阴影，谁能料到日后走出这个阴影是多么艰难。

# 冤魂出土

## 1

最早发现中国人遗骨的是当时居住在花冈町朝鲜总联支部的金一秀。他曾是朝鲜劳工，目睹过共乐馆广场上中国劳工惨遭虐杀的情景。

金一秀个头不高，是一个戴着眼镜、文质彬彬的小伙子。

有一张照片是金一秀站在他发现并挖掘出中国劳工遗骨的山坡旁，这荒凉而阴森的山坡就是钵卷山。

据说，1945 年 10 月，鹿岛组曾雇人挖掘钵卷山和大坑里的尸体，美军发现后，令其中止，要求在美军的参与下进行尸体的挖掘和火化工作。

挖掘出来的骨灰装在 400 多个木盒内，运到花冈镇的信正寺，要求存放在那里。住持茑谷达法师提出："如果不给建筑积骨堂不能存放。"当时鹿岛组的人员傲慢地撂下来就走了，茑谷达法师只好将骨灰盒安放在大殿上。

茑谷达法师独自看守着 400 余个骨灰盒，并不断地向鹿岛组提出建积骨堂的要求，但鹿岛组置之不理。直到中华人民共和国成立，日本民间成立了日中友好协会，将日本各地安放中国人骨灰的问题提到了议事台面，鹿岛组才在信正寺庙后的田地里建筑了钢筋水泥的积骨堂，将存放在大殿里的骨灰迁往那里，用水泥密封起来，于 1949 年 11 月在上面建筑了一个水泥的"华人死殁者追善供养塔"。

所谓"塔"不过是一块碑，高未达 1 米，窄窄的，有棱有角的立柱形，不及普通人家的坟冢，默默地、凄凉地掩藏在后来成了郁郁葱茏的山林中。

当年的挖掘工作杂乱无章。冬去春来，雨水冲刷，白骨零零散散地露出地面。那里人迹稀少，是狗和野兽出没的地方。觅食的动物把白骨越刨越多，漫山遍野，透着凄怆。

这个发现令金一秀震撼。当年他目睹过共乐馆广场上惨不忍睹的情形，今天又看到白骨抛撒荒野的凄凉景象，他觉得太不人道了。

后为留日华侨联合总会会长的陈焜旺先生说，1949年春，金一秀来到东京华侨总会，他对接待他的负责人说："这是你们的同胞，请你们去向联合国反映。"

东京华侨总会和中国留学生同学会一起，联络了日本佛教协会和日本工会等友人共同成立了"中国人俘虏牺牲者善后委员会"，但人们通常称之为"调查委员会。"

当时东京华侨中有个进步团体叫"华侨民主促进会"（简称"民促会"），办了份《华侨民报》。

民促会决定进行彻底调查。派"全日本金属矿山工会总部"的部员山下龙三，华侨都叫他郑龙三，他是《华侨民报》的记者，前往花冈。

1995年6月30日，中央电视台的"焦点访谈"栏目报道了耿谆和"花冈事件"，在天津图书馆引起了很大反响。有一位老馆员说，记得图书馆里藏有一份与"花冈事件"有关的材料，为了帮助耿谆等受害者打赢向鹿岛建设公司讨还公道的官司，图书馆的工作人员在300多万册浩如烟海的馆藏资料中找出了那4册保存了几十年的旧档案材料。

材料用日文书写在裁成32开大小的新闻纸上。毛边纸，纸质已经泛黄发脆，用纸绳简单装订成册。其中3册是题为《花冈矿山事件》的调查手记，另一册是《北海道和平矿山一个中国俘虏日记》。

有人猜测那份手记的作者可能是山下龙三，但并没有得到证实。所以我在讲述这段故事时，还是不加姓氏地称为记者。

记者在手记里写道，他在前往花冈之前曾采访了鹿岛组社长安倍源基内务大臣、卫生福利部长冈田忠彦、秋田县知事久安、秋田县警察部长武冈宪一和秋田县特高课长镰田仁八郎。

在一间装有暖气的漂亮的会客室里，当年参与"花冈事件"的当事者们坐在舒适的转椅上，叼着香烟，漫不经心地回答了记者的提问。

鹿岛组保安课长幸村公严说："那是战争中的事了，因当时日本是战场，发生那样的事件，日本方面采取各种措施也是不得已的。"

秋田县厅总务部长武田宪一接过记者的名片看了一眼，充满敌意地说："一切都结束了，到现在还要重新追究我的责任吗？对我来说，'记忆'呀，'回想'什么的都不复存在了，即使是知道，碍于权限我也不会讲。"

从手记上看，记者是1949年12月2日去的秋田，当晚下榻大馆站前的一个旅馆，陪同前往的还有一位姓郑的先生。

记者第二天采访了曾被带上横滨国际军事法庭、后又被判无罪释放的原鹿岛组劳务主任柴田三郎。该君满面笑容地接待了他们，但在谈到往事时避重就轻，而且还一肚子的牢骚。

他说："我被释放是在1948年4月，我对事件的解决有很多不能理解的问题。第一，应首先追究事件的主要负责人鹿岛组的社长以及当时的内务省和县厅的高级官员们的责任，然而却没有。这完全是他们的责任，但却转嫁给部下了。我被释放的同时，鹿岛组本社以让我退休为理由叫我休息了三个月，假期结束后，我被革了职，工作了9年的我退休金才仅仅5000(日)元，失业保险金一天23元，我一家6口只有等死了。"

大概持此观点的不只他一个人。包括当年远东军事法庭对东条英机等A级战犯的审判，就有人发问：战争的发动者是天皇，为什么为天皇而战的军人受审判，而发动战争的人却安然无恙，依然坐在天皇的位置上，做至高无上的象征？

据说，在1946年3月24日，鹿岛组的总经理鹿岛守之助曾被盟总检察局唤去，这一下震惊了鹿岛组和日本建筑工业行会。如果战犯问题涉及鹿岛守之助，其他使用过中国劳工的35家企业必定也难脱干系，于是全行业花费大量金钱组成辩护团谋求鹿岛守之助逃避战犯责难。

林伯耀说，在事隔近50年后，他也曾向当年参加审判的中国检察官张乃文提出了为什么不追究上层责任的问题。张乃文的回答是，鹿岛是日本的大企业，经营者的社会地位很高，判他们有罪伤面子，他说这是当时国民政府的意见。

如果属实，我们不禁要问：当时的国民政府为什么不考虑日本对中国的侵略和伤害，鹿岛组对中国人的虐待和欺辱何止是一个伤面子的问题！

## 2

金一秀带记者实地考察了中山寮。出发前，记者用照相机拍摄了当年屠杀中国人的共乐馆广场和矿业事务所前的广场的照片。

二人先来到一个新开采的露天矿场，左边是一条通向西南的坑坑洼洼的土路，右边是山，山腰上还遗留着当年尚未抢建完的军事工程。

从这里走不到5分钟的路程，就可以看到位于姥泽谷的中山寮了。前一天柴田三郎带记者来过这里，他指着那边的方向说："那边是中山寮所在地，现在建筑物已毁掉，成了田地。"说着就领记者返了回去。

记者在手记里写道：

今天，我的工作将从这儿开始。路是凸凹不平的坡道，一直向南延伸，西侧的山山岭岭相对而望，与花冈河上游浑然相接的溪水躺在溪谷之间静静地流着。小河两侧是黑色土质的水田，两侧相对而望的山岭就像老人微微发白的头颅，孤零零地屹立在寒空之中。山上长着一排排的黑杉树，用铁锹翻挖出的黑土和褐土到处都是，使人看到了山地的肌肤。

走在脚下的小路，因昨晚下了雨，稍走几步就是水坑泥洼，好在我们借了双水靴，在这泥泞的路上，我们吧嗒、吧嗒地加快了脚步。从这儿到我们要去的姥泽谷一路上也没有什么人家，这时天空骤变，接着就下起了一阵大雨。

今天的向导金氏的脚步比我轻松得多，蹭蹭往前走。突然他停下急促的脚步望着我说："我那时真感到断肠似的难过，这也许是因为我是个朝鲜人，和牺牲者都同是异民族的缘故吧。……4年了，每当我看到这座山，真是感慨万千。”接着他仰望着天空又说：“事件当天，天也下着暴雨，衣服、身上全都是泥，很多人像佛球似的被串在一起押到了广场上。在我们来之前，我带朝鲜解放报的朴先生来这儿的那天，恰巧天也下起了大雨，我总感觉到好像有种奇妙的什么机缘……”说着话，我们已经到了姥泽谷，金氏说：“我们现在站着的这个地方就是中山寮的遗址。”中山寮！这是多么大的讽刺。我情不自禁地嘟囔着：想不到给中国俘虏收容所竟起了这样的名字！

已看不出半点寮的影子，建筑物全都毁掉了，脚下只残留着曾铺过的那薄薄一层水泥的土地。

金氏说：“这就是原来的伙房。”我顺着金氏手所指的方向看去，噢，那是个炉灶，在旁边还有个因生锈而发红的半个铁锅似的东西。

我们从这儿直接登上了身后的那座高山。走在前面的金氏停在那儿，对着落在后面的我，手指着一个大坑。我顺手望去，这是个宽六米，深三米，纵长十米的大坑，左右两边还有两个稍小点的。

“这是当年埋死人的地方。当初，这个坑相当深，可被土填得渐渐浅了。这里可能埋了几十个人，刚一终战，鹿岛组就慌忙落魄地把尸体挖出来烧掉了。”

听了金氏的说明，再看看坑四周的杂草，还可以隐约看出烧剩下的木板的痕迹。在我正用相机拍照这坑被烧后的痕迹时，金氏突然从下面向我大声喊：“喂！这里有这么多骨头，快来看！还有人的骨头哪！”我把脸转向了金氏，啊，真的是人骨头，而且是没有被烧的骨头。这时，我又仔细地朝四处望去，一块块的白色的骨片散乱在地上，有几个前齿骨、后脑骨，还有像头盖骨似的东西，以及肋骨、骨盆等。

“原来如此。”怪不得昨天柴田氏不向我吐露半点此事，也不带我到这里来，原来是因为这个！柴田氏也许是就其事件的某点或某一部分上讲了实情，但是在最关键的问题上柴田氏十分谨慎，没有或者不能向我们吐露真情。不，不只是柴田氏，迄今我所采访过的二三个人，看我一要提起这个事件时就不愿意轻易开口了。

我想并不是他们故意要隐瞒什么，而是当人们在这无以复加的极其残酷的现实面前，没有谁能有勇气再去正视它。

为了纪念，当我再将那些散乱的骨片收入我的镜头时，离我几步远的金氏来到我的身边，靠近我说："这儿很怪哟，听说附近的人们一到这里开荒种地，就会听到点儿奇怪的响声，令人毛骨悚然，所以很多人都不愿意到这附近来了，当然这是迷信，可是……"金氏边说我们边下山向对面馒头形的山头走去……

在这周围只有300米左右的小山腰上，每隔半米远的地方挖上了长3米、宽1米、深2米左右，能容纳两个人的坑，围满了整个小山。我战栗着，一个一个地数着那些坑，竟然有55个！数过小坑之后，又有一个宽2米、深22米、长50米左右的大坑。这次是没有间隔地划分成一个半圆形的坑。腐朽破碎的窄木桶的木片散发着腐烂的气味躺在每个坑的深处。

据金氏讲，这些小坑一般埋2至3个人，而大坑，人们是被码成一排排埋在里面的。在这里还有些因坑满没埋进去的骨骸，像堆积的薪柴被横七竖八地埋在了我们方才看到的大坑里。终战时，鹿岛组原是将这些尸体中能够挖出来的那部分急急忙忙地重新挖出来，集中到一起，在火葬场火化了。这些骨灰装入仓促赶制的木箱，困于没有安置的地方，就存放在花园镇的信正寺里。

我相机里的胶卷只剩一张了，今天的工作只好到此作罢。为了最后的纪念我想将这座小山的全景拍摄下来。但就在这时，乌云遮住阳光，山随即含恨而去，天又下起了小雨。

…………

暮色渐渐笼罩了群山。我静静默祷了牺牲者的亡灵之后，告别了这里，踏上了与那些无辜的俘虏们决死烽起时所选择的同一条路——"狮子森山"。

在回顾和追想中，我默默地走着，我重新振作了一下，金氏指着山谷间片片田地对我说：“那些田地也是中国人开垦出来的，你知道那是怎样繁重的劳动，开垦这些荒地主要是强迫那些体弱病残的劳工们干的。”听他那样一说，我环视了周围，近处的群山腰一下子都收进了我的视野之中，我想就徒步走到那儿也是不容易的，更何况是在这样短的时间里开拓成田地呢。

现在回想起来，我们脚下的每寸土地，每个石子都在叙说着每个人每一天的辛酸和苦闷。

3

当天夜里，这里下了入冬以来的第一场大雪。第二天雪停了，朗朗的碧空阳光灿烂。金一秀带记者到当年的花冈川河道改造工程的现场和矿业所采访。

在矿业所里，接待他们的是劳务课的课长。告辞时，记者讲述了在姥泽谷看到的许多坑和散乱的遗骨的情形，说：“我想把那些遗骨带一点儿回东京，希望有谁能同我们一起到现场去作个证。”课长立刻准备了新白布和20厘米见方的小木盒，并派了两名科员跟随前往。

还是在昨天的那个地方，当散乱的白骨呈现在面前的时候，那两个科员不禁惊愕地说：“这太残酷了！”

记者在草丛中发现了有完整牙齿的下颚骨和不知属于多少人的齿骨、肋骨和骨盆，他想若是我们稍有准备带把锹来，再往地下深挖一下会如何呢？

每块骨头都没有被烧的痕迹，是尸体腐烂剩下了这堆堆白骨。记者在手记里写道：“这完全可以作为证据！”

前两天，柴田三郎曾带记者去信正寺后面的墓地，他指着“华人死殁者追善供养塔”说：“那里，鹿岛组把每个人的遗骨都装入小箱里一人一处供奉着。”而当记者拾起白骨时，心里恨恨地骂了一句：“真是胡说八道！”

记者离开花冈的那天清晨，依然大雪纷飞，雪片像白色的蝴蝶，更像送葬队伍中飘舞的白幡。

金一秀、吉本氏，还有一些接受过记者采访的人都前来送行，他们帮记者把盛遗骨的盒子装上了汽车。当汽车开动时，雪花蒙住了车窗也蒙住了记者的视线……

记者在手记里写道：

在这里我所看到和所听到的一切，把从前笼罩在我脑海中犹如低垂的云似的疑惑呀、“哪能呀”这种种疑团荡涤得干干净净，而且这些对于我们来说也应该是件极其悲惨的事实。瞬间，我的脑海中又产生了新的疑念，可以说这在历史上也是罕见的。这种惨虐的集团的屠杀行为虽说是战争造成的，然而却发生在不是战场的日本！为什么这四年的漫长的岁月，从黑暗走出又被埋葬在黑暗之中呢？这是否想从除了花冈这一带仅有的人们的眼中消除这悲惨的事实呢？但是，在渴望阳光，祈祷人人幸福的真善美的人们的面前，应该驱逐这种黑暗，更不能允许政治的或是狭隘偏见的民族对立。我们即使是站在脱离加害中国同胞的立场上，但首先，仅就这样的事情，日本人自身就应该明白这一切，过错就是过错，该是清洗罪过，好好赎罪的时候了。

…………

我向长眠在异国地下的同胞之灵默默庄严地发誓：“无论经过多少岁月，即使我倒下了，也一定要把他们的罪行暴露在光天化日之下！”

## 4

我想可以确定了，手记的作者一定是山下龙三。因为1950年1月11日《华侨民报》第16期上刊登了记者山下龙三的调查报告。1月20日，《赤旗报》转载了有关报道。4月4日，中国《人民日报》发表了时任中华全国文学艺术联合会主席的郭沫若撰写的《对花冈矿山大惨案的声明》。从此，"花冈事件"才从日本政府心怀鬼胎的"默杀"中走出来，昭然天下。

1950年春天，遗骨挖掘工作大张旗鼓地开始了。以华侨旅日同学会、全日本自由劳动工会、朝鲜人团体和日本共产党为中心进行。

时任日中友好宗教者恳谈会事务局长的东京枣寺住持菅原惠庆也参加了挖遗骨的运动，他在《花冈事件与我》一文中写道：

"当时，姥泽地区的积雪融化了，中国殉难者的遗骨裸露在地表。一到夜晚，鬼火闪烁着。我用手拨开湿土，捡起露出的骨片时，花冈的中国人在鹿岛组那些魔鬼的皮鞭下，背负着超过他们体重多少倍的木材，走在黑夜道路上呻吟的情景就浮现在我的眼前。捡满了3个苹果箱的遗骨，经由町长的斡旋，秋田县知事提供了400多个新的骨灰盒。留日华侨同学会的青年将其运至东京，存放在我的枣寺里。"

"我的枣寺，因战争的灾祸被焚烧一空，第二年才好不容易重建了3间六叠的临时木板房。一间是佛堂，一间是住室，一间是客室。这400多个骨灰盒高高地堆满了我的客室。有好几年，我都睡在花冈烈士遗骨之旁。从那时以后20多年，我一直供奉着中国殉难烈士的灵位。"

冤魂终于出土了！

# 使命和平

## 1

1950 年 11 月 1 日，在东京这是一个深秋的日子。

多日的绵绵秋雨在这一天突然停住了，被雨水洗过的天空明镜似的，飘过淡淡的云，云彩哀哀地俯视着位于东京浅草的本愿寺。

本愿寺是一个不大的院落，临着街，像日本所有寺庙一样，有一个硕大的灰屋顶，院内清洁雅致。

这一天本愿寺有盛大的佛事活动，寺的外门上贴着用白纸写的大字：“1950 年 11 月 1 日在日华侨总会主办花冈殉难四百一十六烈士追悼会会场”。

从札幌市赶来的“花冈事件”幸存者刘智渠怀着沉痛的心情，迈着沉重的步伐，朝本愿寺走去。

在等待出庭作证的两年多时间里，刘智渠、李振平、林树森、宫耀光、张肇国、李克金等都娶了日本姑娘为妻，前四人作完证后留在了日本。

由外门通向正殿的路上，摆了两排大大小小的花圈，穿着白色丧服的人们跪在灵前默默地哀悼。

此次前来参加追悼大会的是来自日本各地的华侨和日本、朝鲜的民主人士，远至北海道、仙台、群马、福井、京都、大阪、神户、名古屋、四国、九州，东京有日中友好协会等 22 个进步团体参加，大约 2000 余人。

佛香袅袅，祭幡飘动。

正殿的祭坛上，供着 416 位殉难者（1953 年又发现 2 名）的灵位和部分骨灰盒，可以想象出那铺排开去的阵势。灵旁楹柱上高悬着中国式的巨幅挽联："壮志犹未酬花冈捐躯千古恨"，"血债几时偿首都公祭万人悲"。

据统计，各界送来花圈96个，花篮50个，悼词49篇，唁电42封，献诗3篇，挽联6幅，大殿里充满了悲痛的气氛。

屋里很静，只有祭坛前面的香徐徐地升腾起一缕缕的袅袅青烟。

僧侣们奏哀乐。乐曲像哭泣一般，把人世间的悲哀传染给在场的每一个人。

首先是留日华侨总会副会长于恩洋报告了"花冈惨案"的真相，以及挖遗骨的经过和追悼会的筹备经过，而后由华侨总会的林炳松会长主祭。

林会长走到刘智渠的身旁，请他到前面，然后介绍说："这位刘智渠先生，是和已经殉难的烈士们一块儿在花冈矿山度过了苦难的俘虏生活，经历了一切悲惨的苦境，从九死一生中侥幸活下来的人。刘先生为了在异国的土地上含恨逝世的同胞们，宣誓要向日本军国主义者复仇，同时他希望将这些被虐杀的难友的骨灰送回祖国去……"会场瞬间爆发出暴风雨般的掌声，林会长请刘智渠发言。

刘智渠走到扩音器前，刹那间，死别了的难友们的形象涌到他眼前。

"有的人全身鲜血淋淋；有的人瘦得连皮带骨，瞪着眼，张着嘴，挥动着拳头走近了我。他们好像要借着我的声音，在到会的人们面前控诉出一直被阴谋隐蔽的当年所受的非人的待遇和酷刑，无限的悲痛、仇恨和愤怒，并且要感谢人们今天的哀悼。这是亡友们给予我的使命，而此时此刻我必须完成这个使命……"（摘自刘智渠口述，刘永鑫、陈萼芳整理，世界知识出版社1955年出版的中文译本《花冈惨案》）

就在刘智渠刚要张口的瞬间，坐在前排位置的台湾当局"驻日代表"突然打断他说："有什么可说的，过去的事已经过去了！"

会场瞬间尴尬了。但也只是短短的瞬间，整个会场爆发出尖锐的愤慨声。

刘智渠没有发言，他含着泪走回自己的座位。僧侣们幽幽的诵经声响起了，泪水沿着他的面颊滚滚而落。

他说："权力虽然可以禁止我的嘴不说话，可是谁也不能制止我的热泪。在热泪横溢中，我渐渐看不清会场内的人们和东西了，在这样朦胧的气氛中，六年前的事情，像走马灯一样，在我的脑海里驰骋着。”

这样，就有了我在前文所提到的由刘智渠口述，刘永鑫、陈萼芳整理，日中友好协会创始人之一的内山完造先生撰写前言的《花冈事件》一书，中文译名为《花冈惨案》。

尽管台湾当局“驻日代表”反对，但追悼会上中日各团体代表在祭文中还是一致谴责日本法西斯强盗的残忍成性，并提出追究凶手的正义要求。最后与会者全体宣誓：为彻底消灭法西斯的再起、为保卫世界和平而奋斗！

## 2

送还遗骨的工作从1953年春开始。

在此之前的1951年7月，金一秀作为殉难的中国人的遗属代理人和施主，到花冈镇的市民家中募捐，募集到约4万日元的捐款，首次由当地居民举行了慰灵祭。

1953年2月27日，由日本红十字会、日本和平联络会等12个指导性团体和东京华侨总会、留日同学总会联合，在东京成立了“中国人俘虏殉难者慰灵执行委员会”，委员长是当时的日本国会参议员、僧人大谷莹润。事务局长菅原惠庆，副秘书长赤津益造，办事员三浦赖子。赤津和三浦曾在满洲铁路供事，从中国回来后幡然悔悟，便皈依了佛门。

“慰灵执行委员会”当时制定的主要任务，一是调查战争中各种虐待俘虏事件；二是调查收集遗留在日本的遗骨；三是将遗骨郑重送还中国。

3月下旬，执行委员会的代表和华侨代表一起到花冈矿山打开了积骨堂，取出所有骨灰盒，决定全部移往东京。

3月25日，在绵绵的春雨里，花冈镇居民再次举行了慰灵祭，然后由专车将400多个骨灰盒运往东京。

曾经目睹过中国人惨遭暴虐情景的市民们，举着伞伫立在路旁，目送雨帘中的灵车扬起水花，一路远去了。

骨灰盒安放在由菅原惠庆主持的枣寺。4 月 1 日在东京本愿寺举行了隆重的祭奠仪式。当天，中国红十字总会和中国人民救济总会发来唁电，说：

为中国的解放独立，为亚洲和平，为反对日本军国主义而牺牲的烈士们永垂不朽！

中国人民对爱好和平的日本人民为找寻烈士遗骨所表现的友谊及人道主义精神深表感谢！

我们深信，中国人民和爱好和平的日本人民的合作与努力，可能消除由于美国侵略者的操纵而导致的日本军国主义的再起所加深的战争威胁。

中日两国人民和平友好万岁！

1952 年 4 月，因旧金山《对日和平条约》正式生效，日本独立了。但中国不是签约国被排斥在外，日中关系尚未正常化，许多战后留在中国的日本人仍不能归国。

这部分人的亲属坚决要求日本政府出面解决这个问题。是年 7 月，有三位日本国会议员到莫斯科参加一个经济会议。会议结束后，他们转道中国，向中国政府提出让这一部分人归国的事宜。

当年 12 月 1 日，北京电台向日本广播了中国政府有关人士回答新华社记者问，通告了旅居中国的日本侨民的实际情况。广播中说在中国的日本人约 3 万左右，他们受到中国政府的保护，生活安定，并指出解决他们归国问题的途径，如果日本方面能解决船的问题，中国政府将努力帮助他们回国。广播里还说，关于日本船只入港手续等具体问题，日本方面可在适当时机派遣人民团体的代表，与中国红十字会协商解决。

为此，由日本红十字会、日中友好协会和日本和平联络会成立了一个民间团体，名为“归国三团体”，专门负责办理在华日本人归国问题。这“归国三团体”的成员也是 1953 年成立的“中国人俘虏殉难者慰灵执行委员会”的成员。

铺垫了这么多,其实是为讲述下面的故事:

1953年6月,第一批留中的日本人归国了,为了表示答谢,“慰灵执行委员会”决定,7月将第一批中国劳工的遗骨送往中国,时任东京华侨总会副会长的陈焜旺先生受总会之托具体负责这项工作。

陈焜旺是台湾人。1941年在台湾还是日本殖民地时移居日本,在东京中央大学攻读法律,1945年参加了留学生同学会,1950年5月担任东京华侨总会副会长。

我见到陈焜旺时,他已是耄耋之人,神态慈蔼,但年轻时的机敏干练气质还是看得出来。

陈焜旺当时与“归国三团体”的人很熟,便对他们说:“日本派船去中国时,我们华侨要回国的人和遗骨搭乘船去,请你们与中国政府商量。”

东京华侨总会于2月26日也给中国政府写信谈了这件事,中国政府回信说:

……

贵会2月26日来函阅悉。

对收殓在日本秋田县花冈矿山被害的我国军民遗骨运回祖国事,我会认为贵会此举是有着重大的意义。贵会促起旅日侨胞对保卫祖国而被俘殉难者的关怀与悼念,使殉难者的遗骨能安葬于中国的土地上,依赖贵会与旅日华侨的努力,这种高度的爱国热忱,使我们极为感奋。至于运回骨灰一事,经与来我国商洽日侨归国之三团体代表谈妥,可以用来我国接载日侨之轮船运回。运回遗骨轮船开驰前希先来电报知,抵岸时本国人民将以隆重的仪式迎接和安置。此致

东京华侨总会

中央人民政府华侨事务委员会办公厅

一九五三年三月十九日

# 3

问题纠缠在字眼上。

陈焜旺与日本外务省亚洲局第二课（中国课）交涉时，他们也欣然同意，但在对劳工的提法上发生分歧。华侨总会称为“强制连行”①，日本政府说是“任意合同”，为此僵持不下。

我发现日本是一个最喜欢抠字眼、玩文字游戏的国家了。日本人的精细不仅表现在它的器皿、服饰、建筑、绿化，大到环境，小到电器，其中包括文字游戏。

1953年大约是三四月间，日本开始派船到塘沽和上海去接归国者，台湾当局不悦了，对日本政府说，接日本人我们同意，但送还遗骨我们坚决反对，也坚决反对送华侨回国。

日本政府有些为难，但转念一想，如果美军同意也可以办，责任就由美国佬来承担。但美军说，台湾的要求是正当的，本来是日本人回国问题，为什么要加上个华侨回国和送还遗骨的问题呢？

华侨总会赶紧与中国政府商量。国内来电报说，条件是原来说好的，为什么来了三趟船还不送华侨和遗骨呢？

皮球踢来踢去，接球手都是东京华侨总会。总会的头头们分析来去，一致认为事情的症结在日本政府。

5月的一天，陈焜旺带领500多名华侨到日本外务省门前静坐，并召开抗议大会。华侨们对日本政府的出尔反尔、言而无信义愤填膺。于是又讲演又喊口号，摇着旗帜向路人散发传单，并且事先通知了各新闻媒体，加上手臂上戴着“报道”字样袖箍的记者窜来窜去，外务省的门前热闹非凡。

下午四五点钟时，警察来驱散人群，两个警察架起一个华侨，硬拖着

① “日本政府强掳中国劳工”在日语中称“强制连行”。

往外拉，华侨们奋力抗争。

记者赶紧抢拍下这精彩镜头，一时间它登上了各大报纸的头版头条。有的记者撰文说日本政府应该解决华侨提出的问题，因为当年的侵略本来就是不对的。

“归国三团体”的代表也提出抗议，指责日本政府不守信用。说你们去中国接人三次，还不送华侨和遗骨，那就不让你们的船再到中国去了。

当时日本国会参议院里有个“引扬（即归国）特别委员会”，特别邀请陈焜旺去做顾问。

在一次研究会上，陈焜旺发言1个多小时，详细介绍了事情的经过和华侨总会的立场。他说，台湾反对是没有道理的。

“引扬特别委员会”的委员长问在场的官员有没有异议。大家说，作为个人没有，但是美军不同意怎么办？委员长说，当初你们形成决议时为什么不考虑周到？形成了决议就不好再推翻，你们尽快解决这个问题吧。

日本红十字会要求国际红十字会解决这个难题。因为国际红十字会有个“离散家族再会”的原则，国际红十字会同意了，决定送华侨回国时船上的标志用红十字，接日本人回来时用绿十字标志，但是送还遗骨不在这个原则范围内。

华侨回国的手续办好后，东京华侨总会认为这个决定与“归国三团体”跟中国政府达成的协议不符，提出如果不让遗骨上船，回国的华侨也不上船。

又是僵局。

一时间华侨总会的决定又成了沸沸扬扬的新闻。斗争持续了两周左右，日本政府无奈，最后只好让步，决定将在沿海运输货物的“黑潮丸”号货船调来运送遗骨。

## 4

1953年7月2日，这应该是一个晴空万里的日子。第一批遗骨560具，其中有花冈殉难者遗骨400多具，其他为花冈同和矿业所、小坂矿业所和三菱尾去泽矿业所的中国殉难者遗骨。装上“黑潮丸”号后，从神户港启航，7月7日抵达天津塘沽新港。

护送团团长是世界佛教徒日本联盟常务理事中山理理，同行的有10名日本人，华侨7人，另外还有最早揭露“花冈惨案”的朝鲜人金一秀，总共18人。

16年前的这一天，因卢沟桥事变，日本侵华战争全面爆发，中国的抗日战争亦全面爆发。

16年后的这一天，在烈日炎炎之下，廖承志率领各界代表400多人，臂戴黑纱，以沉痛的心情伫候码头，迎接殉难者的遗骨回家。

船靠岸是上午10时55分。

当船驶进港口时，身穿白色礼服的军乐队指挥，手轻轻向上一扬，哀乐大起，旋律拖着沉重的步伐，像一个告别故土的游子，一步三回头，情切切，泪涟涟。

船上的日本海员也全体肃立，“中国人殉难者遗骨护送团”的成员捧着烈士的灵位和骨灰匣，从船上默默地走下来，廖承志等领导人上前迎接。

烈士的遗骨移入灵车后，船上船下的人们全体肃立默哀。海浪拍打着海岸，“哗——”地涌上来，“唰——”地退下去，层层叠叠绵绵无尽，像深情的母亲对儿女的呼唤。

仪式上，廖承志首先致辞。

他说：“今天我们在这里迎接在抗日战争期间，被日本军国主义分子残酷杀害的抗日烈士遗骨，我们心里充满着无限的悲痛和愤怒。……”

护送团团长中山理理在致辞中说：“当这些骨灰送来时，我将要在贵国人民面前表示衷心的歉意。在过去，假如我们爱好和平的日本人民的意志能够更强烈，力量能够更大的话，我们一定能够保卫这些烈士的生命。但是，惭愧得很，事实刚好相反。我们仰天伏地在贵国人民和诸烈士遗族面前表示谢罪。我们惭愧之心愈深，在殉难烈士的遗骨和贵国人民面前为了和平与友好而宣誓的心愿也更加强烈。日本与中国两国人民之间没有任何理由再来作战。日本、中国、朝鲜的人民应该永远像兄弟一样，以诚实的、友好的精神紧紧地团结在一起。”

7月8日在天津举行了有2000多名各界代表参加的“在日本牺牲的抗日烈士追悼大会”。中山理理在会上发誓般地说：“我们日本人民今后决不从事战争。我们要在亚洲人的国土上建筑起一条杜绝战争的大墙，以此告慰在天英灵。”

紧接着，1954年和1957年，以李德全为团长、廖承志为副团长的中国红十字会代表团两次访问日本。在1957年12月11日，代表团亲赴花冈，李德全、廖承志在当年殉难者受难的地方献花致哀，廖承志还发表了重要讲话。

1960年4月，同和矿业公司在扩大矿渣沉淀池时，在钵卷山又挖出两具尸体，借此机会，慰灵执行委员会、东京华侨总会、花冈町长、同和矿业公司代表和鹿岛建设公司的代表举行了五方现场查证会，确定了进一步挖掘遗骨的计划。

1963年，在日中友好协会全国大会的支持下，从4月5日起的10天内，开展了“奉献一锹”的群众运动，为“花冈事件”殉难者遗骨进行第四次挖掘，又挖掘出13具遗骨。

由于慰灵执行委员会的努力，在花冈町原中山寮附近的十濑野公园墓地，为“花冈惨案”的死难者立了一个高大的纪念碑，慰灵执行委员会委员长大谷莹润书写的“中国殉难烈士慰灵之碑”十个大字雕刻在石碑正面，背面镌刻着400余名殉难者的姓名，每年6月30日，这里成为举行追悼会、寄托哀思的场所。

1965年11月，有119名热衷于日中友好的日本有识之士组成了“日中不再战友好碑建立执行委员会”，他们向社会广泛宣传，发起募捐，于1966年5月22日在花冈中山寮旧址的山顶上，修建了“日中不再战友好碑”。碑名由日本众议院议员、“中国人俘虏殉难者慰灵执行委员会”副委员长黑田寿男题写。碑的侧面，郭沫若写下了“发展传统友谊，反对侵略战争”12个大字，背面是对“花冈惨案”的简要介绍。

碑是寄托。

碑是民心。

碑是历史之魂。

从1953年7月到1964年11月，“中国人俘虏殉难者慰灵执行委员会”先后9次将遗骨送还中国，前8次送还的遗骨合计2858具，第9次送还遗骨15盒，其中在花冈第4次挖掘出来的遗骨分装为12盒，另外3盒是在长野的御岳和岩手的釜石挖掘出来的中国殉难者遗骨。

## 5

1961年5月27日，以大谷莹润为首的“中国殉难烈士名单捧持代表团”到北京。代表日本17个对中国友好的团体组成的“中国殉难烈士名单编制委员会”，将一份包括6753名中国殉难者名单的“关于抓捕劫运中国人案件的报告书”呈交中国红十字总会。

在呈交仪式上，大谷莹润说：“不论我们怎样地负责进行工作，或者写上几千几万份报告书，死去的人的生命是无法送还来了。今天我们不能把这许许多多的值得尊敬的中华民族的好儿子活着送回来，而只能送回一个名单来，这实在使我们从心里感到悲痛。”

大谷莹润先生是一位德高望重的僧人。自大学佛教系毕业后，他成为东本愿寺的住持，并在佛教信徒的推举下当选了国会参议院议员。1959年，在北海道的山中过了13年的茹毛饮血野人生活的中国劳工刘连仁回国之事，他鼎力相助。遗骨送还活动以后，他组织了日中宗教者恳谈会，任其会长，促进日中佛教徒间的友好交往，是中国人民的好朋友。

呈交仪式上，中国红十字会总会会长李德全说：“大谷先生和日本各界人士所进行的这一切努力，不仅表达了日本人民对中国人民的深厚友谊，而且也表达了日本全体爱好和平的人民坚决反对复活日本军国主义、反对日美军事同盟条约、反对帝国主义发动新的侵略战争的阴谋、保卫亚洲和世界和平的真诚愿望。大谷先生和他的同事们的工作，就是对美日反动派复活日本军国主义、敌视中国、缔结侵略性军事同盟条约所进行的针锋相对的斗争。这一斗争，不但对中日两国人民的友好事业做出了无可限量的贡献，而且也是对保卫亚洲和世界和平做出了重要的贡献。”

第 9 次也是最后一次送还遗骨的时间是 1964 年 11 月 19 日。这次的代表团以黑田寿男率队，名为“日本护送中国烈士遗骨代表团”。此次不仅送还了 15 盒遗骨，还带来了在战争期间被日本军队劫往日本的 4 万名中国劳工的名册。

20 世纪 50 年代末期到 60 年代初期，中国正轰轰烈烈地搞社会主义建设并猛烈地反对美帝国主义。位于太平洋上的日本在经历了战后重建那一段最艰难的日子后，饱尝了战争苦痛的人民觉醒了，一场如火如荼的和平运动随之兴起，这是“花冈事件”从日本政府“默杀”的企图中走出来的契机。

“花冈事件”从一开始就注定要绑在反对侵略和战争的和平车上，命中注定它要背负起这个历史使命走很长很长的路。

# 不死鸟的吼声

## 1

石飞仁组建的剧团叫“不死鸟”。剧团只排演了一出戏，即报告剧《怒吼吧！花冈》。因为这出剧，“花冈事件”为日本社会所知道。

不死鸟是日本人的称呼，中国人把它称为凤凰。

石飞仁的本名叫樋口仁一，笔名石飞仁，职业作家。据说其父也是作家。

1942年，石飞仁生于日本大阪，毕业于驹泽大学文科系。20世纪60年代，他曾参加由冈田英次和木村功所领导的“青俳”剧团，因为一个偶然的机会，知道了“花冈事件”。他认为：这是日本的“奥斯威辛”。“人对残虐行为能忍受到什么程度呢？”这是他介入“花冈事件”也是在对“花冈事件”的调查中无法摆脱的一个疑问。

从1970年开始，他进行了有关“花冈事件”的调查，发表了《强掳中国人的记录》《恶魔之证明》等著作，1984年成立的不死鸟剧团，以报告剧的形式，把“花冈事件”搬上舞台。

《怒吼吧！花冈》，除了内容本身血泪交融以外，表演形式简单有力。表演中抽掉了戏剧性的因素，用叙述性的台词配合打在银幕上的幻灯片，营造出一个深沉地逼近真实的历史空间。

演员都是自愿前来的，来自社会各个阶层。有小学老师、大学生，还有公司的上班族。每次演出，他们不但要向所在的单位请假，还要自掏腰包支付个人的交通、食宿费用，每年只有一两次对外公演的机会。

1985年6月30日下午，报告剧首次在“花冈事件”的发生地大馆市上演，“花冈事件”的幸存者刘智渠和李振平参加了演出。

他们坐在搁置在舞台中央的椅子上，在昏暗的背景下，用沉重而缓慢的语调讲述过去的悲惨情景。

演出还增加了一幕特别的证言场面。石飞仁请来一位曾经在中国参加过“三光作战”的退役日本兵冢越正男上台。

冢越正男于1921年出生在千叶县的一个钢铁工人家庭，高小毕业后当上了焊接见习工。1942年初参军，被派往中国，在此后3年零8个月的时间里，由下等兵升为小队长，参加过冈村宁次指挥的杀光、烧光、抢光的“三光作战”；参加过所谓的“猎兔”战役，即抓捕中国人送往日本充当苦力。他还曾用日本战刀砍杀过中国农民的头，用机枪扫射过手无寸铁的中国老百姓，还严刑拷打过八路军战士，可谓十恶不赦。

日本战败，他被俘虏，先押送到西伯利亚，后又被关押在中国抚顺战犯管理所。

刚到战犯管理所时，依然抱着顽强抵抗心理的他，看到墙壁上“战犯”字样的标语就跑过去一把撕掉。后来他在《自我告发书》里写道：“中国人道主义的宽大政策终于把我们由鬼变成了人。我们是天地不容的杀人犯，但中国人民却抑制着内心的愤怒和痛苦对我们进行耐心教育，唤起我们做人的灵魂。最使我受到震动的是1956年法庭宣判时的情景。出庭作证的有被割掉乳房的妇女，有被挖掉双眼的老人，有被截去双腿的士兵。而一位被砍去臂膀的男子，正是我1942年8月在山东章邱（今章丘）扫荡时亲手用日本刀砍过的那位教师。在他们无比仇恨的怒吼和控诉面前，我们终于跪在地上号啕大哭起来，我们的罪孽多么深重呀！”

1956年，冢越被免除起诉，释放回国。他从自己的切身体验中认识到给两国人民带来不幸的侵略战争，其根源是军国主义。回国后，他参加了由获释回国的战犯组成的“中国归国者联盟”社团，积极投身于各种日中友好活动。他怀着“日中两民族永远化干戈为玉帛”的强烈愿望，给自己的两个孩子起名为“友好”和“真理”。

“天地难容是我身”，是他刻骨铭心的自白。他认为只有用自己的犯罪事实来控诉军国主义的罪恶，才是对中国人民最恰当的谢罪。

站在灯光晦暗的舞台上的他，用沉重的语调向观众们讲述他在中国屠杀中国人的作战经历，身后的银幕上，同时打出一张张日军血淋淋地屠杀中国人的幻灯片。

压抑，压抑，再压抑，令人喘不过气来。

他的声音越来越颤抖，终于哽咽起来。台下也响起轻轻的抽泣声，最后汇成一片哭海，涛声震天。

演出结束后，石飞仁走上舞台，向观众讲解在事件发生40年后的今天，在大馆市演出这出戏的意义。一提起过去的情景，他忍不住泪流满面，足有1分钟的时间说不出话来，最后只好简短地总结道："中国劳工被日本人虐待的情景，时时在我的脑海里浮现，只有为这些还留在世上的生存者讨回公道，才能稍稍弥补一点作为日本人的罪恶感吧。"

这个剧在1986年"七七事变"纪念日的这一天被邀请到台湾演出，台湾著名作家陈映真亲笔撰写的海报宣传单上这样写道：

**对日本帝国主义的罪恶**

**中国人可以宽恕，却不可遗忘！**

您可知道：

1944年开始，日本掳绑了五万个中国人到日本境内各事业厂矿，从事残酷的奴隶劳动，至1945年日本战败，这些奴工有7000人被酷役、虐杀至死！

您可知道：

1945年6月30日，800名不堪虐役的中国奴工，在日本秋田县花冈决然蜂起抗暴，不幸失败，50名华工当场被杀，113名奴工惨死在拷问中。

这不是虚构的反日宣传，而是真真实实的历史！

人间杂志社邀请了日本良心的、和平主义的剧作家石飞仁带着他的报告剧团亲自来台公演《怒吼吧,花冈!》,做台湾戏剧史上第一次“报告剧”的演出。不收门票,欢迎参加我们的演出。

这是不死鸟的吼声!

## 2

事情还远未终结。

话再说回到1985年,这一年是世界反法西斯战争胜利40周年,也是日本战败40周年。世界各地都有纪念活动,恰恰在这一年的8月15日,中曾根康弘首次以日本首相的公职身份参拜靖国神社,开创了首相参拜战犯的先河。

“花冈事件”发生地的大馆,自1952年始,每年的6月30日民间都搞一些小型的祭奠中国殉难者的活动,但并没有形成规模。

1985年6月,当时的大馆市长畠山健治郎决定在6月30日“花冈事件”40周年的时候举办大型的由政府出面主持的慰灵祭(即追悼会),并决定把每年的6月30日定为和平纪念日,他的这个决定成了大馆市延续至今的活动。

畠山健治郎出身于农民家庭,兄弟姊妹七个,家境贫寒,七个孩子当中只有他念了农业短期大学。他深知贫穷的滋味,认为自己上大学是牺牲了其他兄弟姊妹的前途,所以怀着内疚的心情格外发奋。他大学毕业正是日本战败时,日本的经济处于极端困难时期,当时如何让大家吃饱是最重要的问题,所以他选择了在县厅做农业指导员的工作。20世纪60年代末,美国对越南战争时期,日本的许多大学生开展了和平运动,畠山健治郎也参加了和平运动,是社会党成员,并于1979年当选为大馆市长,连任3届12年。

他认为大馆作为“花冈事件”的发生地，应该把纪念活动搞起来，传给后代。因为日本的和平运动在广岛和长崎举行纪念活动已形成格局，年年举行。他想，花冈地区的纪念活动也应作为和平运动的一环，把它开展起来。

我参加了1999年的慰灵祭活动。那时，畠山健治郎已是国会参议院议员，他特意从东京赶到大馆，参加一年一度的花冈殉难者慰灵祭。

他对我说：“我们现在一个很重要的工作是不管面对的是一个什么样的历史，都要正视它，把历史真实地传下去。……现在日本的政治很令人遗憾，不能正视历史的现实。在村山内阁时期曾经向亚洲道歉，但有些政治家的想法是：我们要道歉到什么时候？他们的想法是，道了一次歉就把历史封存起来。我认为如果这样下去的话，历史的悲剧一定会重演……不能把‘花冈事件’看成是在日本的一个很小的角落里发生的事件，我们要集合越来越多的人把和平运动搞下去。”

畠山健治郎没有谈出来的话我能体会到，即作为日本人不能光记住受害的历史，还要记住加害于人的历史，才可能遏制战争重演，也才可能有真正的和平。

畠山健治郎决定以自治体，即市的形式把“花冈事件”的纪念活动搞起来，并形成制度，当时遇到了来自各方面的阻力，特别是秋田县政府。

秋田县政府说，这种历史事实不能公布于众，因为一般凡是跟中国有关的活动都要通过中国大使馆和外务省批准，畠山市长立即与中国大使馆联系，很快得到支持。大使馆建议他与佐藤敬治议员联系，以取得国会的支持。

畠山市长找到佐藤议员，他亦十分支持这件事，并联系了社会党中央很多人来支持。秋田县只好采取一种折中的态度，不参与大馆市举办的慰灵祭活动也不明确表示反对，持默认的态度。

首次由日本官方举办的慰灵祭，时间定在1985年6月29日至30日，事先通过新闻媒体将消息公之于世。

正是由于有了这个前提，才有前面不死鸟剧团在大馆市首场演出的情景。而且，在赴花冈之前还有一个更重要的活动，就是6月26日在日本众议院第一议员会馆小林进代议士室举行了记者招待会。

## 3

这里需要交代一下背景。

早在1983年2月，石飞仁和当年中山寮的“小孩太君”越后谷义勇曾到札幌，与李振平、刘智渠、林树森和宫耀光4人会面。谈起往事，大家说应该向当年的鹿岛组即今日的鹿岛建设公司索要当年欠发的工资和受迫害的补偿费。

欠债还钱，理所当然。

石飞仁和越后谷义勇接受了4人的委托，从此开始与鹿岛建设公司进行交涉。他们经过两年多的努力，没有结果。于是准备在6月26日的记者招待会上，由刘智渠、越后谷义勇和石飞仁把与鹿岛建设公司的交涉经过公布于世。

刘智渠在记者招待会上说：“这次6月30日在大馆市举行的‘强掳中国人殉难慰灵式’是第一次在市的主办下进行的追悼活动，我们作为参与花冈起义并得以幸存下来的中国人被邀请参加这个活动。”

他还说：“战后，就强掳中国劳工的问题，我们从未得到来自任何部门的负责任的解释。我们当年被日军抓获时，还有被带到日本强制劳动时，我们从来没有被当作工人看待，而是受着非人的虐待，我们每天担惊受怕，不知自己什么时候就会被虐待而死。”

“我们现在并不怀着那时被伤害的心情，但我们要求鹿岛建设公司应该支付工资的意愿一直没有改变。然而鹿岛建设公司直到现在，依旧不曾表示出应有的诚意，对我们来说，战争尚未结束！”

对于后来兴起的中国民间对日索赔运动而言，这是一个重要的历史转折点。当天,东京共同社登载了题为“旅日华侨强烈要求支付战前强制劳动的工资”的报道,7月5日中国《参考消息》第2版转载。

正是这则消息,使回国后隅居乡下多年的耿谆重新出山,因而开始了长达15年的轰轰烈烈的“花冈运动”,也开了中国战后对日民间索赔的先河。

# 生命在等待

## 1

耿谆在8月才看到了《参考消息》1985年7月5日的报道。

每一个人一生都会有一段等待机遇的日子。生命在这种不知下文的等待中，有的成熟，有的枯萎，有人等待的时间长，有人等待的日子短，对于耿谆来说，一等就是40年的光阴。

1946年11月，耿谆因在监狱里挨打所致的伤病复发，经国际法庭的批准回国休养一段时间。在河南省襄城县的农村里，通信不便，等他接到日本寄来的出庭通知时已是1947年9月了。

他急急忙忙赶到上海办事处，接他的人已乘飞机走了。办事处与东京的中国政府代表团联系，接到的通知是让他去南京的后勤部等候第二次出庭。

到南京后，他被安排在挹江门过境部队招待所任上尉干事，但领取少校薪金。不久，他在那里见到从日本出庭归来的翟树堂、张肇国、张金亭、李克金等人，才知道审理已经结束，并得知了国际军事法庭的审判结果。

那一段时期，国内形势正"钟山风雨起苍茫，百万雄师过大江"。解放军以摧枯拉朽之势，势如破竹，节节胜利。蒋家王朝大厦将倾，在国民党政权的风雨飘摇中，耿谆开始颠沛流离。

他先随招待所迁到贵州。1949年贵州解放，招待所被解放军接管，他在解放军里服务了3个月，部队要西进，给他发了回家的解放证，他便到了重庆。

他原打算是从重庆乘船到汉口，然后再坐火车回家，但在重庆正赶上军运没有客船，困在重庆的他变卖光身上的东西，没有钱也没有吃的——这一生他尽与饥饿和贫穷为伍。

后来他被重庆市政建设局招收为工人。1954年春天，他接到家里的来信，说分了土地，孩子还小，七八十岁的老母亲十分想念他，希望他能回家。他想，经过这些年的风风雨雨，不如回家吧。就请长假回到妻子所在的灵树村，把户口从县城迁到了农村。屈指一算，又已离家7年之久。

灵树村，位于襄城县城北约7.5公里处。《史记·吴太伯世家》上载："春秋延陵季子出使郑国，过徐。徐君爱其剑。季子许以使还见赠。讵知归时徐君已逝，于是季子解佩剑悬徐君墓树，树暴长，故名灵树。"

耿谆回到灵树村，住在岳母家。岳母家人多房少，耿谆夫妻带着孩子就挤住在磨坊里。那时是供给制，农民也吃统销粮，按分配的指标花钱买。耿谆没有钱，就把带回来的笔、墨、字帖卖了5元钱，再买些铅笔、橡皮、描红纸拿出去卖。他做的是5元钱成本的生意，把小商品放在篮子里，每天挎着走乡串村，好的时候一天能赚个三五毛钱，就靠这点收入持家度日。

冬天，他的两儿一女从来没戴过帽子，穿过袜子。小儿子硕宇要上小学了，他没钱给孩子买书包，就用几块小木板钉了个木匣子，让儿子背着个木书包上学去。

1955年，农村成立了合作社，他成为正式社员并被乡亲们选为记工员，这才算是有了个身份。他负责四五个生产队，每天跑几十里路去记工。村里在寨墙外给他一家划了块宅基地，耿谆自己动手盖了两间草房，这才算有了自己的家，日子总算安定了。

1999年春我去灵树村采访时，那所破屋还在，只是已没有了屋顶，剩下半圈黄色土砖垒的断墙残垣，诉说着一段凄惶的人生。

村领导让耿谆管理伙食，500多人的大食堂，大锅煮饭，大碗喝汤。每顿熬出来的稀汤寡水都是几挑子，他的脚都站肿了。还要把好关，不能偏吃偏喝。

粮食少，不够吃。食堂对面是粮店。耿谆让手下的人帮粮店去碾谷子，把剩下的糠皮多碾几遍，和着红薯面给大家吃。

有一天晚饭，剩了点稀汤，炊事员说，让大家喝了吧。耿谆说，喝吧。他没喝，去睡觉了。但有社员看到炊事员喝汤，就反映食堂的人多吃多占，领导把耿谆的伙食长给撤了。但没多久，群众一比较，说还是老耿干得好，就又让他来管理食堂，直到食堂解散。

生命的质量不仅在于物质更在于精神。

食堂解散后，分田到户，耿谆在村边分了三分自留地，种了点菜。当时家里没钱养鸡和牲口，攒不下粪，他就背个筐，到路上拾粪。他的菜种得很好，一个萝卜好几斤重。种的蓖麻四五岁的女儿坐上去都压不倒。种的向日葵的秆又粗又壮，乡亲们有人拿去做房梁的椽子。他女儿说："我爹是干一行就求一行的成果哩。"

收获了的菜，耿谆常常送给乡亲。他经常教育子女，和他人共事要有吃亏的精神，不占别人的便宜。他说："占别人便宜睡不着觉。"

离耿谆家的草屋不远，有一口 8 米多深的井，供全村人吃水。耿谆夏天铲井台的泥，冬天扫井边的雪，从井边又扫到家家户户的门口，方便挑水的人。

每天早上打扫井台是耿谆的日课。为了方便乡邻，他自己花钱在井台上装上辘轳，辘轳上的绳盘、打水的木桶都是他自己花钱买的，不知买了多少套。

如今家家有了压水井，不再到这儿打水了，耿谆也搬到县城里去住了，乡亲们用水泥板把井口封住，封存住一个井水一样清纯无染的故事，一个好人的故事。

## 2

机遇就这样来临。

1985年8月的一天，县政协一位姓徐的常委，把7月5日的《参考消息》拿给耿谆说："我看这上面的事好像跟你有关。"

耿谆看着报纸，目光久久地停留在上面，许久说不出话来。当时内心受到的撞击如果仅用"激动"二字概括，未免显得太轻飘了。

报道全文如下：

> （共同社东京6月26日电）题：旅日华侨强烈要求支付战前强制劳动的工资。
>
> 据悉二次大战中，曾被强制从中国送到日本，在矿山等被迫劳动的三名旅日华侨，二十六日在国会议员会馆控诉了将他们押送到日本的事实，并向曾经接受过中国劳工的现在的鹿岛建设公司（总公司在东京）要求支付尚未支付的工资二千三百八十万日元，现在谈判正在进行中。
>
> 提出控诉的是住在札幌市中央区的刘智渠等人。刘智渠今年65岁，1944年曾同982名中国伙伴一起被强行押送到日本，在秋田县大馆市的鹿岛组（现在的鹿岛建设公司）花冈事业所从事河川的改修工程。1945年6月，全体起义，爆发了"花冈事件"，但是立即遭到镇压。因这次事件而死亡的有418人，活下来的大部分人已返回中国，刘智渠等4人（其中1人后来死去）战后留在日本。
>
> 他控诉说："当时我们没有受到真正的人的待遇，内心受的创伤至今仍未治愈，对我们来说，战争还没有最后结束。"

当天，他就按报纸上提供的线索给刘智渠写了一封信，信上问刘智渠留在日本的都是哪些人？

信写好了，他拿到县城的邮局去寄。邮局的人指着信封上的地址对他说，寄往国外的信，信封的写法和国内不同，寄信人的地址和姓名写在左上角，收信人的姓名、地址写在信封的右下方，你这写得不合格，重写。

耿谆折回家，将信封郑重地重新写了一遍，再拿到邮局时，邮局的人又说让用英文写。

耿谆又赶紧求一位高中的英语教师帮助他把地址翻译成英文，那老师翻译了一半说，不知“札幌”这个名字应该如何译。来回折腾了几次，耿谆也烦了。

他把信再次拿到邮局，对邮局的人说：“你就这样给我邮出去吧，收不到就算了。”他在信封上只写了“日本国札幌市中央区刘智渠收”，没想到这封信刘智渠还真收到了，“花冈事件”史上新的一页就这样翻开了。

8月27日，刘智渠在回信中说：“突然接到吾兄来谕，是我们多年梦寐以求的事情。有关鹿岛组劳务工资讨责谈判，自去年2月至本年6月先后进行了六次也未有结论，理由是年隔太长，以此为借口。我认为鹿岛组态度不诚实，和我们诡辩。于是我们在忍无可忍的情况下，向流氓大企业的耻部刺去，揭露劳役无偿的真相。所以选择最权威的场所发表谴责，示知全日本国。促企业按良心善后处理前非。”

“有关留在日本的另外三个人给您介绍一下：林树森，原名刘当路，12年前死亡，札幌还有遗族。宫英俊，原名宫耀光，住在大阪。李光荣，另写亲笔信自己介绍。”

刘智渠把6月30日大馆市主办的花冈殉难者40周年慰灵祭的有关材料一并寄给耿谆。

李光荣后来改名为李振平。他在回信中说道：“在8月中旬看到您给智渠兄的信，实叫我感动和兴奋。真是叫我想不到，与兄分别了数十年之久又能取得联系，实在是做梦也想不到的。现在吾兄身体健康吧？我和智渠时常提起吾兄，也在各处探听您的去向，觉得是有必要的。今后望兄多多保重，我们决要把鹿岛之事做到水落石出。”

耿谆接信后，9月26日回复说：

智渠、振平两位老弟：

来信和相片、报纸均已收到。看了又看，不忍释手，全家围观，转相传阅，欢欣不已。谁能料到分别四十年之后的今天，又能互通音讯，如同对晤一室，欢慰之状，非笔墨所能形容。想起当年相聚时，都是只身一人，现在已是儿女满堂，承欢膝前，天伦之乐，使人喜不自胜者也。

每当忆起昔日我难胞遭受之惨时，潆洄于心，酸怀不已，以其含冤愤而长逝，湮没无闻，九泉之下，岂能瞑目。我常因此愁困心中，莫能自解。今细读寄来之报，欣悉大馆市畠山市长，为我殉难同胞举行中国殉难者慰灵式，宇都宫会长又作讲演，菅原议长献花环，参加吊祭者日中友好人士千余人。当日盛况，可想而知，祭式之隆重，对死者可谓优荣无上，有纳骨堂、纪念碑之设施，如此崇高友谊，诚使我等存殁均感，铭刻于心，没齿难忘。

石飞仁氏、越后谷义勇氏两先生，主持正义，而愤不平，伸出友谊之手，协助向鹿岛组追索支付我劳工之劳动工资之事，可谓古道热肠，深情厚谊，令人感谢万分。近将委托书寄上，请查收。我与虞卿兄向两位老弟作初步的商量，此项劳动工资支付后，打算交付国家，在我国土地上为死难同胞修建一座纪念碑，使后来之人得以瞻仰凭吊，或捐助学校，培育人才，未审可否，以后再谈。

…………

## 3

耿谆健在的消息由石飞仁在《东京通信报》上发表，一石激起千层浪，一个清算日本军国主义旧账的契机因此到来。

刘智渠和石飞仁立即着手办理前往中国的手续。他们乘飞机先到北京，而后坐火车南下，到河南省许昌市的日子是1985年11月6日清晨。

这个中原的小城还在睡意蒙胧中，初冬的早晨寒意袭人。

刘智渠和石飞仁搭乘出租车从许昌前往襄城县。在路上，石飞仁想：或许我是自日本军队撤出以来第一个进入此地的日本人吧。

出租车把路边的白杨树一溜溜地甩到脑后，行驶了近1个小时到达襄城县。他们在县招待所二楼的一个房间里等待耿谆的到来。

房间里有一张床、一张桌子和两把椅子，桌上摆着热水瓶、台灯，花瓶里插了一束塑料花，花瓣上落满灰尘。

因为石飞仁的外国人身份，他们不敢在这里久待，打算见到耿谆后，当天下午接耿谆一起去开封。

人生太有戏剧性了，有时简直令人难以置信。

在这种难以形容的心情下，两人都默不作声，轻轻地啜着服务员送来的茶水，望着窗外清澈的蓝天。慢慢地石飞仁打起盹儿来。

近中午时，耿谆由侄女婿陪着从乡下赶来。他头一天才接到刘智渠从北京拍来的电报。

推开门，走进来的耿谆头戴一顶蓝色制服帽，身穿藏蓝色的中山装。常年的农村生活使他已成为一个地道的农民，肤色黝黑，脸上布满皱纹，但挺得笔直的脊梁和矍铄的目光还能使人感受到他当年军人的英武。

刘智渠和石飞仁先是怔了一下，尽管对这个场面他们早有思想准备，但仍然有点不敢相信眼前的情景。

即刻，刘智渠一步扑上前去，就在他扑上去的那一刻，眼睛里已经泪花闪闪。

他抱住耿谆的肩膀，大叫一声："哦——大队长！"呼唤声里充满了泪音。

耿谆唤了一声："智渠！"两人紧紧抱在一起。

刘智渠已是泪流满面哽咽不止。耿谆也是老泪纵横。被晾在一边的石飞仁也忍不住流下泪来。

他们当天下午去了古都开封，这是一个对外开放的旅游城市，街面上随时可见来来往往的外国游客。

三个人下榻在开封宾馆，在此住了三天。石飞仁将所著的《强掳中国人的记录》送了耿谆一本，并向耿谆采访了“花冈事件”的详细情况。

这次会谈说到关于向鹿岛组索要工资的事。石飞仁说，除已故去的林树森，据鹿岛建设公司讲，刘智渠等3人的工资已经支付给他们，近千名中国劳工的工资也已交付给耿谆，问是否有此事？

耿谆一听，怒火万丈，拍案而起。他说：“胡说！”

石飞仁说，日本政府在战败后，曾拨给鹿岛组巨款，使其处理劳工事项。耿谆听后心想：鹿岛组贪污自肥，尚委罪于人，居心恶劣，卑鄙无耻，事关人格，必须澄清事实。

石飞仁还说，另外982人的工资只有耿谆有权向鹿岛建设公司追索，请耿谆以花冈劳工大队长的名义委任刘智渠为全权代表与鹿岛建设公司交涉支付的事宜。耿谆当即同意了，认为只有追回千名劳工的工资，才能究明是非真相。

耿谆于1985年11月28日写下委任令：

**委　令**

原花冈劳工大队看护
刘智渠：

关于我中国劳工九百八十二人，于一九四四年至一九四五年，在花冈鹿岛组劳动的工资及死者的抚恤金两项事宜，至今未曾办理。

今委令你为全权代表，向鹿岛组交涉，促使该鹿岛组对我九百八十二人之劳动工资及死者之抚恤金，应从速支付，不得再行拖延。交涉结果，及时回报。

此令

原花冈劳动劳工大队长
花冈劳动劳工生存者及死难者遗族联合会会长耿谆
一九八五年十一月二十八日

刘智渠二人回国后，耿谆很快向上级有关部门打了一份报告，报告中说：

11月6日，由刘智渠陪同日本爱好和平人士作家石飞仁先生专程来襄城县面晤访谈，他已将“花冈事件”著书出版。特再向我了解花冈起义暴动始末，除此之外并云：刘智渠等三人的工资该鹿岛建设公司已经支付，关于全体九百八十二人之工资，只有耿谆有权向该公司追索，故决定由耿谆以花冈劳工大队长的名义委令刘智渠为全权代表向该公司交涉，要求支付。

石飞仁曾云：企业家以营利为目的，使用劳工，理应发给工资，这是天经地义。该公司无理拒绝支付。并且在东京报刊上发表确认耿谆生存，并已向该公司提示，促其承认罪责，归还所欠全部工资。按刘智渠三人现归还的工资来计算，估计九百八十二人的工资大概在七十四亿日元左右。

我也认为这是劳工向资本家讨要工钱，不能坐视该企业家吞没自肥，理应追索，不能放弃！此款该公司支付后，打算作如下之支配：

1.拿出一部分款在祖国及日本各建一座公园并为死难者竖立纪念碑。

2.一部分捐助中日两国红十字会。

3.以半数存入银行，陆续支给花冈劳工之生存者及死者家属。

以上所述特向领导报告

耿　谆

襄城县库庄乡灵树村社员

1985年12月2日

# 走出沉寂

## 1

1987 年 6 月 26 日，耿谆在隔了 42 年的风雨岁月后，以访问者的身份到日本，其中的周折一言难尽。

话还是从 1985 年冬天刘智渠和石飞仁到中国与耿谆相见后说起。

回到日本后的石飞仁立刻与大馆市长畠山健治郎取得了联系，告诉他耿谆健在的消息，并将耿谆的书法作品送给了他，说耿谆希望能有机会访日。

1986 年春天，畠山健治郎发出邀请函，邀请耿谆参加当年 6 月 30 日的 41 周年慰灵祭，但中国方面没有批准。

畠山健治郎在给耿谆的信上这样写道："人类费了很多时间，付出了很大的牺牲才知道了世界上只有一个人的一个国家的和平不会存在。不过从现在开始也不晚，今后为不再犯同样的错误我们应该怎么办？我们就这件事好好考虑，勇敢地行动起来。"

石飞仁在继续为这件事而努力，他听说需要有政府要员出面方能成行。那时，石飞仁正与东京一桥大学的田中宏教授一起编撰《中国人强制连行》一书，他把这个情况告诉了田中宏。田中宏与当时的国会众议院议员土井多贺子和参议院议员田英夫熟悉，便求助于二人。他们不仅欣然允诺，土井多贺子还建议，把对日中关系十分关心的德高望重的参议院议员宇都宫德马也请出山，并向外务省打了招呼，准备了两份文件，一份是向中国外交部要求办理护照的邀请书，一份是给日本外务省要求办理签证的邀请书，具体承办者是田中宏，事情就这样柳暗花明又一村了。

## 2

田中宏个头不高，清癯，朴实，看上去更像一位老农。他是属于从相貌上一眼就可认定是日本人的那一类，比较鲜明的特征，是唇上的那一撇日式的仁丹胡子。

田中宏于1937年2月9日出生在东京，正好那一年在中国发生了“卢沟桥事变”和“南京大屠杀”。他出生时，其父在东京的一所小学当教员，战争带来的动乱与贫穷给他的童年蒙上了阴影。

战争末期，美军的飞机经常空袭东京，日本政府动员老家在外地的人离开东京回老家去，于是母亲带着田中宏回到冈山，父亲一人留在东京。那一年是1943年，田中宏6岁。在冈山，一直待到他高中毕业。1956年3月，他考入东京外国语学院学习中文。

促使田中宏后来致力于研究战后遗留问题的契机是“刘连仁事件”。

1958年2月9日，日本媒体报道北海道的山里发现了“雪男”，这在当时是轰动性的新闻。在此之前，曾有报道说印度北方的喜玛拉雅山上有“雪男”，但日本出现的“雪男”并不是文明的人类社会一直探寻着的所谓“野人”，而是“二战”期间被强掳到日本的中国劳工刘连仁。

刘连仁是中国山东省高密县人。1944年10月在地里劳动时被日本兵抓住，与其他800名中国人一起作为俘虏兵押往日本做苦役，他被发配到位于北海道雨龙郡沼田的明治矿业公司的煤矿干活儿。

北海道的冬天寒冷无比，劳工们每天吃的是掺着野菜、果渣甚至木屑做成的粥。矿洞里没有照明，也没有安全设备，数不尽的木棍支撑着摇摇欲坠的矿井，空气中弥漫着含着瓦斯的臭气。矿井有几十丈深，几十里远，饥饿、毒打、塌方随时伴随着他们，生活像一场永无休止的噩梦。

因为不堪忍受非人的虐待，1945年7月31日夜，刘连仁与四位难友从厕所通道里逃了出去。在逃跑的过程中，其他几人都被抓了回去，只剩下刘连仁逃到北海道的深山中辗转藏身，过着“野人”般的生活。

为了生存，他苦苦挣扎，吃树叶、草根，挖洞穴居住。有一个夏天，他在桑树下捡桑葚，从树上掉下来一头黑熊。熊从地上爬起来，看了他一眼，被他的模样吓得仓皇逃窜。为了防蚊虫叮咬，他在身上绑满了捡来的和服、报纸和野草，还有从稻草人身上扒下来的布片，肯定怪模怪样。

有一次，他在山上碰见了三个采蘑菇的日本女人，她们见到刘连仁后，全部跪倒在地磕头祈祷，把他当成了山神。

还有一次，一个日本人看见他后，吓得当场晕倒在地。刘连仁赶忙跑到河边，从水中看见了自己人不人鬼不鬼的模样，不禁号啕大哭起来。

其实，在刘连仁逃进山后不到一个月日本就宣布投降了，由于与世隔绝，他竟在深山野林里熬过了 13 个春秋。

1958 年 2 月 8 日，在北海道石狩郡当别町的深山中，他被猎人夸田清发现。被发现时，他须发披肩，皮肤粗糙，已经失去了说话能力。

大概是为了掩盖战争罪行，法务省说刘连仁是中国派来的密探、特务，并要以“非法入境嫌疑”的罪名对他进行审讯。

一位已经在日本定居的山东潍坊籍劳工从报纸上看到这个消息后，怀疑刘连仁是他当年的难友，便带着一个水饺特意去看望，问他这种食物叫什么？在众人的鼓励下，刘连仁艰难地吐出了两个字“咕咋”。这是胶东一带对水饺的方言，这才确认他不是野人而是中国人，是山东高密的老乡。

消息传到北海道札幌华侨总会，侨胞们立即到札幌警察署交涉。2 月 13 日，明治矿业公司派人询问了刘连仁，证实他是当时被分配到该公司的中国劳工。

在这个过程中，以大谷莹润为首的“三团体”给予全力支持。真相大白后，刘连仁向日本政府提出了强烈抗议，要求日本当局把他送回祖国，并要求明治矿业公司和日本政府对他所受到的身体和精神上的摧残进行赔偿。

这个真相对田中宏来讲，比发现真正的“雪男”还要令他震惊。在此之前，他从未听说过强掳中国劳工的事，尽管 1953 年就有过关于送还中国劳工遗骨的报道，那时在冈山念高中的他对此全然不知。他想，能把人逼到去和野兽为伍，过“野人”的生活，其遭受的虐待该是如何残酷啊！

时任日本首相的岸信介是当今日本首相安倍晋三的外祖父。“二战”期间，岸信介是东条英机内阁的商工大臣，曾参与过制定强掳中国劳工政策的内阁决议。日本战败后，岸信介被国际军事法庭判为A级战犯，但除了东条英机等7人被处死刑外，其余的全被释放，岸信介竟于1957年2月登上了首相之座。

此事引起了日本社会正义人士和华侨的抗议，中国红十字会发言人于4月8日发表了“日本政府应对刘连仁事件负责”的谈话。

在此之前，中国红十字会曾要求日本政府提供侵华战争期间被强掳去日本的中国人的名单，但日本政府迟迟不作答复。在4月8日的谈话中，中国红十字会发言人要求日本政府承担这一事件的全部责任，赔偿刘连仁的全部损失，负责把他送回中国，并再次敦促日本政府彻底调查战争期间强掳中国劳工的情况，作出负责任的交代。

在此情况下，日本内房长官为刘连仁准备了10万元的慰问金，但刘连仁拒绝接受，要求通过国家层面来解决。

我前去采访田中宏是1999年盛夏的一个黄昏。在东京一桥大学田中宏的教研室里。此时的田中宏是日本民间团体“强掳中国人思考会”（简称“思考会”）的代表。“代表”相当于会长。“思考会”于1988年秋天成立，从事的是中国劳工对日索赔工作。

田中宏说：“是刘连仁事件改变了我的命运，我后来从事在日外国人人权问题和日本战后遗留问题的研究，与刘连仁事件给我的震撼有关。”

田中宏的教研室在一栋灰色的楼房里，房间狭小而局促。面积大约也就十一二平方米吧，三壁墙是码到顶的书架，临窗的椅子上仍然摆着书，地上码着的是书，桌上摞着的仍然是书。房间显得凌乱，可供活动的空间很小。

我说想看看田中先生您写的书。

他从书架上抽出一本又一本，我数了数，有20部。其中个人专著6部，与人合著14部，另外发表论文15篇，翻译书籍4部。其中有：《遗族与战后》《中国人强制连行的记录》《战争责任、战后责任——日本和德国在哪些方面不一样》《从邻国来的告发——强制连行的企业责任》《风景给我们证言——来自名古屋的朝鲜人、中国人强制连行的记录》《什么是亚洲人和遇到的国际交流》《在日本国内的亚洲——留学生·在日朝鲜人·“难民”》《虚妄的国际国家——从亚洲的视点看日本》《在日外国人》《外国人的地方参政权》《验证强掳中国人》等。

他说,1960年日本的《世界》杂志上,较详细地介绍了中国劳工的情况。1964年出版了名为《草的墓标》一书,这是一本介绍日本全国劳工情况的报告书。因为刘连仁事件使他对劳工问题产生兴趣,便买下了这本书。

1988年夏天,旅美华人在纽约举办纪念“九一八”活动,邀请田中宏前去参加,其中有抗日绘画展和抗日歌舞晚会,另外还召开了战后遗留问题国际研讨会。

在这期间正好美国议会通过了对在战争时期遭到迫害的日裔美籍人赔偿的决议,此事触动了田中宏。

事情是这样的:

1941年12月7日,日本空军偷袭了美国太平洋海军基地珍珠港,使美军损失惨重。事件发生后,作为警戒与报复,美国政府立即逮捕了在美国的1291名日裔领导人。1943年3月19日,美国总统又发布9066号行政命令,从而使美国领土西海岸各州的美籍日裔离开此地,大约有11万人被驱赶进新建的收容所,他们的房产、土地、企业都以拍卖形式出让给当地人,损失达8亿到20亿美元。

1980年日裔成立赔偿使命联合会,要求美国政府道歉和赔偿。1983年,美国议会承认了在战争中把日裔美国人作为敌对国民而强制收容是错误的,里根总统签署了公法100-383号法案,通过了关于向受害者和遗属正式谢罪和赔偿的劝告。

1988年,美国国会根据这个劝告制定了“市民自由法”,布什总统发表了谢罪文,并向在战争中受害的日裔美籍人及遗属每人补偿2万美元。

布什总统在谢罪文书中说:“仅用金钱和语言无法挽回流逝的岁月和消除痛苦的回忆,更不能充分表达我国纠正错误和支持个人权利的决心。我们虽然不能完全彻底地纠正过去的错误,但我们可以鲜明地站在正义的立场上,认识到在第二次世界大战中给日籍美国人施加了严重的不正义行为。"

田中宏说:"这件事对我很有触动,美国是战胜国,他们对战争时代的行动还进行了反省、道歉、补偿。可是我们做了什么呢?为什么日本政府不能向被侵略的国家谢罪?"

田中宏介入"花冈运动"是1986年,是新美隆律师向他建议的。

那时石飞仁和刘智渠等人在与鹿岛建设公司交涉补发工资的事,因交涉不顺利,石飞仁通过内田雅敏律师结识了新美隆,请他们做法律顾问。

有一次,新美隆对田中宏说:"我在做有关强掳中国劳工的事,你应该帮助我。"

经过新美隆的介绍,田中宏与石飞仁相识。从1986年底开始,与石飞仁一起进行有关强掳中国劳工的民间报告书的编辑工作。

1987年春天,石飞仁对田中宏说,大馆市长畠山健治郎要邀请耿谆访日,但大馆市不能出这笔费用,而且市议会里也有人反对,如果是国会议员出面邀请就会好些。

田中宏与土井多贺子商量后,由国会议员田英夫、宇都宫德马、土井多贺子、佐藤敬治、穗積七郎和日中友好协会副会长赤津益造、东京大学教授小岛晋治及田中宏等共同担保,邀请耿谆访日。以后每年邀请幸存者和遗属访日,都是作为"思考会"代表的田中宏出面办理相关事宜。

## 3

此时的耿谆并不认识上述人物,但他却接到了这样一封邀请函:

耿谆先生:

您好!

今年正值中日邦交正常化十五周年,我们认为必须铭记已故周恩来总理的遗言“前事不忘，后事之师”。

在此机会，我们希望请先生来日，与曾作出努力的人士相会，同时，参观花冈之地等，以了解今天日本的面貌。特此，诚意地邀请您。

预定从6月下旬起，约十天时间。我们确信先生的来日，对于今后真正的日中和解与友好的加深有深刻的意义，现呈送邀请书。

日本新绿的季节，也在衷心欢迎先生来日，高兴地等待着在日本相会。

一九八七年五月二十二日

参议院议员　宇都宫德马
众议院议员　土井多贺子
参议院议员　田英夫
日中友好协会副会长　赤津益造
原众议院议员　穗積七郎
东京大学教授　小岛晋治
爱知县立大学教授　田中宏
众议院议员　佐藤敬治

时隔40年，耿谆将再次踏上日本的土地，只是身份和心情都今非昔比了。

襄城县政协副主席和统战部副部长亲自把耿谆送到北京，与特意从日本赶来接耿谆的刘智渠会面。

在京期间，耿谆和刘智渠一起专程去了卢沟桥抗日战争纪念馆，耿谆和刘智渠抚摸着桥栏上那些饱经岁月沧桑的石狮，感慨万千。

6月26日下午，耿谆和刘智渠乘坐中国民航CA929航班前往日本，这是耿谆平生第一次乘坐飞机。望着舷窗外棉花垛般的白云，他也许会感慨命运似乎很虚幻但又实实在在。

# 4

飞机落在东京成田机场。

耿谆身穿银灰色的中山装，光头，下颌飘着花白的山羊胡子，身板挺得笔直。他和刘智渠走出办理入关手续的大厅，在外面等候的记者和接待人员蜂拥而上，那些日子里，耿谆的故地重访是日本众多媒体争相报道的头号新闻。

欢迎的人群中有一位63岁的日本男人迎上前来。他身材不高，微胖，穿深色西服，头发稀疏，面容上残留着岁月镌刻下的为生活操劳的印迹。

他欲言泪先涌，双手掩面，突然失声痛哭起来。

他就是越后谷义勇，当年花冈中山寮的辅导员。当年暴动时，为了保护他和石川，耿谆特意将暴动时间推迟了三天。6月30日，越后谷义勇休息，回到田代町的岳父家。事后，早口的巡查部长和派出所的巡查到他家来，告诉了他30日晚上11点发生暴动的事情。巡查部长说这事时，神情十分紧张，说："不得了了！不得了了！支那人发生暴动了！"他当时不太相信，说："这不是真的吧？因为队长根本不是那种人！"巡查部长说："难道我还能骗你不成？"

1946年元旦，越后谷义勇去监狱探望耿谆，送去了20多块年糕。耿谆送给他一幅书法，写的是："日华友邦，同心协力，君我良朋，一心一德"，越后谷义勇也写下"日华亲善"四个大字。

越后谷义勇退休前是秋田县北秋田郡田代町医院的事务长，他始终铭记着中国劳工的救命之恩，当众向耿谆深深鞠躬，既表示歉意也表示敬意，这幅照片刊登在当日的许多报纸上。

在机场，记者问耿谆："促使您来日本的原因是什么？"

耿谆答："我想到我曾经待过的地方走一走，那里的变化一定很大吧？

还有，我想当面感谢那些为我的同胞们送还遗骨的花冈人民。”当时由刘智渠担任现场翻译。

记者问越后谷：“你觉得在外貌上，耿谆哪些地方还保留了原来的样子？”

越后谷说：“头，还有身材，跟从前一模一样。”

记者问他：“你们重逢后说的第一句话是什么？”

他说：“当时眼泪夺眶而出，什么话都说不出来。”

耿谆在日访问的10天里，越后谷义勇始终不离左右，上下车时，他搀扶着耿谆，在温泉洗澡，他给耿谆搓背。

在中山寮时，越后谷义勇才19岁，他的任务是负责杂务。中国劳工有病，他负责带着去医院，有时还偷偷地把稀饭给病号吃。正是因为他对中国人的同情心，暴动时耿谆特意推迟了三天，本是选在他和石川忠助休息的日子，不料石川那天没走，但暴动时耿谆特意交代，把石川和翻译于杰臣从门口放走。

6月27日，在国会参议院会馆，田英夫议员举行了招待会。他在会上致辞说：

“适逢日中邦交15周年，而且7月7日我们将迎来卢沟桥事件50周年，可谓是日中关系的一个新阶段。”

他说：“在日本，‘花冈事件’并不为人熟知，作为一个政界人员，我一直在反省。然而，战后40多年以来，国会却几乎没有就这件事进行过检讨，也没有相应的补偿。虽然（国际军事法庭）对该事件的负责人即战争罪犯进行了审判，但是日本政府是否根本就没有履行责任呢？我认为这一点，即使在今后，也必须要提出来。”

他还说：“审查教科书时，有意回避那场战争为侵略的事实，还有突破GDP 1%的防卫拨款，令曾被侵略的中国人无比反感，我也是今年5月份，才向很多中国人了解到这些事的详细情况。”

在招待会上，越后谷义勇展示了当年耿谆送给他的“日华友邦，同心协力，君我良朋，一心一德”的书法作品。他对在场的人说：“我们俩还都活着，真是太好了！”说着又激动地流下眼泪。

耿谆对大家说："越后谷君有同情心，当年我的同胞被杀害时，他也流了泪。我的良心不允许我把一个善良的人同魔鬼般的辅导员们一起杀掉，我的良心不允许我这么做。"

越后谷说："当年我 19 岁，我不能去殴打那些与我兄弟和父亲差不多年龄的中国人。"

当天，在东京池袋丰岛区丰岛公会堂，不死鸟剧团再次上演了报告剧《怒吼吧，花冈！》。这次演出共两场，一场日语，一场汉语。"花冈事件"的幸存者刘智渠、李振平及台湾作家陈映真和两个女演员也登台参加演出。

他们在台上静静地站着，幕布上由幻灯打出一幅幅当年摄下的照片，演员在台前朗诵。演出结束后，耿谆上台发表了演说。

他说："今天我们回顾过去，就是为了让世人不要忘却日本帝国主义侵略中国的历史以及战争给中国人民带来的沉重灾难与不幸。我们要捍卫今日之和平，发展中日两国人民之间的友谊，不能让历史悲剧重演。"

台湾籍旅日华侨张碧华走上舞台，向耿谆赠送了"花冈义举永垂不朽"的匾。

从耿谆到达日本的那天起，他周围经常有五六个记者跟随着，他的活动都在摄像机和镁光灯的跟踪之下。

不止一个记者问到他："你恨不恨日本？"

他回答道："中日友好数千年，磕磕碰碰近百年，现在又进入了友好的新时期，不要再问恨不恨了。但是，我们都不能忘掉过去，被害者不能忘记，加害者尤其不能忘记。只有汲取了历史教训，才能实现真正的友好。"

## 5

6 月 30 日是最繁忙的一天。早饭后，耿谆一行首先到市政府进行访问，随后在大馆市公署举行了记者招待会。

在记者招待会上，说起往事，耿谆的声音喑哑了。

他说："我亲身体验了'花冈事件'，每天要工作 12 个小时，坏天气照样出工，趟着泥水在劳动。食物很少，不到两个月大家都瘦了。外边天一亮就出去干活，天黑了才回来，午休一次也没有过。到了冬天还是穿着单衣服，裹上水泥袋子在作业。手脚都冻僵了，什么办法也没有。虽然是这个状态，监工们还一个劲地大声叫骂。在这个情况下逐渐在死人，最初时一天死一两个，随着工作量的加大，死人的数字也在增加。开始时，死一个烧一个，死人一多，三五个搁在一起烧。因为没有吃的东西，吃青草都把肚子吃坏了，饿极了，头脑也出了问题，吃起了人肉。"

这个话题太沉重了。他按捺着心底涌上来的悲伤，停顿了一会儿，继续说道："我们向公司提出两次，要求多给点粮食。他们说，萝卜叶子多，苹果渣滓多，可是这些东西是不能充饥的。橡子面做的面条太难吃了，把肚子吃坏了。一得了病，他们就把粮食减一半，死了 200 多人，300 人得病躺下了。我去看他们时，都拉着我的手说：'队长，救救我，回去的时候把骨灰带回去啊！'"

说到这里，耿谆忍不住哭了，仿佛是多年的泪水攒到了一起，一发而不可收。他哭成了泪人，不断地用手帕擦着眼泪。翻译流着泪翻译，有的记者边记录边流眼泪。

10 时在花冈镇的十濑野公园举行慰灵祭。该公园在中山寮原址附近，离信正寺不远。说是公园实际上是一个陵园，里面都是墓碑，林木繁茂，寂静幽清。

与"中国殉难烈士慰灵之碑"相隔不远，是为在战争中死亡的日本军人立的碑，宽大敦实，美其名曰"忠魂碑"。不远处还有一个碑，是 1945 年 5 月为在矿山塌方中死亡的韩国和日本劳工立的"七馆吊魂碑"。

"中国殉难烈士慰灵之碑"大约有 10 米之高，很高大也很孤寂。碑的背面刻着被虐待致死的 418 名殉难者的姓名，放眼望去密密麻麻，仿佛要铺天盖地。

耿谆在碑前洒了祭酒，点燃香，献上寄托哀思的白菊。

祭祀完毕，他到纪念碑背面，看着上面刻着的密密麻麻的殉难者名单，禁不住又泪流满面。他用手指着碑上的名字说："啊，看得见……他们被杀害的情景就像是发生在昨天的事。”

前来参加慰灵仪式的国会议员田英夫对记者说：“我们在‘七七事变’前夕悼念花冈暴动殉难者，就是为了反对帝国主义势力，不让世人忘记日本军国主义侵略中国的历史，捍卫世界和平，发展日中友好。”

## 6

7月3日，应神户华侨总会会长林同春先生邀请，由中日交流促进会秘书长林伯耀开车到京都将耿谆接到神户。

座谈会在神户中华同文学校举行，这是一所有百年历史的华侨子弟学校。早在1898年中国的戊戌变法失败后，变法领导者之一的梁启超逃亡来到日本，在神户他向华侨们讲述了中国衰弱的原因。他说：“所谓一国的兴发，是看其国民有无国家的观念而论。日本国民，只不过是中国的十分之一，但能打胜中国，这是日本国民能牺牲生命为国尽忠。但是，我国的国民大多是重视个人的利益，而以营利为重而不顾国家，这原因就是我国和日本国的教育大有不同之故。所以华侨应该重视教育……”就是在梁启超的建议下，神户华侨捐资兴建了中华同文学校，这所学校培养出不少优秀人才，成为当地和国内建设的中坚分子。

耿谆在座谈会上再次追忆其悲惨的往事，在座的华侨和教师们潸然泪下。

那一段日子对耿谆来说，是被泪水洇湿的日子。坐在耿谆身边的林同春先生紧紧握着他的手，林先生擦去眼角的泪花，激动地对大家说：“耿谆先生讲的是一段真实的历史。我们的老师教育学生就是要让他们正确地认识过去，要让他们了解这段残酷的历史，才能正确地建立起中日友好的未来。”

7月4日，在大阪杂草社举行了“花冈起义42周年座谈会”，田中宏、新美隆、林伯耀等都参加了，这一批后来成为花冈运动中坚力量的人物，从此扮演起重要角色。

在大馆市参加慰灵活动期间，秋田广播电台的记者就有关是否发放过工资问题采访了鹿岛建设公司的广播室长纲仓和仁。他说："毕竟是40年前的事了，如今又没有资料，调查起来很困难。我们对美国国立公文书馆里保留的在横滨的有关BC级战犯、花冈问题的正式裁判记录的内容进行研究后，判断工资是在战后支付的。"

刘智渠在接受采访时说："他们（指鹿岛建设公司）一直坚持说已经支付给我们工资了，声称是在昭和十九年十二月和昭和二十年一月时交给耿谆的。还说以横滨裁判的记录为根据，没有收据，只有目击签字的人。鹿岛组能说出这样荒唐的话，真是太不像话了！昭和十九年十二月，还有昭和二十年一月，那段时期，我们过的是地狱般的日子，我们连命都保不住呢！工资？如果我们有工资的话，那我们至少可以买一些蔬菜吧！即使买不起大米也可以买一些蔬菜吧。萝卜、萝卜叶，还可以买白薯、甘薯、土豆呢，那时候又没有限量出售。他们都把我们逼到起义的份上了，哪里还谈得上给工资啊！这个企业是一个没有人性的企业，姑且不谈战争时期，就是现在也是没有人性的，没有理性。"

就此事，耿谆回国以后起草了一份声明寄给日本各新闻社，内容如下：

记者先生：

关于鹿岛组（鹿岛建设公司）声称：在花冈的中国劳工的工资付给耿谆一事，本人郑重声明：并无此事。此乃纯系鹿岛组之谎言诬陷，诿罪于人，实有损于本人之人格。

中国劳工，当时不堪鹿岛组的残酷虐待，奋起反抗。暴动被镇压后，本人即被关进秋田县监狱。日本战败后，由驻秋田美军护送至东京，住中野区刑务所，在日期间从未与鹿岛组任何人接触，请问鹿岛组在何时、何地、经何人付给过耿谆工资或其他款项？

今特向记者先生吁请：将此事查明真相，并敦促鹿岛组迅速作出明确答复。

记者先生，您应一贯尊重事实，主持正义，一定会将此事予以澄清，使正义与真理得以伸张。

耿　谆

1987年8月11日

这封信于1987年9月21日在《每日新闻》上发表。

## 7

耿谆事隔42年后的首次访日，在日本引起的反响始料不及，可以说是掀起了一场“花冈事件”热。

耿谆回国后，首先收到的是一位名为伊藤咲子的日本女青年的信，她在信中这样写道：

耿谆先生：

这次您特意来日本，实在感谢。首先对“花冈事件”向您深表歉意。

我是一个24岁的女子，虽然住在秋田县，却对“花冈事件”一无所知，太惭愧了。日本对中国人有过这么冷酷的虐待，我以前全然不知。看了新闻报道，我才知道了耿谆先生的事，特意去图书馆找了关于“花冈事件”的书。读完后，我感到太残酷了，放声大哭起来，泪流不止。

中国人是怀着怎样的心情死去的？他们是怀着怎样的心情去承受残酷虐待的？饭不能吃饱，还总是遭毒打，天天被强迫劳动，饥寒交迫。想到连在祖国死去的机会也被剥夺的人们，我就难过得坐立不安。他们只好举行起义，是日本人把他们逼迫的。实在对不起！对于日本人犯下的这些罪行，我从心底感到深深的内疚，禁不住忏悔不已。

对耿谆先生来说，花冈一定是怀恨（怨念）之地，难为您来花冈了！您始终说“这是战争造成的灾难”，为什么您能这么说呢？连一句抱怨的话也没有……

是日本侵略了中国，这绝对是日本的罪行，但是您连一句非难的话也没说，目光总是和蔼善良。我的心被耿谆先生那宽广的心胸和宽容的态度所感动，被您那始终温和慈悲的目光所感动。您说：“祝各位市民幸福！”关心他人胜过关心自己的耿谆先生，我真敬佩您！中国人的宽宏大量和热情实在使我深受感动。伟大的中国人民！

日本对于自己所犯下的罪行尚未坦诚地承认错误，但是我要老实地承认其事实，并且为了使战争不再发生，尽我绵薄之力。

现在我正在为了取得教师资格而努力读书，如果我当了老师，我要教育孩子，告诉他们：人类都是平等的，战争是不对的。人类互相残杀是最愚蠢的，战争是使人心变恶的可怕行为。永远传授这些观念，我想这就是我能做的最起码的事。

耿谆先生，您在日本访问期间，日程排得很满，想必很忙也很累吧？请多多保重身体，长命百岁。像释迦牟尼似的耿谆先生，您是我的榜样，我要向您学习。我起誓要保卫和平。在佛龛前，我祈祷在“花冈事件”中殉难的中国人的灵魂能得以超度，并为中国和日本永远的和平而祈祷。

我实在太感谢您了，祝您永远幸福！

再见！

伊藤咲子

据说伊藤小姐毕业后，1988 年在仙台市立岗田小学当了小学一年级的教师，班上有 38 名学生。

1990 年她特意参加了纪念“花冈事件”殉难者 45 周年的慰灵祭。回来后，她向全校师生汇报了自己的感受。

她说："昨天我去了一个叫花冈的地方，是日本人虐待中国人，残杀他们的地方，我在他们的墓前说：'对不起。'"

回到她执教的班里，她问学生们："你们还记得我刚才讲的内容吗？"孩子们齐声回答："记——得！"她让几个孩子起来，让他们复述"花冈事件"，孩子们都清楚地讲述了"花冈事件"的故事，伊藤十分高兴。

上图画课时，伊藤出的题目就是让孩子们凭自己的想象画出"花冈事件"。

图画纸是精心制作的，小16开，纸的右上角有三颗心的图案，一颗大心，心尖处依次排列着一中一小两颗心。图案的下方竖写着两行字，一行大点的字是"读过的书名"，另一行字体小一些，是"用图画和文字表达我们的读后感"。

在"读过的书名"一栏里，孩子们用稚嫩的笔迹写着"花冈的故事"。

有一个叫伊藤的男孩，画了两个男人，一个年纪大的，额头上蹙起两道极深的皱纹，表情凶狠，伸着拳头，一副要将什么人打翻在地的样子。他旁边画了一个小孩，左手握拳，右手愤怒地指向那个凶神恶煞的人，配图说明文字写道"图画里说的是：日本人怎么这么坏？"

还有一个叫关子的女孩，画的是一个日本人端着枪押着几个被捆绑的中国人，下面的说明文字是："我觉得中国人很可怜。"

伊藤咲子把学生们的图画整理好，挑出33张装订成册，给耿谆寄去。她在信上说："上次在电视上看到耿谆先生说'当时我们决心豁出命来'时，我都发抖了。我在电视上看到了幸存者，看到了留在他们身上的皱纹和伤痕，感到很悲哀。他们好像体验了人生所有的苦难。我常常想，耿谆先生及他们的人生究竟是什么样的呢？世上有人幸福地过日子，也有人饱尝地狱般的痛苦，人们意料不到自己的命运。我参加了一个叫'立正佼成会'的宗教团体，其教义里有一句话'一念三千'。东西是会消灭的，但是人的哀思愿望是连绵不断地活在人的心中的，所以我经常思念花冈幸存者，祈祷他们幸福。"

《朝日新闻》东京本社记者增子义久在给耿谆的信中写道："这次您能百忙之中来到日本，作为一个日本记者我感激不已。先生的呼吁动摇了一直以来试图忘却战争责任的日本政府及一些日本人民的心。然而就侵略战争以及战后问题的处理，日本政府依然试图回避责任，我想让日本人理解，你们呼吁的内容是日本人自身的问题，通过舆论告诉大家这一点，我想今后我会尽我一些微薄之力的。”

作家野添宪治在1988年1月15日用并不十分纯熟的中文写道：“您有很大的影响力，知道‘花冈事件’，对于日本人民的收获是很大的，超越了过去历史残酷压迫的阴影，中日两国人民克服了漫长时间里的种种困难，揭开了友好的新篇章。”

后来的“花冈运动”可以说是从这里发端。中国民间对日战争受害索赔运动的蓬勃兴起，也是从这里冒出嫩绿的新芽。

# 讨伐篇

讨伐的勇气在于义无反顾，就像中国象棋中过了河的卒子，有进无退。

# 索赔序幕

## 1

林伯耀第一次到中国与耿谆等幸存者聚会是在1988年10月5日，地点在古城开封。

时年49岁的他个头不高，身材敦实，国字脸，浓眉大眼，面容温和，看上去文质彬彬。

林伯耀祖籍是中国福建省福清县，现已改为福清市。他1939年出生在日本京都府，按日式称谓，叫二代。他的父母早年漂洋过海，到日本谋生，受尽歧视，所以他入学时，父母特意给起了个日本名字林秀一。日本名字的“林”发音“哈呀西”，如果是中国名字，“林”便读本音。但同学们还是很快就知道他是中国人，因此常常欺负他。

年幼时的林伯耀经常随母亲到乡下去卖布。那时，在日本的福建籍人行商，大多都做这个生意。

在日本，他们被称为“支那人”。在乡下行商，有的日本人会放狗咬他们，还赖账。

有一次为了躲避狗咬，在逃跑的路上，母亲背上的布掉进水田里弄脏了。母亲的眼圈一下就红了，从水田里捞出满是泥水的布卷，到山溪里去洗，一边洗一边流泪。站在身边的林伯耀想，母亲为什么这么苦？日本人为什么欺负我们？难道就因为我们是中国人？

歧视是培养异己意识的温床。出生在日本的林伯耀因为受歧视而清醒意识到自己是中国人。

1962年，他从日本京都大学工业学部毕业，在求职中再次受到不公平的对待。因为是中国人，大企业不收，他只好进入一家规模不大的工程公司。他学的专业是设计化学工厂包括核能电厂，因此分配在公司的设计部和开发部工作。他工作非常出色，被提升为副课长。他帮助公司从海外引进了技术，但在实施时，公司要求他加入日本国籍，否则便不能参加工程，职务也不能再提升。一怒之下，他辞职去做了买卖。

听说“花冈事件”是在他的少年时代。他说他也是从连环画《花冈的故事》上得知。其实，1950年春天花冈地区兴起的挖遗骨活动，他的胞兄林伯叡也参加了，还参加了将遗骨送回祖国的活动。

林伯耀说：“1987年耿谆到日本访问，在介绍花冈暴动情况的座谈会上，我见到了我敬仰的耿谆先生，了解到了过去从没想到的中国劳工苦难而非人的待遇，是这一件事，改变了我的命运。”

## 2

10月的中原正是金秋季节，天空夐远，秋风送爽。路边的梧桐，树冠如云，婆婆娑娑，古城开封沐浴在融融的秋阳里。

与林伯耀同行的有刘智渠和他的大儿子，还有因战争期间随丈夫一起到中国参加抗日战争，而在中日关系史上青史名留的绿川英子的女儿刘晓兰。国内的幸存者除耿谆外，有王敏、张肇国、刘虞卿、李介生等人，这些难友也大多是自日本分手后第一次相会。

后来有人将下面将要讲到的，1989年12月耿谆等人给鹿岛建设公司发出的公开信，称为战后中国民间对日索赔的序幕或号角，而拉开序幕或吹响号角的前奏就是这次开封聚会。

在去中国之前，林伯耀得知鹿岛建设公司的态度是认为在“花冈事件”上他们没有任何责任。鹿岛建设公司说中国劳工是合同工，还说当年国际BC级法庭的裁判不对，并声称他们有记录，元旦时给劳工吃过肉；人死了，有给遗属抚恤金的记录；还有每个月底给劳工发工资的记录。云云。

幸存者们下榻在开封宾馆，难友相见，提起往事，自是一番唏嘘。林伯耀请他们详细讲述自己遭受过的苦难，刘晓兰做文字记录，林伯耀摄像。

王敏说：“在到青岛之前没有人告诉我们去什么地方，也没有任何人为我们办过什么手续，只是到青岛上轮船时才知道被送往日本。”

“到日本后没有休息过一天，也没有人给我们一分钱。有人说我们死去的418人是原来身体不好所致，这纯是瞎说！我们在石家庄、北京和青岛都是被挑了又挑，被认为是年轻力壮才送至日本的。”

张肇国说：“我在洛阳被绳子捆住，押到铁网牢车被送走。这里没有一个人是自愿去日本的，也没有订过什么合同，签过什么字。在石家庄和北京又和那里的人一同被送到青岛。在青岛海港上待了两天后，有一个翻译带着两个日本人告诉我们，为了东亚共荣圈要送我们去日本做工，当时我23岁。”

耿谆说：“当年我们暴动时并没有想到能活下来，因为日本四周是海。我们实在不堪忍受饥寒交迫，忍受不了非人的侮辱——日本监工用晒干的公牛生殖器做成的鞭子抽打我们。我们知道，不反抗也是被欺压死去，不如打击一下那些压迫我们的人。我们做好了思想准备，暴动成功就逃向北海道，若被追上就投大海自杀。”

刘晓兰在一个巴掌大的小笔记本上飞速地记录下这些真实的证言，林伯耀手中的微型摄像机镜头里，是一张张饱经岁月风霜的苍老面容和一声声泪字字血的控诉。

林伯耀终于按捺不住内心的激愤，拿出鹿岛建设公司所说的劳工合同、工资单和给遗属的抚恤金记录的复印件给他们看。大家看了义愤填膺，纷纷说道：这是伪证！这不是在撒弥天大谎吗？！

耿谆严肃地说：“我在日本干活从没见过一分钱，没有得过任何工资。”

王敏说：“今后我要行使自己的权利，我要向鹿岛建设公司追索赔偿，要求补回当年的工资。”

当年耿谆关进监狱后，被鹿岛组花冈出张所[1]指定为继任大队长的李

① 出张所：日语，即事务所。

介生说："我保证没有收过一点工资，没有发过一分钱。日本说给了我们工资，这是瞎说！这样我应该要求日方补发给我们工资。"

林伯耀说："与鹿岛组未了的事情不是补发工资的问题，他们过去的所作所为是对人权的侵犯，伤害了我们的民族尊严和人的尊严。我们现在要求鹿岛建设公司弥补的不是工资而是赔偿，我们要讨回历史公道！"

耿谆说："对！我迫切希望索赔一事尽快得到解决。我作为当时花冈中国劳工的大队长，我有义务和责任为死去的同胞、为受苦受难的人们伸张正义。我希望能得到更大的支持，我呼吁更多的爱国志士支持我们。"

这次会面后，四个人相继写了给林伯耀的委托书，耿谆这样写道：

委托书

兹委托住日本神户侨胞林伯耀先生协助花冈幸存者刘智渠（现住日本札幌市）先生全权代表本人向鹿岛组追索中山寮劳工赁金等事宜，特此委托。

林伯耀先生收执。

当年花冈劳工大队长耿谆（章）

一九八八年十月十日

在这封委托书里，耿谆委托的仍然是追索工资事宜，与后来的受害索赔不是一个概念。

3

以田中宏为代表的"强掳中国人思考会"成立于1988年秋天。

起因是当年9月，田中宏、内海爱子和林伯耀去美国参加旅美华人举办的“九一八”纪念活动。其间，民间社团“对日索赔同胞会”负责人之一的邵子平跟林伯耀谈起索赔的事，并把他们办的专刊赠给了他。

“对日索赔同胞会筹备委员会”的《发起书》上有这样一段话：“记取教训，并不是挑起旧恨……只有当全体中国人一致大声疾呼要求公道和正义时，日本人才会猛然觉悟，亚洲和世界和平才有保障。”

在另一篇《对日索赔同胞筹备委员会答客问》中，对索赔的意义又加以阐释：“轻纵与姑息足以养奸。唯有重新检讨日本侵华罪行并索取赔偿，方能保存历史真相，还我公道，并令日本切实记取侵略教训。也唯有经过这样程序，中日民族方能重新探索友谊之道。”并说道：“政府放弃索赔，又未尝不可重开谈判，历史上也不乏先例，如新加坡发现‘万人坑’，迫使日本重新谈判赔偿。”

林伯耀问邵子平：“中国的战争受害者可以向日本政府或企业要求赔偿吗？”

邵子平道：“当然可以。”

从美国回来，以田中宏为代表的“强掳中国人思考会”成立，核心人物除了田中宏外，还有新美隆和林伯耀。他们商量，让“花冈事件”作为中国战争受害者对日索赔的先声，在日本掀起一股新的和平运动。

## 4

1989年12月22日，这是一个历史性的日子。

当“花冈诉讼案”以和解而告终，有位日裔德国学者评论说：“‘花冈事件’和柏林墙的拆除是有相关历史性的，耿谆等人提出三项要求是在1989年12月，是柏林墙拆除一个月后，我认为不是偶然的……”

这是学术上的一家之言。把“花冈事件”的解决与柏林墙的拆除相提并论是否牵强附会，有拔高之意，可以百花齐放，百家争鸣，仁者见仁，智者见智。但这个日子在花冈运动史上是一个必须记载的日子。

耿谆记得那天是在北京东直门的一个小旅馆里，旅馆的名称记不清了，是座小四合院，冷冷清清。

林伯耀邀请他们来，说是商量一下怎样与鹿岛建设公司进行斗争之事，并将从美国带回来的邵子平等人办的《对日索赔会刊》复印件给了耿谆。

与会者就是开封聚会的“花冈事件”幸存者。除了刘虞卿没来外，耿谆、李介生、王敏和张肇国，每个老人都由一个亲属陪伴，算下来有八九个人，车费和住宿费都由林伯耀支付。

12月20日上午，即老人们到北京的第一天。天气十分寒冷，屋里没有暖气，大家都聚在耿谆的房间里聊天。

耿谆心里琢磨着与鹿岛建设公司斗争的事。他于1987年夏天应邀到日本访问后，写了一份关于从未接受过鹿岛组工资的声明刊登在当年9月21日的《每日新闻》上，但鹿岛建设公司没有回应。

他琢磨着林伯耀提出的向鹿岛建设公司索赔的事。从道义上看，索赔显然比追索工资的层面要高，是站在了民族大义的制高点上。

耿谆受儒家思想浸润，很愿意担当起民族大义。

怎么与他们斗争呢？耿谆在心里问自己。他突然想到写信，对！向鹿岛建设公司写信。

于是耿谆拿出纸和笔，伏在桌子上写起来。“手冻得捏不住笔，旁边的人吵吵着，字写得不好。”这是事隔11年，“花冈事件”和解后，耿谆向我回忆当时的情景时说的话。

信写完了，耿谆念给王敏、李介生、张肇国听，他们表示同意。

署什么名呢？大家议论说就叫“花冈受难者联谊会”吧。按规定，成立民间社团组织须民政部门批准。耿谆说，在报批之前就先叫“花冈受难者联谊筹备会”好了，大家临时决定落款为会长耿谆、副会长李介生、干事王敏和张肇国。

耿谆在接受我的采访时说：“我想让李介生也出面证实，两个当年的大队长都出面了，看鹿岛再如何推脱？”

耿谆打电话将这个消息告诉下榻在北京饭店的林伯耀，林伯耀请他们立刻去北京饭店。

林伯耀看信后很兴奋，立即打越洋电话给在日本的新美隆。新美隆也很高兴，提了两点建议，一是耿谆在信上要求的赔偿金额是每人300万日元，新美隆说太少了，再增加200万。于是耿谆就将“三”字添了两竖改成“五”，现在从复印稿上还依稀可以辨出被描画过的痕迹。

新美隆提的第二点建议是在信的后面注明将此事委托给谁办理。

此信被定名为“致鹿岛组的公开信”，耿谆说其用意是希望能通过新闻媒体传播出去，这是公众的事，应该让大家都知道。

公开信的全文如下：

鹿岛组花冈强制劳动幸存者及死难者遗属联谊筹备会
（简称：花冈受难者联谊筹备会）

**致鹿岛组的公开信**

1944年7月，日本侵略军把我中国战俘一千人押送到日本秋田县花冈町。在鹿岛组花冈事务所的看管下，强迫为花冈铜矿进行挖下水道的艰苦劳动。在鹿岛组辅导员（看守）凶恶残暴的虐待下，自到日本之日起至战败止，先后死去四百一十八人。我死难者遗骨，尚有一部（分）埋在日本国土上，运回国者，亦给其家中亲人留下千古悲痛。惟仁者，必能体其切腹之惨疼（痛）。

我会，今特要求鹿岛组，应幡然醒悟，尊重历史事实，向和平大道迈进。以“花冈惨案”为戒，教育后代，并可使世人皆知鹿岛组“知过即改”的光明态度，当可了此千载奇冤之血债。我会决定，今要求鹿岛组必须作（做）到如下几点：

一、鹿岛组应郑重向我罹难死亡烈士的遗属及幸存者声明谢罪，使此血债方可从血债簿上消掉。

二、鹿岛组应表达悔过风度，即当在日本大馆市及中国北京，建立具有一定规模的花冈殉难烈士纪念馆，供游人参观悼念，教育后人，亦可表彰鹿岛组的忏悔高风，作悔过者之楷模。

三、鹿岛组必须向我花冈受难者九百八十六人（死难者遗属及幸存者）每人赔偿五百万日元，以资补偿我受难者肉体与精神上遭受的苦难创伤和牺牲。

如果鹿岛组仍执迷不悟，置若罔闻，纵然千秋万代之下，我们的子孙后代将永远向鹿岛组讨此笔血债，况“花冈惨案”世人皆知，岂能掩饰得过。

鹿岛组花冈强制劳动幸存者及死难遗属联谊筹备会启

会　长　耿　谆

副会长　李介生

干　事　王　敏　张肇国

一九八九年十二月二十二日于北京

后附一页纸写道：

以上事项我们委托日本新美隆律师（东京都港区西新桥1-8-7藤野大楼2楼，电话03-503-8588）及“中国人强制连行思考会”的诸先生（干事田中宏先生、林伯耀先生、内海爱子女士等）。

会　长　耿　谆

副会长　李介生

干　事　王　敏　张肇国

一九八九年十二月二十二日于北京

## 5

林伯耀动作神速，即刻请来当时正在北京访问的日本参议院议员田英夫到北京饭店与耿谆等4位老人会面。田英夫看了即将发出的公开信，对他们向鹿岛建设公司提出三项要求表示支持。

12月22日，耿谆等人在北京饭店举行记者招待会，林伯耀邀请了驻北京的日本各大新闻媒体的记者。会后，就在北京饭店内的邮政所，耿谆将公开信寄出。

有一帧照片记录了当时的情景，身穿藏蓝色中山服的耿谆在邮电所窗口的窄台子上，用手轻轻地按着刚粘上去的邮票，脸色凝重。

不知他是否意识到自此拉开的是战后中国民间对日索赔的序幕？是否意识到漫漫征途上布满荆棘？是否意识到他再次走到捍卫中国人尊严的前列？

是年他已75岁高龄。

这是艰难的一步，是充满豪气扬眉吐气的一步，也可以说是辉煌的一步。比起历经沧桑最后委曲求全颇有争议的“和解”来说，这个头开得像高原放歌一样的清越嘹亮。

12月23日，《东京新闻》以“花冈矿的中国人生存者向鹿岛建设公司请求赔偿等”为题进行了报道。

12月28日，田英夫在日本国会内会见了记者，对公开信表示支持，说：“为了支持‘花冈事件’幸存者的要求，已与社会党委员长土井多贺子、宇都宫德马、伊东正义等取得了联系，要开始造舆论了。”

12月29日，《朝日新闻》以“被强制连行到花冈矿山的986名中国人向鹿岛建设公司提出49亿日元赔偿请求”为题，再次进行了报道。

## 6

公开信发表后，在日本影响很大，但国内反应低调，耿谆很快就感受到了压力。

当时耿谆已是河南省平顶山市政协常委，曾有人质疑他，说中国政府已经放弃了赔偿，你们为什么还要搞？

耿谆不辩驳也决不收回自己的主张。林伯耀知道后，于 1990 年 1 月，在一个阴云密布、寒风刺骨的日子里专程赶到了平顶山。

他找到提出疑问的人，向他详细介绍在国际法上民间赔偿和政府间赔偿是两回事。他说："国家没有权利替国民放弃个人的赔偿请求权。国家虽然放弃赔偿，但个人还有自己的请求权。"他举了美国政府对日裔美籍人赔偿为例。

质疑者的母亲是在战争中被日本兵杀害的，他问林伯耀："我有没有权要求赔偿呢？"

林伯耀答："你当然也有权利。"

他们离开时气氛缓和了许多。

林伯耀离去时依然寒风凛冽。在车站，耿谆紧紧握着他的手说："林先生，我们还是一定把这件事做下去。"说着掏出一张纸，在上面写下了两行字：

向鹿岛的三项要求，这是我受难者（千人）的责任，决不退缩，坚决斗争到底。

耿　谆

1990 年 1 月 12 日

从字迹的颤抖中，可以看出他当时心情激动。

# 寻找幸存者

## 1

花冈受难者除当年留下出庭作证的人外,大部分由王敏带队回国。回国后便各奔东西，循着各自的生命轨迹前行。除了居住在同一地方的人还有些来往,其余相互都不知下落,往昔苦难成了各自心灵深处的一段不堪回首的记忆被尘封起来。

岁月如梭。

王敏说,他看到耿谆访日的消息是在 1987 年 7 月 7 日的《河北日报》上。当时他并不敢断定报纸上所说的耿谆就是过去的大队长。王敏印象中耿谆已被处刑,他活下来了吗？他是怎么走过这 40 多年的岁月的？王敏心头尽是问号。

当时手头正有事,来不及细看,他便把报纸收起来,准备晚上再仔细研究。

但那天晚上恰逢停电，心里搁不下这事的王敏就打着手电看那张报纸。看了一遍又一遍,反反复复。黑灯瞎火的,老伴很是奇怪,便问道:“你怎么老看这一张报纸呢？”

王敏说:“这报纸上说的这个耿谆，不知道是不是花冈的那个劳工大队长耿谆？”

老伴说:“那你就写封信问问呗,光自己在心里琢磨有啥用？”

第二天王敏就写了一封投石问路的信,不久就收到了耿谆的回信。

9 月 23 日，王敏和老伴去襄城县看望耿谆。相见时他一眼就认出了耿谆,但耿谆却说他不记得有王敏这样一个人。

王敏忙说:“我在日本用的名字是张开化,我就是张开化呀!”

耿谆长长地“噢——”了一声,兴奋地说:“你是张开化呀!记得,记得!”

再仔细打量,发现几十年的岁月风霜,容貌有所改变,但他走路的姿势没变。

难友相见,分外激动。王敏告诉耿谆,他于1945年11月29日,带领530名同胞和部分难友的骨灰从日本九州的博多港上船启程回国,12月3日到达天津塘沽港。

在天津与大家分手后,他回到了家乡深泽县南营村。不久,与党组织接上了关系,先被安排在深泽县军用代办所当所长,后来又调到区、县工作,1948年到遥阳县当武装部副部长,1951年参加抗美援朝,1953年回国后到河北省定县做武装部副部长。1964年提升为武装部部长,1972年在这个岗位上离职休息,是副师级干部。

耿谆与他商量着把过去的难友联络起来,一起向鹿岛组讨还公道。王敏夫妇在襄城县住了两天,先见了在襄城县城北的一个乡镇医院当医生的刘虞卿,后由耿谆的二儿子耿硕宇陪同,又去南阳社旗县与张肇国会面。

## 2

寻找张肇国是1985年11月刘智渠与耿谆会面之后的事。王敏与耿谆谈起寻找难友之事,耿谆说就他所知,在河南省的有刘虞卿、张肇国、张金亭、贾屹民、李介生等。刘虞卿住得很近,与耿谆家相距15公里左右。其他人的详细住址就不知了,印象中张肇国是方城县人。

1986年春,耿谆派儿子耿硕宇去南阳地区找张肇国、张金亭、贾屹民等人,交代他先去方城县寻找张肇国,因为张肇国的妻子是日本人,容易为人所知，找到他就有可能知道其他人的下落。

耿硕宇带了几十块钱，一路上不敢随便花。到了方城县，问县政府里的人知不知道有个叫张肇国的？对方说不知道。耿硕宇说，他的老婆是个日本人。对方说，听说方城县东里有一个日本女子，你上那儿再打听一下吧。

钱少，耿硕宇舍不得坐车，只好步行。出了县城往东，从下午 2 点走到天黑，大约走了 15 公里左右，到了东里。

他找到了那个日本女人，但她不是张肇国的老婆。那女人告诉他，听说社旗县有个叫张惠玲的老师也是日本人。耿硕宇当晚就住在大车店里，第二天早上搭公共汽车去了社旗县。

## 3

张肇国被抓到日本之前是国民党 15 军 65 师直属工兵连的少尉排长，也是在洛阳战役失利后被日军俘虏，和其他人一起押送到花冈。在中山寮时，他是第三小队的小队长，是花冈暴动的骨干。日本战败后，他与耿谆等人暂留日本，作为出席国际军事法庭对日本战犯审判的证人。

在等待出庭的日子里，他们被派到中国政府驻日代表团做警卫工作。人年轻，穿着军装戴着大盖帽煞是神气。

战败后的日本一片废墟，百姓挣扎在饥饿之中，中国因为是盟军的一员，不再受歧视。

那一段日子在张肇国等人的心里是神清气爽扬眉吐气的日子。经由一个开饭馆的华侨介绍，张肇国认识了在饭馆做工的日本女子小岛登喜子。1947 年 11 月，他们在东京喜结连理，结婚后张肇国给她改名为张惠玲。

1948 年 3 月，因张惠玲的手续未办好，张肇国等人便先期回国。国内形势正风雨飘摇，节节败退的国民党政府忙着逃往台湾。

中国政府驻日代表团给他们开的证明要求他们先到上海港口司令部报到。司令部发给他们生活补助金几亿金圆券。他们从来没见过这么大数额的钱，各自欢欢喜喜地用大手帕兜着。出来坐公共汽车买票，售票员说，这是倒闭的钱，不能用。他们一惊，忙返回港口司令部兑换。

司令部的人说，没办法了，只有这种钱。

他们说，这钱不当花，那可怎么生活呢？

司令部的人说，你们去南京挹江门过境招待所吧，到那里可以安排工作。

在南京挹江门过境招待所，他们意外地遇到了耿谆。张惠玲于当年 7 月到南京与他会面。淮海战役开始后，他被派往国民党在广州的部队，后来又辗转广东惠州和湖南衡阳，于 1949 年 12 月回到老家河南省南阳地区唐河县李店曹埠口村。

## 4

耿硕宇到了社旗县，一路打听着找到张肇国家。

张肇国不在家，妻子张惠玲在。耿硕宇自我介绍说："我是耿谆的儿子。"张惠玲惊喜道："知道，知道。"说着拿出一本县志，上面介绍了张肇国和"花冈事件"。

张肇国见到耿硕宇，自是一番惊喜。他告诉耿硕宇，贾屹民在 20 世纪 60 年代已去世，并把其侄子的工作单位告诉了他。

当天，耿硕宇去找贾屹民的侄子。单位的人说他回家了，耿硕宇等到第二天才找到他。

他带耿硕宇到了贾屹民家，看得出其家境贫寒。贾屹民的遗孀听说耿硕宇是耿谆的儿子，很激动。她对耿硕宇说：“你叔生前老说到你父亲。”说着将家里所有的鸡蛋都炒了，盛出满满的一大碗。

耿谆在派儿子去找张肇国等人的同时，以他所在的襄城县政协的名义给翟树堂、李介生、李克金等人所在地区的政协写信，请他们帮助查找这些人。

李介生的下落很快就找到了。翟树堂所在地的政协回信说，他已于1965年左右去世。寻找李克金的信，耿谆是寄到湖北省天门县政协的。对方答复说人可能在洪湖县，耿谆就又给洪湖县政协写了一封信，才找到他。

1988年8月，林伯耀和刘智渠等人在河南开封与耿谆、王敏、张肇国、刘虞卿、李介生等人会面时，交给耿谆10万日元，请他寻找幸存者。

耿谆当时就把钱转交给王敏说：“你比我活泛，河北的幸存者也多，你们来找吧。”

林伯耀将花冈劳工的名册交给了王敏。王敏回去后，根据名单上的地址陆陆续续地发出了527封信，与河北地区的20多名幸存者取得了联系。

孟连祺被抓到日本时用的是他死去的哥哥孟文祺的名字。1990年收到王敏的信后，马上就到定县武装部干休所与他相会。

王敏记得孟繁武是安郭县李家庄人，亲自到安郭县两趟，都没有找到。其实安郭县有一个李家庄，还有一个立家庄，孟繁武是立家庄人，所以没找到。

孟繁武1945年与大批劳工回国后，先回了老家。他被抓到日本之前是八路军后勤部的一个普通干部，回来后找到党组织恢复了党籍。1947年7月他重返部队，曾经在冀中军区教导大队和263野战医院干过，1964年转业到甘肃水利四局，1983年离休。

王敏的女儿王洪是“花冈受难者联谊会”的干事。她按照名单上提供的线索去找李黑成，父亲对她说，李黑成就是孟繁武，听说他在部队252医院干过，你去查查。实际孟繁武过去工作的医院是263医院，阴错阳差，仍没找到。

1993年10月,孟繁武到保定看他大哥,大哥家里留了一份当年7月的《河北日报》,上面有“花冈悲歌”展览的消息。

孟繁武看后又兴奋又着急,立刻到《河北日报》打听,听说写报道的作者是石家庄市委党校的教师何天义,赶紧找到何天义,何天义说大家正四处打听你呢。

王敏对女儿讲,当年从日本一起回来的人当中有个叫刘庆德的,是保定附近的周家庄人,回国时带了5个骨灰盒。

王洪去周家庄找到了刘庆德,问骨灰盒都送到哪里了?时间久远,刘庆德也记不太清了,说有一个骨灰盒好像送到了河北省的安平县。王洪跑到安平县打听,问哪个村里有人被抓到日本去过。后来在崔南村打听到在“花冈暴动”后被虐待致死的杨建庭,找到了他的儿子杨彦钦。

在名单上,河北省定县西汶村有个李海子死在花冈了,王敏让王洪去找李海子的遗属。

王洪到了西汶村,村里说没有这个人。定县干休所里一个女人告诉王洪,她表妹的父亲被抓劳工去了日本,死在那里,名字叫李孩子。王洪听后,心有所动。她想这两个名字相近,年龄也相仿,便通过这个线索找到了李孩子唯一的女儿李香莲,而李孩子是东汶村人。

被抓到日本的劳工中,不少人用的是化名,而且名单在抄写中也有不少错误,这就使寻找困难重重。

王洪到青岛去寻找刘锡财,同行的有六个人。在青岛火车站,她看到一个老头在晒太阳,就上前打听道:“大爷,你们这里有没有在战争年代被抓到日本当劳工的?”老头旁边的一个中年人搭腔道:“有,我知道。”王洪问:“还活着不?”那人说:“活着。”并说那人住得离车站不远。

当时不知道这人是不是花冈的,王洪让其他人在车站等着,她去看看。

快到刘锡财家时,那人让王洪在路边等等,他去看家里有没有人。不一会儿,领来一个30岁左右的年轻人,那人说:“昨天电视上演的‘花冈暴动'的电视剧里就有我爹。"

王洪问:"你爹是谁?"

他说:"刘锡财啊。"

王洪喜出望外,因为曾经多次找刘锡财都没找到,没想到竟然这么巧给碰上了,但刘锡财已经去世多年。

找到赵满山更是十分偶然。

当年,赵满山是父子俩一起被抓到花冈去的,林伯耀从书上得知他们的遭遇,深为感动,嘱咐王洪一定要设法找到他。

赵满山的小名叫赵青儿,其父叫赵毅。但名簿上把赵青儿写成了赵告儿,把赵毅写成了赵有益,把籍贯所在的青苑县写成了青华县,富昌屯村写成富长屯,这么多的差错,怎么好找?

1990年6月26日,王洪父女到北京,准备与耿谆等人会面后,一起到日本参加45周年的慰灵祭。在火车上父女俩说起找不到赵满山的事,王洪突然灵机一动说,青华县是不是保定的青苑县?富长屯是不是青苑县的富昌屯?

到了北京,她马上给在保定市某区委组织部工作的丈夫老孟打电话,让他赶快给查查。当时,组织部正好在办村长培训班,老孟问青苑县富昌屯村的村长道:"你们村过去是不有父子俩一起被抓到日本花冈当劳工的?"村长说:"有。老头儿死在日本了,儿子叫赵青儿,还在我们村呢。"老孟说:"马上通知他到北京饭店去。立刻!"

赵满山接到通知,一头雾水,不知发生了什么事。村长只说很紧急,马上到北京饭店找一个叫王洪的女人,他与大家会面后一眼就认出了耿谆。

一切都来得太突然,开始时,面对林伯耀的询问他什么都不讲。

大家你一言我一语地引导他回忆往事。慢慢地,尘封的记忆从撕开的口子里涌出来,越来越多,越来越清晰,赵满山哭了,往事历历在目。

## 5

寻找花冈受难者的另一支主力军是保定市河北大学的师生，组织者是该校马列主义教研室的教师刘宝辰。

刘宝辰与王敏相识已久。1966 年至 1967 年间，刘宝辰在河北定县师范中学读书，王敏是定县的武装部长，两人交往甚多。

1982 年，刘宝辰从河北大学历史系毕业后留校，分配在马列主义教研室教授中共党史课程，1986 年这门课程改为中国革命史。

1988 年 8 月的一天，王敏骑自行车到河北大学找到刘宝辰，向他介绍了“花冈事件”。

在此之前，刘宝辰从《辞海》上看到过有关“花冈事件”的词条，但知之不详。从王敏的讲述中，他深深地为这种维护民族尊严而在敌国之国土上发起暴动的壮举所震撼。他认为如此特殊的一段史料，在我国的史书上竟没有详细的记载，实在遗憾，于是他答应王敏帮助他整理“花冈事件”的回忆录。

刘宝辰一边整理着，一边联系发表的事宜，通过一个同学认识了一位在河北省政协工作的人。那人听后很兴奋，说这份资料很有价值，让他赶快写。他写了有一万多字，题为“国败身无主，国胜死也荣”，发表在《河北文史资料》1989 年第 4 期上。

1989 年 12 月，林伯耀提出寻找花冈受难者的事，王敏和王洪向他推荐了刘宝辰。1990 年 8 月 2 日，在保定王洪的家里，林伯耀与刘宝辰会面。

林伯耀向他介绍了以新美隆、田中宏等为代表的“强掳中国人思考会”所进行的活动，问他愿不愿意参加？刘宝辰连忙说愿意。

可以看出林伯耀寻找劳工的心情很急切，他问刘宝辰道：“利用假期组织学生来调查行不行？”刘宝辰说：“可以。但这件事要请示学校。”

当天晚上，刘宝辰找到学校管理学生工作的副书记，向他做了汇报。副书记说：“这是一件好事呵，是对学生进行爱国主义教育的一个好机会。”

但副书记提出了两个问题，一是经费问题；二是学生的安全问题。刘宝辰将这个情况向林伯耀汇报后，林伯耀说，经费他来解决，学生外出调查的安全由刘宝辰负责。

外出调查的学生是刘宝辰挑选的，选上的都是他教过的学生，大都是班干部。1990 年的暑假和 1991 年的寒暑假，他先后三次组织师生 50 余人次去调查寻找。根据日本方面提供的《花冈劳工名册》，查找了河北、山东、河南、山西 4 省 51 个县市，大约 503 个村庄。几乎是顺着一条血泪的河流，找到花冈劳工的幸存者和遗属 285 人，加上耿谆、王敏等人联系上的 35 人，共计 320 人，其中已故 263 人，幸存者 57 人。

## 6

寻找之事困难重重。劳工当年被抓时，许多人报的是假姓名、假地址，名册提供的线索并非真实，寻找起来犹如大海捞针。

李盛基在《花冈劳工名册》上的编号是 605 号，当时年龄 31 岁，是河北省获鹿县人，于 1944 年 12 月死于日本。

名册上只有县名，没有村名，而获鹿县位于太行山的丘陵地带，面积 614 平方公里，有 194 个自然村，要找一个在 40 多年前就死去的受害者的家人，其难度可想而知。

刘宝辰的妻子王彦玲在河北大学图书馆工作，她常利用周末休息日或节假日到乡下寻找劳工。

有一次，王彦玲和一名学生在河北省赵县与花冈幸存者罗庆元座谈时，他说道：“和我一起干活儿的基子被日本人害死了……”

王彦玲听到“基子”二字，心里一动，联想到花名册上的李盛基，便追问了一句：“他是哪里人？”

对方答：“可能是获鹿县岳村人吧。”

从罗庆元家里出来，他们乘长途汽车赶到获鹿县，在县城租了自行车去了岳村。

岳村的人说，村里没叫李盛基的，但本村死在日本的劳工史五堂的骨灰是于底村一个姓李的人捎回来的，你可以到于底村去查查。

他们又赶到于底村找到这位叫李宝珍的老人。老人是年已80岁，住在一栋低矮破旧的小屋里。

老人介绍说，1944年初，他与本村的李大碗、李爱德一起被日本鬼子抓走，他被押送到日本九州福冈县的二濑矿业所挖煤，日本投降后才回国。

听完讲述，王彦玲遗憾地对同行的学生说：“看来今天找不到李盛基了。”

老人忙搭腔说：“李爱德就是李盛基呀！李爱德是小名，李盛基是学名，年岁大些的人都知道。我俩从小一起长大，在一个学堂念书，又一起被日本人抓走，在北平（北京）时我们分开了，至今不知他的下落。日本投降后，他妻子带着一个女儿等了几年不见音信，就另嫁人了，他的女儿在南方工作。”

“他当时多大岁数？”王彦玲问道。

“30岁多点。”

他们听后十分惊喜，这与名册上的年纪相符，为了准确无误，他们又去找了李盛基的老邻居，证实了李宝珍介绍的情况。

## 7

仍然是 1990 年 9 月，也仍然是王彦玲与一名学生去下乡查找。

一天上午，王彦玲二人根据所知道的线索来到河北省藁城县。时年 60 岁左右的王歪子正在地里掰玉米，一见来了客，忙放下手中的农具，热情地将师生二人领到家里。

王歪子个头不高，身材敦实，五官端正，给人以朴实忠厚之感。王彦玲向他说明来意，请他介绍被抓到日本当劳工的经历，并希望他能提供更多的线索。

他高兴得像小孩似的，搓着双手，一脸灿烂的笑容，连连说道："好啊，这下可好了，这下可好了！有人管我们的事了。"

三人坐下来，他开始讲述那一段不堪回首的往事。1944 年初夏，记得是麦收季节。一天拂晓，张家庄据点的日本兵突然包围了他所在的村，他和大哥急忙牵着牲口，趁着天色朦胧冲出了村南口。兄弟二人夹在逃命的人群中拼命地向南跑，敌人的枪声追在他们的脑后"啪啪啪"地响。跑到贤庄村南时，敌人的马队追上来把他们团团围住。日本兵挨个问他们谁是八路军？谁是抗日干部家属？不回答的，抡起枪托就打，并抢夺百姓手里的东西。

一个日本兵上来抢王歪子哥哥手中牵着的牲口，他哥哥苦苦哀求不要把牲口拉走。那日本鬼子一扣扳机，只听"噗"的一声，他哥哥应声倒地死了。

王歪子吓得大哭起来，走上前来的日本兵狠狠扇了他几个耳光，随即用绳子把他捆起来，和村里其他被抓的人一起送到县城的日本宪兵司令部关起来，以后便在刺刀的押送下辗转到了日本花冈。

王歪子说："那苦，那苦就别提了……"说着，他目光变得呆滞，双手微微颤抖，脸上漾起一种莫名的神色，口中喃喃地说：“那年，我才 15 岁啊！15 岁……15 岁……”突然，他身子向左侧一歪，连人带椅子倒在地上。

王彦玲师生二人忙上前搀扶。只见王歪子脸色蜡黄，口水从歪斜的嘴角流出来，额头渗出密密麻麻的汗珠，左侧的身体不能动弹。

王彦玲赶紧去叫人，村民和王歪子的儿子相继赶来。大家急忙把老人送到附近的小医院，一测才知血压高，瞳孔变形，人已昏迷，医生诊断是由于过度激动，引发了脑血栓。

见此状，王彦玲心中很过意不去，她和刘宝辰多次到医院看望。病床上的王歪子，面容憔悴。他拉着满脸愧意的王彦玲的手说：“不要难过，你们都是好人。这么多年从没有人过问我们的事，你们是为俺们劳工办事，俺们应该感谢你们才是。”

林伯耀听说此事，特意从日本带来慰问品，前往医院看望，老人感动不已。

他对林伯耀说：“小鬼子欠我们的太多了，就盼望着能有算账的一天。我们这些人活了今天没明天，已经盼了 40 多年了，还叫我们等到何年何月呢？”

日本投降后，王歪子把从日本带回的两件破烂不堪的上衣珍藏着，家人早就劝他丢掉算了，他始终不肯。他叮嘱妻儿说：“可别扔掉它啊，总有一天会有人来过问我们的事，这是日本鬼子迫害我们的证据。”

王歪子去世了，这两件衣服在“花冈悲歌”展览上作为证据展出，现收藏于中国抗日战争纪念馆。

## 8

调查中，师生们感到受害者的心里都憋着一股气。已故劳工牛老底的儿子牛小臣说：“你们来调查我父亲被抓的事，能解决什么问题？日本杀害我们那么多无辜的百姓能偿命吗？我亲眼看着日本鬼子抓走我的父亲，我父亲的左腿被他们弄成了残废，直到死，左腿还是拐子。给我们家庭带来的损失能补偿吗？”

已故劳工张五十的女儿愤怒地说：“日本强盗，如果我们到你们的国土，杀了你们的亲人，然后只说声‘对不起’，你们愿意吗？”

幸存者李克金和张肇国说：“当年日本法西斯欠我们中国人的债太多了，现在要他们补偿，不单单是几个钱的问题，这是为了争得人权和尊严。”

仅1990年暑假，河北大学的师生们就寻找到花冈受难者271人，另外还找到其他作业点上的劳工14名。

刘宝辰把调查研究的成果编著成一本书《花冈暴动——中国“劳工”在日本的抗日壮举》，于1993年7月由人民出版社出版。有人以为刘宝辰与日本人打交道一定是赚了大钱，王彦玲到早市去买便宜菜，就有人说风凉话道：“你还上早市？你们跟日本人联系，不知家里都有多少万了。”

王彦玲说：“我家哪有钱啊？”

对方说：“谁相信你们没钱。”

采访中，王彦玲满腹委屈地对我说：“刘宝辰如果参加改试卷，每次可以挣一千多元。可是他放弃改试卷，跟日本朋友去搞调查，别人以为我们发了财，其实搞这个运动的日本人大都是穷人，他们都是自己花钱做这些事，每次到保定都让我们帮助联系价格便宜的旅馆。”

也是因为这个误解，评职称时有人反对，说：“你又挣钱，还要评职称，想把好事都占尽啊！”

让刘宝辰最难忘的是1993年8月出车祸，那一次他差一点把命丢了。

8月12日夜晚，刘宝辰接到林柏耀从日本打来的电话。他说，日本广岛的民间友好团体准备为曾遭受到广岛原子弹爆炸辐射的中国劳工伸张正义，请他尽快找3名幸存者，8月15日送到北京。

刘宝辰原来调查过，知道山东有在广岛遭受过原子弹辐射的劳工，但接电话时，他正发烧躺在床上，王彦玲说：“你在家躺着吧，我去找。”

王彦玲当年4月做过手术，儿子便陪她同去，第二天一早乘长途汽车去了山东。

赶到泰山脚下的一个村庄，天正下大雨，天昏地暗，道路泥泞。到村里时，天已漆黑。村里有三位老人是当年被抓到广岛的劳工，听说有人为他们打官司，老人和他们的家属都很高兴。

连夜便打点行装，第二天(8月14日)一早，三位老人由一位老人的儿子陪着，乘长途公共汽车，当天下午6点多到达了保定。

13日晚上，刘宝辰接到林伯耀从北京打来的电话，说活动日程有了变化，让他14日晚上把山东的老人们送到北京天桥宾馆。

老人们在保定吃了晚饭，刘宝辰租了一辆面包车向北京出发。车行驶在京石高速公路上，当时有一段路尚未竣工。出了徐水县，进入定县境内，刘宝辰说，他清楚地记得圆形路标上写着“105”。

一辆故障车停在路边，没有标志，当刘宝辰等人所乘的面包车驶到跟前才猛然发现。司机急打方向盘往左，此时迎面疾驶过来一辆卡车，猝不及防地挂了一下面包车，霎时，面包车被掼了个180度的大掉角。

当初安排座位时，为了照顾三位老人，让他们各自睡一个长座，刘宝辰和陪同的小伙子及女售票员坐在靠门一侧的单人座位上。

车被挂时，门被甩开，坐在门一侧的三个人都被甩在了车底下。刘宝辰醒来时不知自己在车底下已经躺了多长时间。

他发现有许多围观的人，他的第一意识是：“谁还活着？”

环视身旁，一边是劳工的儿子，一边是女售票员，都还活着。抬头向上看，却令人惨不忍睹。一位老人的脖子卡在窗棂上，还在“噗、噗、噗”地冒血，另外两位老人脖子已被拉断，他们都已经死去。

刘宝辰的心一沉，似乎感到血液停止了流动。他动了动脚，发现被卡住，用手使劲一拉，竟拉了出来。他站起身，大声喊：“救人啊！快来救人！”

围观的人把压在车底下的两个人抬了出来。刘宝辰的右脚拉伤了一块皮，身上多处擦伤，满是血迹，脸上还残留着玻璃碴。

他拦了一辆车，到徐水县高速公路收费站，让他们帮助报警。收费的人说：“你不用管了，我们来安排，快上医院吧。”到了医院一检查，除了外伤以外，还断了一根肋骨，并诊断为脑震荡。

消息很快传开了，王彦玲从北京赶回来，把三位老人的尸体在医院安置好。

刘宝辰住在医院，老人们的善后之事由王彦玲一手料理。十几天里，每天只能吃上一顿饭。最让她焦头烂额的是三位老人的家属在村干部的带领下，来了 24 人，气势汹汹。

林伯耀得知情况后，组织前来参加活动的各团体捐了六万元人民币，把后事处理完了，平息了风波。刘宝辰说："这件事对我是个磨练。"

为了深入研究劳工问题，河北大学于 1996 年 7 月 16 日成立了"华工问题研究室"，刘宝辰任主任，田中宏、林伯耀、新美隆都是顾问。

1999 年 12 月 20 日，全国哲学社会科学规划办公室将日本强掳中国战俘劳工问题研究列为"国家社会科学基金"的课题。刘宝辰说："我过去做这件事只是一个目的——弄清历史；现在有两个目的了，除了弄清历史外，还为起诉和赔偿提供炮弹。"

# 交涉初始

## 1

真正的出击，是以 1990 年 1 月 29 日律师新美隆和内田雅敏联名向鹿岛建设公司提交《关于花冈劳工赔偿问题的意见书》为标志。

新美隆是“强掳中国人思考会”的核心人物和主心骨，花冈案最后以“和解”而告终，他起了至关重要的作用。

我初次见到新美隆是 1995 年 8 月，在前往天津参加抗日殉难烈士纪念碑揭幕仪式的大轿车上。

他中等偏高个头，属于一眼就可认定是日本人的那一类。脸型偏长，下巴短，眉眼浓烈，嘴部略显外凸，长相不平和。

那时他头上还没有明显的白发，汉语讲得并不流利。因为语言障碍，我们借助纸笔交谈了几句。记得当我说到战后日本没有对军国主义思想温床进行彻底铲除的原因在于美国的庇护时，他表现出不悦，谈话戛然而止。

转眼四年过去了。1999 年 6 月末，我随前去参加慰灵祭的幸存者和遗属一起到日本采访，在从东京飞往青森县的飞机上，我对新美隆进行了采访。

与四年前相比，他已明显见老，黑发里夹杂着白发，脸部肌肉也略显松弛。四年后的新美隆汉语大有长进，我们用汉语交谈，他虽然说得吃力些，句子短促，表达的意思却很准确。

听说就是为了调查“花冈事件”，他在 44 岁时开始学汉语和英语。为此，求教于一个中国留学生和一位英国老太太。他的学习方法也特别，不是照本宣科，而是选一个话题来说，边学边记，急用先学，立竿见影，很实用。为了学外语，有一段时间他不开车上班，改乘电车，利用乘车时间听外语磁带。他刻苦、思维缜密，并具战略眼光，还有那种不容他人置疑的高傲和独断专行气质，在花冈案“和解”后，我经常把他与石原莞尔类比。

飞往青森县的航班中午12时20分起飞，这是一个令人昏昏欲睡的时间段。机舱里的大灯和舷窗关闭，光线晦暗，不少乘客闭目养神。

新美隆压低嗓音，他说他于1947年出生在日本爱知县，父亲曾是日本关东军的一名士兵，经历过1931年的“九一八”事变和1932年日军在东北成立的伪满政府，并且参加了1934年发生的热河战役。

他说他父亲20世纪30年代末回到日本，做些生意。1941年爆发第二次世界大战时又参了军，只是在国内没有去海外。1943年复员回家。回家后在一家兵工厂做工。1945年在美军飞机的轰炸中父亲受伤，腿断了，耳聋了，成了残疾人，日本政府支付年金。

战后，新美隆一家住在名古屋爱知郡日进村，父亲是村里驻在所（派出所）的警察。村驻在所只有一个警察，父亲既是领导也是兵，全家就住在驻在所里。

大约是他八九岁时，当时上小学二三年级。有一次父亲在家里擦拭手枪，他好奇，想摸摸枪，父亲不让。站在一边的他便默默地注视着父亲的一举一动，父亲擦拭完后，将枪放入卧室的柜子里，新美隆特意记住了那个位置。

有一天，父亲不在家，新美隆进卧室去翻那个柜子，枪不在，他猜测可能是锁在柜子里的一只箱子里了。

新美隆翻找时，无意中发现了一本黑皮相册，上面写着“从军纪念”，16开大小，有六七公分厚。

他翻开相册，里面的照片令他触目惊心。有一幅照片上一个大坑里有上百具赤身裸体的孩子的尸体；还有一张是很多被砍下的头颅放置在一起的情景。类似的照片有好几张，新美隆盯着画面看了许久。

我说，画面上的情景对当时的你来说一定很恐怖吧？新美隆说，他没有恐惧。他以为这是发生在其他星球上的事，距离现实很遥远，所以他不感到害怕。他平静地合上相册将其放回了原处，但记忆却留存下来。

新美隆说，后来接触了“花冈事件”，当耿谆等幸存者向他讲述花冈那惨不忍睹的情形时，他已不感到惊奇。他说，我可以想象也能理解，这与小时候见过的那些照片有关。

60年代中后期，日本的青年学生中兴起一股思潮，就是追问父辈过去在中国到底做了些什么？新美隆受这种思潮的影响，联想起小时候看过的那些照片，心里升起疑问，不知父亲是否参加了这些屠杀？

1967年，19岁的他考上了东京大学法律系。离家时，他问父亲是否参加过大屠杀？父亲耳朵失聪，没有回答他。

父亲的表弟也参加过关东军，是航空队的，喜欢炫耀他驾驶着飞机从天空鸟瞰中国大地的情景。新美隆向他提及照片上孩子尸体的事，问道："这是真的吗？"表叔没有正面回答他，只是淡淡地说了一句："过去发生过很多事情。"

话显得懒洋洋，袅袅的余音在空气中飘散，潜台词是说被杀孩子的事当然也有。

新美隆说，他不能向父亲追问，因为父亲的身体不好。他父亲1991年得了喉头癌，1992年11月去世。

说到这里，他停顿了一下，声音有一些喑哑。他说他听母亲说，父亲病重时夜夜做噩梦，梦见身穿白衣的中国人，一排一排地从他面前默默地走过，没有语言，只有逼视的目光。

"父亲很恐惧，夜夜不得安宁……"

说这话时，新美隆眼里闪烁着泪光。因为说汉语较吃力，他用停顿来掩饰感情。我的情绪也受到影响，眼睛湿润了。

我把脸转向舷窗，外面浓浓的白云变幻成各种形象，像是生活在天国里的魂灵。

我想，那些冤魂们不说话只用目光逼视，是因为目光往往比语言来得真实。语言可以是谎言，而眼睛是心灵的窗口，目光表露的是无法掩饰的心声。

他告诉我，这件事发生在他与鹿岛组交涉之时，"所以影响着我处理'花冈事件'的感情和看法"。

他的履历很简单：1971年从东京大学法学部毕业后，经过两年实习，

1974年取得律师资格。1975年12月设立新桥法律事务所，每年大约接40宗案件。

参与“花冈事件”是1986年8月。因为与鹿岛建设公司交涉补偿工资，刘智渠通过内田雅敏的介绍认识了新美隆，并聘请新美隆和内田雅敏做他的代理律师。

新美隆最初与鹿岛建设公司打交道时，对方态度暧昧，他们说不知道50年前发生过什么事，一句话就将对话的大门关死了。但刘智渠的记性很好，向新美隆详细讲述了受苦的情形，他要求让鹿岛建设公司补发工资。

新美隆和内田雅敏再次与鹿岛建设公司交涉时，对方说在美国找到资料，证明工资已经全部付过了。新美隆想，必须要有自己的资料，为了弄清事实，他开始调查。

跑遍了日本的档案馆和资料馆，据说资料都被销毁了。他提及1991年到美国华盛顿，说着拿出当年5月17日办理的美国国家档案馆的出入证给我看，有效期至1993年。在档案馆里，他们找到了横滨BC级军事法庭的审判档案，全部是英文写的，没有日文和中文。他们把有用的资料拍成微缩胶卷，其数量之多，光1米长的纸盒就装了3盒。

他还去德国调查过两次，调查德国政府如何处理战争中的劳工问题。

1987年耿谆到日本访问，使“花冈事件”在沉寂了42年后被重新提起。他与田中宏、林伯耀等人成立了“强掳中国人思考会”，决定把“花冈事件”作为一个战后遗留问题，帮助耿谆等受难者讨回历史公道，而不是讨要工钱，就把这件事的意义从一般的劳资矛盾提升到战争责任、战争赔偿的高度，成为战后中国民间第一例战争受害者索赔案。新美隆对我说：“这是开了历史的先河。”

## 2

内田雅敏在花冈案的交涉和诉讼进程中也是位重要人物。

在介入花冈案之前，他主要搞市民运动。他是通过一个朋友认识的石飞仁和刘智渠,刘智渠请求他帮助向鹿岛建设公司追索工资,他便邀请新美隆一起参加。

内田雅敏留着一撮小胡子,人长得粗壮结实,目光犀利。他于1945年4月出生,大学毕业后,1975年取得律师资格。他是日本辩护士协会的人权委员会委员,还是东京都律师协会宪法协议会的委员。

他说,他选择和平运动是因为有两件事给了他震动,并引发他的思考。

一件事是1974年8月30日,在东京发生了一起爆炸案。有一个名为“东亚反日武装战线”的组织,引爆了三菱重工的办公大楼,炸死了8个人,主犯被判死刑,新美隆和内田雅敏都参与了辩护。

三菱公司在日本侵略和殖民亚洲其他国家时，一直是支持日军的最大财阀之一。20世纪70年代，三菱公司打入韩国市场，就像第二次世界大战那样,引起了不少韩国青年的反感。一些年轻人成立了名为“东亚反日武装战线”的组织,为了解决战后遗留问题,用极端手段,对三菱重工的办公大楼实施爆炸行动。

第二件事是1989年昭和天皇逝世,日本全国如丧考妣,似乎天塌了似的,内田雅敏深受震动。他说:“一个发动战争的人死了,怎么能这样呢?”

从那以后,他开始研究日本和德国对战争问题态度上的差别,为此还多次到德国考察。

他参观了柏林郊外的沃斯纪念·教育馆、萨克森霍尔森集中营旧址和路德维希堡“纳粹罪行追究中心”等,写了论著《战后补偿的思考》。

采访中,他对我说:“现在日本拖着两条大尾巴,一条尾巴是美军的基地；另一条尾巴是天皇制。天皇是战争的最大责任者，他没有受到审判，他要是没有责任,别人谁还有责任呢?”

他还说:“很多人对我们解决战争遗留问题表示感谢,其实不用感谢,我们解决这个问题,实际是解决日本的问题。”

这句话,田中宏也对我说过。我对这句话的真正理解,是在花冈案“和解”之后。是在许多的不解之中,逐渐明白其意的。

## 3

1990年1月29日，新美隆和内田雅敏向鹿岛建设公司提交的《关于花冈劳工赔偿问题的意见书》（以下简称《意见书》），翻译成中文有一万多字，名副其实的洋洋万言。

《意见书》是讨伐檄文。主旨是对鹿岛建设公司宣扬的“工资已付”之说进行批驳，并对受害者要求赔偿的合理性进行了论证。

《意见书》提出的解决方案：一是鹿岛建设公司要对“二战”期间强掳中国劳工并施加虐待一事进行反省，并向花冈受难者表明反省之意。二是向花冈受难者支付适当赔偿金。三是由鹿岛建设公司出资，进行经中国劳工同意的慰灵活动。

1990年1月29日星期一，下午2时30分，新美隆与内田雅敏持《意见书》文本，在鹿岛建设公司二楼会议室与法务部长栗田躬范进行了会谈，在场的还有鹿岛建设公司的一位律师。

栗田躬范身材魁梧，一头白发，文质彬彬，看上去温和慈蔼，有60岁左右。

人不可貌相，海水不可斗量。新美隆和内田雅敏曾跟栗田打过交道，知道此人能言善辩。

栗田果真身手不凡，开场白不动声色地说道：“我知道最近出现的一些动向，也收到了耿谆先生的筹备会的公开信，上面还写着新美先生的名字。”

接着他话锋一转：“我不知道耿（谆）、刘（智渠）二人之间到底发生了什么，但能感到二人的意见有分歧。在不到一周前，我收到了石飞仁先生的来信，我知道他并不具备任何代理权，但这究竟是怎么回事呢？”

他呷了一口茶，继续说道：“1986年8月，新美先生曾提出要来谈有关补发工资的事情，这里也有耿谆先生的来信，我们期待着他的到访。”

栗田的话东一榔头西一锤子，似乎漫无边际，但话是绵里藏针点到为止。一层意思是指 1985 年 11 月，刘智渠和石飞仁第一次到中国与耿谆会面时耿谆写了委任状委托二人向鹿岛组追索工资，怎么现在换成新美隆等人了呢？

第二层意思是 1986 年 8 月，新美、内田二人受刘智渠所托，与鹿岛建设公司交涉过补发工资的事，而现在耿谆等人公开信提出的是受害赔偿而不是补发工资，这不是自相矛盾吗？

栗田一上来就将了新美隆和内田雅敏一军，给了个下马威，还不动声色。

新美隆说："仅给受害者一些补偿和慰灵是不够的。经过多方面的了解和探讨，我们认为必须要全面地来解决这个问题。自从我接手该事后，事情发生了一些变化，而且有些方面还需要做深入的调查。"

说着，新美隆把《意见书》递给栗田，栗田当场翻阅着，看到哪儿说到哪儿，还时不时地点点头。

他先说："领到补偿金的一半是事实。如果没有相应的文件，国家不会轻易地给钱，国家也不应该给钱。"说着在一张纸上写道："关于工资的事，如果支付了的话，就没事了。"

他抬起头，说道："我想，新美先生的意见恰恰相反，要国家给赔偿金，那么就肯定要有相应的文件。"

他的目光扫到了《意见书》上有关慰灵的事宜，便说："至于寺院后面的供养塔，我没有去过那里，不太了解，如果属实的话，我会安排处理的。慰灵，或许还有可能，至于第二条赔偿的事，直率地说，查明了法律上的事实后，可以起诉嘛。耿谆他们说，被抓到日本有 4 万中国劳工，这不是鹿岛一个企业的问题，用钱来赔偿难以做到。"

栗田停顿了一下，目光似乎在追忆往事，口气和缓了一些说："那是丧心病狂的事件，日本人也同样深受其害。当然，对中国人来说，确实太对不起了，但是钱的事，我认为已经解决了。"

他又端起茶杯，呷了口茶，改变了话题："虽然我没有见过耿谆先生，但可以推断出他是一个自信并且意志力坚定的人。这次筹备会，耿谆先生召集大家的用意是什么呢？"

新美隆说："这是大家的意见（指公开信），有这样的意见是正常的。如果你们不承认此事是遗留问题的话……”

栗田打断他说：“石飞仁曾经写过一些仅供参考的计算笔记，但是没有要求过具体的金额。你们的《意见书》上的方案写得很抽象，咱们是不是另外安排一个时间来商谈？”

新美隆说：“可以。”

栗田看了下表，4 点 10 分，会谈进行了 1 小时 40 分钟。谈话期间，不断地有人进进出出找他谈事，栗田说：“下一次到我的办公室里谈吧。”话音刚落，鹿岛方的律师便起身先出去了。

## 4

第二次会谈是 2 月 9 日，与前次相隔 10 天。在栗田法务部长的办公室，前去的人员除了新美隆、内田雅敏以外，还有田中宏教授。

会谈于下午 4 时 45 分开始。

栗田一反常态，一上来就态度强硬地说：“前几天，我们得到《意见书》后，很快进行了研究。关于钱的问题，不论以什么形式什么名义，我们都不能满足你们的要求。或许以前曾经提到过有关钱的事，因此而被误认为我们已经改变了过去惯有的立场和态度，其他的事可以商量，但至于钱的事，绝对是不可能的。”

新美隆说：“关于钱的事，据说以前有负责人曾答应给 600 万日元，还有给当事人（受害者）1000 万日元的说法。难道那些都不算正式的答复吗？”

“嗯，也可以这样认为。”栗田说：“我想与他们直接对话，当然，我去或者他们来，都可以。”

接着，栗田转移了话题，说：“您上次提到的寺院后面的墓地之事，现在我们正在调查之中。由于这些日子在下雪，暂时无法到墓地去。您说都生蛆了，我想，那不会是尸体上生出的蛆，很可能是被丢弃在墓地周围的死狗、死猫之类的尸体腐烂生的蛆。那地方本来就很偏僻嘛。但是，如果情况真如您所说那样糟糕的话，我们有关的负责人也会感到很难过的，我想，在这方面我们可以遵照中国方面的意见，竭力做一些力所能及的事。”

他还说可以与寺院方面协商，看能否把墓移一下。新美隆说，法律上有明文规定，坟墓是不能随便挪位的。

说到这里，栗田抬腕看了下表，说：“哎呀，下面还有一个会议，时间安排得太紧张了，能不能将下一次会面的时间安排在假期后呢？”

栗田说，13 日告诉他们下次的会面时间。新美隆说，最好下次与公开信上被委托的人一起谈。栗田不置可否。

## 5

第三次会谈时间定在 3 月 1 日下午 1 点半，依然在鹿岛建设公司 2 楼会议室，栗田的态度也依然如旧，只是在谈话的技巧上耍了滑头。

他说：“《意见书》已经讨论过了。但是，关于让我们企业给中国人支付钱一事，我难以理解。”

日本人的表达习惯，用褒义讲是“含蓄”，用他们自己的话叫“暧昧”。日本人在拒绝时常用的话就是“不能理解”或“难以理解”。

他说：“我不能向我的上级提出连对自己都难以说服的事情。在工作之外的机会，我曾汇报过《意见书》及其有关的事情，先说说我难以理解的理由吧。”

“第一，责任为什么让仅仅与四万中国劳工之中的一千人有关系的企业来承担呢？有专门向鹿岛要求赔偿的理由吗？”

“第二，事情发生的当时，是战争的疯狂时期，在南京等其他很多地方也同样发生过类似的事情。”

“第三，征用中国劳工，是国家战时总动员中的一个环节，一直是由军队移送和监管的。即便追究辅导员，也有我们鹿岛人不知道的方方面面嘛。当然，如果说河野指挥了、监管了的话，不也就是这些吗？”

“第四，事情都过去四十五六年了，假如在昭和三十八年（1963 年）十一月设慰灵碑的时候，如果你们也像今天这样请律师出面交涉的话，也许还有可能成为重点问题，因为当时还是在 20 年之内嘛（根据日本的民法规定，伤害罪的有效期是 20 年）。然而，现在要求鹿岛支付给中国人钱，完全是不合理的。”

接着，他把话题转移到信正寺后面的墓地上。

他说：“上一次，新美先生提到信正寺后面的墓地一事，他说都生蛆了。于是，我们进行了调查，很可能是由于丢弃的生活垃圾所致。这个问题很棘手，我曾经试着与前任常务（现任顾问）福田商量，随后就有反对的声音。董事会只是一种形式，能做最后决定的是社长、会长。不过，也不是完全没有办法的，比如在地上铺天然石、种树，制造出庄严的气氛，立碑，刻上赎罪的碑文，等等。至于碑文内容，我想多听听中国人方面以及诸位的意见后，再进行归纳整理。这事，或许还得与寺院方面协商，仅仅这个问题，也许还有解决的可能性。其他的事情，在我任期内，恐怕是办不到的。当然，事情或许会有一些转机，但就事情发展到今天来看，转机的可能性很小，不过，这还不能说是正式的拒绝。”

栗田躬范说完，新美隆接着说。

新美说：“昨天，我与耿谆先生等人通了电话，大家都盼望着早日解决这个问题。去年的书面要求（指公开信）不是儿戏，大家是认真的。”

他接着说道：“说起墓地，希望你们抱着与幸存者同样的心情去关照，作为企业，出钱是企业谢罪的一种方式，慰灵和补偿是一体的。”

接着，田中宏说：“我想你也知道德国的例子，即使不知道，说不能理解也是站不住脚的。作为世界级的企业，被追究参与战争的责任，对鹿岛来说，解决与否，将会影响到企业名誉的问题。希望您能研究一下《奴隶之下》这本书，因被追究而去认识历史，我认为本事件可以参照纳粹企业的赔偿实例。”说到这里，田中宏略微提高了音调说道：“现在是解决不了吗？我看现在正是解决的时机。在德国，在提及东、西两德统一事宜时，对犹太人的赔偿问题也被提到了。”

田中宏所提及的《奴隶之下》，是美国学者写的一本研究德国企业战后责任的书，其中涉及赔偿问题。

栗田躬范说：“以前也曾与律师们一起探讨过这个问题。我们认为从形式上来讲，这是与法律有关的问题，我很愿意做深入的研究。支付钱的困难在于，假如我们现在支付了1000人的钱，以后肯定还会有人来找我们的。有人说500万日元太少，为什么才给500万日元呢？这也是个难题。到底支付多少才好呢？搞不清用什么方式去处理这些技术上的问题。”

“我看过野添宪治先生写的书，就像《意见书》上说的那样，所谓的契约劳动其实是骗人的把戏。如果就是支付百分之三十或百分之五十的钱的话，这个数量也很大。可是，8月15日（日本投降日）之前支付过（工资）的证据也不是没有，应该有贷、借双方的账簿。现金支付方式是战后才实行起来的，在战前一般不用这种方法。即使现在，我们仍然推测已经支付了，而你们认为只支付了一部分的说法也是没有根据的。”

这次交涉用了3个多小时，下午4时40分左右结束。

## 6

3月5日下午1点半，新美隆、田中宏和刚从北京回来的刘智渠一起到鹿岛建设公司再次与栗田躬范交涉。

栗田先对田中宏说：“你上次提到的《奴隶之下》一书，我们已经向大学的负责外文书籍出版的部门咨询过，他们查了目录，说没有该书。当然，可以向出版社直接邮购，只是那就需要大约三个月的时间。”

新美隆问，对受害者的三项要求有没有答复？

栗田的口气有些不耐烦，他说：“我都说过好几次了，在昭和二十四年（1949年）、三十八年（1963年），鹿岛已经做了应该做的一切。至于向每个中国人支付钱一事,的的确确很困难。”

栗田所说,是指1949年11月,鹿岛在信正寺后面的山坡上修建的“华人死殁者追善供养塔”和1963年11月“中国人俘虏殉难者慰灵执行委员会”在十濑野公园墓地修建“中国殉难烈士慰灵之碑”时支付了一部分钱的事。

刘智渠介绍了在北京与耿谆等人会面的情况，说耿谆等人要求鹿岛尽快解决问题。

交涉了大约三个小时没有任何进展,栗田说:“不过,关于信正寺后面的墓地一事,鹿岛想修缮一下墓地,以示对死者的敬意,尽我所能吧。”

“其他的都没结果吗？”新美隆追问道。

“对,没结果。”

“再有没有可能让步？我想应该站在中国受害者的立场,去体会他们的心情。”

栗田摇摇头,新美隆等人只好无果而返。

## 7

不敢断定,3月7日田英夫议员就“花冈事件”向当时的海部俊树首相提出质询是否是有意助新美隆等人一臂之力？但田议员的举动在日本社会引起的轰动,对促成受害者与加害者双方后来达成7月5日《共同声明》起到了举足轻重的作用。

田英夫先生在国会向海部首相提问道:“您知道‘花冈事件’吗？”

然后他说:“首先让我们追溯历史，从中不难看出日本政府对那场侵略战争丝毫没有反省之意。”

“海部首相是否知道‘花冈事件’？那是停战前不久的1945年6月30日发生在秋田县大馆市郊外的事情。日本政府为了补充由于战争激化而极其短缺的国内劳动力,强行带回近一百万朝鲜人,并进而于1942年,依照东条内阁阁议决定，将四万中国人强行押送至日本国内135个事务所。“花冈事件”就是其中七百人为反抗日本官吏和日本企业方面极度虐待和酷刑而发起的暴动事件。暴动的结果由于宪兵的镇压，418人死亡。”

他又说：“去年12月，我访问中国时会见了该事件的四名幸存者。他们向当时施暴虐行为的日本企业提出总计49亿日元的赔偿要求。这难道仅仅是一个企业的责任吗？我希望日本政府的最高责任者认真思考一下这个问题。西德政府已对纳粹的犹太人大屠杀偿付九兆日元的赔款。东德政府也在最近的政治变革中提出应正视全德意志民族的历史责任并正确对待。”

海部首相答辩道：“你问我是否知道‘花冈事件’？对过去历史的认识，在昭和四十年（1965年）的《日韩联合公报》及昭和四十七年（1972年）的《日中共同声明》里已有全面的阐述，我个人持有同样的认识。”

他接着说：“关于你刚才提到的‘花冈事件’，对中国劳工所遭遇的不幸我深表遗憾，并感到痛心。我认为作为我国政府，对于战争有关的日中之间的问题，在昭和四十七年（1972年）的《日中共同声明》中已完全解决，赔偿要求权也已有结论。总而言之，战后我们一直在遵循和平国家的发展道路，今后将继续作为和平国家为和平与安定做出贡献。”

虽然海部首相的回答是官样文章，和日本政府的一贯态度一样，缺乏对侵华战争谢罪的诚意，但“花冈事件”被提到日本国会本身就具有社会影响力，说明它已不仅仅是历史事件，而是一个需要解决的现实问题。

《每日新闻》3月8日对该事进行了报道。

3月14日，一位名叫生岛丰太郎的80岁的老人，在《每日新闻》上发表了题为《关于首相答辩的意见——对首相的“战争责任论”质疑》的文章。文章说：

> 田氏对该事件做了说明后，并提及幸存者要求赔偿及谢罪的事。然而，海部首相否定了这个要求。首相回答说：该事件很遗憾。作为政府的立场是，与战争有关的日中之间的问题，自昭和四十七年签署《日中共同声明》后就已不复存在了。今后将继续作为和平国家做出自己的贡献。

战争中的残酷的虐待行为，虽然以《日中共同声明》在政治上得以了结，但是事实将永远是事实，其非人道的行为及道义上的责任将永远存在，为什么日本政府不愿正视那么多非人道的行为呢?

田英夫先生为促成“花冈事件”得到妥善解决是竭尽全力。事隔一月，他于4月8日在参议院议员会馆主持召开了关于“花冈事件”问题的国会议员恳谈会。

在邀请函发出之后，准备在会上作演讲的新美隆、田中宏和林伯耀等人私下议论说，在国政大忙时期能有三五名议员参加就不错了。出乎他们意料的是，竟有30多名议员表示关注此事。那天出席恳谈会有12名议员和十多名议员代理人，令新美隆他们着实备受鼓舞。

会上，田中宏将“花冈事件”的经过及战后日本对此事的处理情况作了介绍。他说，现在韩国政府提出关于被强行抓到萨哈林的朝鲜人的赔偿问题，德国、美国、加拿大也有类似的问题。并说日本政府战争遗留问题的处理态度使亚洲人不能理解，今后应该作为重大的政治课题来研究。

新美隆是从法律角度进行分析，他说，根据国际法和实际案例来看，战争赔偿一般是将政府和国民区别对待。《日中共同声明》中，虽然中国政府放弃了索赔权，但并不意味中国国民也放弃了索赔权。

他还说，即使由于政治原因不能承认这一条，但“花冈事件”是在日本发生的，中国人是在日本受到虐待遭到残杀的，所以也可根据日本国内法律(刑事或民事)对于加害者进行审判，被害者有权进行索赔。

林伯耀向与会者介绍了花冈幸存者和遗族的情况，并谈了在日华侨对花冈问题的看法和想法。

与会的议员们不停地频频点头，表示今后愿意超越党派认真商讨如何解决这个问题。

## 8

5月29日下午4点半至6点，在鹿岛建设公司二楼的接待室，新美隆、内田雅敏和田中宏再次与栗田躬范会谈，原定出席的内海爱子教授因临时有事未来。

这是一次重要的会谈。因为6月30日的“花冈事件”45周年慰灵祭活动，“强掳中国人思考会”准备邀请耿谆等6名幸存者和遗属前来参加，希望他们这次来后能与鹿岛建设公司直接对话，也希望在他们来之前，与鹿岛建设公司的交涉能有进展。

在此之前的5月28日下午2点20分，新美隆曾致电给栗田躬范。栗田说：“公司汇款给出版社，书（指《奴隶之下》一书）已寄来了。我正在阅读田中宏老师寄来的资料，虽然还没有读完，但已大致有所了解，非常抱歉，没与你联系。”

新美说：“田中一直惦记着这事呢，说不知你收到没有？”

因为栗田说他6月2日要到国外出差一周左右的时间，便把下次会谈的时间定在了29日下午。

会谈一开始，栗田说收到了田中宏寄来的资料，因为忙没顾上回话，对此表示抱歉。

提及此事，田中宏很生气，他站起来，敲着桌子忿忿然地说：“虽然我只是一名普普通通的大学老师，但我也有自尊！”

栗田赶忙站起来，鞠躬表示道歉。

田中宏仍在火头上，继续忿忿然道：“你竟然连一个信儿也不回，简直是太看不起我们了！鹿岛的这种态度是日本人的耻辱！我不知你们是怎样考虑这个问题的？对我的这种态度与对待花冈问题不是没有联系的！”

栗田一脸尴尬之色，不停地鞠躬认罪。

稍顷，他们重新坐下来进入会谈。新美隆说：“多少年来，时代变迁，鹿岛一直被要求对‘花冈事件’作出反省并拿出实际行动。你们现在的这种态度根本就不是在解决问题，不知看了《奴隶之下》等资料后，你有什么感想？”

栗田说：“我觉得他们很可怜，很对不起他们。可是，至于工资，我一直认为是已经支付过了，只不过是5日元与3.5马克的区别而已。那时，德国给犯人们劳动工资的标准是每天3.5马克，我们是每天5日元，相当于现在的3万~5万日元，很高了呢！或许不是全额都付清了，但在8月15日之前，至少也付了一部分，例如买卫生纸之类，我是这样理解的。”

“或许还会被田中君批评，”说着，他把目光转向田中宏说，“我认为不能只针对我们一个企业。如果‘花冈事件’的问题确实很突出也罢，问题是这种事到处都有，这是国家的责任，不该由我们一个企业来承担。在西德，国家一直很积极地承担责任；在日本，国家也在采取积极的态度，作为企业，我们不是不知道我们该做些什么，然而这在日本是没有先例的。”

新美隆认为是鹿岛销毁了横滨BC级法庭的裁判记录。栗田反驳说：“我与新美君在横滨裁判记录的理解方面存在差异，不能认为是我们销毁了资料。我们一直说没有当时的资料，是因为我们把资料向检察院方面提交了。另外，当事的代理律师把资料提供给法院后，没还给我们，所以没有资料。”

最后他撂下了一句话：“关于基本的意见差异，不能达成一致的话，你们可以向法院起诉嘛。”

一直沉默着的内田雅敏开口道：“我们即使是败诉，也不意味着这个问题完结了。这一点，美国、西德不都是给予认可了吗？”

田中宏问道：“关于去年12月耿谆等人的来信，你们是不是还没有给答复？”

栗田答道：“现在正在答复，我正在与律师商量要以书面的形式来答复。但还是那个意见，信正寺后面的墓地可以考虑采取一些有效的措施，以表示对死者的敬意，至于赔偿的事，我想我们不能答应。当然，我会向上级汇报，但我想他们也不会答应给赔偿的。”

转到第二个议题，邀请耿谆等人访日的事。新美隆建议把会谈的时间定在7月5日，并要求鹿岛建设公司的负责人出面接待。他说：“我方预计出席的人员有当事人6名，翻译2名，国会议员1至2名，律师2名，还有田中宏和内海爱子教授。”

栗田问：“所说的负责人指的是谁？是社长吗？”

新美说：“这个，鹿岛来决定，因为这涉及鹿岛的态度问题。”

栗田说：“这件事通常都是由我负责的，如果我因事不能参加，则由福田代替。我6月2日去哥斯达黎加，预计6月14日左右返回。我出差期间，将由福田负责接手有关的事。总之，尽我所能吧。”

从鹿岛建设公司出来，街上已是华灯初放。

鹿岛建设公司总部位于东京都港区赤坂，这肯定是东京最尊贵也是最昂贵的地段，因为相隔不远便是天皇的御所。

鹿岛的摩天大楼高耸入云。相邻的皇宫占地广阔，掩映在郁郁葱葱的树林中。鹿岛暴发户似的辉煌和张扬与皇宫的幽深相映成趣。路对面有一幅鹿岛的巨大广告，上写着：“在鹿岛大家建造20世纪的地球。”

新美隆、田中宏和内田雅敏站在路边交流着各自的看法。

新美隆说：“几乎还是以往的重复。如果他们不就细节问题展开讨论，干脆就要求他们就我方提出的观点写出书面回答，或反驳也可以。可事实上，我们面对的还不仅仅是这些问题，通过听幸存者的证言，鹿岛的所作所为是违反了道义的。7月5日，中国的有关人员来日本，我们最好能创造一个使他们心情愉快的环境，是鹿岛作出抉择的时候了。”

田中宏说：“时代在变。现在，如果韩国总统访日的话，天皇的措辞都成为一个问题，这就是世事变迁呵。鹿岛方面几乎不考虑给予赔偿，那么他们将给来日的耿谆等人以什么样的解释呢？我们应该有个判断。”

内田雅敏说：“我有一个朋友在鹿岛工作，他说解决这个问题，从短期来看对鹿岛不利，但从长远看对鹿岛则是有利的。无论如何，他们都必须解决，所以不如采取一些积极的姿态来与我们协商。”

分手时天色已全暗下来，五光十色的霓虹灯把东京装扮得光怪陆离。

## 9

耿谆等人访日的日期临近了。

6月25日下午1时，新美隆、田中宏、林伯耀、内海爱子一行到鹿岛建设公司与栗田躬范商议双方会面的事宜，此次林伯耀和内海爱子是第一次介入会谈。

栗田说，鹿岛方面出席的人员有副社长村上光春，企划部部长、总务部部长和他自己。

新美说，希望鹿岛建设公司能有更多的负责人参加，了解中国这些当事人的想法。而且希望能当场质询，并公开质询的情况。他说："希望至少能公开我们双方已开始接触的事。"

栗田说，会谈后由双方联合召开一个记者会。然后，他又把话题转到耿谆等人公开信的问题上。

他说："工资问题，军事裁判所的资料表明已经支付过了。比起没有支付的证据，现有更多的证据证明我们已经支付了。《意见书》上关于此事与战争赔偿无关的说法，是错误的，个人的请求累积后成为国家的请求权，只要国家放弃了，所谓个人请求权没有放弃的理论是不成立的。"

他还说："关于慰灵谢罪，我们将对信正寺后面的墓地修缮工作全力以赴。三项要求中的这一项，我们可以接受。碑文的内容，在得到中方的同意之后再刻，公司负责人将出席揭幕仪式，以示谢罪。"

他的话刚落音，林伯耀紧接着提出一个问题。他说："请问，所谓的工资指的是契约劳动所得吗？"

对方一愣，没有立刻回答。

林伯耀接着说："在军事法庭裁判中，出现的钱数合计起来不过8万日元，是全部的工资吗？请你们认真计算后再说是否付过工资的话。"

栗田有些尴尬，脸色显得十分不悦。

田中宏说："在信正寺后面的墓地上立碑当然很重要，但是目前最重要的是给予赔偿金和建纪念馆之事，以便正确地引导后人。"

会谈再次不欢而散。

# 昙花一现

## 1

应该说，田英夫3月7日就“花冈事件”向海部俊树首相的质询在日本社会引起的轰动效应，对促成鹿岛建设公司和花冈受难者达成后来的7月5日《共同声明》起了举足轻重的作用。

采访田英夫那天是1999年7月2日下午，在议员馆。他个头不高，瘦削，干练，和善，精神矍铄，是年76岁，头发已花白。

在他的办公室里，有一张胸前挂满勋章的老军人的照片，据说是田英夫的叔父。1918年至1923年期间，他的叔父曾在台湾做总督。

田英夫于1923年6月9日出生在东京。1947年东京大学经济学系毕业后，他在共同通迅社的社会部和政治部当记者。1956年，他作为日本第一次南极考察队的随行记者前往南极进行报道。1960年担任共同通讯社的社会部部长。1962年做过文化部长之后，11月到TBS电视台做《新闻评论》栏目的主持人。1968年因报道越南战争，迫于政治压力而被解聘。1971年他作为日本社会党代表，参加全国的参议院议员竞选，以192万张最高票数当选。作为外务委员，他参与了中国、朝鲜问题等方面的工作。他一共连任5届参议员，在社民党里任常务干事，担任过自治、教育、生活委员长。他写的有关外交、防卫问题的著作有《河内的微笑》《事实到底是什么》《草根运动及推动核裁军》等。

我问他是从何时开始关注“花冈事件”，起因是什么？

他说：“战争结束后，日本存在着一个侵略战争的责任问题。1971年我访问中国的目的，就是想看看日本军国主义犯下罪行的遗迹。在无锡太湖农村，我了解到许多人在战争中遭到屠杀，通过接触这些与战争有关的事件，我越发认识到日本有必要对战争反省，这就是我个人的思想背景。”

关于“花冈事件”，他是1985年至1986年间，听正在调查强掳劳工事情的田中宏教授和新美隆律师说起的。自从耿谆在世的消息传出来后，耿谆访日他是邀请人之一，以后每年6月30日邀请幸存者和遗属到日本参加慰灵祭，他都是担保人。他说：“自从我知道了这件事情后，我有两个使命，一是帮助受害者向‘花冈事件’的肇事者鹿岛建设公司要求赔偿，二是在国会里要求日本政府谢罪。”

采访中，田英夫对我说：“我认为从日本方面来说，首先是要把事实搞明白，该谢罪的谢罪，该赔偿的赔偿，才能起到好的作用。”

他说：“另外还有一个事实，日本的政治家和百姓不愿意承认过去的战争是侵略战争，比如南京大屠杀的问题，很遗憾的是这种情况仍继续存在。”

谈到在国会向首相质询的起因，他说：“1989年12月22日，耿谆等人在北京发出了给鹿岛建设公司的公开信后，我一直期盼着通过双方对话，使该问题得到圆满解决，并与我的同事们（诸国会议员）共同关注着结果。”

说着，田英夫拿出一帧1尺左右的镶嵌在相框里的黑白照片给我看，上面是一个身穿飞行服的年轻英俊的小伙子。

田英夫说这是年轻时候的他。1943年，他刚上大学一年级，在“学徒出阵”的号令下，他加入了海军特工队（即敢死队）。他所在的船上装有300公斤的炸药，如果遇到美国的军舰，就要撞上去同归于尽。他对我说：“幸运的是我没有参加过侵华战争。”

后来听新美隆介绍，在国会议事时，因为他公正地看待历史，遭到右翼分子的攻击，说他对日本国不忠。他气愤地拿出这张照片说：“我曾经是敢死队的成员，为了日本于生命不顾，而你们呢？”对手无言以对。

## 2

1990年7月5日，“花冈事件”受难者与鹿岛建设公司进行谈判。会谈是当日下午3点，在鹿岛建设公司本部大楼20层的会议室进行。在此之前的中午时分，前来的幸存者代表耿谆、李介生、王敏、张肇国、赵满山和遗属代表李香莲一行6人在国会议馆拜会了宇都宫德马等国会议员。

对鹿岛建设公司的执政者来说，在处理“花冈事件”这件事上，这是最无奈和尴尬的一天，后来鹿岛态度的过分强硬似乎憋着报复这一天的一口气。当“花冈诉讼案”结束后，我重温其全过程时心里隐隐地有这么点感想。

那天，耿谆等人到来之前，鹿岛建设公司副社长村上光春、总务部长玉川实和法务部长栗田躬范在走廊上列队躬候。

村上副社长和栗田躬范两腿叉开，双手交叉着放在腹前，低头作沉思状。照片上被凝固的瞬间，村上是满脸无可奈何花落去的样子，栗田的表情则是无奈之中带着点郁闷。

耿谆身穿藏蓝色中山装，神色严肃傲岸，大步流星。

耿谆等人走过来时，村上等人按照日本人的礼节鞠躬，总务部长玉川实的头躬得几乎到了腰间，耿谆昂首挺胸，目不斜视。

这是一幅让中国人感到很提气的照片。照片刊登在日本多家报纸上，作为日本企业对战争罪行反省的历史瞬间记录下来。

参加会谈的人员，鹿岛方面以村山副社长为首共8人，幸存者一方，加翻译在内计20人，促成此次会谈的国会议员田英夫、佐藤敬治、竹村泰子也在座。

首先是鹿岛建设公司的村上光春副社长致辞，他说：

“此次承蒙各位不远千里从中国到花冈访问，并光临本公司，对此，我谨以代表的身份向诸位表示由衷地欢迎。”

“对于‘花冈事件’，对我们来说也是感慨莫深，更是一次能受到教育的机会。何况有众多的中国人在服苦役中付出了宝贵的生命，大家每天都在感受着在饥寒交迫中度过日日夜夜的痛苦心情，我们能理解并且也深有体察。对我国来说，虽然是在战败色彩很浓的战争末期的疯狂时代做出来的，也没有任何理由可以辩解。为此，我以代表的身份，从思想深处向诸位赔礼道歉。”

“时至今日，关于‘花冈事件’本公司极应作出深刻的反省。同时，经过横滨市BC级战犯审判后更应尊重1972年周恩来总理、田中角荣首相代表两国政府发表的共同声明精神及所阐明的原则，为两国及两国人民的友好发展竭尽全力。”

“去年年末，耿谆先生在他担任联谊会会长的时候，给本公司的公开信已经获悉。我方按照以上所表达的基本态度，对公开信中所提出的几点要求，正和新美律师在协议中。双方尚有难以达成意见一致的事项。今天是否可以借此机会再直接聆听耿谆先生的意见。希望我们能毫无顾虑地交换彼此的认识。”

“最后，对以耿谆先生为首的诸位，长途跋涉不辞疲劳，特意枉驾下访，再一次表示欢迎之意，非常感谢！”

接着，耿谆起身发言。他从被强行抓走以后到花冈中山寮被强迫劳动的情况说到鹿岛组花冈事业所的监工对他们种种惨无人道的虐待，好几次哽咽地说不下去。

尔后，他总结性地说：“强掳中国人是日本政府的责任，虐待中国人是鹿岛组的责任。”他再次强调谢罪、赔偿和修建纪念馆的三项要求，他发言时会场气氛凝重。

随后其他5名花冈受难者分别陈述了当年的悲惨情景，时间在悲痛的回忆中分分秒秒流逝。一晃两个小时过去，渐渐暗下去的天色被厚重的窗帘阻隔在了外面，时间的流逝似乎也被阻隔在了外面。

最后是田英夫参议员发言。

他神色平和，指着会议室墙上醒目的壁挂，上面书写着鹿岛建设公司的经营宗旨“人道主义に基づく”。他嗓音洪亮地念了一遍：“本着人道主义。”然后说：“正是本着人道主义，这次我们组织了一个超党派的邀请委员会，呼吁鹿岛建设公司尽快地解决问题。”

他的发言简明扼要切中要害。鹿岛建设公司的代表都带有几分尴尬地低头垂目，而耿谆等受害者一方却因他的话备受鼓舞。

会谈之后，双方共同召开了记者招待会。会上，耿谆以大量铁的历史事实，针对鹿岛方面的狡辩，进行了义正词严的发言。

从被摄影机捕捉到的那一个瞬间看，耿谆的神色有几分严厉，似乎在谴责着什么，身边的村上光春耷拉着眼皮，表情沮丧。

新美隆在发言中说：“绑架中国人实行强制劳动虽然是根据内阁会议的决定作为国家政策实施的，但战后45年来政府一直没有明确责任。而企业使役中国人，无偿占有其劳动成果，并且在战后还从国库得到大量补偿金。这种不义之财应该赔偿给受害者。”

新美隆认为，即使国家、政府间的赔偿问题解决了，特殊受害者仍有权利要求赔偿。他列举了“二战”后西德对战争中受迫害的犹太人进行赔偿，以及美国前不久对战时被送入集中营的日裔公民生存者进行赔偿等事实加以说明。

在记者招待会上，村上副社长承认了中国人在花冈遭受虐待的事实并当场表示谢罪。会后，双方发表了《共同声明》，全文如下：

### 共同声明

1944年至1945年间，在株式会社鹿岛组花冈出张所（作业所）受难的中国人幸存者和遗族今番来日，访问了鹿岛建设公司株式会社。双方就以下事项进行了会谈并取得一致认识，现发表如下：

1.中国人在花冈矿山出张所所遭受的不幸是历史事实，是基于内阁会议决定的强制押送、强制劳动所引起的。鹿岛建设公司株式会社承认这一事实，承认作为企业也有责任，并对中国人幸存者及遗族表示深刻的谢罪之意。

2.中国人幸存者和遗族，基于上述事实，于去年12月22日向鹿岛建设公司株式会社发出了公开信。鹿岛建设公司株式会社认为，应该通过双方会谈努力解决上述问题。

3.双方将遵照上述两点及“前事不忘，后事之师”（周恩来）之精神，今后将继续与幸存者及遗族代理人协商，以期问题早日解决。

1990年7月5日于东京

这份《共同声明》是解决“花冈事件”过程中唯一的亮点。

## 3

此消息很快在日本各大报纸刊登。《朝日新闻》的标题是“承认花冈事件责任，鹿岛建设公司谢罪”；《每日新闻》的标题是“强制连行的花冈事件鹿岛建设公司首次向中国人幸存者们承认企业责任并谢罪”。

从美国纽约赶来列席会谈的华人邵子平感慨地说：“一声‘对不起’要了45年的岁月呵……”说着，从心底发出一声深深地叹息。

7月9日下午，在耿谆等人回国的前夕，鹿岛建设公司的法务部长栗田躬范到他们下榻的后乐宾馆看望，问耿谆还有什么要求。

耿谆说：“7月5日的《共同声明》中，我们已经对基本前提的认识取得了一致，相信对问题的尽快解决，不仅对我们，而且对鹿岛建设公司也是有利的。”

“我们这些幸存者年事已高，无论如何都希望最晚在今年12月22日公开信发表一周年之前能够看到问题的解决。”

他又说：“我们已把交涉的全权委托给代理人，因此希望贵方能在与代理人的协商中采取积极推进的态度。”

耿谆的目光沉思着，须臾，语调缓缓地说：“也许在涉及金钱的问题时，你们面临各种各样的困难,但希望贵方抱着勇气,果断地处理这个问题。如果不能落实包括这点在内的诸问题,那么难能可贵的谢罪表示也将被怀疑为空谈。”

他特别强调:“有关纪念馆的要求也是重要的。听说你们费心地考虑过信正寺后面的供养塔的改建问题,但我们的愿望是能够建立足以教育后代的具有一定规模的纪念馆。关于具体提案,我们已对代理人进行过说明,我想在协商的过程中会变得明确。”

栗田躬范神情专注地听着被翻译过来的内容,嘴里时不时发出:“嗨依(是)”的回应,其实这个感叹词是日本人的一个习惯表达方式,没有任何表态的意思,最多只表示知道了。

耿谆最后说:“对您的接待表示谢意。并请尊重我的意见,为最终解决问题作出最大努力。谢谢!”

栗田的回应依然是一声:“嗨依。”

## 4

1990年7月7日,国内的《参考资料》转发了新华社东京7月6日的电文,题为“日鹿岛建设公司向花冈事件幸存者承认责任并道歉,赔偿问题尚未达成一致意见留待今后继续协商”。文章中分析说:

> 该公司虽然对中国方面的赔偿要求始终持消极态度,但是,在强迫约4万名中国人服劳役问题上进行正式道歉,这还是第一次。据认为,这将影响到其他有关企业。

当年8月26日的《国际内参》第67期发表了新华通讯社的文章,题为“‘花冈事件’幸存者访日谈判赔偿问题”,文章中写道:

代表团的来访，在日本舆论界引起很大反响。各电视台和报纸均作了报道，人们普遍关注的是代表团在补偿问题上如何与鹿岛建设公司进行交涉以及日本政府在这个问题上的态度。

…………

“花冈事件”幸存者及死难者家属的这一行动得到了“日中友好议员联盟”会长、自民党元老伊东正义，日中友协会长、参院议员宇都宫德马，社会党委员长土井多贺子等日本政界知名人士的同情和声援。由超党派国会议员组成的“花冈事件访日团邀请委员会”（参议员、社民联代表田英夫为事务局长）负责接待了代表团。据报道，日本政要公开支持中国劳工的补偿要求，这还是第一次。在代表团来日本后的欢迎会上，土井多贺子致辞说：“战后45年，我国人民依然是历史‘文盲’。若无耿谆先生访日，我们记忆中将不复存有此事。我对无法向人民交代历史真相而感到羞耻。”田英夫在一篇题为《想一想花冈事件吧》的致辞中说，将“花冈事件”的真相告诉给那些不了解战争的青年一代，对发展世代中日友好至关重要，我们永远不能忘记日本在过去所犯下的巨大错误。

…………

值得注意的是，在日本民间关心此事件的人（其中包括旅日华侨）为数不少，7月7日在东京举行的“花冈事件”研讨会参加者达300多人，这在民间活动中规模不算小。会上通过一份呼吁书要求在“花冈事件”的现场建立“民众史记纪念馆”，促使政府正式谢罪和补偿。

目前，日本政府、新闻媒介及有关各方都密切注视事态的发展，因为这一事件与日本战后一些问题的处理有直接关系。一旦要求补偿成功，便为中国和其他遭受过日本侵略的亚洲国家中成千上万受难者提供了先例，需要进行赔偿的企业也不止鹿岛建设公司一家。这样，日本政府和有关企业将面临极大的难题。

美国的华文报纸《联合日报》报道这个消息时说：“战后欧美民间向西

德公司索取赔偿，颇有先例，但中国人为了自己的人格、尊严、权利而向侵略国帮凶索回正义与公道，这还是第一次。”

有一个巧合，6 月 28 日，鹿岛建设公司的社长鹿岛昭一辞去社长职务，成为鹿岛建设公司总会的副会长，由原副社长宫崎明担任社长一职。

这是自鹿岛家族创业鹿岛建设公司 51 年以来第一次由鹿岛家族以外的人来担当社长一职。7 月 5 日《共同声明》以后，社会上便有传闻说社长的更换与鹿岛建设公司的谢罪有关，为此，《朝日新闻》的记者采访了鹿岛昭一。

记者说：“对于战争末期被强行抓到秋田县花冈矿山的中国人，因不堪忍受鹿岛组的残酷劳役和虐待举行了暴动，死了很多人的花冈事件，7 月 5 日鹿岛建设公司表示了谢罪，有人说，社长的变动与此有关……”

鹿岛昭一一口否定，他说他辞去社长职务与“花冈事件”的谢罪毫无关系，是出于企业发展的需要。

他接着又说：“（花冈事件）那是战争中的问题，当时的工作人员已不在了，而且那时公司的组织机构跟现在不一样，人员也不一样。在鹿岛组的时代，确实是事实，谢罪是当然的。如果赔偿，还涉及其他企业，不光是我们一家企业的事，需要研究。而且，我们奴役中国人的事情不仅在花冈，其他事业所也有，并没有发生这种事件。这种事件是偶发的，并不是有意的。”

他还说：“日商会的石川六部会长明确表示反对谢罪。有的人为了和中国做买卖，表示谢罪，这是不合适的。”

鹿岛昭一最后说：“关于这件事，中国政府并没有说什么。这是 45 年前的事，我觉得已经过了时效期了。不过，我们还是做我们力所能及的事情。这不仅仅是我个人的想法，也是我们公司的想法。”

## 5

日本社会关于鹿岛建设公司向中国劳工道歉一事的议论颇多。据说过去曾在战争中使用过中国劳工的35家企业纷纷向鹿岛施压，他们担心口子一开会波及自身。鹿岛在内外压力之下，很快就出尔反尔。

8月29日下午1点，新美隆、田中宏、林伯耀、内田雅敏等人拜访了田英夫议员，将以往的交涉笔记交给他，并表明他们希望田英夫先生能出面作为中介人来协调双方的意见。

田议员说，他本人很愿意为促进事情的解决效力，这对日中之间消除隔阂、促进友好大有裨益，只是此事尚须征求鹿岛方的意见。

田议员当天下午1点45分至2点30分，便在参议院会馆会见了鹿岛建设公司的村上光春副社长。村上代表鹿岛建设公司反对田英夫作中介人，但他对田议员说，他们已确定12月22日作为最后答复期限。

当天下午5点，新美等人与栗田会面。

栗田显得有些不高兴。他拿出村上副社长从田英夫那里得到的新美隆写的交涉笔记，说笔记与事实有出入，而且某些报刊对鹿岛道歉的报道与鹿岛本意是有出入的，他说以后就这个问题要进行澄清。

9月27日，田中宏给栗田躬范写了一封信，并将对鹿岛方面意见的看法整理出来一并寄去。他的信内容如下：

尊敬的栗田躬范先生：

您好！

台风一过，又迎来了爽朗的秋天。您每天都很忙吧？我也刚刚结束了学校的期末考试。

关于“花冈事件”的幸存者及遗属的公开信一事，这些天因有过几次与您交谈的机会，得以了解到贵企业的一些意见。据说，耿谆一行在日本访问期间，中国又有一名幸存者过世。今年12月22日即公开信的一周年，愿该问题能得以妥善解决。

在总结了贵公司的意见的基础上，我对以往曾提到的一些方面做了一些笔记，以供日后参考。现将此笔记附上，敬请参阅。

学生时代时，我曾学过中文。正好当时有一则新闻报道，战后13年，人们在北海道的山中的雪地上发现一名中国人，那是被强掳到日本企业后因不堪忍受虐待而逃走的。这则新闻给了我很大的震动，并深深地铭刻在我的脑海中。毕业已经很多年了，但是今天当我提笔重温历史时，心境仍格外地复杂。

我祈祷能够看到像您所说的那样，采取一种很好的解决方案，日后得到后人的高度评价。

匆匆忙忙，书写潦草，望谅解。

田中宏

1990年9月27日

附：主要观点的笔记

1.根据内阁会议决定，鹿岛组直接奴役了中国人，并因此发生事件，作为企业负有责任，并应做出相应的补偿。而且，战后鹿岛组因奴役中国人的“损失”，获得了“国家补偿金”。

2.《日中共同声明》的第五条中写有“中国政府……放弃对日本国的战争赔偿要求”。这并不影响这次的要求，因为那只不过是“中国政府”对“日本国”的宣言而已。

3. 战争政策的执行者被判A级战犯。与此不同，鹿岛的现场被追究BC级战犯，接受了包括死刑在内的有罪判决，所以应负相应的补偿责任。

4.鹿岛幸之助氏作为“政治家”，1964年扬言，承认中国的四个条件之一是“放弃对日赔偿要求权”。那句话对这次要求的解决有什么影响吗？

5.日中恢复邦交之际，周恩来总理说了“前事不忘，后事之师”的话。这句非常含蓄的话恰恰与这次的修建纪念馆的要求相适宜。鹿岛建设公司在历来的“社史”和“社员教育”中，是怎样进行“前事不忘”的呢？应该说，这次修建纪念馆正是给周总理的话的一个回应。

9月28日上午，新美隆给栗田办公室打过两次电话都没人接。中午，回到家里的新美隆再次往栗田办公室拨电话，终于听到了栗田的声音。

栗田说："由于各种原因，给你们的答复稍晚了些。已经收到了田中宏先生的来信。据《朝日新闻》25至26日的报道，日本政府拒绝向台湾士兵支付补偿金一事与1972年的《日中共同声明》有密切的联系，而且已获得中国政府的承诺，我这里有这个报道的复印件。"

新美问："这又有什么联系呢？"

栗田说："因为以前也曾经说起过这事，我想这个答复也是预料之中的事。在这之前，我想与你单独交谈，会在什么程度上解决呢？最终还要公司来作决定。"

新美说："也就是说由鹿岛来决定了？"

## 6

10月9日上午9点至10点，在鹿岛建设公司二楼会议室，新美隆、田中宏、内田雅敏和内海爱子与栗田再次进行交涉。据说在此之前的10月5日，新美应栗田的要求，与之单独交谈过一次。

栗田并没有改变其宗旨，只答应支付不超过1亿日元的祭奠亡灵的永久慰灵费。

田中宏说："我们决定11月7日到北京，与现已找到的39名幸存者和部分遗属会面。在去中国之前，我们必须要与村上副社长会谈一次。"

听了这个话，栗田十分不悦，冲动地反驳道："如果是这样，那你们就直接与村上谈好了！7月5日的会谈还是我争取的结果嘛！不过，我也不是想让你们来肯定我所付出的努力。行啊，那我们现在就来安排与村上会谈的时间吧。"

表的指针已指向10时，栗田要去参加董事会，临走前他要走了新美隆做的会谈记录，说看完后还给他们。

10月11日下午3时，栗田躬范给新美隆打电话，对9日那天的态度表示了抱歉。

他说："人们都说不能感情用事，可是人毕竟是有感情的动物呀。在公司，我也是四面树敌。不管怎么样，我们不是那个意思。一些大报纸的记者纷至沓来，他们说鹿岛的反应很特别，企业内外议论纷纷。如果你们一定要见村上也可以，不过不能超过15分钟。我想，反正这是迟早的事，如果你们坚持要见的话，我将奉命。"

新美说："呀！我们不是那个意思。村上曾经表示，由于这个问题比较重大，所以最后还须去中国听听受害者的意见，我们打算11月份去中国，希望去之前能知道村上的意见。"

栗田说："那些人是受害者，这是事实，我能理解他们的心情。"

10月22日下午1时30分，新美给栗田打电话，预约23日下午1点半与栗田会谈的事。

栗田说："我收到刘智渠的一封信，内容是取消新美、内田的代理权。写信的日期是10月19日，在札幌的大道邮局寄出的。信是手写的，但不是刘智渠的笔迹，而是石飞仁写的。"

事情来的意外，电话另一端的新美隆一怔，许久没有说话。

林伯耀、内田雅敏得知后十分气愤。田中宏说，这件事情要冷静地处理。他们决定先让猪八戒与刘智渠联系，因为他与刘智渠和石飞仁关系比较熟。猪八戒是林伯耀的胞弟，本名林伯辉。

在起程去北京的前一天，即11月6日，新美隆、内田雅敏和田中宏终于见到了村上光春副社长并进行了会谈。

新美说："我想确定鹿岛到底有没有诚意解决这个问题。"

村上说："鹿岛只是个民间企业，你们应该把要求的钱数压得越少越好。"

田中问道："您的意思是钱越少越好？"

村上肯定地说："是的。"接着又补充一句道："建立纪念馆的事，绝对不行。"

# 民间对日索赔潮

## 1

中国民间涌动的向日本进行战争受害索赔的潮头出现于1991年春天。

春天是一个万物复苏的季节，大自然从肃杀之冬走出，万物在春风的吹拂之下，蓬勃着全新的生命。一年之计在于春。

中国政府每年的全国人民代表大会和政治协商会议都在春天召开。

3月28日，这是一个春风柔顺的日子。上午，北京化工管理干部学院法律系讲师童增走进了全国人大办公厅信访局。屋里上访的人很多，大多是一脸的愁苦和愤懑。

接待窗口的玻璃后面，坐着一位戴眼镜的50多岁的中年男子，表情严肃，像雕塑一般。童增把提案交给他，他扫了一眼，让童增进里屋去。

里屋是一位40多岁的女同志，童增特别留意看了一眼她胸牌上的号码是502。

童增用最简洁的语言向她介绍了提案的内容，接待员收下了他的提案。

走出门来，春光明媚，温和的风吹拂着脸，他深深吸了一口气，漫步走向天安门广场。

他向全国第七届人民代表大会第四次会议递交的是一份上万言的意见书，题为《中国要求日本受害赔偿刻不容缓》。

意见书的前面附了一封给全国人大办公厅的信，写道：

全国人大办公厅：

七届人大四次会议在北京胜利召开，来自全国各地的人大代表将代表人民、为了人民，对国家的大政方针和各项工作积极发表意见和建议，履行宪法赋予的神圣责任。我虽然不是人大代表，但作为一个普通的北京公民，心情一样激动；特别是在我国社会主义现代化建设腾飞的九十年代里，我们青年知识分子应该继承和发扬中国知识分子的爱国主义传统，为实现我国现代化建设第二步战略目标而奉献自己的一切。在这次人大开会之际，我拟将自己近年来的研究成果及建议书献给全国人大代表，以表达为国建言献计的微薄之心。

北京公民童增敬呈

1991 年 3 月 25 日

## 2

我采访童增是在 20 世纪最后一个夏天。他的职业已由学者经过国家公务员的一道转换后又下海做了商人，是一家公司的董事长。

但他依然有着学者气质，个头不高，国字脸，眼睛大而明亮，透着坦诚和执着。

他说他并不是第一个研究和提出对日索赔的人，对这个课题早有学者从债权债务的角度研究。中国管理科学院国际问题研究所学术委员会主任武建东从 1987 年初开始研究对日索赔的问题，对日本在侵华战争中给中国带来的生命和财产损失做了调查研究。

童增的研究主要是从受害者的角度要求赔偿，他从国际法的角度对“战争赔偿”和“受害赔偿”这两大战争法概念进行了深入浅出的解释。

他认为，我国政府在 1972 年中日建交时放弃的是“战争赔款”，即国际法上所说的战败国应向战胜国政府按和约规定支付的那一笔款项。而“受害赔偿”是“因发动侵略的战败国在战争中违反战争法规和人道原则，对交战国人民和财产所犯下的多种严重罪行而必须承担的赔偿，所赔偿的损失并非双方交战时的直接结果，而是侵略者丧心病狂的故意行为，如屠杀平民、伤病员、战俘等”。“受害赔偿”的主角是民间受害者。

在意见书的最后，他建议道：“‘九一八’事变到今年已经60年了，为了使中国人民和世界人民牢记那一段不幸的历史，教育后代居安思危、毋忘国难，激发爱国主义热情、振奋民族精神，扬我中华魂，特建议全国人民代表大会授权中国红十字会，对在1931年至1945年间，遭受日本侵略者无辜杀害的中国人民和受迫害者进行调查和登记，对财产损失进行统计；根据国际法准则和国际惯例，拟定受害赔偿方案；并允许中国红十字会俟机通过各种渠道向日本国寻求受害赔偿，为力争在20世纪内了结这桩历史遗留下来的受害赔偿问题而共同努力。”

坐在我面前的童增，鬓角已掺杂着白发，眼角业已出现浅显的皱纹，但言谈依然充满锐气。

他说他1986年考入北京大学法律系攻读国际法硕士学位，毕业后在北京化工管理干部学院教经济法和法学概论课程。授课中，当谈到国际上的战争赔偿问题时，他觉得最冤的就是中国。他说，在“二战”中没有哪一个国家比我们受害的时间长，受害面积大，受害程度重，也很少有几个国家像我们这样没有得到任何赔偿。

日本在1952年与美国签订的旧金山媾和条约中表明放弃国家与个人的战争赔偿，但20世纪80年代日裔美国人向美国政府提出了受害赔偿的要求，1988年美国总统布什发表了谢罪文书，并向在战争中受害的日裔美籍人及遗属每人补偿2万美元。

在课堂上，他一遍一遍地把自己的想法和观点告诉学生，从学生那里得到了共鸣，因此坚定了他研究的勇气和信心。

1990年10月，东、西德统一，原来声明对东德放弃战争赔偿的波兰重新提出战争赔偿要求。这件事引起了童增的思考，中国难道就不可以提出赔偿要求吗？

在深入研究了1953年西方盟国与西德签订的伦敦债务协定后，他认为这一协定把战争赔偿与受害赔偿明确区别开来是对战后国际法的一大贡献，有利于国际人道精神的进一步升华。

他最初的想法是从我国放弃了赔偿要求但日本应该主动给赔偿的角度来考虑的。自从认识到战争赔偿可以和受害赔偿区别开来以后，他认为我国政府宣布放弃的是战争赔偿，而从来没有宣布放弃受害赔偿，这就是埋下的一个伏笔。

他把研究成果写成了论文《中国要求日本受害赔偿刻不容缓》。

1990 年，他骑着自行车奔波于北京的报社与杂志社去投稿。编辑们看了文章，都赞同他的观点，但因为这是一个敏感话题，稿件没有被采用。

1991 年 3 月，一年一度的全国人大和政协会议要召开了，童增突然想到可以把论文作为提案交给人民代表大会。

## 3

1994 年，在日本民间组织的倡议下，发动了一场 10 万人的签名活动，支持中国人民对日索赔。其中有日本著名律师、法学家小野寺利孝，著名律师尾山宏及著名作家森村诚一（代表作《人证》）和写过揭露南京大屠杀真实历史的作家本多胜一。

日本律师界还专门成立了一个由 200 多人组成的“中国人战争受害赔偿要求事件律师团”，帮助受害的中国人打官司讨回公道。其中受理的有南京大屠杀的受害者李秀英案、“731” 细菌活体实验的受害者案、在战争中被日寇的飞机轰炸致残的高熊飞母子案，还有慰安妇案，以及曾在 60 年代就轰动一时的中国劳工刘连仁案。

这些案子 1999 年 9 月 22 日在东京地方法院一审虽然败诉，但由于原告方面提交了 270 多份证据给法庭，表明日本侵华的永久不可推翻的事实。法院在下达的 250 页的判决书中，承认日本对中国的战争是殖民侵略战争，对中国人造成了损害；并承认南京大屠杀也是存在的、不可否认的，用不着再调查，李秀英的事实是非常明确的；也承认日军做细菌活体实验的事实是不容置疑的。

法院认定这些给中国人民带来了灾难，日本应该向中国人民真诚地谢罪，中国人民蒙受灾难的痛苦应该得到缓和，日本政府应该最大限度考虑这个问题。对这些罪行的确认，日本法院还是第一次有了明确的态度。

驳回原告诉讼请求的理由是：战争中的个人受害者向国家索赔是没有先例的，有也是极个别的，受害者向加害国家要求赔偿和道歉与维护日本国的尊严是不符的；战争中的个人受害者应通过国家间的和平条约及其他外交手段解决。和平条约缔结后，受害者个人提出诉讼会扰乱通过和平条约建立的友好关系，是有害的。

原告律师团立刻提起了上诉。

9 月 23 日，中国外交部发言人在回答记者关于东京地方法院对中国战争受害者赔偿问题解决的提问时指出：中国希望日本有关方面，特别是日本政府，能够正确认识侵华战争后果，在涉及中国人民身心健康及切身利益的问题上，能够采取认真负责的态度，督促日本有关方面严肃对待中国公民所提出的要求。

并说："二战"期间，日本军国主义对中国人民发动的侵略战争，对中国和中国人民犯下了滔天罪行，中国希望日本方面，特别是日本政府，能够正确认识这件事情。

## 4

20 世纪末期，世界各地都出现了对日战争受害索赔的呼声。

1999 年夏天，美国加利福尼亚州通过了参议员海登提交的SB1245 提案。提案的内容是，"二战"期间遭受到德国、日本等法西斯暴行的，目前不论在哪个国家定居的受害人，都可以向加州的法院起诉，控告其中与加州有生意往来的公司并要求索赔，有效期至2010年12月。于是，美军战俘、韩裔劳工等数十人向在美的日本公司提出诉讼，美国各地对日本政府和公司提出的“二战”集体诉讼达18宗。

据2000年3月7日香港《大公报》报道，纽约著名律师费根为“二战”期间被关押在日本的美国战俘向日本三井物产、三菱、日本钢铁等公司提出集体诉讼，控告它们在“二战”期间奴役战俘，强迫其从事煤矿、修路和其他危险性工作，要求对幸存者及其家属做出赔偿。为此还专门设立了一个网页，指出日军“二战”时期的种种暴行等同于当年纳粹德国对犹太人的大屠杀。

2000年8月，来自河北的5名“二战”时被强掳到日本的劳工和4位居住在美国的中国劳工也向加州洛杉矶法院集体起诉日本的三菱、三井公司。美国纽约的4个著名的律师事务所组成了强大的律师团给予支持，其中包括受理德国劳工案的律师事务所。旅美华人组织旧金山世界抗日战争史实维护会也给予诉讼援助。中国学者认为，中国劳工在美起诉日本有关公司，是解决对日跨国诉讼的新途径。

《北京晚报》8月23日刊发了上述消息后，9月5日有一位59岁的妇女持父亲生前照片到该报编辑部，要求帮助寻找1944年被日军强行抓到日本当劳工的父亲的消息。她抹着眼泪说，哪怕是能找到父亲的遗骨或埋葬地点，也好寄托一个女儿对亲生父亲的不尽哀思。

9月21日，美军战俘向日本公司的索赔案被美国地方法院沃尔克法官裁决败诉，理由是根据1951年旧金山和平协议的规定，美国和日本之间禁止追讨伤害赔偿费。

10月，被中国劳工起诉的日本三菱、三井公司，以该案的审理程序不对，应该从州法院转到联邦法院审理为由进行干扰，并提出要由驳回美军战俘赔偿起诉的沃尔克法官来审理，使该诉讼案受挫。

20世纪已成为过去，看来，这些受害者只能把满腹的屈辱带到21世纪。

问题不解决，永远都画不了句号。对于中国人来说，要钱不是目的，要的是个是非公道和历史的证据。对日本来说，恐怕计较的也不仅仅是钱，他们最怕的就是留下犯错的把柄。

美国已经有5个州都相继提出议案，要求日本进行战争赔偿。美国参议员范斯坦等6名超党派议员提出公开美国政府保管的日本军行为的法案，已由美国众议院在2000年10月初通过，可望获参议院通过。该法案名为“日本帝国军公开法案”，据说如果该法案成立，对正在通过司法程序要求日本企业赔偿的诉讼会产生影响。

许多历史学家一针见血地指出，日本政府拒绝对“二战”罪行做出正式公开道歉和赔偿的态度是美国政府一手造成的。美国政府看中日本在冷战时期的重要战略价值，有意忽略对日本“二战”罪行的追究。布鲁金斯学院日本问题专家、前美国驻日本外交官林肯指出：“美国政府在战后初期没有坚持日本必须为它所犯战争罪行进行道歉和赔偿，自己放过了日本。”①

正义之声已在世界汇成海啸，“花冈事件”的索赔并不孤单。

---

① 摘自香港凤凰网2000年3月7日的报道《代表战时受害者控告日奴役战俘，美律师向日企业索赔》。

# 内部裂痕

## 1

人的本性，大都愿意把自己光鲜的一面展示给世人，而对阴影部分进行掩饰或掩盖。

参与花冈运动的人们不大愿意讲述内部发生的矛盾和分裂。但这是任何一个团体一个运动都不可避免的事。20 世纪 90 年代初，花冈运动内部有一次激烈的分裂，当“花冈事件”诉讼案最终以“和解”的方式解决，面对“和解”，花冈受难者再次分裂。

1990 年 3 月初，石飞仁给耿谆写了一封情绪激动的信，翻译成中文，有十页之多，列数了他与林伯耀、新美隆等“思考会”成员的矛盾。

令石飞仁愤愤不平的是，他聘请的律师竟然把他炒了鱿鱼并取而代之。他说自己是小人物，但小人物也应该得到尊重。石飞仁的无奈与激愤之情在信中溢于言表。

矛盾始于 1987 年 6 月耿谆首次访问日本之时。信中写道：

> 您来到东京的当天，在池袋丰岛区立文化馆您观看了我们演出的报告剧《中国人强制连行记录——“花冈事件”》。演出之后，在舞台后面的休息室里见到您时的我，不知不觉地流下了眼泪。当时，无论是精神上还是肉体都非常紧张和疲倦，一见到您，眼泪顿时夺眶而出而无法制止。

信中说：“让您特意来日本，主要是想再次进行各方面的努力，使与鹿岛建设公司的交涉更进一步。可万万没有想到，某些人由于对‘花冈事件’的真正意义是讨回人类尊严的这一事实不理解，因而有形无形地妨碍着我，致使我所计划的‘欢迎耿谆先生’这件事没能如愿实现，力不从心的我当时没能做出挽回和阻止的行为。”

石飞仁的计划是，演出之后，与耿谆一起去大馆市，在过去“花冈事件”发生的地方召开记者招待会，追究鹿岛建设公司和日本政府强掳中国劳工（日语称“强制连行”）的责任，并进一步追索工资。

主办耿谆访日活动的组织者，日语称“来日运营委员会”，是以田中宏为中心人物，即后来的“思考会”成员。因为1986年石飞仁运作的请大馆市长出面邀请耿谆访日的计划没有成功，第二年的邀请活动，便由当时在爱知县立大学任教的田中宏教授运作。田中宏是一位在社会上有知名度的学者，他与日本政坛上的一些人物，诸如国会议员田英夫、土井多贺子等人十分熟悉。是他的运作，最终由田英夫等国会议员出面邀请，使耿谆的访日活动成行。

耿谆在日本期间的活动由“来日运营委员会”安排，具体由田中宏、林伯耀和林伯耀的弟弟——绰号猪八戒负责。看完演出之后，耿谆一行便去大馆市参加花冈受难者的慰灵祭。

临行前，猪八戒通知石飞仁，说大馆市长说石飞仁与耿谆一起前往花冈参加慰灵祭有诸多不便，请他不要前往。

石飞仁满腹狐疑，但没有贸然前去。耿谆回国之后，满腹狐疑的石飞仁还是忍不住给大馆市长写了一封信。信中问道：“不明白市长您为什么说我与耿谆先生一起前去参加慰灵祭有诸多不便？这些不便是指什么呢？”

市长回信说根本没有此事。还说，石飞仁先生您作为日本人多年致力于“花冈事件”，为日中友好做了许多工作。耿谆先生来日是您期待的，我们怎么会拒绝您与他一同前来参加慰灵祭呢？

看罢信，愤怒的石飞仁立即写信质问猪八戒。猪八戒回信道：“没让石飞仁去花冈是我本人的意思，不是大馆市长的意思。”等等。

石飞仁在给耿谆的信中写道：

“我自1971年开始，一直研究、挖掘‘花冈事件’。为了早日解决这一件事，我作为日本人做出了最大的努力。但我的思想无论是中国方面还是在日中国人都不能很好地理解，我感到极大的遗憾。”

信中说：“特别是在日中国人的第二代、和平运动家猪八戒等，对这次耿谆先生来日活动所作所为恰恰与石飞仁精神相反。”

“为什么他们自始至终使这件事不提及我所努力的与鹿岛建设公司多年交涉的情况，实在是不自然。因为他们知道石飞仁的活动目的，是援助和善意地参加耿谆先生来日活动。但他们的行动完完全全地与战犯鹿岛建设公司交涉，我感到莫名其妙。他们对我怀着不信任的念头。”

石飞仁在信中还写道：“我为什么现在把猪八戒所犯的错误及事情的真实情况告诉您呢？其理由如下：到目前为止，我曾直接与战犯鹿岛建设公司交涉，由于鹿岛建设公司说：若可以证明‘当时确实没有支付（工资）这一事实，我们就支付’。如果现存有中国人强制连行证明文件的东京华侨总会，和当年进行遗骨挖掘及送还运动的日中友好协会能毫不客气地向日本政府提出没有（向中国劳工）支付劳资的历史证据的话，鹿岛建设公司会支付的。我和鹿岛建设公司的交涉中，鹿岛建设公司同意私下给刘（智渠）先生和李（振平）先生支付一千万日元，目前只是因为金额的性质模棱两可，他们两位没有接受。如果日中友好协会及在日华侨齐心协力，认真地把证据在社会上公开，这件事情完全可以解决。这一切一切的内幕，你们都不了解，石飞仁我确实在拼命地努力。”

石飞仁与“思考会”的矛盾从这里开端，但林伯耀对这件事的描述与他不尽相同。

2000 年 8 月 25 日下午，林伯耀向我讲述他们与石飞仁矛盾之事，地点在河南省郑州市的中州假日饭店 467 房间。

林伯耀 1987 年介入“花冈事件”，转眼已 13 年，当年一头乌发的中年人现已步入耳顺之年，两鬓斑白。他与新美隆、田中宏等人此行到郑州是来与耿谆会面，商讨的议题是关于花冈案“和解”的事。

许多事情要等事过境迁之后，回眸审视才能看得清楚脉络。当我回望的时候才明白，其实他们来郑州之前，已经知道了“和解”的底牌，是来委婉地做耿谆的工作。另外，他们也十分重视我写的关于“花冈事件”的书，林伯耀希望我的书中不要提到石飞仁。

林伯耀说：“耿老第一次访日时，石飞仁因为请不到宇都宫德马，就让猪八戒找我和田中宏。我们请宇都、土井、田英夫出面邀请，耿谆访日的计划才得以实现。猪八戒让石飞仁通知大馆市，他不通知，矛盾从这里开始。”

还说：“他很霸道，必须听他的。我们的分歧在于，石飞仁他们要求赔偿工资，我们认为强掳劳工是迫害问题，不是工资问题，工资是合同工，所以我们发表了公开信。”（指1989年12月22日耿谆等人的《致鹿岛组的公开信》）

这次会面，新美隆也希望我不要写石飞仁。他说：“我认为石飞仁在花冈运动中起的作用不重要。1986年时，石飞仁感到自己没有能力去进行与鹿岛的交涉，把刘智渠介绍给我。1986年8月20日，我和内田雅敏同意作为他的代理人，但我从来不知道他的见解。石飞仁写的一些东西并没有价值，我写了很多东西，完全没有参考他的东西。1987年耿谆出现后，特别是1990年7月5日《共同声明》后，他一直让我们把他的名字加进去，我没有同意。”

新美隆还说：“在解决‘花冈事件’的关键时刻，石飞仁发表文章，说新美等人是狮子身上的寄生虫。他在各种场合说我的坏话。我受到伤害，忍耐下来，没有理睬他。如果我反击的话，社会就会认为我们认同了他在与鹿岛交涉中的位置。如果顾及他的话，我们就无法进行这个运动。1990年以后我就没与他见过面。他只是一个看热闹的人，跟这个运动并没有关系。”

就内部分裂的问题，我于1999年8月13日傍晚，在北京东城区的金宝大酒店采访内田雅敏律师。当时我听说是耿谆与刘智渠闹矛盾，我问内田雅敏：“耿谆与刘智渠分歧的焦点是什么？”

内田雅敏是一个面容严肃的人。他说：“耿谆和刘智渠之间没有分歧，主要是日本人之间的分歧。我曾专门坐飞机到北海道问刘智渠，他说和耿谆没分歧。是刘希望给石飞仁更高的地位。主要是感情的分裂导致路线上的分歧，实际上是感情问题。”

## 2

导火索是1989年12月22日耿谆等人向鹿岛建设公司发出的公开信。

耿谆起草公开信后，受新美隆的电话请求，写了委托书，将与鹿岛建设公司交涉事宜委托给了新美隆及其“思考会”。

耿谆写委托书时并没有意识到潜在的矛盾隐患，是他在1985年11月28日写的“委令”，委任刘智渠为全权代表，与鹿岛建设公司交涉全体劳工的工资以及死者的抚恤金事宜。而石飞仁是刘智渠委托的代理人。

石飞仁心中不爽。

他1990年3月初给耿谆的信中说，他与刘智渠、李振平一起与鹿岛建设公司交涉赔偿事宜，最初是1984年2月。

旅居日本的“花冈事件”幸存者，除了刘智渠、李振平二人之外，还有林树森和宫英俊。林树森身体欠佳，宫英俊居住在大阪，与鹿岛建设公司的交涉由刘智渠、李振平和石飞仁出面。

历史问题浮出水面，鹿岛建设公司高层有过掂量。最初以为就是旅居在日本的几个中国人的事，提出每人给600万元作为解决费，条件是从此封口，不许说鹿岛建设公司的坏话。

交涉时，刘智渠当场就拒绝了。

刘智渠是天津人，长得人高马大。日本侵华战争期间，他的姐夫在天津开了家小医院，刘在医院当帮工，懂得些医护知识。因为天津沦陷得早，他还学了点日语。他是与耿谆等人第一批被抓到花冈去的。耿谆说，在去日本的船上缺水时，他去找日本人要水，会说“みず”（水）、“くすり”（药）等词。到了花冈之后，耿谆就让他当看护。

日本战败后，刘智渠是留下来到国际军事法庭作证的证人之一。之后，与李振平（劳工名叫李光荣）、宫英俊（劳工名叫宫耀光）、林树森（劳工名叫刘当碌）留居在日本。刘智渠与李振平居住在札幌，刘是札幌华侨总会第一任会长，李振平是后来的札幌华侨总会副会长。

刘智渠说：“想堵住我们的嘴是不可能的！过往受到的迫害与屈辱，那是一生都挥之不去的梦魇。”他要求鹿岛建设公司对这笔钱的性质有个说法，说他们要的不仅是工资，还要讨回历史公道！

是年42岁的石飞仁戴着一副白边眼镜，看上去书生意气。因为他的日语比刘智渠和李振平流利，所以交涉时主要由他来表述。

石飞仁说，我们要维护的是中国人的正当权利，还说，战败时，日本政府曾经指示使用中国劳工的公司有义务对战争中被强行押来的中国人支付工资，并且为此向各公司支付了补助金。但鹿岛建设公司和其他企业一样，并没有执行政府的指示，而是把资金私吞了，应当支付的工资中国人并没有得到。石飞仁语气坚定地说，请你们赶快结算！

石飞仁说的是事实。

战后的日本政府，为了应付国际军事法庭对日本战犯的审判，曾于1946年3月1日以日本外务省的名义制作完成了《华人劳务者就劳事情调查报告书》，简称《日本外务省报告书》。报告书第三分册中记载，当年奴役过中国劳工的35家日本公司联合起来向政府提出，说使用中国劳工发生了损失，诸如支付了管理费、餐费、工资等，要求政府给予补偿。

企业显然在撒谎。战争期间，被强行抓掳的中国劳工是丧失了人身自由的奴隶。企业不仅从未向其支付工资，而且从这些中国人身上榨取了收益。

日本政府当然十分明白这些企业所报的损失并不存在。帮助中国劳工打官司的日本律师说，从逻辑上分析，不排除可能是政府授意企业这么干的。因为日本政府为了逃避战后的国家赔偿责任，需要将国库资金向日本军需企业转移。否则很难解释政府为什么要平白无故地向使用中国劳工的企业支付补偿金。

日本政府向35家企业支付了所谓的“政府补助金”，总计56725474日元，据帮助中国劳工打官司的日本律师计算，说1946年的日元是现在日元货币值的1000倍。

1985年8月，鹿岛建设公司向刘智渠等人通报，说虽然现在找不到当年的工资账本作为支付过工资的证据，但根据所查到的当年国际远东军事法庭横滨法庭的审判记录，有关于支付了一部分工资的证词，因此可以推断已经给中国人支付过工资了。

谁的证词？是战犯的证词么？战犯证词的可信度有多高？

石飞仁当即反驳道：推断是没有用的，既然拿不出支付过工资的证据，就应当赶快支付！

当年10月，鹿岛建设公司通知刘智渠等人，要求进行秘密谈判。这次鹿岛建设公司涨了价码，提出给每人1000万日元了结此事。

石飞仁说："如果这笔钱是作为受害者有权得到的劳务费及道歉、赔偿费的话，我们就接受。如果是用来堵我们的嘴，不让我们公布事情真相的话，为了维护'花冈事件'的名誉，我们不可能秘密地接受这笔钱。"

谈判陷入僵局。

石飞仁聘请律师内田雅敏是1986年夏天，是在报告剧《怒吼吧！花冈》在台湾演出获得成功之后。石飞仁想借演出成功的东风，在鹿岛建设公司提出的1000万日元的基础上进一步谈判交涉。

他找到律师内田雅敏，希望确定赔偿费的金额与性质，以能够向社会公布为前提来解决问题。内田雅敏邀请新美隆一起来做这个案子。新美隆又邀请学者田中宏加入。田中宏再邀请华侨林伯耀加入。这样，一个带一个，方方面面的人物都到齐了，一个团队形成了，就是后来的"强掳中国人思考会"。

石飞仁一眼就从耿谆等人给鹿岛建设公司的公开信里挑出了毛病。他认为公开信提出的赔偿要求违背了1972年《中日联合声明》的宗旨，因为在《中日联合声明》里中国已经宣布放弃了战争赔偿要求权。他在给耿谆的信中说："遵守联合声明是我们在要求对战争中受害赔偿时行动的准则。"

还说："1985年我从您手里接到委任状，1986年在台湾公演报告剧取得成功后，我把新美、内田两位律师介绍给鹿岛建设公司，要求早日完成这场谈判。但自1986年以来，两位律师在与鹿岛建设公司的谈判方面未取得任何成果，却在1987年突然成立了'思考会'，并鼓动您发出'公开信'，要求赔偿50亿日元，这是企图打破《中日联合声明》的冒险行为。"并质问道：这一系列活动，为什么不与石飞仁、刘智渠商量呢？

耿谆受儒家文化的熏陶和影响很深。在儒家人生观里，讲究"修身齐家治国平天下"，推崇担当大义，以天下为己任，不齿谋私利。"思考会"提出来的对日索赔，就是担当起民族大义，符合耿谆的人生追求。而且他始终认为，作为当年的大队长，要负起当年花冈受难者的责任。

事过境迁之后重新审视，耿谆的想法很英雄气概。但从法律的角度看，即便是追讨公道，也是不能包办他人的权利的。

耿谆也有现实的考量。就是他看到“思考会”的活动能量比石飞仁要大得多。采访中他多次对我说，是“思考会”把“花冈事件”宣传出去的，他们有功劳。

当时我对他说：“您扛起民间对日索赔的大旗，实际是登上了祭坛，有道义上的光辉，但解决问题的可能性很小了。”

他沉默着，没有回答。

耿谆十分不愿意看到内部分裂。他处世比较圆通，善于中庸之道，讲究以和为贵。

耿谆1990年3月14日给石飞仁的回信中写道：“致鹿岛的公开信，完全出于耿谆自己的主张，因为年老体衰，不久人世，不得不急于求成，欠妥之处，请您原谅。”

还写道：“刘智渠以往和现在，一直称颂先生有大德大功于‘花冈事件’。”并说：“先生是日本人中的良心派，是人类中的重视历史、主持正义者，倘若没有先生的努力，‘花冈事件’这段历史，也就随着岁月的流逝而淹没。”

还说：“田中宏先生、新美隆先生以及诸多日本爱好和平人士，都是由于先生的介绍而同情‘花冈事件’的。田中、新美两先生不但文学渊博，更是高明的律师。他们向鹿岛提出的《意见书》，有根有据，据理申辩，非常有力。但追溯起来，这也是根据先生的倡导开创。”

信中最后写道：“耿谆已风烛之年，渐趋衰老，但‘花冈事件’，尚待努力。关于以前委令刘智渠全权处理‘花冈事件’一事，继续有效。敬盼先生，捐弃前嫌，继续致力，就近可与刘智渠、李振平二位难友同磋商事宜，此乃耿谆远隔万里之遥望也。”

## 3

矛盾激化于1990年耿谆等人与鹿岛建设公司发表7月5日《共同声

明》之后。

当年6月底，赴日本参加一年一度的花冈慰灵祭活动的有幸存者耿谆、李介生、王敏、张肇国、赵满山和遗属李香莲6人。在田中宏、新美隆、林伯耀等人的运作下，7月5日，在鹿岛建设公司东京本部，耿谆等人与鹿岛建设公司副社长村上光春和法务部长栗田躬范进行了当面交涉。

之后举行了记者招待会，发表了《共同声明》。日本国会的众议员佐藤敬治和参议员田英夫都应邀出席，却没有邀请与鹿岛建设公司交涉多年的刘智渠和石飞仁等人参加。

刘智渠心里不爽。他想，我们40年来为花冈之事努力，却被喧宾夺主了。

他是从电视上看到交涉之后举行的记者招待会。在记者会上，鹿岛建设公司的村上光春副社长说，1972年的《中日联合声明》已经表明中国放弃了战争赔偿，所以已经没有请求赔偿权了。当时刘智渠心想，为什么忽视我们之前的谈判结果呢？起码你鹿岛建设公司提出了每人1000万日元的解决方案，分歧只在于我们要求确定这笔钱的性质。

他感觉到，新美隆等人打着耿谆的旗号在另起炉灶，而他和石飞仁等人多年的努力将附之东流。他也认为新美隆等人与鹿岛建设公司展开的"战争受害赔偿"谈判，是背离了《中日联合声明》，不利于问题的解决。

更令刘智渠愤怒的是，在这个当口，一个传言悄悄地不胫而走。说横滨战犯审判记录里有证言说，刘智渠战后从鹿岛建设公司领到过4万日元。

又是证言。谁的证言呢？证言的可信度几何？没有人去追究。

耿谆是从一位与林伯耀关系甚好的美籍华人的嘴里得知。消息有多种传播途径，很快就在花冈受难者中间传播开来。传来传去，说成是鹿岛建设公司在战后支付给中国劳工的工资被刘智渠贪污了。

传言是杀人不见血的刀子。

传言也传到了刘智渠的耳朵里。

刘智渠打电话质问林伯耀："我非常惊讶！这是怎么回事？！你们在背后阴谋贬低我，不是光明正大的！我若领过4万日元，鹿岛一定把收据让我看。我一点也不害怕这4万日元的事！"

对于这件事，林伯耀的说法是："1946年在国际军事法庭（BC级）开庭前，鹿岛请刘智渠、林树森去了，招待得很好，并给了 49000 日元，是为了收买作证的 23 个人的钱。当时在银行工作的人每个月的工资才 100 日元，这笔钱相当于现在的 1 亿日元。刘智渠拿了钱去了北海道，开庭时没回来，他说是张乃签同意的。”

“新美隆告诉我刘智渠的事后，我就到北海道问刘：这 49000 元钱是怎么回事？他的脸一下就白了。当时是下午四五点钟，他马上问我：你这个资料从哪里来的？我说：这是从美国找来的资料，英文版，是鹿岛拿出来的，事实到底是怎么回事？你告诉我们。现在只有我和新美知道，但你一定告诉我。刘说：是林树森拿的，我不知道。那时林树森已死。刘智渠说他做生意的 9 万元钱是东京的一个朋友借给他的，但又没有说出朋友的名字。刘智渠误会我，以为我表面支持他，实际上背后在拆他的台。”

历史上的有些事，没了实据，众说纷纭，是一笔糊涂账。

一次，在石飞仁的事务所里，刘智渠说：“万万没有想到，石飞仁介绍的律师会做出这样的事来。石飞仁受骗了，我也受骗了。引起了混乱，对不起。从今起，我将一切委托给石飞仁。”

李振平说：“我一直与石飞仁一起干。然而，新的人来了，他们把耿谆抬起来，耿谆也被骗了。耿谆完全不懂法律。耿谆应该与我们和好。”

石飞仁组织了一个“花冈事件后援会”，有日本人福田文昭、久野一郎、塚越正男等。

石飞仁于当年 10 月 18 日给耿谆的信中写道：“耿谆先生您在北京直接对鹿岛建设公司的三点要求中（指“公开信”），排除了‘未支付劳资’之事。关于这一点，鹿岛建设公司感到非常困惑不解。7 月 5 日的记者招待会上，翻译是否给您正确翻译了我不知道。栗田部长对记者所提出的‘过去与鹿岛建设公司交涉的劳资问题解决了吗？’问题的回答是：‘到目前为止的交涉是劳资问题。但是，去年 12 月耿谆先生向鹿岛建设公司所提出的要求与此不同，有明显的巨大的变化。因此作为公司一方，首先要听一听耿谆先生一行的想法之后，我们再决定我们的态度。’”

石飞仁还写道：“所发生的变化是方针变动了。也就是，排除石飞仁所进行的这次交涉不是劳资问题，应该说是‘赔偿’。为什么？把应有的正当的权利——鹿岛建设公司无法逃脱的劳资问题在这次交涉中排除在外？新美隆律师说不是'劳资问题'而是'虐待赔偿'。关于这一重大变更，向石飞仁没有任何说明，刘智渠那里也什么解释都没有。"

信中说，在7月5日的《共同声明》之后，石飞仁与鹿岛建设公司的法务部长栗田躬范接触时，栗田转述说：耿谆先生说石飞仁与今后的交涉没有关系了。石飞仁在信中问道："耿谆先生您委托我向鹿岛建设公司要求劳资交涉的委托书我至今还保存着。您跟栗田部长所说的与石飞仁没关系的话是否是事实？请来信说明。"

就在石飞仁将信发出后的一天，即10月19日，刘智渠给鹿岛建设公司发出书面通知书，如下：

**通知书**

鹿岛建设公司(株)社长　殿

担当部长　栗田躬范　　殿

我，刘智渠对于过去委任新美隆、内田雅敏两位律师作为"花冈事件"交涉的代理人之事项，作以下说明：

"委托两位律师交涉"这个事项，我，刘智渠不能承认，要予以撤回。在此通告。

今后，我，刘智渠，只委托从前就与其商量、是代理人的石飞仁先生。石飞仁至今为止交涉的内容才是正式的，是正确的代理我的意见的。在此通知。

刘智渠(印章)

## 4

林伯耀10月27日给耿谆写了一封信，这封信同时复印了一份寄给了王敏。

信中开门见山地说："刘智渠先生前几天把对新美隆律师的委任状撕毁之事通知了鹿岛建设公司。这件事，对今后与鹿岛建设公司进行交涉和斗争，给予了很大的打击和损失。""会使得鹿岛建设公司作出耿谆大队长没有统括幸存者和遗族全体人员的资格这种判断。因此便使我们的必须偿付赔偿金的要求变成无根据之事。"

信中写道："耿谆先生的希望，即'耿谆在中山寮时，以大队长的身份，负起了全体花冈的中国人的责任，现在也担负着全体幸存者和遗族的责任，因此汇总偿付给耿谆，透过田英夫先生，已于8月传达给村上副社长了。但是，现在这个要求的根据已丧失了。鹿岛建设公司从刘先生那儿拿到毁弃委任状的通告后，10月19日新美律师和栗田法务部长见面时，栗田先生对新美先生说：'中国人之间也变得复杂起来了呢'，对我们这边的分裂感到极为高兴。"

信中说："这都是石飞仁先生到刘智渠先生那儿，用尽各种办法，破坏刘先生对我及新美隆、内田、田中宏、内海先生等日本友人的信赖关系的结果。刘先生的理论和石飞仁先生的理论是完全相同的。"

信中还说："如果可能的话，希望耿谆先生能劝告刘先生马上撤回这个撕毁委任状的通告，像以前一样，继续委任新美隆律师。但愿在11月10日之前，耿谆先生的信能寄到刘先生手中。"

林伯耀最后在信中说道，11月6日，他与新美隆、内田雅敏、田中宏、内海爱子等人将去北京。

## 5

不得不承认，新美隆是一位十分出色的律师，他思维缜密，善于谋篇布局，是一个具有战略眼光的人。

11月的北京之行其实是早有谋定。在刘智渠向鹿岛建设公司发出辞退新美隆等律师的通知书之前的10月初，负责寻找并联络花冈受害者的河北大学教师刘宝辰便接到了日本方面的电话通知，说11月初将在北京召开首次“花冈事件殉难者追悼大会”，让他负责组织安排。

追悼会只是形式。新美隆等人北京之行的主要议程，一是正式成立“花冈事件受难者联谊会”（简称“联谊会”），二是拜访中日友好协会副会长黄世明。

正式成立的“联谊会”代表全体“花冈事件”受难者，不言而喻，是把刘智渠等人也代表了。实际上是取代了刘智渠等人与鹿岛建设公司的交涉权力，是对刘智渠取消对新美隆、内田雅敏二位律师之委托的反制。

而拜访中日友好协会副会长黄世明，是要咨询民间对日索赔是否违背《中日联合声明》的精神。因为在此之前，石飞仁和塚越正男专程到北京拜访了时任中日友好协会会长孙平化。石飞仁问：听说中国人要求日本政府赔偿，您怎么看？孙平化回答：“据我所知中国政府到目前为止没有许可这样的赔偿。”石飞仁回日本后，将采访的影像记录给鹿岛建设公司法务部长栗田躬范看。栗田看了很高兴。当新美隆去鹿岛建设公司交涉时，栗田态度强硬地对新美说，中国方面反对。

## 6

新美隆一行于11月7日傍晚到达北京机场，同行的有田中宏、新美隆、林伯耀、内田雅敏、内海爱子、福田昭典及作家野田宪治和《朝日新闻》的记者增子义久，下榻北京饭店。

国内的与会人员下榻在位于天坛东门的国家体委招待所，前来的有39名幸存者和11名遗属代表，加上陪伴者及其他有关人员，约有100余人。

新美隆等人到招待所的会议室时已是晚上9点半了，老人们早已坐在那里等候。

见日本方面的朋友进来，大家起立鼓掌，耿谆走上前与他们一一握手。耿谆脸色显得苍白，说：“由衷地欢迎大家的到来，实在对不起，我的身体有点不舒服，先告辞了。”

耿谆身体不适是实，另外也有其他考虑。当“花冈事件”在国内渐为人知之时，到底谁是暴动的领导人，幸存者中出现了争议。

起因要追溯到1957年2月上海新文艺出版社出版的长篇小说《花冈河的风暴》。该书作者署名“洛泽”，其实就是当年曾被抓到花冈中山寮的劳工翟树棠。

翟树棠1948年5月从日本横滨BC级远东军事法庭出庭作证完回国后，就“花冈事件”在南京的《中央日报》以真名连载发表了长篇通讯《日本人这样虐杀我们》。1957年发表的是小说《花冈河的风暴》。

小说的故事是虚构的，其中的大队长是国民党军队的连长，胆怯并整天阴郁着脸。暴动领导者是共产党员、八路军战士。

矛盾的起因是某电影制片厂准备以“花冈事件”为题材拍片，电影编导找到了王敏。王敏是军队的副师级退休干部，当年参加花冈暴动时身份是小队长，是暴动的骨干分子之一。

王敏对编导说：“组织暴动是我提议的。当时的设想我是司令员，耿谆是政委，暴动后带领队伍上山打游击。”

这个话传到了耿谆耳朵里，耿谆说：“其实当时各种提法都有，张肇国说他队里有个人会开船，去夺个军舰，开回家。李光荣（李振平）说，咱死也是站着死，表明咱中国人有志气。也有人说，就是咱死了，让日本人不敢再欺负中国人。可能王敏是提过上山打游击，但根本不现实，我都听着。”

说完，耿谆叹了一口气，说道：“暴动，大家是听我的，但那是大家的志气。老话说，共患难易，共享乐难。为这一千人的利益，谁站出来都行。”

电影制片厂最终放弃了这个选题，但耿谆与王敏因此产生了隔阂。

来北京之前，耿谆已经知道此次聚会是要正式成立“花冈受难者联谊会”，他打算退下来让王敏当会长。因为王敏退休前是河北定县武装部部长，也是目前花冈受难者中社会职务最高的，所居住地的交通比他便利，与国内外联络都方便，因此想以年老体病为由退居二线，所以在聚会伊始便保持低调。

11月10日下午，正式成立了“花冈事件受难者联谊会”，耿谆为名誉会长，王敏为会长，并以联谊会的名义再次向鹿岛建设公司发出公开信。信中强调：“我‘花冈事件’共难者和蒙难者家属无不要求鹿岛组幡然醒悔，尊重历史事实，以‘花冈惨案’为戒，以行动使世人相信鹿岛组能够了此千载奇冤之血债。”

## 7

新美隆等人期盼的时刻终于来临了。11月10日上午9点，他们到中日友好协会与副会长黄世明进行会谈。

起初，他们希望能见到会长孙平化，因孙会长出差到外地，由黄世明副会长出面接待。

黄世明是归侨，自幼在日本生活，从神户中华同文学校毕业。他以个人的身份谈了对“花冈事件”的看法。

他说：“我对‘花冈事件’也很了解。小时候就曾看过《花冈故事》的小画书，也清楚当年花冈遗骨的挖掘和送还运动。周总理还专程会见和勉励为送还遗骨乘‘兴安丸’船来的日本朋友及华侨代表们。这次幸存者和遗属们向鹿岛建设公司提出要求和交涉以及7月5日的《共同声明》我也知道。”

“1972年，为了实现中日两国邦交正常化，对政府间的问题进行了必要的处理。中国政府放弃了对日本政府的战争赔偿要求权，但这是政府间的问题，政府对政府问题与民间问题的处理是有区别的。”

他强调道：“‘花冈事件’幸存者和遗属与鹿岛建设公司的赔偿交涉决不违反《中日联合声明》，我甚至认为这是积极促进中日友好的良途。希望鹿岛建设公司尽快给予解决。我想,日本政府哪怕能说一句话也好……”

“这一次,鹿岛建设公司向‘花冈事件’幸存者及遗属承认了作为企业应负的责任,并表示谢罪,这是一个很大的成果,也可以说取得了一个胜利。为此,在座的诸位友人付出了不少辛劳吧,我作为一个中国人向大家表示衷心的感谢。”

从中日友好协会出来,是正午时分。太阳明晃晃地照耀着,新美隆等人兴奋不已。新美隆说:“黄副会长的讲话表明了中国政府放弃的请求权是国家之间的战争赔偿请求权,而没有放弃受害者个人的请求权。这种意见从中国官员的口里说出来还是第一次。”同行的田中宏、林伯耀等人感慨道:“我们能从中国方面听到这样的意见,真是不虚此行了!”

## 8

然而,一盆冷水兜头而来。

12 月 14 日上午 11 时,新美隆与内田雅敏、田中宏和特意从神户赶来的林伯耀汇合,兴致勃勃地去与鹿岛建设公司的法务部长栗田躬范会面。

会谈地点设在鹿岛建设公司总部大楼的二楼会议室。新美隆把 11 月前往中国的调查报告和根据录音整理出来的黄世明的讲话等资料交给栗田,充满感情地说:“我们去中国后,见到了幸存者和遗属们,他们给我们留下了很深刻的印象,我们不禁痛感那不是过去的问题。”

栗田冷冷地回应道:“纪念馆的事我们以后再谈。你们是不是可以用不把鹿岛当作恶魔的方式来交涉?”

新美解释道:“你误解了纪念馆的意义,只能尊重中国方面的感受,而不能根据鹿岛方面的意向来做。而且,给每个人 500 万日元的补偿一点也不高,都没法跟荷兰等国比。我认为鹿岛应该根据自己的实力来表示鹿岛的诚意。”须臾,又补充一句道:“如果说给每个人 500 万日元太高,那你认为应该给多少？请说一个具体的数字。”

栗田说：“说起细节，那话可就多了。我想主要的是为日中友好做一些力所能及的事情。至于向每个人支付500万日元，我们从一开始就没有答应过。我想我们能做的也就是慰灵事业，以此表示我方的谢罪之意。像这样的情况，在日本除鹿岛以外也还有。5000万日元做慰灵事业，有追加的余地，但追加数目很小。”

新美说：“12月22日之前有向社会公布的必要，我想定在12月21日傍晚通告一下现状。”

栗田说：“你们11月份去的中国，今天已经是12月14日了，现在还不能说在21日前会有什么结果。”

田中宏说：“是不是应该参考德国最接近的例子？”

内田雅敏说：“就算是不能完全解决受害者的要求，也应该朝这个方向努力吧。”

林伯耀说：“中国人更诚实，如果可以的话，我建议你最好去一趟中国。”

栗田说：“作为我个人来讲，知道他们悲惨的过去，也不忍心再问下去了。关于《日中共同声明》的问题，黄世明的发言里都讲了，我不想重复了。只是如果不作为战争问题，向每个人支付金钱，这可是天文数字呀！”

内田强调强掳劳工的行为不同于战争行为，新美插话道：“如果鹿岛同意给每个人支付500万日元的话，我可以给当事人做工作，说服他们从中提出一部分钱来修建纪念馆。”

栗田立即否定道：“不行，上次与村山会面时，他强调了在花冈建纪念馆是绝对困难的。”

12月20日中午12时，栗田法务部长给新美隆打电话说：“本以为在12月27日之前可以会面，但因为鹿岛公路的社长去世了，我得去参加他的葬礼，因此年前恐怕没有时间了。现在对这件事议论纷纷，甚至有人问我，12月22日之前，鹿岛将出台对死难者的解决方案，那么，对幸存者的问题将怎么解决呢……这消息是怎么传出去的？我不是怀疑你新美隆。如果我怀疑你的话，就不会亲自给你打电话。”

栗田还说：“建纪念馆岂不是要把鹿岛当作恶魔的形象公之于众吗？

林伯耀说我们误解了，不能那么理解，但事实上就会造成这样的后果。鹿岛只是一个普普通通的企业，却被指名谴责。如果你们把无休止地追究鹿岛的责任作为前提的话，这只能说有悖于解决问题的基点，我看只有让更冷静的法院来判断了。”

他也说道：“可不可以不建纪念馆而设纪念碑呢？我想把它作为将来与日中两国共同发展有关的东西。虽然是政府挑起了那场战争，但国民不是也都支持的吗？鹿岛不也只是在国民的范畴之内吗？如果用‘不是好人就是坏人’的观点来看的话，企业到底成什么了？难道不能采取一种日中共同发展的形式吗？”

他强调道：“我方不考虑给每个中国人支付金钱。不能否认现在中国在经济方面面临着困难，用慰灵的形式或许也会受到制约吧？”

“当然，纪念活动不可以全部与‘花冈事件’无关，如果那样的话，我就不明白鹿岛出钱是为了什么了？但是，这钱应该是与日中共同发展有关系。比如：据说在花冈的劳工大多数来自河北、河南、山东三省，可以为这三省的振兴做点什么呀！当然，也可以用于生活困难的补助方面；也可以为花冈的有关人员的后代设立留学基金等，至于给哪些人以教育补助，这个由选定的委员会决定就可以了。”

新美说：“会谈的时机很重要，与其说累了再归纳，不如闪电式地归纳吧？请允许我们商量后再与你联系。”

栗田说：“那就 1 月 15 日以后吧。”

新美说：“再与你联系。”

## 9

1991 年是矛盾最激烈的时期。

石飞仁展开了全方位的活动。他曾多次到中国驻日本大使馆和中国有关部门散布新美隆等人的活动是违反《中日联合声明》，是反对中日友好的，并给国内的幸存者写信，请他们与日本的幸存者联合起来跟新美隆等人断绝关系。同时他还另起炉灶与鹿岛建设公司进行要求给予补偿的谈判。

3 月 29 日，栗田躬范对新美隆说："石飞仁的观点与四个月前相比，发生了很大变化。从整体上来讲，他表示理解我所说的不存在未付清工资的事。新美等人声称对 986 名中国人负责，并解决 986 人的问题。就目前来说，这一点是难以实现的，因此，我们不想为此尽什么责任。"

6 月 26 日，新美隆、内田雅敏、田中宏、内海爱子和林伯耀到鹿岛建设公司与栗田躬范交涉时，他告诉新美等人，他已与刘智渠、李振平和石飞仁等在 6 月 12 日达成了如下协议：

1.撤去花冈信正寺后面的"华人追善供养塔"，建立一个漂亮的新的慰灵碑，碑文写上中国劳工的历史，具体内容与中国人商量而定。

2. 在新慰灵碑揭幕仪式上，鹿岛建设公司代表要参加并再次公开谢罪。作为慰灵仪式的主祭人，邀请耿谆先生来日，并邀请中山寮时代小队长以上的幸存者。

3.作为长期供养费（永代供养费），按 986 个人算，交给中国人 5000 万日元加 X。X 的意思是在一定范围内可能增加的金额。

4.揭幕式的记者招待会上，双方发表共同声明。并在声明中指出，之所以取得今天这样的进展，是自 1985 年石飞仁与鹿岛建设公司开始交涉而至的成果。

说到这里，栗田强调说，不要对这个可能增加的金额抱过大希望，或者就可简单地说是 5000 万日元就行了。名义上是供养费，但中国人可以拿部分充当生活补助费。

栗田还说，石飞仁对此结果表示满意。并说："鹿岛建设公司想以此终结中国劳工要求赔偿一事，用这来基本上解决一切问题，以后不想谈此事了。"

可以想象得出这件事给新美隆等人心理上的打击，石飞仁的做法使亲者痛仇者快了，但事态还在进展。

11 月 19 日，李振平带了一份石飞仁起草的为了达成和解的讨论方案与栗田躬范进行了交涉。其内容如下：

1.在明年日中恢复邦交二十周年之际，把1991年6月30日定为鹿岛建设公司承认和解案的日子。

2.在这一天，根据鹿岛建设公司对“花冈事件”全貌的调查，发表一个口头说明，表述其责任范围，简单地讲述交涉过程，并表明鹿岛建设公司的态度及解决方案。

3.关于鹿岛建设公司道义上的责任，鹿岛建设公司将对受害者将作一个何种程度的表态？是否已经表态过？

4.为了表明建立慰灵碑和谢罪之意，邀请受害者到日本举行隆重的慰灵祭，以便世世代代的祭祀。

5.在慰灵祭活动上，社长直接向受害者谢罪，并成立“花冈事件受害者救援基金”。关于基金的数额，由鹿岛提出方案，如果受害者同意的话，就可成立。

6.鹿岛建设公司为了汲取“花冈事件”的教训，尽可能地为日中和平友好做出贡献，与其他企业一起设立“日中和平友好基金”。

7.上述方面作为鹿岛建设公司方面的诚意，我们将促使“花冈事件”受难者接受，努力达成和解。

李振平说，他将作为花冈受难者联谊会的代表，征求大家的意见后与鹿岛建设公司交涉，争取在年内解决。并要求鹿岛建设公司设一个专门的调查机构来了解受害者的实际情况，以便确定给付的金额，受害者方会给予协助。并说上述种种是和解的步骤，双方不会再出现对立。

12月6日，新美隆等人再次与栗田法务部长交涉时，栗田坚持11月25日表达过的意见：“作为公司，只能最小限度地解决问题，出5000万日元。如果同意，则用于改造信正寺后面的墓地，不行也就算了。已经谢罪了，以后的事只有看情况再说。”

他说这就是鹿岛建设公司对耿谆等人三点要求的正式答复，其条件比过去又苛刻了许多。

虽然不知鹿岛是如何与李振平讨论有关和解事宜的，但即便是如栗田所说，打算同意石飞仁等人6月12日提出的四条协议，其实也不过是虚晃一枪，是一种伎俩。鹿岛方面为了逼退新美隆等人，借内部分裂之机，终止他们本就不情愿的交涉。

俗话说：鹬蚌相争，渔翁得利。

当天，新美将情况转告因故未前往的林伯耀，林伯耀当即给栗田躬范发了一份传真，其中写道："当我得知贵企业以5000万日元作为给中国人的答复后，感到非常意外。这无非是逆历史潮流而动的无比愚蠢的选择。像这样的答复将大大地损害贵企业在社会上的信誉。天下之鹿岛，居然对中国人所提出的赔偿要求压到仅给百分之一，如此地嚣张。该金额分给'花冈事件'中的受难者人均50000日元左右，折合成人民币不过2000元，还不及一个普通中国百姓的年收入呢！这难道就是1990年7月5日鹿岛所谓的'承认作为企业的责任'的结果吗？未免太愚弄中国人了吧。像这样毫无诚意的答复，只能进一步地伤害中国人的心，使之复燃起怨恨之火。"

事隔20天后，新美隆、田中宏和内田雅敏再次去鹿岛建设公司与栗田会面，栗田显得很不耐烦。他时不时地看表，说没有时间了。

栗田说："收到了林伯耀的传真，看了1至2分钟。林伯耀说5000万日元只相当于要求额的百分之一，换算成人民币是多少多少钱之类的话。和以前一样，我们之间的观点根本就不一致。5000万日元是从零出发的，在鹿岛，没有给百分之几的观念。诸如此类的对话毫无意义了，鹿岛可以收回开价，至少也得看看事态的发展情况。"

他还说："关于'花冈事件'，大家只是一味地追究和抨击鹿岛的责任，这样的交涉，我看还是算了吧。"

新美隆力图挽回局势，讲到最近世界上关于"二战"赔偿的潮流和日本的舆论，强调说，关于"花冈事件"的处理结果是令世界瞩目的。

栗田说："确实令世界瞩目。那么，再搁置一些时间，6个月、7个月、1年、2年、3年，看清楚一些再说吧。"

栗田躬范表达的是鹿岛建设公司的态度，即中止双方的协商活动，交涉破裂。

## 10

耿谆与刘智渠的最后一次会面是1995年的6月29日傍晚，是到秋田县大馆市参加每年一次的花冈受难者慰灵祭活动之际。

耿谆一行人下榻在大馆市的秋北宾馆。我亦在那里住过，是个门脸不大，却十分洁净雅致的宾馆。

晚饭之前，耿谆接到刘智渠的电话，他下榻在大馆市的另一家酒店。电话里刘智渠说，他有心脏病原不准备前来参加慰灵祭，但最终决定来是因为想见见兄长。

耿谆同意。会面的时间约在了晚饭后。

晚饭后，在宾馆的大厅里，有沙发围成的会客沙龙。林伯耀和耿谆面对面地坐在沙发上，隔着一个木制的茶几。

林伯耀在说服耿谆，不同意他与刘智渠会面。因为就在前一天上午，以耿谆等11人为代表的原告团和以新美隆为首的15人的原告律师团向东京地方法院递交了状告鹿岛建设公司的诉讼状，林伯耀担心这个时候耿谆与刘智渠见面会节外生枝。

耿谆坚持要去。他说，他们是难友。他还说："我去见刘智渠，是向他表明我的态度是支持林先生你们的。"但林伯耀坚持不同意他去。

那一刻，耿谆心头的火突然一下子就窜上了脑门。他想：我难道连这点行动自由都没有了吗？他激动地一拍茶几道："我就要去！"说着站起身来就走。

宾馆的大门是玻璃门。大厅灯光明亮，外面黑暗，使玻璃遁了形。也因为耿谆情绪太激动，年迈眼花，气冲冲地往外走，一头撞到了玻璃门上。

瞬间，耿谆头上鼓起一个包来，大厅里的气氛顿时紧张而有些混乱。人都围了上来，七嘴八舌地劝他别去了。耿谆气咻咻地说："我死不了就去！"

耿谆推开门，招手唤了一辆出租车。林伯耀立刻派翻译杨建群(化名)和赵满山跟着去。

刘智渠夫妇在下榻的饭店大厅里等待着，在场的还有石飞仁和张碧华。

耿谆见到刘智渠时说：“智渠，你要还尊我为老大哥你就听我一句话，跟我们大伙团结在一起和鹿岛斗争，要不然就各走各的路。”

石飞仁端起照相机，说一起合个影吧。耿谆挥挥手说：“石先生的功劳不可埋没，但这次不合影。”

说完，耿谆便告辞，会面时间不过两三分钟。

刘智渠看上去身体很虚弱，气色不好，便没有相送，由夫人送耿谆等人到酒店的门外。

刘智渠于1999年2月4日在札幌因心脏病突发而逝世。3月21日，“思考会”的主要成员到北京召开“花冈事件”诉讼情况汇报会，在金宝大酒店的三楼会议室，会议正式开始前，新美隆通报了刘智渠逝世的消息，并提议为刘智渠默哀1分钟。

当年5月中旬，我在河南省襄城县耿谆家里采访时，耿谆说起他与刘智渠最后一次会面的情形，能感觉出他心情很沉重。

他说：“那天是杨建群和赵满山跟我去的，但小杨没有把情况如实反映，林先生对我好不满意，说耿老跟刘智渠的关系怎么就割不断？”

说完，耿谆把目光投向窗外，久久不语。

耿谆的家是襄城县干部休养所的一座二层小楼，耿谆的起居室在楼上，楼下是客厅、厨房和厕所。书房设在楼上北屋，从书房的窗口望去，有一棵不知名的树孤零零地立在成片的平房中。

采访中，曾有花冈幸存者对我说，耿谆在农村时，刘智渠每年给他寄1000元人民币以补贴生活。1988年耿谆被推荐为省文史馆馆员，有了工资，他就不让刘寄钱了。

良久，耿谆把目光从窗外收回。

他说：“论辛苦，就是林先生辛苦最大，每次的邀请都是林先生办的，我只能拒绝刘智渠。我着眼花冈受难的1000人，我为1000人来办事。得罪刘是小事，他应该从1000人的利益出发，不能为个人的意气。”

# 负隅顽抗

## 1

1994年7月5日,《朝日新闻》刊登了一则消息,主标题为"'花冈事件'赔偿交涉决裂",副标题是"鹿岛抛出基金说法"。

消息说:4日,鹿岛建设公司通过问题解决的中介人田英夫参议员转告受害者一方,"给予用于进行慰灵事业的协助金在1亿日元的程度可以,但不能答应将此定性为赔偿"。"花冈受难者联谊会"在同一天抗议道:"4年前,鹿岛对强制连行的事实承认并谢罪,但仅仅停留在口头上,我们不接受这个事实上是拒绝的回答!"

该报道的尾部用虚线隔出了另一则消息,说:"鹿岛的栗田躬范常务(法务部长)的话:'我认为作为单个企业来讲,没有赔偿的义务,对个人支付金钱不妥。但是,如果将来设立日中友好基金的话,我们打算尽微薄之力。'"

这个消息透露出来鹿岛建设公司的主张是:公司没有赔偿义务,但可以设立日中友好基金。基金是用来协助进行慰灵事业的,金额在1亿日元左右。

话说得冠冕堂皇,所谓的"日中友好"其实只是一件华丽的外衣。他们出1亿日元的用途是进行祭奠活动,用中国老百姓的话说,就是香火钱。

## 2

消息发表的时间正是中国的花冈受难者前来日本参加一年一度的慰灵活动期间。

鹿岛建设公司的态度比起1990年时是越来越明确,越来越苛刻,也越来越强硬和顽固,鹿岛建设公司似乎已经从事情最初提出之时的张皇忐忑之中缓过神来。

消息刊发的第二天,即7月6日下午,前来参加慰灵活动的幸存者孟繁武、赵满山等人便在新美隆的带领下,前往鹿岛建设公司本部进行面对面的交涉。这是联谊会的代表第三次与鹿岛的直接接触,接待他们的依然是法务部长栗田躬范。

就在当天上午,清水澄子参议员曾领孟繁武、赵满山等人会见了外务省亚洲司的川岛司长。川岛司长对他们说:"'外务省报告书'中写道'半强制的连行',(日本)政府和中国人对'强制连行'这几个字的理解是相通的。"他明确表态说,鹿岛不要推卸责任,应该主动地解决问题。

下午3点,新美隆、田中宏、林伯耀和孟繁武等人来到鹿岛建设公司,新美隆将受难者一方的成员作了介绍后,孟繁武首先发言。

孟繁武1921年出生,河北省定县人,1939年加入共产党,第二年入伍,在冀中军区供给部工作。1943年9月至10月间,在老乡家里养病,被扫荡的日军抓走,1944年夏天被强掳到日本,是第一批被抓到花冈的劳工。

他说:"我向鹿岛提一个问题。1990年鹿岛对我们联谊会提出的三项要求,由法务部长、副社长表示了认罪、谢罪。但那以后并没有见到任何实际行动,我们不能容忍!我认为,鹿岛组把自己的责任推卸给政府是不应当的，因为具体对我们进行迫害的全都是鹿岛的人！鹿岛应该对这段历史负责！鹿岛方面怎么考虑的我不知道，我认为鹿岛迫害了我们，当然应该是鹿岛负起赔偿的责任。鹿岛必须尽快地对我们提出的三项要求给一个明确的答复。”

赵满山说：“1990年7月5日我来过这里，当时你社表明了谢罪之意。至今已经4年了，为什么对我们提出的三项要求没有任何回答？难道是一纸假文书吗？当年，我和我父亲一起被抓到花冈，实际情况是我父亲因为遭监工的殴打而死去，但你们的文书上却记载我父亲是得痢疾死的，这不是说假话吗？强掳我们中国人是日本政府制定的政策，从这一点上说，日本政府当然应该负责任。但是，我们被抓到花冈来的900多人死去418人，这当然是鹿岛的责任！在这里，我们强烈要求鹿岛组尽快答复我们的要求。如果再这样拖延的话，我们就到联合国控诉，让全世界人民都知道！我们一定和鹿岛组斗争到底直至你们觉悟为止！鹿岛组不要以为用拖延的办法就可以隐瞒自己的罪行。就是我们不在了，我们的子孙以及子孙的子孙，会跟你们一直斗争下去，直到取得胜利为止，我们的决心下定了！”

耿谆的儿子耿硕宇是“花冈受难者联谊会”的干事，在日本留学。他说：“我们提出的三项要求中的第三条，给每一个受难者赔偿500万日元。就这一点来说，受难的中国人特别是死难者，从精神上、肉体上受到的损害来说，绝不是这个钱能补偿得了的。所以，我认为联谊会提出来的每人500万日元是最低的要求。鹿岛组要洗清自己犯下的罪行，谢罪仅仅是第一步，如果真有诚意的话，应该早日解决三项要求。只有这样，鹿岛组才会有一个光明的前景。”

新美隆说：“今天的会谈主要是想再次确认1990年7月5日的《共同声明》及1992年7月村上副社长发言所说的‘有继续协商的诚意’的问题。”他请林伯耀先介绍了一下上午与外务省亚洲司司长谈话的内容。

林伯耀说：“我认为1990年时双方的交涉，鹿岛方面有积极的姿态，因此我们殷切地期待着。回顾这4年的情况，特别是听到栗田法务部长与新美先生的交涉情况，说不是一个企业的问题，而是国家级的问题，用这种形式把责任一个接一个地推给国家和政府方面，这种说法与1990年的精神是相悖的。”

他还说，在1939年、1940年时，是以北海道土建工业会为首的全国的土建工业会积极向政府要求征用中国和朝鲜劳工的，作为当时建筑行业中龙头企业的鹿岛也是积极地提出要求，因此逃脱不了企业的责任。而且，在所有压迫中国人的企业劳动场所中，鹿岛的虐待最残酷，死亡率占企业排行的第三位，这个责任是推卸不了的。

接着，田中宏发言。他在批驳了鹿岛方面认为过去的事情是战争时期内阁决议决定的推卸责任的论点后指出，所谓“全体的友好基金达成协议后再加一点”的说法与1990年7月5日《共同声明》的精神是有偏差的。

他说，不应该向决裂的方向发展，还是回到1990年《共同声明》的基础上，诚心诚意地面对现实，希望在“花冈事件”50周年到来之前，鹿岛建设公司能作出正确的决断，早日解决这件事。

接着栗田躬范发言。他首先对林伯耀指责他背离了1990年《共同声明》的基础表示不满。他说：“林伯耀刚才讲到了，别人也提到了，说现在的交涉比1990年的交涉有很大差距。我认为我们现在的态度跟当初的态度没有任何差别。你们讲，不管是不是按照当时国家的政策，但具体的加害者是鹿岛建设公司。你们的这种认识我是能理解的。我今天就是来听你们的意见，把你们的意见整理出来后，再向上面有关领导汇报。”

接着，他对《朝日新闻》上发表的他的谈话表示了否定。他说：“我确确实实没有接到朝日新闻社任何人直接打来的电话，一次也没有讲过那样的话。”

“但是，正像你们指出的那样，跟你们的看法是有不同的。我要讲三点，我认为这三点始终没有悖离1990年交涉的基点。”

他的神情浮现一丝傲慢。他说：“第一点，对于每个受害者来说，当时是战争嘛，花冈同样也在战争的状态中。现今，关于对每个受害者进行战争赔偿的问题，作为民间企业来说——我们公司也是民间企业，不能对每个被害者进行战时赔偿。民间企业只考虑工资的问题，而且我们认为鹿岛不存在未付工资的问题，这是第一点。”

“第二点，当年有4万劳工分配在135个事业场，花冈暴动只是一个特殊的事例。如果抛开造成暴动的诸多因素，我跟你们刚才指责时所讲的认识有所不同。我认为除了发生暴动这个特殊情况外，我们鹿岛和其他134个事业所的情况并没有什么本质上的区别。”

新美隆打断栗田的话说：“现在中国人在这儿，部长讲了许多题外话，时间非常有限，希望您能注意您的语言。”

栗田有一点尴尬，说：“哦，是这样的吗？那么，我现在针对你们的具体要求谈一谈，也就是第三点。”

“第三点是关于墓碑的改建和6月30日的纪念日问题。我们认为，超出慰灵费的范畴，只针对花冈采取特别的措施是不妥当的。你们指责我们在用一般的形式来消除这个问题，我认为不能仅仅强调花冈，实际的情况是包括花冈在内的四万名劳工被强制性进行残酷劳动。因此，我们本着日中友好能更进一步发展的宗旨，如果不局限在‘花冈事件’，将来以‘基金’的形式来做的话，鹿岛愿意贡献一点力量。我表达的是这种意思，但报纸发表时断章取义了。虽然我并没向报社发表我的谈话，但发表的内容跟我的意思差不多，就是这样。你们指责和1990年的《共同声明》有出入，我并不这么认为。就是这些。”

听了栗田的发言，在座的幸存者和遗属都十分愤怒。

孟繁武说：“听了你的发言，我认为鹿岛的态度依然很顽固，同时也非常狡猾。为什么这么说呢？因为我们要求的并不是工资，我们没有提到有关工资的任何问题，而是要求你们对死难者和幸存者在精神上和肉体上所受到的伤害给予赔偿，你们现在如果还在找借口拒绝我们的话，只能是错上加错！”

他还说：“我们是被日本军国主义强行抓来的，绝不是为了赚钱来日本打工的！我们当中没有任何一个人不是这样的！你们对于我们精神上、肉体上进行虐待迫害，当然应该赔偿！如果鹿岛仍然坚持这种粗暴的态度，我们只有采取向世界上所有的人或者向联合国控诉鹿岛的罪行，别无选择！”

说到此处，他气愤之极，面部的肌肉微微颤抖。倏地，他站了起来，顺手抓起桌上的茶叶罐朝地上狠狠摔去，茶叶罐滚落在栗田的脚前，滴溜溜打转，霎时，栗田脸色苍白。

赵满山和耿硕宇也愤怒地站起来。耿硕宇说：“事实消灭不了，中国人不是软弱的！”

新美隆说：“我认为你们只理解我们说有没有付工资的问题，虽然工资是企业应该付的，但你们不认为虐待和缺乏营养造成的死亡更是企业的责任，这种认识方法是非常有问题的。我们之间的交涉，与其在高层次的法理上争辩，不如讨论一些具体的事实。”

内田雅敏介绍了世界上一些企业对鹿岛的评价，希望鹿岛能从企业名誉的角度考虑，积极地解决历史遗留问题。

栗田躬范板着脸，一语不发。

这次交涉真是应了 7 月 5 日《朝日新闻》所言，“花冈事件赔偿交涉决裂”。

## 3

为了最终确认鹿岛方面对解决“花冈事件”的态度，“强掳中国人思考会”决定邀请耿谆、王敏和张肇国 10 月下旬访日。

是年，耿谆正进入 80 岁高龄的门槛，岁月仿佛加快了脚步，一天追着一天疾步而去。

1992 年农历正月初十耿谆的妻子去世，这个打击使他似乎一下子衰老了许多。1994 年初，他开始感到身体状况大不如前，所以当年的慰灵活动他推辞了。

接到邀请函，他想这是与鹿岛最后一次交涉了，不得不去。

家人都反对他再出远门。对此行能否平安地回来，其实他自己心里也没有数。但为了讨回公道，维护中国人的尊严，他对家人说："我作为当年暴动时的大队长，要为这一千个人负责，这次就算倒在了日本也要去。"

临行前，他给儿女们各留了一些纪念品，当他踏上征程时，孩子们哭得泪人似的。

与他同行的王敏也75岁高龄，张肇国73岁。

10月25日下午2点，以耿谆和新美隆为代表的受害者一方计13人，其中有参议院的竹村泰子议员，在鹿岛本社大楼2栋20层的会议室与鹿岛建设公司进行了最后一次交涉。

鹿岛方面也是13名人员参加。村上光春已经退休，接替他的是新上任的副社长河相全次郎。此人高个，花发稀疏，下巴短小，眼睛不大却目光机敏，据说是个"中国通"。

出席会谈的还有升任鹿岛建设公司常务的栗田躬范、指导管理部的品川部长、总务部的福田部长、广报室的增田部长、调查室的山田部长、总务部的中川次长和法务部的泉副主查等。

首先由河相副社长致辞。他说：

"今天，我们诚惶诚恐地欢迎在约50年前，由于日本政府的强制连行，被抓到本社前身鹿岛组花冈出张所强制劳动的诸位幸存者的代表耿谆先生、王敏先生及有关人员来到我社。

"四年前的7月5日，以耿谆先生为首的代表团的诸位来我社会谈以后，我们共同为诚实履行《共同声明》的内容进行了努力。

"花冈问题，即所谓的强制连行，是日本的国策所造成的结果，是全国135个事业所近4万名中国人的共同的问题。这个问题已经在《中日联合声明》中得到了解决，但诸位和我们之间还没有完全形成共识，我感到非常遗憾。"

河相一上来就要了个滑头，对作为个案的"花冈事件"闭口不谈。一推三六九，强制连行的责任在国策，而国家的责任已因《中日联合声明》中国放弃战争赔偿请求权而不复存在，还假惺惺地"感到非常遗憾"。

接着，他又说：“最近的动向是，我国政府提出了包括解决方案在内的第二次世界大战的战后问题处理的新方针，就日本过去的战争责任一并向亚洲各国道歉，并提出了面向未来的发展关系的新方针。我们根据这个动向，考虑从民间的立场摸索出一个旨在努力加强日中两国间永远友好关系的办法。希望今天出席会议的各位不再谈论过去的有关每个人利害的事情，而是按照《中日联合声明》的精神，为加强日中两国人民永远的友好关系，做一些实实在在的事情。各位的发言也请简洁一些，这就是我的致辞。”

因为竹村议员有事尚未到场，主持会议的栗田常务请在座者先发言。

新美隆说：“我们期待的是鹿岛建设公司根据经过四年的协商，从现在的状况出发，谈谈具体的考虑，我们希望鹿岛建设公司能拿出一个如何具体解决问题的方案。因为时间关系，希望能直接切入主题。”

栗田常务说：“经过四年来我与新美先生及各位代理人的交涉，我过去说过的三点意见，至今为止也是公司的态度，意见已经向你们传达过，除此之外再没有了。”

新美隆说：“虽然副社长在刚才的致辞中谈到对1990年7月5日《共同声明》努力履行的事，但是对《共同声明》中关于强制连行、强制劳动的历史事实的承认和谢罪，特别是谢罪的意思的真实含义，如果副社长能再口头确认一下，我会很高兴。”

河相副社长说：“至于说我们对1990年发表的《共同声明》的认识发生了变化一事，我认为没有变化。我们的所作所为是在当时内阁决议下及当时我国政府的指导监督下行事的，因此国家的责任是主要的。从‘花冈事件’情况来看，死的人多一些是事实，正因为如此，我们才对这件事表示极大的遗憾，也才想对这件事给予某种道义上的补偿，于是通过代理人进行交涉，所以我说我们的态度没有变化。”

“对于《共同声明》的解释，双方有误解。《共同声明》的发表，我认为只不过是日本当事者方面的一个互相检讨，所以在事件发生地日本用日文向社会公开。但日本的国民性和社会性与中国的国民性和社会性有很大差异，在文字的理解上各自按照各自的习惯去理解，因此产生了很大差距。”

他说：“在那个场合，《共同声明》中以‘谢罪’来表示遗憾的事情，这是日本的习惯，其意是在‘谢罪’的基础上进行具体内容上的和解，它代表协议的刚刚开始；而中国方面把‘谢罪’当成协议的结论了，我认为在这件事上，日中之间是存在认识上的差异的。”

他举了一个例子，汉字的“娘”，在日本是指女孩或未婚的年轻女性，而在中国就是指“母亲”。

他还举了一个例子，比如拜访家庭时送礼，日本人的顺序是先送礼再说事，而中国人的习惯是在最后告辞时才把礼物呈上，送礼的顺序和日本是完全相反的。

东扯西拉了许多，除了证明他是个“中国通”外，更深的用意是把1990年《共同声明》中道歉之意给抹杀了。他话中之意，“谢罪”只是个客套话，并非是承认错误的态度。

他说：“就我所知，自1990年以来，我方的有关负责人和贵方的代理人经过多次协商，但是很遗憾，实际上双方之间还存在很大隔阂，达不成一致。我认为，为了日中两国人民世世代代、子子孙孙的友好，相互之间应该继续交流、沟通，用我们的智慧来解决这个问题，这是最好的方法。”

他话中藏话，话意深藏不露。其潜台词是这事到此为止，让子子孙孙们用他们的智慧，世世代代来解决吧。

这时，竹村泰子参议员说：“新美先生、内田先生，我想你们的话可能没有说完，但我不能陪到最后了，因由国民年金带来的被爆者保护法案等，国会的事情很忙，我只能说一句话就告辞了。我本来跟栗田部长说不想来了，没想到你们都把座位给我留出来了。”

竹村议员说：“1990年鹿岛承认了错误，并表示了谢罪，我对这件事评价很高，比起其他各种各样的战后遗留问题，责任者一方和被害者能面对面交涉，对这种负责的态度我很赞赏。”

停顿了一下，他接着说：“刚才副社长说了，自1990年至今已经四年了。但是，受害者们的年岁已高，因此希望能达成协议，使问题早一天得到解决。其余的事不是一句话能说完的，就说到这里。”

河相副社长说：“谢谢竹村先生作了非常好的发言。我们和先生的想法一样，希望尽可能早一点用双方的智慧，找到解决问题的办法。”

河相还说：“不瞒您说，我前些天与田英夫先生交换过意见，我觉得强制连行的问题不只是一家企业所为，这个问题很大很麻烦呵。”

“我国今后为了恢复与亚洲各国的信赖关系，还是要解决战后补偿的问题，否则就很难得到亚洲各国的信赖。德国的例子大家都知道，就是政府制定了战时赔偿法。”

他又说：“古话说，只有在朝野才能解决问题，拜托先生您一定鼎力相助。我认为，这个问题是我们国民每个人的问题，我们也努力，请政府方面、行政方面及议员先生们也尽力，拜托您了。”

河相副社长又耍了一个滑头，恭维之中，顺势把皮球踢给了竹村议员。

竹村议员提前退席了。

新美隆接着竹村议员的话意说：“这次耿谆、王敏不顾高龄来到日本，我想这是最后一次解决的机会了。他们这种强烈的热情，请副社长认真考虑。到现在为止，受害者们已经明确地表示了要求，从 1989 年以来一贯是这样要求的。刚才副社长发言的内容我觉得表达不太清楚，关于今天这个最后的机会您有什么提议吗？有没有相关的方案？”

栗田说，除了以前所说的三点以外，没有其他的考虑。

内田雅敏说：“1990 年 7 月和现在比，环境发生了相当的变化。按照刚才副社长所说，现在，从包括花冈问题在内的强制连行到慰安妇问题，都应该是由国家来解决的战后补偿问题。”

“我认为鹿岛如果积极地解决这个具体问题，能促进形势发生变化，因为鹿岛这样做了的话，日本有同样问题的企业才会做。早先德国的情况，并不是国家做了企业才做的。经过了四年这样长时间的协商，如果鹿岛下决心，在这个阶段积极地做出大的举动，不仅会对鹿岛产生积极评价，也会对日本的其他企业有影响。”

耿谆针对河相副社长的发言表述了自己的观点。

他认为,就“花冈事件”而言,政府的政策和企业的责任不能混为一谈。被强行抓到花冈的劳工遭受的惨无人道的迫害是企业所为,应该由企业承担责任,所以由企业负责赔偿。

说这话时,耿谆神色严厉,目光炯炯。

他说:“我们提出的三项要求并不是个人的感情冲动,而是非常符合人道主义精神的合理意见。就说三项要求中给每人支付500万日元这一项吧,我不认为500万日元很多,因为500万(日)元能买一条命吗?如果鹿岛的职员因公死亡的话,你能用500万元买他们的命吗?这样的话,等于可以拿钱买人命。这个事,请您考虑一下。”

林伯耀说:“我站在华侨的立场上多年来一直致力于促进日中友好,今年去北京参加了国庆活动,在人民大会堂与许多人进行了交流。”

他说:“如果日本方面主动的话,例如对中国人设立基金进行补偿的话,难道真的是违背《中日联合声明》吗?我常与外交部的人打交道,我常常想,关于这个问题,河相副社长什么时候能去中国,就能非常清楚中国政府对这个问题的态度了。总而言之,政府间赔偿和民间赔偿是有区别的,而且关于强制连行的问题,与政府间的所谓战争赔偿完全不是一回事。”

河相反驳道:“看来对于《中日联合声明》与个人请求赔偿问题上我们的认识确实有差异。”他说他去过外交部,也有许多中国朋友,与中国朋友讨论过关于个人赔偿的问题,这些人也认为对个人进行赔偿没有道理,但可以设立基金以作补偿。

他还说,据他的观察,在中国,人大代表曾两次提出的关于民间对日本进行战争索赔的提案都没有被采纳,人民代表大会是中国政府的最高决策机关,从中可以看出中国政府的态度。

河相再次强调,强制连行不只是鹿岛一家企业的问题,它涉及日本其他许多企业,必须考虑到这个现实问题。最后他说:“还是用双方的智慧来解决问题吧。”

说这句话时,可以看出他已想结束这次会谈了。

林伯耀建议鹿岛最好派人到中国看看幸存者和遗属的情况。河相说，不行。

林伯耀问河相，还有对话的余地吗？

河相说："有没有对话的余地这个问题，我们有诚意今后继续进行对话，应该一起用智慧来进行这件事。不是说没有对话的余地了，以后还是进行对话。不论在什么地方，即使世世代代子子孙孙地对话下去。"

自1989年耿谆等人发出公开信，屈指算来，经历了5年的交涉，1990年夏天曾出现的那一抹希望的绿芽最终还是被鹿岛给扼杀了。

## 4

10月26日下午1时，"强掳中国人思考会"在桧町公园举行了"10·26集会"，日本各地，北起仙台，南至广岛，有100多人赶来参加。

会场升起的横幅有近十米之长，各式横竖的标语目不暇接。左侧是巨幅的1990年《共同声明》第一项鹿岛表示谢罪内容的横标；右侧的巨型条幅上用遒劲的笔体写着："鹿岛向花冈受难者补偿！"

耿谆、王敏、张肇国站在台上，衣服外面套了一件写有"不忘花冈！"的白布小坎肩。

大会主持人宣布，将自1989年耿谆等人致鹿岛建设公司公开信后的斗争活动称为"第二次花冈起义"，会场顿时群情激动，爆发出热烈的掌声和口号声。

主持人说："1949年前的起义只有中国人，今天让中国人幸存者和关心支持这个问题的日本人共同集合起来，这是非常重要的。对于看重交涉信誉的已经高龄的幸存者来说，自1990年7月以来等待着答复的4年里，他们体味着生命的重要。”

会后，人们举行游行示威。队伍从桧町公园出发向鹿岛本部行进。游行队伍前面的横幅上写着：“鹿岛必须向‘花冈事件’的幸存者・遗族补偿！”紧跟其后两位青年男子高举着1990年《共同声明》第一条鹿岛表示谢罪内容的幅标。

队伍绕赤坂一圈，在鹿岛建设公司大楼前的人行道上呼口号，发传单，当耿谆等人来到鹿岛大楼门前时，游行的人们向他们鼓掌致意。

耿谆感慨地说：“再继续努力，和鹿岛斗争10年。”

他写了一副对联，上联是“士可杀不可辱揭竿花冈捐躯正义”，下联是“拒悔罪继为恶控诉鹿岛捷报慰英灵”，横眉为“精神犹存”。

11月2日，鹿岛建设公司的福田总务部长带着礼品到耿谆等人下榻的亚细亚宾馆看望。耿谆因身体不适没有露面，是由王敏和张肇国接应。

福田指着手中的礼品说：“这些礼品是河相副社长之意，带给客人礼品是东洋的礼节，没有其他的意思。”

王敏说：“我们希望河相副社长以诚意来解决问题，礼品还是带回去吧。请理解我们的心情。”

张肇国说：“要是不解决问题的话，我们不收这个礼物。”

福田部长一脸尴尬，讪讪而去。

11月4日下午，在位于东京永田町的议员会馆，田英夫议员带耿谆去会见了内阁官房长官五十岚广三。

会谈中，五十岚官房长官代表政府首次就“花冈事件”表示道歉说：“实在对不起，由衷地表示道歉。”

他说，希望日中能友好。但谈到索赔问题，他又说：“国家间的问题已基本上解决。明年是战后50周年，关于包括这一问题在内的遗留问题，我们打算努力加以解决。”

耿谆说：“‘花冈事件’日本政府也是有责任的”，他要求日本政府向事件的加害者鹿岛建设公司做工作，使其承担责任，并给予赔偿。

此消息在日本各大报纸上刊登，醒目的标题是“花冈事件・官房长官谢罪·赔偿问题表明了向前看的姿态”。

11月10日午后，耿谆到“宪政纪念馆”参观“广岛·长崎原爆展”，正好村山富市首相等人也在参观，他们不期而遇。

跟随村山首相一起的田英夫议员，指着耿谆向村山首相介绍道：“这是‘花冈事件’的幸存者。”

村山首相说：“哦，是吗？”

二人互相鞠躬问候，这个场面被眼疾手快的记者抢拍下来，照片登载在报纸上。

11月12日是耿谆等人归国的日子。临行前的11日下午3时半，他们在参议院第二议员会馆举行了记者招待会。会后发出一封由耿谆起草，以“花冈受难者联谊会”名义发出的“给鹿岛组的信”，内容如下：

“花冈惨案”，是一笔血债，人尽皆知，已编入中国《辞海》书中，日本亦有纪实专著，相续出版，难道你们没有看到吗？如果你们明智的话，早就应该自觉地寻找受难的幸存者及死难者的家属，给予补偿，表示悔过，受难者，有所抚慰，此案岂不早就结束？而你们怙恶不悛，采取推诿，导致你们的残暴行为，远扬国外，臭名昭著，孰失孰得，你们自能辨之。

你们应该知道，押送中国战俘劳工到日本做苦役，是侵略者的责任，而虐待中国战俘劳工致死，是你鹿岛的绝对责任，是杀人犯罪行为，你们能逃脱吗？

1989年12月致你们的公开信提出了三项要求，难道过分吗？为花冈死难者建纪念馆，是你们鹿岛的开明表现，是你鹿岛大公司的风度，过去的罪恶，就会消逝，这有什么不好？对受难者补偿500万日元，区区此数大吗？试问500万日元，就能抵一条命么？这不过是对受难者象征性的一点点抚慰而已。不料你们鹿岛怙恶不悛，惜财如命，你们的大楼下面许多白骨，许多冤魂在向你们索命呢！我想你们是清清楚楚的，顽固不化，莫过于鹿岛，你们将来在历史中能占什么位置，你们考虑过没有？

这次双方进行谈判，河相副社长尚属开明人物，但谈判无实质性的进展。希望通过这次谈判作基础，双方拿出诚意，从速解决问题。在明年日本战败50周年大型活动之前，把“花冈事件”的遗留问题，彻底解决，鹿岛即可在明年的大型活动上，不受揭露，不受谴责，这是最好的选择，你们鹿岛应加三思。

# 诉讼篇

法律离政治太近，往往便是政治与权力的工具。所以法律没有绝对的公正,特别是在强权政治之中。

# 起诉在东京

## 1

1995年是世界反法西斯战争胜利50周年，亦是日本战败50周年。国际社会早早地就洋溢着纪念的氛围，但“花冈事件”的交涉陷入了僵局。

1995年3月初，人们下定了起诉的决心。

在此之前，新美隆和内田雅敏曾联名写信敦促鹿岛在“花冈事件”50周年纪念之际能圆满解决此事，并希望能在50周年慰灵祭上以当事者的身份参加活动，并说这是最后的机会了。

鹿岛建设公司对二位代理律师的信不予理睬，没有回复，采取“默杀”的态度。日本人祖先造出的这个词真是美妙绝伦，富有日本特色。

3月4日，田中宏、新美隆、内田雅敏到北京，与耿谆等“联谊会”的干部商量下一步的对策。

新美隆的额头已爬上皱纹，皱纹里蛰伏着忧虑。他说，幸存者的年纪越来越大，不能再等了，只有起诉，通过法律手段来解决问题了。

耿谆点点头，下巴上的灰白胡子翘了翘，他表示同意。

耿谆郑重地说：“‘花冈事件’，是血的历史教训。这个后果是鹿岛组一手造成的，有目共睹，事实俱在，岂能掩饰得掉？世界上，一个国家也好，一个人也好，凡是犯下罪行，必须认罪，方可受到人们的谅解，也方可在罪行簿上销掉罪名。鹿岛倘若仍是执迷不悟，顽固不化，那么只有用法律手段来解决。我现在委托法律界人士本着维护人间公道，维护法律尊严，用国际法或日本法来解决这一事件。”

说着，他给新美隆等人写了诉讼委托书。

3月22日，新美隆和内田雅敏再次联名给河相全次郎发出加急信件，信中告知他们准备在3月底召开记者招待会，如果鹿岛方面仍没有明确的积极态度的话，将在“花冈事件”50周年纪念日前后起诉鹿岛。

鹿岛建设公司依然采取“默杀”的态度，不予理睬。

新美隆开始准备起诉的事宜，组织起15人的律师团，自任首席律师。律师团的成员有内田雅敏、清井礼司、芳永克彦、铃木宏一、上本忠雄、川口和子、丸山健、川田繁幸、伊藤治兵卫、高桥耕、水谷贤、金敬得、庄司昊、足立修一。

3月30日，新美隆在东京召开了新闻发布会，宣布将在花冈暴动50周年之际起诉鹿岛建设公司，并要求被告给予赔偿。

3月31日下午，举行了“对鹿岛斗争的现阶段与今后的报告集会”。会上，耿硕宇宣读了“花冈受难者联谊会”给鹿岛建设公司的最后宣言。文中说：“我们联谊会人员在5年前，曾满怀诚意进行交涉，希望能达成和解。但鹿岛建设公司却滥用我们的诚意，故意拖延时间，不仅毫不忏悔，还出尔反尔，故意耍弄手段，我们认为这种交涉已经没有任何意义。为此，我们决定要在法庭上再次把鹿岛的罪行和非正义的态度公之于世。我们希望日本的法院站在道义和良知的立场上判定鹿岛有罪。”

## 2

新美隆开始起草诉讼书。他发现，不管是日本法还是国际法都没有有利于解决“花冈事件”的法规。他到国会档案馆查资料，从战后横滨军事法庭的审判记录中发现，当年盟军司令部和中国国民政府起诉鹿岛组利用的是1907年的海牙人权法。

在翻阅了大量资料后，律师团起草的诉讼书直接适用于日本民法，间接适用于20世纪40年代根据海牙条约国际人道条例形成的“惯习法”。

采访中，新美隆对我说，没有直接应用1907年制定的“海牙条约国际人道条例”，在于该条例只适用于缔结国，而不能约束非缔约国，但“惯习法”是一个国家与另一个国家的契约，任何国家和团体，即使非缔结条约的团体也要遵守。

日文的诉讼书长达308页，不包括附件，光诉讼部分翻译成中文就有近九万字。内容分七个部分，可以说它是一部日本强掳中国劳工的历史缩编教材。

起因追溯到1929年因纽约股票暴跌开始的世界经济大恐慌给日本经济带来的打击，是金融危机促使日本把中国满洲殖民地化的构想付诸实践。是年7月在吉林省长春县发生的“万宝山”事件到1931年的“九一八”事变，伴随着日本帝国主义对华的侵略，强掳中国劳工的历史从此揭开了序幕。

诉讼书在“序言”里写道：

> 强行绑架中国劳工，不止是军队犯下的残虐行为，也是利用了军队侵略的企业的侵略行为，是维持和支援了侵略战争的日本经济体制、企业体制的问题。而且，残酷役使被绑架来的中国人，把他们虐待致死的，不是别人，正是如同被告这样的企业，企业的责任，绝不能一笔勾销。本案正是这样一种史无前例的诉讼，是追究参与侵略中国、支持侵略并从中谋取利益的日本企业的责任的诉讼，是从根本上追究逃避战争责任至今的企业本质的诉讼。

在介绍了1942年11月27日日本内阁通过的“关于华人劳务者移入内地案”的决定后，诉讼书提出了这样的质问：“日本政府有什么权力决定中国人的‘移入’？”

诉讼书中写道：

> 把中国人“移入”内地，让他们为建设大东亚共荣圈出力，这种

观点与把侵略中国换成“暴支膺惩(教训中国)”的说法一样,都是轻举妄动的侵略者的认识,是对国际法秩序的完全无视。……这个决定如果说有可能避免违反国际法的话,那么只有一种情况,就是中国人真正自发地、没有受到强制地接受“募集”而来到日本国内,并且根据自己的自由意志与企业结成合同关系。……如果实际情形不是这样,日本政府就等于决定了一个强掳敌国国民的国际犯罪(国际不法行为)计划。

诉讼书从两个方面对被告提出诉讼:一是违反国际条约(即《海牙规则》中对俘虏给予人道待遇的原则);二是债务不履行(即违反安全保护义务)。赔偿金额要求对每位原告至少不下500万日元,加上一成的辩护费,即要求被告对每人给出550万日元的损害赔偿。

诉讼书最后写道:

“花冈事件”,不仅是强行绑架中国劳工的象征,也是那些长期被放置没有得到解决的、其他的中国受害者要求恢复受害动向的代表性事例。在本诉讼过程中,被告将留下怎样的对应记录,将受到海内外的关注。这不仅关系到被告作为日本企业的基本姿态,也是关系到今后日中友好关系的基本方向的重大案例,期待法院站在这一观点上,做出公正妥当的判断。

## 3

6月28日,这是一个要被历史记住的日子。

在花冈暴动50周年之际,也是中国人民抗日战争胜利50年纪念日的前夕,以耿谆等11人为代表的原告团和以新美隆为首的15人的原告律师团于当日上午10时半向东京地方法院递交了诉讼书。

东京地方法院与高等法院同在一座大楼里。楼高大雄伟，色调灰冷。外墙的下半截是灰色和黑色花岗岩套色拼就的长方形图案，上半截是幽蓝色钢化玻璃，整个建筑显得敦实而冷峻，象征法律的铁面无情。

清晨，日本各界人士聚集在鹿岛建设公司的门前和东京街头散发传单，举行抗议声援活动。举着的标语牌有日语也有英语，上面有的写着："承认历史罪行！还我血债！"有的写着："鹿岛立即赔偿！"

一位名叫井户田康敬的抗议者对记者说："我在两年前开始关心'花冈事件'。越了解越感到事实的残酷。鹿岛应当诚心诚意地赔偿。"

"台湾劳动人权协会"在这一天发表了关于支持"花冈事件"的声明。声明中说：

> 今年6月30日，在"花冈惨案"发生50周年之际，幸存者及遗属代表从大陆到花冈参加追悼会，并且提起了诉讼。据外电报道，世界各地的进步团体和人权团体进行了声援。
>
> 我们台湾的中国人，为曾是劳工的兄弟姊妹们受到的迫害义愤填膺。本日，在台北的日本交流协会前，呼吁日本政府恢复良知，并严厉谴责恶霸似的企业鹿岛，强烈要求他们接受受害的中国人的正当要求。否则，将会受到历史和人民的严厉制裁。
>
> 反对日本军国主义的复活！必须对"花冈事件"赔偿！

7月1日，《人民日报》第3版刊登了题为"花冈事件幸存者在东京提起起诉"的综合报道。"合众国际社北京6月29日电"说："中国今天打破了长期以来在个人要求日本作出赔偿问题上保持的沉默，要求东京对它在'二战'中的暴行的受害者给予补偿。"路透社报道："北京今天要求日本对侵华战争的受害者进行补偿，中国官方报纸继续谴责日军在50多年前犯下的种种罪行。……《人民日报》29日用整版篇幅描述了日军在其侵略中国的14年时间里所犯下的种种罪行。"

中央电视台"焦点访谈"栏目就此进行了专题采访，外交部发言人陈健在接受采访时说："在二次世界大战期间，日本军国主义发动了侵华战争，给中国人民带来了深重的灾难。在战争期间，强征中国劳工也是日本军国主义所犯下的严重罪行之一。当然，这涉及战争赔偿问题。对这个问题，我们中国政府在1972年《中日联合声明》中已经作了明确的表示，这一点，我们中国政府的立场没有改变。但是对像强征和奴役中国劳工这样一个历史遗留下来的问题，我们要求日方以负责的态度认真对待，妥善地处理，包括给予必要的应有的补偿。"

中央电视台的"东方之子"栏目对耿谆进行了专访。

这两个栏目都是收视率极高的节目，"花冈事件"吸引了众人的目光。中国民众及世界舆论都关注着"二战"后第一桩中国民间受害者针对日本企业战争罪行在东京提起诉讼的案件。

这确实是开了先河的案例。

开弓没有回头箭。

## 4

耿谆在接受日本记者坂井臣之助采访时，记者问道："你们这次决定打官司不是针对日本人民，是针对鹿岛组，还有日本政府吧？"

耿谆答道："这次我们起诉，是针对鹿岛组，不是针对日本政府。因为我们做苦工的时候，是受虐待死的、饿死的、被打死的，所以鹿岛组有罪。我们这次控诉，是针对鹿岛组。"

记者问："鹿岛曾经在你们面前道歉，但还没有接受你们的要求。您对鹿岛组的态度有什么看法？"

耿谆答："鹿岛组是道歉了，但不是出于真诚。如果真诚，他对我们的要求就要继续谈判、妥协。我们向他们提出三个要求，他谢罪了，算是道歉了。但是第二、三项，他说双方继续派出代表协商。过后他们单方面撕毁了诺言,不进行协商了,所以拖延到了现在。”

记者问:“你们受难者和遗属向鹿岛组提出赔偿要求,每一个人赔偿500万日元,这个赔偿额的根据在哪里?”

耿谆答:“我觉得鹿岛组是有罪的,我们986人,死去了418名,生存者还受到很大的创伤,至今还是身体致残,不能痊愈。我觉得鹿岛组应当赔偿,表示他的忏悔。我们要求每人500万日元,这是极少的数目,合情合理的。拿500万日元能买中国人一条命?!所以说,他拿500万日元也不过是象征性的表示有诚意谢罪。这些受难死的,都是受虐待死。他们是有罪的人,对罪行他们应该表示悔过,表示反省。”

记者问:“您刚才说500万日元是象征性的,但按照我们日本人的观念,一个人的生命一定会超过500万日元,还有过去50年,日本社会通货膨胀,假如现在遇车祸,一个人的生命值五千万至一亿日元。所以你们提出的要求不算高的,您知道吗?”

耿谆回答:“是这样的。我就是这个意思。假使鹿岛组的一个职员死了,他遗属得到的远远不止500万日元。所以鹿岛组现在没有丝毫诚意,他们对于死难者没有一点悔过的表现。所以说现在谈判是不能起到作用的,只有采取诉讼的手段。”

记者还问道:“今年是‘二战’结束50周年,日本村山首相在去北京时,表达他的反省,您认为这个反省算不算是道歉呢?”

耿谆说:“我觉得反省和道歉还有区别,反省是想过去做得不对,道歉是向对方说抱歉,对不起,我们做错了,我觉得有这样的区别。”

记者问:“您相信这官司会赢吗?”

耿谆说:“我觉得会,因为法庭是主张人道主义的。我觉得应以人道出发,维持世界和平,我觉得法庭有这个义务。我们经受虐待死去这么多人,法庭会以公道出发。”

记者又问:“1972年中日建交时,中国政府说不会要求赔偿。从国家层面来说,战争赔偿问题已经解决好了,但以民间来说,还有各种各样的要求。过去中国政府好像没有鼓励民间提出这些要求,但是后来支持了民间的赔偿要求,是不是?”

耿谆说："我觉得政府之间是政府之间的事，我们属于民间。我是根据我给鹿岛组做工，我向鹿岛组要钱；鹿岛组打骂我们，我向他们讨责任。"

记者问："您和新美律师，还有国会议员田英夫很熟悉吗？"

耿谆答道："不，但我觉得他们是爱好和平、反对战争的。"

记者问："你们是不是受到他们的支持或暗示来打官司的呢？"

耿谆立即反驳道："不是！跟他们毫无关系！我们是自发的。我们从1989年向鹿岛组致公开信，提出三项要求。他们也不过是爱好和平、主持正义的人。认为花冈暴动中国人受到极大的摧残和虐待，他们非常同情。"

耿谆一直认为他们11个人是代表986名花冈受难者打官司，要的是对986人的赔偿。但日本的法律没有代表诉讼一项，即便是法律上有代表诉讼的国家，比如中国，如果11人代表986人起诉，必须要有被代表者的委托书才能成立。

耿谆不懂法律，他信仰的是中国传统的道德观念。诉讼状递上去以后他听说，根据日本法律，11个人起诉即使成功也只对11个人进行赔偿，而不包括其他人，他便对耿硕宇发起火来。

他说："你是我儿子，你知道这个情况为什么不告诉我？这不是陷我于不义吗？！当年我带头暴动，这么多人的生命交给我，我只要自己的钱就是不义！我不活了！死了算啦！"

耿硕宇从来没见过父亲发过这么大的火，事后对我说起这事时泪流满面。

他说，那是深夜，在下榻的宾馆里，父亲气得脸色灰白，他低着头一声不吭，满腹委屈。他心想法律条文是你个人能改变的吗？

但他更担心的是怕火气伤了父亲的身体，劝也不是，不劝也不是，他只能默默地承受，充当出气筒。

1990年鹿岛建设公司提出"5000万+X"方案时，就有人劝耿谆先收下这个钱，再说以后的事。耿谆说："我要就要986个人的，如果你们谁想要就接，我要等985个人都接完后再接。"他对自己的孩子们说："你们别指望这份钱，一是985人没拿到，我就不拿；二是就算我拿到了后也是捐给公益事业。"

在耿谆对儿子发火的第二天，新美隆向耿谆解释道："你们 11 个人是代表，如果你们的问题得到了解决，其他人的问题就会跟着迎刃而解。"

耿谆坚持说："那不行！我要的就是 986 人。如果我们 11 人胜诉，这个钱任何人不能拿，非要 986 人都解决了我们才拿。"

随即，他发表了口头声明，表明诉讼要求的是 986 人的赔偿。

## 5

6 月 30 日，大馆市为"花冈事件"50 周年祭奠举行了隆重的慰灵祭活动。除了耿谆等花冈受难者外，日本众议院议长土井多贺子、大馆市市长小畑元、中国驻日使馆官员及日本各界人士 1000 多人参加了慰灵祭。

大馆市市长小畑元在致悼词时强调说："虽然'花冈事件'已经过了半个世纪，但我们决不能淡化这个悲惨的历史事实。为了不犯同样的错误，我们要把这个史实作为历史教训，进一步加强日中两国的友好关系，为实现世界永久和平作出最大努力。"

土井多贺子在慰灵祭上指出，在遭受了非人的待遇，看到众多的同胞丧失生命之时，中国劳工为了人的尊严揭竿而起，这一壮举将永垂青史。她说："今天，日中双方有关人士聚集一堂，回顾日本发动的战争所带来的惨剧，悼念死难者，声讨战争，深刻反省过去的历史，十分重要。'前事不忘，后事之师'，为了不让历史重演，我们必须不断努力。"

中国驻日本大使馆参赞在慰灵祭上说："要以历史为鉴，更加珍惜和平，珍惜中日友好关系，加强相互理解和相互信赖，为亚太地区和世界的繁荣与和平而努力。"

日本首相村山富市发来唁电，向殉难的中国劳工致以深切的哀悼，祝愿日中友好关系进一步发展。

这次慰灵祭活动中有一件令人瞩目的事情，即当年花冈暴动中被中国劳工打死的4名监工中，桧森昌治的女儿小林节子和猪股清的弟弟猪股明也前来参加了。

“花冈事件”发生时，小林节子尚未出生，她是桧森昌治的遗腹子。母亲生下她后，将她过户给桧森昌治的父母亲，然后改嫁。小林节子是在念高中时知道亲生父亲的名字及去世的时间、地点，但并不知道他死于“花冈事件”。

她父亲及猪股清的忌日都定在7月1日，因为暴动发生在6月30日的深夜，家人得知消息时是7月1日凌晨。

1994年，在桧森昌治忌日时，小林节子从居住的长野县来到秋田县八龙町，并前往大馆吊唁。但她没有找到她父亲的碑或者是当时死去的日本人的供养塔（墓碑），她觉得有点奇怪，便向当地人打听。

在共乐馆的旧址打听时，对方用怪怪的眼神打量着她，还有人话中有话地讽刺了几句，令她心生疑窦。

于是她去大馆市劳动组合协议会，向谷地田恒夫打听原委。

谷地田将真实情况告之。那一刻，她的表情像被雷击似的呆滞。须臾，泪水慢慢地从眼角溢出，顺着脸颊滚落下来。

小时候，她常听叔父讲父亲是一个如何可亲可爱的人，父亲在她心目中是一尊偶像。她无论如何也难以想象父亲竟是一个凶神恶煞的刽子手，更不能接受父亲是被惩罚致死的事实。

谷地田说，可以看出这件事对她心灵的冲击很大。

告辞时，谷地田发出邀请，希望她能前来参加给中国殉难者举行的50周年的慰灵祭。

这一年对小林节子来说格外漫长，父亲的事一直在困扰着她。除了对从未谋面的父亲印象的巨大落差带来的失落感，她还面临着是否参加大馆市的慰灵祭活动的选择。

那一天也是她父亲的祭日。但父亲是一个反面人物。她若前去参加，就是承认了父亲是虐待中国人的加害者。

她开始阅读有关“花冈事件”的书籍。中国人所经历的悲惨生活深深触动了她。她终于鼓起勇气，决定参加花冈50周年的慰灵祭活动。

猪股清的弟弟猪股明在“花冈事件”发生时已18岁。事件发生后的7月1日清晨,他和母亲赶到现场,亲眼看到并收拾了哥哥的尸体。为了告别往事,他决定参加慰灵祭,并在慰灵祭活动的10天前向组委会进行了登记。最初他以为慰灵祭也要对死去的日本人进行祭奠,去大馆的前一天,他与小林节子取得联系后方知并不是如此。他犹豫了,内心苦斗了许久,最终还是决定前往。

慰灵式上,小林节子一袭黑色衣裙,神色忧郁。猪股明的表情格外沉重。

慰灵祭结束后,二人流着泪走到花冈受难者们面前,替父亲、哥哥表示谢罪,并一同在“日中不再战友好碑”前合影。

小林节子对死难者吕百岁的女儿吕满云说:“欺负了你们,真对不起。”

吕满云答道:“那是军国主义干的,不是你的过错,我们还是友好的。”

耿谆对小林节子和猪股明说:“把恩怨都了结了吧。”

## 6

从交涉到走上法庭,新美隆说:“起诉并不仅仅是为了打官司。日本战败后,围绕‘花冈事件’的调查研究一直以各种形式在进行,诉讼是把大家有关日本在战争中强掳劳工问题的研究成果反映到法院。它表明,强掳劳工问题不再只是记载在年表上的历史事件,而是一个必须解决的现实问题。”

他还说:“‘花冈事件’诉讼意义远远不止停留在幸存者和遗属及11位原告的个人问题上,而已经成为日本方面以什么态度应对中国人民所受巨大损害的试金石,是对以鹿岛建设公司为代表的日本企业的良知和责任的考验。”

# 与邪恶的较量

## 1

1995 年 12 月 20 日,“花冈事件”诉讼案第一次开庭,与呈递诉状的时间相隔了半年。

这是冬季里晴朗的一天。但冬天毕竟是冬天,天空再晴朗,阳光再灿烂,依然抹不去冬日的寒冷和秃枝枯叶透露出来的苍凉。

预定的开庭时间是下午 1 时 30 分,在东京地方法院第 103 号法庭。

中午 12 时前,前来旁听的人们在法院门口排起了长蛇般的队伍,法庭里只有 82 个旁听席位,而前来者竟达 200 余人。

耿谆、王敏、赵满山、李绍海和遗属孙力 5 名原告代表从法院的侧门进入大楼,原告律师团的 10 名律师已一字排开,等候在法庭上。

法庭内的过道上站满了人。田英夫议员坐在旁听席上。但是作为被告的鹿岛建设公司却没人到堂,前来的仅仅是诉讼代理律师宇津吕英雄等 4 人。

受理该案的是东京地方法庭民事第 13 部,裁判长叫园部秀穗,国字脸,戴了副白边眼镜,嘴角的线条硬朗并带有几分霸气,表情冷峻。

表上的指针指向 1 时 30 分,裁判长园部秀穗准时宣布开庭。

首先是新美隆代表原告方陈述意见。他说,本日,曾于 50 年前在被告方“花冈事件”所遭到残酷虐待、偶然生存下来的受难者来到日本的法庭,是因为虽然 50 年过去了,但他们过去受到的残酷迫害的伤痛至今仍未痊愈,所以才怀着沉重的心情提起诉讼。

他还说,被告是唯一的在战后国际军事法庭上受到审判的战犯企业,从1840年创业至今，有150多年的历史。如果想把历史中这黑色的一章翻过去，必须面对历史，果断地解决历史的遗留问题。

他指出，诉讼书已经提交了半年，但被告诉讼代理人至今仍未拿出答辩书。他强调："本案备受国内外人士的关注，解决得如何，对日本将来自身的发展和日中友好关系都将产生重大影响，希望法庭在作出判断时能考虑到本事件的意义。"

接着由耿谆陈述事实，他的陈述长达35分钟。过去悲惨的一幕，已不知在多少场合讲述过多少遍了，但每一次提及往事，他都忍不住悲恨交集，法庭上的听众也为之动容。

在历数鹿岛组花冈出张所的种种罪行之后，他目光严厉，话锋一转，说："日本战败后，经远东国际BC级横滨法庭审判，仅将其直接打死中国人的伊势知得等人判刑，但并未执行。而鹿岛组虐待中国人的主要责任者——鹿岛上层决策人却始终逍遥法外，没有受到应有的惩罚。50年来，我们从没有忘记在花冈遭受的苦难，我们积愤于胸，不能释怀。鹿岛建设公司，必须承认罪责，作出补偿。否则，我受难生存者和死者遗属，绝不会善罢甘休！"

他向法庭出示了当年的照片，作为受害的证据呈递，并向法庭再次重申了曾向鹿岛建设公司提出的三项要求。

耿谆的身板挺得笔直，目光炯炯，像一尊雕像挺立在那里。

被告方从入场的那一刻就给人一种散漫、无所谓的态度，似乎是迫于无奈而来法庭应付。出庭居然没有答辩书，当裁判长问及被告律师有何意见时，对方递上一份《申请驳回书》。

《申请驳回书》也极其敷衍，内容简短。一是要求法院驳回原告的诉讼；二是要求诉讼费用由原告承担。

原告律师团中立刻有人指出，《申请驳回书》里并没有说明要求驳回的理由。

被告律师说："如果法庭需要的话，可以写出申请理由。"

裁判长淡淡地对被告方说："下次开庭时出示驳回理由。"

原告律师团中又有人指出，被告的应诉态度傲慢，是无视法庭的表现。

裁判长装作没听见,未回应。并一再制止原告律师的发言,两个小时后宣布休庭。

## 2

第二次开庭是1996年2月19日。

天气寒冷,地上残留着积雪,凛冽的寒风在天地之间和都市的楼房之间穿行。

下午2时30分,在东京地方法院第506号法庭开庭。该庭设有38个旁听席位,却来了近100名旁听者。

被告提交了书面答辩材料,并在法庭进行陈述。

答辩题为"鹿岛花冈中国人强制连行损害赔偿要求事件",中文译为"被强制带到鹿岛花冈的中国人要求赔偿损失事件"。答辩书翻译成中文有近三万字,开篇给案件下的定义是:

> 本案是在1937年7月的卢沟桥事件为开端的日中战争期间,被告根据战时的国家政策(把中国劳工移入内地的政策),经中国方面"华北劳工协会"的斡旋,在被告公司的花冈分所接受了中国劳工,并依据国家指定的待遇及管理方法使其参加劳动,对此事实原告以强行掳走、严酷的劳动、虐待等为理由要求被告赔偿损失,即在国民个人之间要求战争赔款的案件。

鹿岛在这个自下的定义里,首先是把犯罪事实的责任推给了日本政府,另外强调的是该案的性质属于"战争赔款"争议。

所以,答辩书以大量的篇幅来叙述和论证有关战争赔款的事宜,最后得出的结论是:

1.根据《中日联合声明》第五项而放弃。

2.作为高度的政治问题不能用于“法律上的诉讼”。

3.根据不法行为产生的损害赔偿要求,因消灭时效或除斥期间的经过而消灭。

4.因不履行债务(违反安全考虑义务)而导致的损害赔偿要求,对于本案事件适用因违反安全考虑义务造成的不履行债务责任是不适当的,并且因消灭时效而消灭了。

法律的表述很绕口,简单地说,鹿岛方面的主张有三条:

一是原告要求的赔偿请求权因 1972 年 9 月 29 日中国总理周恩来与日本首相田中角荣签订的《中日联合声明》和 1978 年 8 月 12 日中国政府和日本政府签订的《中日和平友好条约》中,中国政府宣布放弃对日本国的战争赔偿要求权而被放弃。

二是认为战争是一种国家行为,因为无论是发起战争还是停止战争,只有政府才能作出决定,因此解决战争遗留问题也应是国家行为,属于政府间的“高度的政治问题”,不适应法院的审理(这一条因为庭长的劝告,没有在法庭上陈述)。

第三个主张,可将行文中的第三、四条并在一起,即在原告的损害赔偿要求理由中,按照日本的法律规定,侵权行为的诉讼有效期为 20 年,不履行债务(即违反安全考虑义务)案的诉讼期为 10 年,两项诉讼请求都过了时效期,因此赔偿也就无从谈起,所以要求法庭驳回原告的诉讼请求。

新美隆站起来反驳。他首先指出,被告代理人在接到原告诉讼书半年以后才提交答辩书。他说,这是无视民事诉讼的基本规则,是以拖延诉讼为目的的不诚实的应诉态度。要求法官让被告对原告诉讼的理由是否成立明确表态。

裁判长没有理睬这个要求,继续往下进行。旁听席上有人发出愤怒的指责:“为什么不让被告代理人进行确认?”

裁判长无奈,只好轻描淡写地让被告方对原告提出的诉讼请求原因作出承认与否的表态。

被告代理人用暧昧的态度，答非所问道："这是概括性的问题。"

原告律师团就此问题紧追不放，被告律师同意在第三次开庭前给予表态。

2月21日，中国《参考消息》以"日鹿岛建设公司拒绝对'花冈事件'负责"为题进行了报道。文章中说：

……作为被告的鹿岛建设公司提交了答辩书，反驳说："对原告的补偿是中国的国内问题。"

关于造成许多人死亡的"花冈事件"，鹿岛建设公司1990年在同幸存者和家属进行的补偿谈判中"表明了深深的歉意"。这一天的答辩完全否定了关于强行押送中国劳工的企业法律责任，原告方面表示强烈谴责。

## 3

1996年5月13日第三次开庭。

针对被告提出的两个主要问题，即丧失了赔偿请求权和诉讼时效问题，原告律师团写出了书面答辩材料。

关于丧失赔偿请求权的问题，原告在答辩书中申明：这是民事赔偿案，不涉及双方政府。而且《中日联合声明》中所说的"放弃战争赔偿要求"指的是政府间的战争赔偿，不包括民间的民事赔偿。并列举了大量的人证、物证、书证，说明"企业在侵略之中犯下的罪行，必须由企业自己负责，不能把政府和军队当作逃避罪责的隐身草"。

答辩书中还指出，当年横滨国际军事法庭对鹿岛组有关人员的审判，就是对被告违法行为最有力的认定，足以说明被告是无法逃避责任的。

针对诉讼时效问题，原告律师团提出两条反驳理由：

一是法律的制定应具有科学性、公正性，并符合人道主义。规定“有侵权行为的赔偿案件20年后失效”，这是针对被侵权人明知自己被侵害，在长达20年内有充裕考虑问题的时间，并且有能力向法庭起诉却没有起诉的情况。但此案中的原告，在战后日中两国长期没有建立外交关系，互无往来，作为中国的普通百姓，如何能够来东京起诉？日中建交是1972年，这时早已过了规定的20年的时效期。这一责任不应由中国劳工承担，否则就难以说法律的制定是为了保护受害者。并且特别强调说，在本案的诉讼时效上，法庭应考虑到历史的客观性和此案的特殊性，重新考虑诉讼时效时间的起算点问题。

二是1990年7月5日，原告和被告发表了《共同声明》，在此声明中，被告明确表示承认根据内阁决议所进行的强行绑架、强行劳动的历史事实，并向当事的中国人及其遗属表明深切的谢罪之意。原告律师强调，如果说原告是因为诉讼时效问题而丢失了索赔权的话，那么在被告于1990年7月5日承认“负有企业责任”这一天起，原告就又重新获得了索赔的权利。

新美隆在法庭上指出，国际法规定，关于战争犯罪不存在时效问题，比如德国，现在仍在惩处战争犯罪，而且仍在进行战争损害赔偿。

日本的民事审判在答辩形式上以书面答辩为主。此次开庭进行了30分钟，裁判长让双方准备下一次的辩论材料，便宣布休庭。

## 4

第四次开庭是7月8日下午2点半，依然在第506号法庭。

法庭上，被告对法官提出的是否承认1990年7月5日《共同声明》有法律责任问题时，采取了一口否认的态度。被告律师紧紧抓住“时效”问题不放。

原告律师团反驳道，通过花冈审判要弄清楚的是被强掳到花冈的中国人究竟受到了怎样的对待？被告鹿岛建设公司是怎样参与其中等历史事实，不能以“时效”为理由来敷衍战争罪犯对受害者的赔偿问题。

在原告律师团要求被告承认有关历史事实时，裁判长表示现阶段只要求被告对《共同声明》进行辩护，给人的感觉是法庭和被告沆瀣一气。

本次开庭仅仅30分钟就宣布休庭。审判过程很像是在舞台上排练，对白几句便休场，并无实质性的进展。

审判结束，“思考会”的事务局长福田昭典在接受记者采访时说：“日本人说‘对不起’是口头禅，鹿岛建设公司说一句‘对不起’绝不是谢罪。谢罪要有诚意和实际行动。本会8月将再访中国，抓紧时间听取仅存的几十位花冈老人的证言，整理成录音和录像，作为永久档案。我们一定和中国人一起将这场官司打到底。”

鹿岛建设公司的对外发言人岩本丰对记者说：“‘花冈事件’是在二次大战的历史背景下产生的。”对于“花冈受难者联谊会”提出的“谢罪、建造纪念馆和赔偿”的三项要求，岩本丰说，谢罪业已完成；至于在北京和花冈建立纪念馆，中方所提要求不具体，鹿岛建设公司也没有这方面的考虑，但鹿岛建设公司愿意重修花冈现存的纪念碑；赔偿一条，鹿岛建设公司不准备接受。并胸有成竹地说：“我们等待东京地方法院的最终结果。”

## 5

第五次开庭是1996年9月30日。

那天从中午开始下雨，雨时大时小，秋天的凉意一下子就变得浓浓的了。

下午3时开庭，有70多名旁听者早早就等候在东京地方法院楼前，还有人打起了写有1990年7月5日《共同声明》中鹿岛建设公司表示谢罪内容的横幅。

在法庭辩论中，被告律师要求法庭审判要参照以往的诉讼案例，因为在日本有关战后遗留问题的诉讼案尚未有一件胜诉的。对于原告提出的构成不法行为的事实，即强掳的经过，受虐待的情况以及因战争犯罪受到国际军事法庭审判的问题，被告律师说当时给中国人的粮食配额与日本人一样多甚至更多。他还说辅导员对中国人的虐待是因为当时的社会时尚就是铁拳制裁。云云。

内田雅敏对此提出反驳。他说："1990年的7月5日《共同声明》，村上副社长承认了企业的责任，有记者发布会会上的录音为证。今天被告准备的书面材料，是对7月5日《共同声明》的全面否定。从这份书面材料上看，被告根本没有承认负有道义上责任！"

他引用了1996年5月13日德国波恩地方法院判决书上的一段话："强制民间人劳动是对人道的犯罪，也是战争犯罪"，要求法庭以此判明被告鹿岛的犯罪事实。

对于他的发言，裁判长园部秀穗没有反应，塑像般地坐在高高的法官席上，连眼皮都没有抬一下。

## 6

第六次开庭是1996年11月25日。

这次开庭露出一线生机的是裁判长要求被告对原告提出的"安全考虑义务"的主张给予回应，并要求原告在下次开庭之前就此问题提出立证计划。

休庭后，原告律师团有些许兴奋。他们聚在一起分析道，提出的两项指控中关于"不法行为"一项，法庭似乎兴趣不大。法庭比较关注的是因不执行"安全考虑义务"而造成的"债务不履行"的违法行为。有人说，在本次开庭中，我们已提出了完整的法律主张，法庭要求我们在下次开庭前提交立证计划，看来下次开庭该进行实质性的审理了。

原告律师团开始积极地准备新证据。

被告一直强调中国劳工不是被军队绑架到日本，而是为了赚钱自愿与企业签订合同来到日本。为了戳穿被告的谎言，原告律师团把从美国和中国找到的美军占领花冈时的调查资料，还有一位当时给花冈劳工看过病的高桥医生的体检报告，以及当年鹿岛组与华北劳工协会的契约书等资料整理为第4、第5号证据。

1月24日下午，被告向法庭提交了书面答辩材料，并提交了对原告提出的证据是否成立的置疑文书。

30日，法庭书记官提出了希望双方代理人在2月3日提前进入法庭的要求。

31日，原告方提交了三份书面材料，其中有法庭要求的立证计划。

## 7

第七次开庭是1997年2月3日下午3时30分。当天上午，法庭的书记官再次通知双方代理人提前入场，要求双方于2时20分之前进入法庭。

似乎是要发生不同寻常的事情了。细心的人发现，那天法庭内的法警由原来的3名增加到13名。

由于按常规，审理程序尚处在准备阶段，原告律师团谁也没往坏处想，兴致勃勃地提来了一大箱的书证材料，以备在法庭上用。

开庭后，裁判长仍像往常一样，面无表情，不紧不慢，细声细语地询问双方各自准备的证据如何？

原告律师团将证明鹿岛建设公司参与策划强制连行并残酷虐待中国劳工的第4、第5号证据出示，其中有被告与华北劳工协会签订的契约书。

被告对这一证据的回答是“不知道”。

原告方的丸山健律师请被告解释"不知道"是什么意思?

丸山健的发言被裁判长禁止。裁判长要求被告对原告提交的材料发表意见。裁判长还自圆其说道，对以被告名义签订的与华北劳工协会的契约书这一证据有各种法律解释,法庭将进行研究。

这时,原告方的内田雅敏律师要求发言。他说:"只说不知道是不能算完的。如果说不知道原告提出的第4、第5号证据的话,那么成为被告主张的根据的契约书还有其他的吗?应该查明这个问题。"

裁判长打断了他的话,嫌他的声音太大。

内田雅敏说:"我天生嗓门就大,你又不是不知道。因为这个问题与今后本案的进展有关，所以裁判长只是研究这一份证据或只听一听是不能解决问题的,首先被告应该自己弄清这一问题。"

裁判长园部秀穗与内田雅敏曾是东京司法研究所时的同学，内田雅敏还将其所著的《战后补偿的思考》一书送给他,当时他直夸奖写得好,还说要推荐给朋友。

但此刻的园部秀穗装作与他并不相识的样子,低着头,一边翻看着像是记录用的纸片,一边似乎漫不经心地说:"现在公布法庭的想法。"

接着,他加快语速,一口气说道:"驳回原告审查证人的申请,辩论结束,判决日期以后通告。"

说完,宣布退庭。接着,起身退席。他身后就是门,一闪便不见了人影。

他的发言大约也就10秒钟左右时间,此次开庭总共15分钟。原告律师团和旁听者们还没反应过来,法庭上霎时一片惊呆了的寂静。

"难道这就结案了?"

这个想法似一片乌云从原告律师团的心头掠过。也就仅仅几秒钟的时间,旁听席上不知是谁大喊一声:"什么意思!"接着,"强掳中国人思考会"的府川惠美子大声喊道:"这是民主主义的失败!"

正闪出门的园部裁判长猛然一惊,回头瞥了一眼,匆匆离去了。

府川当时痛苦地想:我们的民主主义就是这样的吗?她花了好几天的时间才想明白这是日本人存在的方式问题。她说:"在追究鹿岛责任的同时,如果我们现在不进行斗争,使民主主义的基本规则在日本生根,也许就来不及了。”

出庭前，原告律师团准备了两份口头发言材料，这是裁判长要求他们准备的。可是，裁判长还没有听取自己要求原告准备的材料就宣布审理结束了，这不是愚弄法庭愚弄法律吗？

新美隆十分气愤地对记者说：“这不但是对原告律师的侮辱，也是对正义、对法律的亵渎！”他说在他27年的律师生涯中，还是第一次遇到这种拒绝律师陈述的情况，“这种情况极为反常，我们将要求法院撤换裁判长！”

原告团的另外一名律师说：“这样的审理，不仅仅是不充分的审理，也是国际法上所谓的拒绝审理。如此损害诉讼程序，不能不让人十分怀疑是在正常的诉讼程序之外有其他考虑或意图。”

当天，新美隆、内田雅敏、清井礼司、丸山健以原告代理人的名义立刻写了一份《裁判官忌避申立书》，中文译为“法官回避请求书”，递交给东京地方法院。因时间仓促，“回避请求书”只简单地叙述了第七次开庭的情况，认为由园部秀穗、同齐藤繁道、同原司三名法官组成的陪审团，在案件审理过程尚未完结之时突然宣布辩论结束有失法庭的公正，要求这三位法官回避该案。

2月5日，上述四名律师又写了一份《裁判官忌避申立补充书》递交到东京地方法院第18部。“补充书”介绍了法院七次开庭的情况，在要求法官回避的理由中写道：“早在第四次开庭的时候，法庭与被告之间就进行了非常漂亮的联合表演。第七次开庭的内容，不过是诉讼活动转移到举证阶段而已，事先丝毫没有透露会有特别重大决定的迹象。但是法庭提前增加警卫人员，再三要求代理人早一些入庭。由此可见，在第七次开庭之前，他们就已经策划好了要结束、停止审理。在第七次开庭时，无论有什么样的事情，都要按原计划实现其意图。对即使不了解诉讼程序的人来说，也能明显地看出是一种反常的诉讼指挥现象。不是判决内容正确与否的问题，这种出其不意的决定，严重损害了司法的可信赖性。裁判长妨碍公正的史无前例的暴行，应该受到国内外的谴责。所以，特此提出申述，拒绝该裁判长审理本案。”

## 8

2月5日，香港《大公报》刊发了题为"'花冈事件'匆匆结审"的报道。

2月14日，耿谆发出"抗议书"，文中写道：

……在此案审理毫无结果下，法庭突然宣布，此案今后终止审理。此一宣布，令人为之惊讶。

法律是保障人类公道，维护人类正义而促进世界文明之准绳。法庭所执所禀，至大至公，不畏权势，不徇私渎职，秉公判案，惟理是听，具有崇高无上之尊严，人民赖以和平生存。

原告耿谆等，殷盼贵法庭（日本东京地方裁判所）从速恢复审理，使"花冈事件"请求案，得到真正的结果。今对此案毫无审理结果，而即作出的终止审理，提出抗议。

贵庭如不接受抗议，一意固执，实有损设法宗旨，不无亵渎法庭形象，敦请三思。

2月18日，"'花冈事件'受难者联谊会"也发表"抗议声明"。与此同时，美国纽约的"纪念南京大屠杀受难同胞联合会"、中国台湾"劳动人权协会"、"在日的亚洲记者协会"、美国NCRR（全美战时强制收容损害赔偿联合会）、洛杉矶支部等组织的代表及日本的参加战后补偿运动的各团体、工会都发出声援信。

2月19日，由民间团体"花冈裁判支援联络会议"在东京新宿的箪笥町会馆召开了日本民间团体"抗议园部庭长对花冈审理的暴力性结审的紧急集会"，来自南京紫金山天文台的全国第八届人大代表刘彩品因为2月底要到北京参加全国人民代表大会，特意去参加第七次开庭的旁听，准备把审判的情况传回国内。

她曾经对一位日本朋友说过，日本是不会公正审判花冈诉讼案的，因为日本还从来没有承认过他们在中国实施了“三光”政策。那位日本朋友劝她不要有偏见，但这次审判的情况恰恰证实了她的看法。

在2月19日的集会上，她一边回忆在法庭上看到的情景，一边严厉地指出：“花冈审判如果不解决被害者的个人赔偿问题，那么将会产生三个问题，即日本怎样看待中国人的尊严问题？日本将如何正确处理对侵略战争的历史认识？有没有与中国人民和解的可能性？据最近《中国青年报》的调查，对日本联想到的问题，84%是南京大屠杀，81%是侵略中国。战后经过了50年，但在日本社会，赞美侵略、否定南京大屠杀、否定‘三光政策’的言论仍到处泛滥，大概认为侵略中国是过去的事情，但中国人民没有忘记，中国人和日本人还没有和解。”

发言中，她引用了纳粹时代一位德国神父的诗，大意是：纳粹镇压共产党时，感到他们做了很残酷的事情，但认为与自己无关；接着，纳粹镇压犹太人时，也感到了他们在做坏事，但仍然觉得与自己无关；不久，纳粹开始镇压教会，神父感到与自己有关时已经来不及了。

刘彩品说：“如果承认了此案结审，刚才德国神父的话，不是要用到日本人身上来了吗？”

事后，内田雅敏说：“没想到会这样处理，我刚发完言他就说结审了，还说我的声音大。我们律师之间常开我玩笑，说是不是你声音太大，把他弄火了？”

为了别的事情，内田雅敏去找园部秀穗，顺便谈到这个问题。

内田问道：“有1990年的《共同声明》为基础，这件事还有许多可做的，你为什么就结束了呢？”

园部秀穗没有回答他。

3月3日，原告律师团向东京地方法院提出申诉，要求否决中止审判程序，但没有得到答复。

3月10日，原告律师团又向东京高等法院提出申诉，要求园部法官回避此案，要求否决中止审理，但高等法院也没有给予答复。

3月12日，以田中宏为首的各界代表110人签名，向日本国会弹劾委员会提出对园部秀穗法官的弹劾诉讼。

根据“强掳中国人思考会”的统计，从2月3日至3月26日，有132个团体和435位个人签名支持他们对园部秀穗法官的弹劾要求和抗议声明。

4月9日，东京高等法院驳回了原告律师团关于要求园部秀穗等3名法官回避的请求。

7月3日，到大馆市参加当年慰灵祭活动的“花冈事件”幸存者和遗属代表及在日本的华侨、留学生共14人联名再次向日本国会弹劾委员会递交了对园部裁判长的弹劾请求书，该请求书上有1092人签名支持。

7月25日，《中国国防报》在头版刊登了“花冈事件”诉讼案遭到终止审理要求的报道，并配有点评文章，题为《历史不容否认》。文章中说：

> 今年是中日两国邦交正常化25周年，也是“七七事变”和“南京大屠杀”60周年。历史发展到今天，中日两国人民都希望中日友好关系能保持稳定和发展。但是，我们也看到日本还存在着一股逆流，少数日本右翼分子总是不肯反省历史，总是在粉饰过去的侵略战争：拒绝对韩国慰安妇给予赔偿，拒绝承认南京大屠杀的存在，现在又拒绝审理中国劳工受害赔偿案，等等。我们不禁要问：他们拒绝、推翻历史事实的目的何在？
>
> 同是“二战”发起国的德国，对于那段给世界人民留下痛苦回忆的历史却持有忏悔的态度。与之相比，日本少数人的掩掩饰饰、推托否认，而且与日本近年来在国际舞台上频频探试、蠢蠢欲动的姿态相呼应，不得不让我们产生新的担忧。

耿谆老人对鹿岛建设公司的起诉，其实并不是为了那么一点点赔偿，他想做的是为死难同胞讨回公道，想提醒某些日本人正视历史，是在呼唤和平，呼唤人性，也是在警示后人。

# 法律的尴尬

## 1

东京地方法院决定于 12 月 10 日对花冈诉讼案进行判决的消息刊登在 1997 年 11 月 5 日的《朝日新闻》和《每日新闻》上。

16 日上午 9 点半，耿谆、张肇国、孟繁武、赵满山 4 位原告在北京首都机场登上中国国际航空公司的 CA925 次航班，前往东京听取宣判结果。

老人们坐在经济舱里等待飞机起飞，有两位空中小姐走过来。其中一位注视耿谆须臾，脸上突然掠过被记忆唤起的灿烂，俯下身亲切问道："老大爷，我们看您挺面熟，不知您是不是电视片《起诉在东京》里的那位大爷？"

耿谆微笑着点了点头，两位空姐便离去了。不一会儿，她们领着一位男士走过来，向耿谆等人介绍道："我们的机长来看你们了。"

机长上前紧紧握着耿谆的手说："我早就从电视上认识您了。您是抗日老英雄，是我们中国人民的骄傲，你们的斗争为中华民族争了气。为表达对你们的敬意，我们机组决定请你们到头等舱就座。"

空中小姐笑盈盈地搀扶起老人，把他们送到头等舱安排就座，送上热毛巾，再送茶点，一路上照顾得无微不至。

飞机在东京降落后，空姐们把耿谆等人搀扶着送下飞机。临别时，机长说，祝愿你们斗争胜利！说完，挥手目送他们远去，他身后是机组人员一双双殷切的目光，代表着中国人希冀扬眉吐气的心愿。

## 2

12月10日，花冈诉讼案一审判决的日子终于到了。

清晨7点半，花冈诉讼案的支持者们从日本各地赶到位于东京都赤坂的鹿岛建设公司本部的大门前进行宣传。

这天的人数比往常要多，其中有专程从美国赶来声援的洛杉矶NCRR的代表；还有台湾“劳动人权协会”和台湾“劳动党”的代表。这次印发的传单上有日、英、中三种文字，也与往常不同。

预定的开庭时间是下午3时，地点在东京地方法院103号法庭。从下午1点多钟开始，法院门前聚集的人越来越多，有散发传单的，还有近百人在发行所窗口前排队领取旁听券。

寒风凛冽，风在楼宇之间的过道里形成一股旋流，发出“呜呜”的鸣叫。

原告耿谆、张肇国、孟繁武、赵满山和8名律师，按照法庭的要求，在下午2点半时从侧门进入法院，与正门熙熙攘攘的场面相比，侧门十分冷清。从侧门进入后，要走过一条一百多米长的甬道。甬道上除了法警别无旁人，扑面而来的森严感，令人透不过气。

约3点差5分之时，裁判长园部秀穗和另外两名法官进入法庭。

按照规矩，法官进入法庭时要全体起立致意。旁听席上的人都站了起来，唯有原告席上的原告及律师没有起立。他们拒绝向法官表示敬意，这是事先约好的对法庭无端拒绝审理案件的抗议行动。

园部秀穗站在高高的法官席上，目光阴森森地盯着原告席。原告和律师们视而不见，仍然稳稳地坐在椅子上。

无奈，园部法官找了一个茬儿。他说：“原告代理人申请的4名翻译只可留下1人。”随即，法警将其他3名翻译逐出了法庭。

原告律师本想申明4名原告理应配4名翻译，但想了想，还是把这口气咽了下去。

电视台开始摄像,法庭内鸦雀无声。

3时整,法庭书记官用很快的语速通报了案件编号、事件名称和原告及被告的名字后,园部裁判长压低嗓门,用游丝般的声音说:“现在我宣判:一、驳回原告一切请求;二、诉讼费由原告负担;三、对原告的再上诉,附加期为60天。”

此时,在场的许多人不约而同地看了表,宣判仅用了10秒钟左右的时间。翻译尚未来得及将内容翻译给原告,园部裁判长已匆匆推开身后的门,逃也似的走掉了。

原告们莫名地望着瞬间便空了的法官席。采访时,凡是参加了这次开庭的人都向我提到这扇门。

孟繁武对我说:“门就在裁判长的屁股后面,与墙是一个颜色,不细看,看不出。这门似乎是专为法官逃跑准备的。”

法庭内的沉默与寂静只是须臾间的事,愤怒的吼声即刻就爆发出来,并此起彼伏,有人高呼口号,还有人不禁哭了起来。

耿谆神情严肃地站起来,昂首挺胸,面向旁听席,法庭霎时安静了下来。

他目光里充满了怒火,声音洪亮地说:“诸位,这一判决损害了日本司法的形象!”

法庭立刻爆发出雷鸣般的掌声。有人振臂高呼,要求弹劾裁判长。法警欲上前制止,呼应声却此起彼伏,如山呼海啸,法警尴尬地退在了一边。

耿谆铿锵地说:“今天的判决,已将日本司法违法的一面展现在了世人面前。这一判决有失公道,我们拒绝接受!并将继续斗争,直到讨回公道为止!”

法庭顿时爆发出热烈的掌声和欢呼声,在场的鹿岛建设公司职员默默地望着这种场面。

原告团退场了,法庭门口围着犹如潮水般前来声援的人们。每个人的身上都套了一件写有标语的白布背心,上面有的写道:“抗议!抗议!”有的写着:“坚决弹劾花冈裁判!”还有写着:“不要忘记‘花冈事件’!”“鹿岛必须负责!”“我们要与幸存者和遗属联手斗争到底!”等。

耿谆等人一到门口，立即被声援的浪潮包裹其中，民众七嘴八舌，慷慨激昂。虽然耿谆不懂日语，但此时语言已不重要，从每一张脸每一双眼里，能读出大家共同的心声。

继而，情绪激昂的人们簇拥在一起，汇成一股洪流，高举着旗帜和标语，走上东京街头，举行浩浩荡荡的示威游行。

## 3

法庭下达的判决书的内容主要有两条：

一是原告提出的关于不法行为的起诉，此类案件的追诉期为20年，“花冈惨案”发生于1945年，已经过了追诉期。

二是关于“违反安全考虑义务”的起诉，根据劳动合同，本案劳工应服从本案雇佣方，在雇佣方的指挥、监督下进行劳动。“安全考虑义务”是日本战后制定的法律，案发时日本尚没有此类法律，所以被告对中国人不发生安全考虑义务。

世界上的事从来都是东说东有理西说西有理，就看站在哪个角度说话。

判决的荒谬，不仅是对历史的视而不见，更主要是缺乏直面历史的良心和勇气。

新美隆说：“‘花冈事件’发生在50年前，从理论上讲，用现在的法律条文解决50年前的问题是有困难。但伸张正义、对人的生命进行保护的自由是法律的法则，我们是根据这个法则来打官司的。”而且，“原告们冲破战后日中关系及国内形势的困难，终于在1989年向鹿岛建设公司提出要求，并于1990年发表了《共同声明》。现在其意义已消失在法律评价之外”。

关于“安全考虑义务”的判决，新美隆说：“本来，安全考虑义务不是来自契约的意义解释，它根据作为司法上一般原理的信义法则，是为了对没有直接契约关系人担负保护义务。……就像提供物品一样，根据与华北劳工协会之间交换的‘劳工供出契约’，由鹿岛组选考之后，被选中的中国人正是作为奴隶置于其统治之下，并被残酷地压制进行奴隶性劳动。作为法院，应该面对这些事实，从法律上评价鹿岛组对此应该担当怎样的法律义务。”

他称东京地方法院的判决是“以非常幼稚的手段作出了野蛮的结论”。

当天下午4时，原告团在东京地方法院内的司法俱乐部举行了记者招待会，不仅有日本国内的新闻媒体，还有许多外国记者前来采访，会场被挤得水泄不通。

耿谆举着刚刚写好的“东京法院失公道，战犯鹿岛罪不容”的标语，严厉谴责了鹿岛建设公司拒不承认历史罪恶和东京地方法院亵渎法律的卑劣行径。他说：

“我过去一直以为日本的法律与司法是独立的，日本法院的公正判决率应该是很高的。然而，今天的判决令我非常失望，这样的判决践踏了日本的法律，损害了法庭的尊严，给日本司法界带来了莫大的损失。”

他还说：“在‘花冈事件’中，有418名中国人被鹿岛组虐杀。这样的血债，鹿岛永远逃脱不了应负的责任；这样的罪行，将永远留在历史的长河中。中国受难者将一如既往的揭露他们的罪行，直到他们认罪为止！”

孟繁武气愤地说：“这是日本法庭制造的第二起‘花冈惨案’！”

随后，原告代表宣读了“花冈受难者联谊会”的声明，“声明”中说：

“我们‘花冈受难者联谊会’不仅决不接受此判决，并且以满腔的愤怒表示最强烈的抗议！”

“战争犯罪，违反人道的罪行是没有时效的，这是世界的潮流。如果日本司法继续拒绝与人类文明同步前进，那么其代价就是在未来的21世纪里，决不可能受到世界人民的尊重。”

新美隆从法律的角度，批判了东京地方法院的非法判决。他说，“花冈事件”作为鹿岛建设公司强掳中国劳工并对其残酷虐杀的历史事实，是经国际军事法庭判定的历史事实。然而，法庭竟敢无视这个事实，竟然对于强掳中国劳工的事实都没有进行取证，就作出如此判决，这是明显地违反国际法的。这不仅不能使今年2月3日突然终审的暴举正当化，反而又增添了一种不正当行为。

田中宏代表“强掳中国人思考会”发表了题为“不配叫‘判决’”的抗议声明，其中说道：

“今天是自有世界人权宣言以来的第49个‘国际人权日’。这一天，东京地方法院的园部秀穗裁判长在原告团长82岁的耿谆面前，宣读了一份否定所有事实的带有暴力性的判决书。这不是‘判决’，即使在众多的战后补偿审判中这种情形也是从来没有过的。”

前来参加记者招待会的中国人大代表刘彩品说：“今天的判决，和50年前的‘花冈惨案’没有两样。这是对中国人民人格的又一次侮辱，是对人类道义的又一次践踏。我们必须为此而斗争！”

就在当天下午5时，“花冈事件”诉讼案原告败诉的消息传到台湾，台湾“劳动党”“劳动人权协会”“台湾社会科学研究会”等5个社团组织在台北“日本台湾交流协会”办公楼前举行了抗议示威活动。他们举着“抗议日本当局湮灭‘花冈惨案’和“抗议日本当局作出的花冈判决——不公判决”的横幅标语，宣读了抗议声明。“声明”中说：

“我们在支持大陆的‘花冈受难者联谊会’与日本的广大民众的正义要求的同时，强烈要求日本当局迅速采取有效的措施改过自新，重审此案！”

特意从洛杉矶赶来参加宣判的“全美战时强制收容损害赔偿联合会”的代表戴维·门川先生呼吁抵制在全世界征收土地、储备金钱的鹿岛建设公司，拒绝购买其产品。

一位来自台湾的刘先生说：“在今天法庭上看到的企业是披着羊皮的狼。”

“思考会”会员府川惠美子在一篇文章里写道：“我是永远不会忘记这场审判的。如果不去改变日本社会的历史观，那么，这个丑陋的国家的司法现实将更无法改变。我想，针对这次判决的怒火将是下次的出发点。”

日本众多的新闻媒体争相报道了关于“花冈事件”诉讼案败诉的消息。当天《朝日新闻》名为“窗”的专栏里，评论员的文章指出：“像这样不做任何事实调查的判决确实太荒唐！……不知裁判官们到底是怎么考虑的？”

12月11日《新泻日报》的名为“日报抄”的专栏文章写道：“花冈事件”

当时的社长鹿岛幸之助在《鹿岛建设公司130年史》中谈到鹿岛组的社风。他说:“回顾我就任社长以来的约30年,人道主义与合理主义是我经营的基本理念。”文章中指出:“要说人道主义,首先应该记载的作为历史教训的‘花冈事件’却没有提及。西德总统厚德·冯·魏茨泽克曾说过:‘不正视过去的人,他最终也看不清现在。’而判‘花冈事件’幸存者败诉的人是否注视过过去呢?”

12月13日《东京新闻》的社论以“不理会过去是理所当然的吗?”为题,对园部的判决进行了批判,认为:“如果根据市民常识,这只能说是极不合理的结果。”

12月12日,《人民日报》(海外版)以“日法院对‘花冈事件’案作不公正判决”为题进行了报道。这一天,耿谆的故乡河南省的《大河报》也发表了激情洋溢的评论文章:耿谆,正义在你的手中,你身后有9000万河南人民和12亿中国人民支持你!

在《大河晚钟》专栏里,一篇题为“谨防妖雾又重来”的文章写道:

> 中国人太善良了。当年我们出于人道主义和中日友好的考虑,放弃了对日本战后索赔的权利。然而令人始料难及的是,五十年后,“未赔款”却成了日本“未侵略中国”的证据!现在中国民间又发出了声声饱含血泪的控诉,耿谆老人以82岁的高龄再次东渡打官司,他们仅仅是为了几张廉价的日元吗?不是!绝对不是!那是为了替当年惨死在日本侵略者屠刀下的冤魂讨回一个公道,是为了向世界证明那段血的历史。

## 4

花冈诉讼一审败诉后,洛杉矶的一个工会组织举行了声援花冈诉讼案原告的示威游行。其中一个牌子上画着耿谆的形象，写道："你誓死不屈的精神和长期为正义而进行的战斗将继续激励着下一代。我们发誓要把花冈的故事生动地保存下来，继续同鹿岛组斗争，直到正义胜利！"

日本全国劳动组织协议会73个团体联合集会，声援"花冈事件"诉讼团。并且，他们致函国际劳动组织ILO，要求该组织依据国际禁止强制劳动条约，对包括"花冈事件"在内的日本企业在"二战"中强制劳工的犯罪行为进行调查和赔偿。

"花冈事件"诉讼已不仅仅是当事者维护他们的正当权益，它成为一条纽带，集结起世界各地坚持正义、向往和平的人们向邪恶作斗争。

12月11日下午3点，日本前众议院议长、社会民主党党首土井多贺子会见了原告团一行。土井多贺子握着耿谆的手说，昨晚得知了判决结果，对此感到非常遗憾，觉得对不起你们，希望多多保重，继续为正义而斗争。

12月12日，以耿谆为首的原告团不服一审判决，向东京高等法院第17民事部递交了上诉状。提出三点诉讼请求：一、取消原判；二、被告向原告支付每人550万日元的赔偿；三、一审和二审的诉讼费用由被告负担。东京高等法院于当日受理了此案。

12月13日，这天是南京大屠杀60周年纪念日。就在这一天，"南京大屠杀60周年东京国际学术讨论会"在东京开幕，耿谆等4名"花冈事件"诉讼案的原告作为特邀代表出席了会议。会上，耿谆与专程从德国前来参加会议的拉贝的外孙女乌苏拉·赖因哈特夫人会面。

赖因哈特夫人说："我来日本后知道了'花冈事件'案的判决结果。这个问题在德国解决得很好，日本也应该这样做。"

当天晚上，在东京最繁华的新宿一带，约有150人参加了烛光游行。

夜色沉沉，凛冽的寒风中烛光像幽灵哀戚的眼神，仿佛不仅是南京大屠杀中的冤魂，所有在"二战"中被日本鬼子杀害的中国人的冤魂都聚集到这里，向这座城市、这个国家控诉着人类社会中曾经发生过的惨绝人寰的故事……

# 最后一次开庭

## 1

没有料到我参加的唯一一次东京高等法院的法庭旁听，竟然是花冈诉讼案的最后一次开庭。

东京高等法院的审理，人们通常称为二审。二审的第一次开庭是 1998 年 7 月 15 日。一共开庭六次，从第七次开始就变成非公开的协商，我参加的恰恰是第六次开庭，亦是最后一次开庭。

从资料上看，前六次的审理与一审时情况并没有太大区别，程序都像舞台上走过场的排练，无所事事，而又沉闷。

令新美隆感到兴奋的是 1998 年 12 月 2 日的第三次开庭，因为法庭已事先告知，将在这一天决定是否采用证人。

东京华侨总会名誉会长陈焜旺出席了开庭。他向法庭展示了 1946 年鹿岛建设公司向日本外务省提交的《华人劳务者就劳颠末（始末）报告书》的原件。裁判长说，关于"安全考虑义务"，法庭决定向一名专家证人问证关于构成"安全考虑义务"前提的用工合同及有关的其他法律事实，让原告方提供一个人选。

这是自诉讼以来，法庭第一次提出进行证人调查，令原告律师团兴奋不已。

田中宏教授和东京女子大学的松泽哲成教授都对此课题进行过研究，原告律师团也准备由他们二人出庭作证。但法官说法庭上只询问一个证人，因为田中宏精通汉语，律师团便推荐田中宏为证人。

新美隆兴奋地说："田中的证词势必成为今后使'花冈事件'的全貌在

法庭上得以澄清的前提条件。”

此话的内涵是，当年被抓的中国劳工并没有与鹿岛组直接签订劳动契约，鹿岛组是从华北政务委员会下属的华北劳工协会接收的劳工，与劳工没有直接的债务关系。这样，就需要弄清楚当时的华北政务委员会是否有征用公民当兵或劳动的权限。若有的话，接收劳工的企业在接收劳工的同时就将“安全考虑义务”承担了下来。

为了在来年的 2 月 17 日第四次开庭之前提交《意见书》，田中宏多次召开研讨会，并到北京、天津、南京等地的档案馆查找资料。用了大约两个月时间，写了近 4 万字的《意见书》。他新年没有休息过，开庭前的三天三夜都没有睡觉，出庭的那天，眼睛布满血丝。

《意见书》的副题为“强掳中国人的历史背景与构造”，主要阐述了强掳中国劳工的经过，从国家总动员法下的日本政府和军队的劳务政策的整体上给强掳中国劳工问题一个定位。并阐述了劳动体制与强掳劳工问题初现雏形的关联，为类型化地掌握与本案有关的企业、日本政府、傀儡政权之间建立的法律关系基础作出明确的提示。

虽然《意见书》没有直接针对鹿岛建设公司提出证言，但其中提供的大量翔实资料，说明了伪满政权华北政务委员会具有相应权限，证明日本企业从伪政权手上接过劳工的同时也接过了安全考虑义务。由此推之，鹿岛组的行为是违反了“安全考虑义务”的，应该承担赔偿的责任。

法理的巧妙就在于绕来绕去总能绕到目的上，但被告的态度始终顽固不化。

第四次开庭时，新美隆向法庭提出，先由田中宏证人介绍《意见书》的内容，被告一口否决。

原告律师团中又有人提出，应该向原告直接问证，被告依然坚决反对。

法庭表示在下次开庭之前，将考虑对以往的书面资料以及田中宏的证词进行探讨，要求双方于 4 月 9 日之前提交书面资料。

1999 年 3 月 12 日，《朝日新闻》刊登消息说，国际劳动机关（ILO）专家委员会称，在第二次世界大战中，日本政府从朝鲜半岛和中国强行抓捕劳工到日本矿山等企业实行强制劳动的行为违反了国际有关条约。

在此期间，以美国加利福尼亚州议员为中心，准备向议会提出由与其相关的企业来承担给第二次世界大战中的强制劳动——奴隶劳动被害者的赔偿法案。他们与新美隆联系，请他随时传送有关于居住在该州内的中国人受害者的消息。

3月17日，东京新闻报道说，鹿岛仙台市的分公司干部欲向山形县知事提供2000万日元的不明资金（黑钱），鹿岛收买政府官员的慷慨与对花冈受害者的苛刻态度形成鲜明对比。

4月19日的第五次开庭，被告在法庭的要求下不得不对田中宏的《意见书》表态。他们歪曲原告的主张，认为"对中国人使役的征用权限"与"安全考虑义务"无关，并认为对于此案没有再审理的必要了。

原告律师团主张，不仅是"安全考虑义务"是否存在的问题，还要正视被告行为对中国人的伤害。要弄清楚被告是如何违反"安全考虑义务"的，最重要的是证人证言。

法庭没有对田中宏的《意见书》进行评价，但认为有必要继续审理下去，至于怎么审理，再进行协议。定下第六次开庭的时间为6月28日。

5月31日，原告律师团提交了长达100页的主张《意见书》，鹿岛方面交的却是一份只有六行字的《意见书》，内容如下：

> 被告是鹿岛组。当被告使用中国人的时候，没有签雇佣合同。被告只是根据当时与华北劳工协会签订的劳工供出合同而接收的中国劳工，因此被告根本没有必要取得每个中国人的同意。
>
> 另外，被告与每个中国人之间的实际交涉情况是半个世纪以上的事情，已经说不清楚。

6月23日，法庭召集原告和被告的代理人开会。

会上，原告律师团提出四点要求：一是要求由四名原告出庭作证。二是因为原告年纪大了，怕连续出庭身体受不了，要求分两天进行作证。三是"花冈事件"是在社会上有影响力的著名案件，旁听者多，要求开庭场地用一个大法庭。四是在中国办理因私护照有效期大约有两个月，因此要求从审理到开庭控制在两个月的时间之内。

被告律师团认为，如果向原告听证，只需一名原告即可。

原告律师团不同意，说，比如耿谆和孟繁武，在事件当中所处的位置就不同，要想全面了解情况必须多问证几名当事人。

法庭对是否让原告出庭作证的问题没有明确表态。第六次开庭前的协商，并没有协商出一个结果。

## 2

第六次开庭日期定在1999年6月28日。

我于6月24日，与前去参加花冈慰灵祭的幸存者以及相关人士乘坐CA925航班到达日本东京的。行程安排得十分紧凑。在一周的行程里，我们就前往花冈所在地大馆市两次。

第一次是6月25日，即我们踏上日本的第二天，前去参加一个名为“在大馆的强掳中国人研讨会”，新美隆亦前往，就是在东京飞往青森的飞机上我对他进行第一次采访。

那天，我们乘坐的飞机落地青森后，迎接我们的是日本劳动组合（即工会）秋田县联合会大馆地域协议会的事务局长谷地田恒夫。

谷地田高高的个头，长脸，眼睛不大，很明亮，透着一股子坚毅。

谷地田在秋田县土生土长，1940年出生，发生“花冈事件”那年他5岁，其童年的记忆已在前面“花冈惨案”一章里讲述过。

他就读大馆市第一中学时，同班同学里有被BC级军事法庭判了绞首刑的中山寮代寮长伊势知得之子，还有被判20年徒刑的花冈警察署署长三浦太一郎的儿子。这两个人的儿子在班上发起了请愿活动，要求联合军释放他们的父亲。

老师让一个名叫花冈留美子的女孩在班上动员大家签名。而花冈留美子是谷地田初恋的对象，他毫不犹豫的签了名。当时班上的同学几乎都签了名，这两个战犯最后也被不明不白地释放了。

中学毕业后，谷地田在花冈邮局工作，他参加了邮局的劳动组合联合会。1962 年花冈的劳动组合联合会发起了“一铁锹”运动，动员大家上山挖遗骨，他没有参加。

事情起因是一个女同事的男朋友在国土开发建筑公司工作，他在挖水库的现场偶然发现了遗骨，向当时的中国大使馆报告后，公司怕耽误了施工的进度，先把遗骨随意搁置在一边，为此遭到了大使馆人员的谴责。谷地田听说后，心中十分不满。心想，挖出了遗骨非但没有被感谢还遭责备，实在不近情理，所以就没有参加挖遗骨的活动。

但当时谷地田在积极参加反对帝国主义的运动，反对日美安全条约，当然也反对战争，并参加了社会民主党。

谷地田初到邮局时，以邮政工作为主，业余做劳动组合的工作。70 年代后，他就专职做劳动组合联合会的工作，经他的手成立了六十多个基层劳动组合的组织。劳动组合的工作中，劳动者的权益是一项重要内容。他认为不仅要关心日本劳动者的权益问题，中国劳工的权益同样重要，这就是他投身于“花冈运动”的起因。

1990 年，由谷地田发起，在大馆市成立了“‘花冈事件’记录会”。为了让更多的青年人走访事件发生地，了解真相，他组织了“7 月 1 日的早晨行动”。

每年 7 月 1 日清晨，他带领有兴趣的年轻人，披着山间的晨雾，沿当年暴动发生时劳工们所走过的路线沿路采访并作记录。加上从父辈或邻人那里听到的陈述，年轻人们将其汇集起来，整理成“花冈事件”记录。谷地田本人也收集了大量证言，这些都是宝贵资料。

早期花冈运动的中心在大馆市，主要组织者是谷地田恒夫。后来运动的中心移到东京，谷地田恒夫参加了“思考会”，是主要成员，每年的花冈殉难者慰灵祭活动由他负责运作。

谷地田开着一辆白色面包车，风驰电掣。路上车少几乎看不到行人，先是田野从眼前掠过，渐渐就是夹壁而迎的群山，山路弯弯，山峦起伏绵延。

这般风驰电掣的速度从青森到大馆也用了三个多小时，越走越偏僻，满目青山苍翠，几乎不见人烟，一种与世隔绝的感觉油然而生。

我对谷地田的采访是在晚餐的席间。吃的日式餐，跪坐着就餐。我怎么跪都别扭，索性两腿伸直了坐。时间长了，滋味也不好受，笔记本上的字迹也歪歪扭扭，仿佛也痛苦不堪。

## 3

第二次到大馆市是参加完东京高等法院第六次开庭之后的6月29日，我前去参加花冈殉难者44周年慰灵祭。

6月30日是花冈殉难者祭日。

清晨，天淅沥淅沥地下起小雨。做翻译的中国女留学生告诉我，说这些年大馆市的6月30日大多是雨天，我说："老天长眼，天悲也。"

去墓地之前，我们先拜访了时任大馆市长小畑元。

大馆市政府是一座白色的两层楼房，那天政府办公楼前升起了中国的五星红旗，会客室的茶几上摆放着中日两国国旗。

小畑元市长个子不高，就像在电视上经常看到的日本自民党人物的风度，雄赳赳，气昂昂，脸上是冷漠的傲慢。

小畑元市长与前来的幸存者和遗属握手后，沉着声音说："6月30日对大馆市是个痛苦的日子，我们不会让这个事件埋没在历史的长河中。时间在流逝，但过去的事情不能忘记。我是大馆市第四任市长，前面三位市长都一直在搞这个活动，我要向前辈学习，把这个活动继续下去。"

停顿了片刻，他接着说："想起你们就感到很痛苦，希望你们能理解我们做这个活动的心情。我发誓要一直把这个活动坚持下去！这是我作为市长的一个心愿。"

那一刻，我心头一热。我想可能不只是我而是中国许多百姓，只要提起自民党，大概脑海里就会浮现出日本的皇军烧杀抢淫无恶不作的形象。因为战后军国主义的幽灵似乎附在了自民党的身上，在前往墓地的路上，我一直在思索，是“花冈事件”重塑了这位自民党员的形象。

去墓地时经过一个三岔路口，路边有两个淡蓝色的标语牌，写着：

忘れない！（不能忘记！）

我想可能是谷地田他们树立的吧。

雨下了又停，墓地陷在一片浓重的灰暗里。空气潮湿，大自然已经为大哭一场做好了充分的铺垫。

殉难者纪念碑前是慰灵式场地，搭着白色防雨篷，案上两只硕大的花篮盛满白菊。

哀乐在回旋，像一个孤独的老人行走在旷野，空气中弥散着燃香和青草涩涩的气息混合在一起的味道。

在慰灵祭开始的那一刻，暴雨猛烈泼洒了下来，击打在雨棚上，发出噼噼啪啪的声响。

宾客来了 150 多人，身穿黑色丧服，不少人手腕上戴着佛珠。田中宏告诉我这是日本人的习惯，祭祀时戴上佛珠，就可以听到空中乌鸦的哀鸣。

他戴着，不知他听到乌鸦叫没有？我没戴，没听到。

先是大馆市的头面人物致悼词，而后是幸存者和遗属跪在案前烧纸磕头。

哭声渐起。哀乐中的孤行者似乎停住了脚步，环顾四野，茫茫苍苍，与人间相望，因隔着一道边界，只有凄凄哀哀，抹泪而去。

宾客们依次从花篮里取一枝白菊祭献在案上，缭绕的香雾在空中弥散。最后是一个小伙子捧着用线穿起来的彩色纸鹤祭献在祭案两端。纸鹤上白色纸条上一侧写着“祈和平”，另一侧上书“架起和平之桥，你们超度吧”。

祭祀仪式结束时，雨果真小了许多。我们从慰灵式场直接乘汽车到秋田,这次不是谷地田开车,他站在路边送我们。

雨淅沥淅沥,有些落寞。山川树木无比洁净,挂着青翠的水珠,像婴儿的眼泪。群山莽莽苍苍。

我们挥手与谷地田告别,我心里默默地说:这里爱好和平的人们举着“花冈事件”的旗帜与外面喧嚣的世界融合在一起。

这里从此不寂寞。

## 4

花冈诉讼案的第六次开庭是在东京高等法院 812 号法庭。

东京地方法院和高等法院在同一座大楼里,就是那座色调冷峻的高层建筑。

法庭内有 52 个旁听席位。座无虚席。墙上贴着米黄色的壁纸,法官席后是褐色的装饰板,我特别留意了一下,裁判长身后果真有一个门,因与装饰板连为一体,若不仔细看,还真发现不了。

6 月 28 日下午 3 时 30 分,花冈诉讼案第六次审理正式开庭。

三名法官身穿黑袍,坐在中间的裁判长新村正人是一个年近 50 岁的中年男子。

裁判长的声音很小,似乎说话只是给法官席下左右两侧的原告和被告听,没有让旁听席上的人听到的打算。

裁判长问:双方提出的申诉书收到了?

双方律师分别答道:收到了。

裁判长又问:双方是否认作是真实的?

新美隆答:认作为真实。

被告律师说:待商量后给予书面答复。

裁判长说:7 月 16 日上午 11 时,将召开一个双方律师的商讨会,在讨论会上，双方协商解决方案。

接着，裁判长宣布休庭。

我低头看表，指针指向3时45分。

完全没有电影展现出的法庭上那种唇枪舌剑的精彩辩论，不仅是沉闷，而且是不疼不痒，不知所云，一头雾水。

想象中的法庭至高无上的威严在这里像木偶剧一样滑稽。我觉得真正被愚弄了的，是我们这些充满了关切之心的旁听者。

## 5

当天下午4点10分，律师报告会在司法俱乐部举行。事先已布置好的会场，横幅上写着“鹿島花岡裁判控訴審に勝利しょう！”（花冈控诉鹿岛的审理胜利！）

与会者有记者和声援花冈诉讼的人们。条桌围成一个长方形的圈。新美隆坐在主席台上。

新美隆说：“高等法院的审理流程，除了田中先生提出证据的那次以外，每次都是这样，时间短，流于形式。但双方不是随随便便的，都是严肃的，对对方提出的证据认真对待。”

他介绍了第四次和第五次开庭的情况。说，鹿岛在法庭上主张，没有再审理的必要了，而法院的态度，是对“花冈事件”继续审理下去。

他说：“我们律师团认为很乐观，因为鹿岛提出不再审理，而法庭认为有必要就‘安全考虑义务’进行审理，即在法庭之外，双方律师进行辩论，这对解决问题是有利的。虽然今天没有进行审理，但裁判长今天的决定是非常友好的，这个结局对我们是很有利的。”

他还说：“法庭的意见，对于以后怎么处理这个案件，即在法庭外，双方律师进行协商，这对解决问题是有利的。”

我依然一头雾水。

报告会结束后，晚餐时，满腹狐疑的我问新美隆他对前景表示乐观的依据是什么？

他说：“法官的态度是想积极解决这个案件的，我感觉到了，这是我的第一条根据。”

他还说：“第二条根据是，理论上如果法庭不承认‘安全考虑义务’存在的话，是不会让我们的证人在法庭上作证言的。法庭让原告方的证人在法庭上作证言是想知道鹿岛组是怎样违反‘安全考虑义务’的？是怎么加害他们的？如果存在义务的话，怎么违背的问题就不存在了，等于法庭已经承认了义务的存在。”

接着，他十分轻松地笑着说：“第三条是我的心愿。”

对新美隆的乐观，我是在花冈案和解之后才意识到，其实在第六次开庭之前，法庭已经有了通过和解来解决诉讼的想法，这就是审判长说的“讨论一个双方协商解决的方案”。而这个意图新美隆当时领悟到了。2000年12月30日，在北京首都大酒店1314房间采访新美隆时，他说：“当时法院和我，都认为应在20世纪之内达成和解。”

# 和解篇

人们往往将遭受的挫折归结为“命运”。

命运是什么呢？

常常是人们为自己的错误开脱的理由。

俗话说：“胜者为王败者寇。”

# 和解始末(一)

## 1

北京金宝大酒店深藏在东单东侧一条名为遂安伯的胡同里。胡同幽深,酒店位于胡同的腹部,不管从胡同的哪一头进入,都要冷清清地走上好长一段路。

听说花冈诉讼案有了进展,新美隆等人来北京向“花冈联谊会”的受难者们传达好消息,我兴冲冲地前往。

这一天是1999年8月13日。距东京高等法院的最后一次开庭46天。距7月16日法庭组织的双方律师协商28天。我之所以这么重视时间间隔,是因为在和解之后,当我重新审视其过程时,觉得结果并非偶然,而是有设计过的痕迹。

我到了酒店才知道,新美隆、田中宏、林伯耀、内田雅敏等人11日就到了北京,与北方工业大学副校长王起祯等人事先进行了沟通。

王起祯的父亲是被强掳到日本三井矿山三池矿业所后,虐待致死在日本的。1990年夏天,他在《参考资料》上看到一则消息,说爱知县县立大学的田中宏教授向国会参议院议员田英夫提议,要求立法解决战争赔偿问题,便根据报道中提供的线索,给田中宏写了封信,请他帮助查找父亲的骨灰。没想到,田中宏不仅回了信,还邀请他参加了1991年7月在日本东京召开的“亚太地区战后遗留问题研讨会”。这样,王起祯与“思考会”建立了联系,被聘请为花冈案的顾问。另外,研究“二战”中国劳工问题的石家庄市党史研究会会长何天义也是顾问。

会议在酒店顶层的会议室召开,名为“‘花冈事件’日本东京高等法院诉讼情况汇报会”。

会议显得很神秘，除了“花冈联谊会”的成员和顾问，媒体的记者和我都被拒之门外。

## 2

11名原告之一的孙力女士是遗属，其父在“花冈惨案”中被虐待致死在共乐馆广场。时年65岁的她，退休前是江西省石油总公司南昌公司的党委秘书，习惯于做会议记录，是她把这次会议的情况记录了下来。

新美隆开场白说，法庭建议以和解方式解决，第二次协商日期是8月27日。他强调，在双方没有确认是否采用和解方式之前不可对外公布，并说：“今天会议只有当事人知道，不可对外发表。”

谈到和解，他说：“所谓和解，即法院为主导，和解与判决的法律效力是一样的，一方不执行和解协议，法院可以强制他执行。”

谈到提出和解的原委，他说6月28日进行协议时，裁判长两次谈到将1990年的7月5日《共同声明》作为特殊情况给予考虑。一是基于11名原告代表986人的利益；二是原告已与鹿岛进行了十多年的斗争。新美隆当即表示希望和解，并希望在和解过程中法庭起积极的中介作用，做鹿岛的说服工作。他说，裁判长点头表示同意了。

6月28日是东京高等法院的第六次开庭审理。这么看来，新美隆与裁判长在私下有过商谈，心中有了底气，所以在那天的律师报告会上，他心情愉悦，信心满满。

新美隆还说，鹿岛代理人并不愿意和解。他们主张不承担法律责任，可以支付一定的费用，但不同意向个人进行赔偿。新美隆说，他们唯一与鹿岛达成共识的，就是一次性解决986人的问题。

他强调：“鹿岛谈的关于和解的三点意见，并不是以三点进行和解。”

他说：“1990年7月5日《共同声明》，鹿岛已道歉，承认企业责任。现在提出和解协议具有划时代意义。我们希望达到的目标已经很接近了，要尽全力努力，不失这个时机。”

他还谈到这次和解的对象是全部986名受难者，所以想请中国红十字会做中介人。

他说：“我们的目的不仅仅是为要回一点钱来，是和50年前暴动时所要达到的目的是一致的。”并说：“希望给律师团一定权限。”要求原告给他写一份进入和解程序的全权委托书。

内田雅敏在发言中很肯定地说，鹿岛8月底会坐到谈判桌上，强调大家要团结一致，不论出现什么情况，最后一定要达到目的。

林伯耀说：“补偿金最后由谁来接受？最好是红十字会。当年红十字会的会长李德全接过遗骨，到过花冈。红十字会出面好交代，而且他们是国际认定的组织，怎么应用是另外的事，大家多多理解，团结就是力量。”

田中宏发言中强调说：“我们的目的不仅仅是金钱，是要回到开始斗争的目的。”

耿谆道：“目的是谢罪，承认历史罪行，钱是象征性的。”

从会议记录上看，鹿岛提出的关于和解的三点意见就是后来达成的和解条款的主要内容。新美隆发言时，将此三点含混在一起，还是王起祯作了清晰的表述。

王起祯说：“鹿岛方的想法，一是和解不负法律责任；二是不能表述为赔偿或补偿；三是要解决就解决986人的问题。”

他在阐述个人看法时，对鹿岛的想法作了进一步的解释，说道：“鹿岛的意思是不能以赔偿或补偿的名义给钱。1990年7月5日《共同声明》中已经谢罪、认罪了，不需要再次谢罪了。”

这时耿谆插话道：“那协议上要写清在1990年7月5日《共同声明》基础上，并附《共同声明》全文，政治上要承认罪行！”

在王起祯谈到经济条件时，耿谆首先插话说：“必须补偿，体现诚意。”

王起祯说：“为日中友好，为教育下一代，又要解决受害者本人的实际困难，还要考虑到律师团的工作，我本人的意见，因为‘花冈事件’太重要了，低不能低于最低限，高不高于（每人）500万日元。”

耿谆插话道：“可以告诉大家最低限嘛。”

王起祯说：“美国是2万美金（指1988年美国政府对“二战”中受害的日裔美籍人及遗属每人补偿2万美元之事），花冈，每个人200万日元，少于200万日元不行。”

耿谆又插话道：“200万日元，或200万日元以上可以。”

林伯耀对耿谆说：“加拿大、美国2万美元是国家赔偿。台湾老兵200万日元。给律师团一个权限，采取机动的原则，不一定少于200万日元就不行，律师团以最大努力争取提高一点。”

内田雅敏说：“国际上赔，最低限是国家赔，鹿岛是企业，对986人赔。我们一定会争取一个合理数额，对劳工一定有个交代。”

孙力的发言慷慨激昂。她说：“国共和谈，一致抗日，周总理是谈判高手。他始终站在国家、民族利益的原则、立场最高点，维护了全国人民的最大利益。花冈诉讼转入协议和解，我相信律师团也会站在受害者根本利益立场上，与鹿岛进行针锋相对的斗争。”

她还说：“以美国为首的北约轰炸我国驻南斯拉夫大使馆，全国人民义愤填膺。因为国家、民族的尊严不可辱啊！人的尊严不可辱啊！鹿岛对待强掠的劳工肆意虐待，奴役致死，谈何人的尊严啊！！”

“生命是无价的，更不应该有高低贵贱之分。美国人是人，德国人是人，中国人也是人啊！美国人赔2万美元。和谈意味着双方让步，但要坚持原则，不能无限度让步，不能自己贬低自己，太少了，让人看不起，也对不起先烈！”

何天义作为专门研究“二战”期间中国劳工问题的学者，他说：

“现在首先要考虑与鹿岛如何谈赢。借毛主席与国民党和谈时的原则：有理，有利，有节。因为不仅花冈一例，它代表四万劳工。”

他谈道：“鹿岛不愿承担法律责任，但可以承认道义责任。从策略上讲可以不提责任，但又要实际负此责任。最高500万日元，太低即妥协，自己贬低了自己，别的劳工诉讼还如何解决？”

“谈的方案，最低限较国际标准低的幅度太大，就会让世人看不起中国人。如美国对日裔被关赔2万美元，而我们劳工致死，最后只赔偿一万多人民币，那就不能谈。”

他还说：“同意和解与和解成功是两码事。‘赔偿’一词不能接受，‘补偿’一词是否可以接受？”

新美隆说：“在日本，若是赔偿金，国家不能向鹿岛征税，实际上金额的性质就是赔偿金。”

最终得以“和解”的伏笔在这里已经埋下。虽然我们始终不知和解案的真正设计者是谁，但“和解”程序从这里启动。当结果出现时我们惊人地发现，其实一切都是在按着既定的方针在办。

在会上，耿谆亲笔写了委托书，全文如下：

**委托书**

花冈诉讼案，即将由法庭审理转入法庭调解。为了便于律师团进行工作，我们特委托以新美隆为首的律师团全权代表开展法庭调解活动。

委托人（花冈受难者联谊会及花冈诉讼案原告）：

耿谆　王敏　张肇国　赵满山　孟连祺　李铁垂　孟繁武　李绍海　孙力　杨彦钦　吕满云　孙凡坤（签名）

1999年8月13日

## 3

8月27日，由法庭牵头，原告、被告和法庭三方进行了第二次非公开协商。新美隆原来打算能在这次协商中达成和解决定并向媒体公布，但没有如愿。

9月10日是第三次协商日，中国时间下午5点20分，我接到新美隆委托川口和子律师从东京打来的越洋电话。她说:“半个小时前已召开记者招待会,宣布高等法院对花冈诉讼案已正式下达和解劝告书。10月4日,原告提出和解的要求和条件,法官听后向鹿岛建设公司传达,进行调解。”

传达完,川口和子对我说:“调解可能是一个漫长的过程,但毕竟前进了一步,从诉讼回到调解上来了。”

日本《朝日新闻》当日进行了报道,文章中说道:

针对日中之间的战后赔偿裁决,法院依法进行法庭调解劝告尚属首次。原告方评价说,法院认识到尽快解决的必要性是具有历史意义的。10月4日进行法庭调解谈判时各方将拿出调解方案,鹿岛的反应将会引人注目。

上诉方是鹿岛花冈事业所原中国劳工大队长耿谆等人与“花冈受难者联谊会”的会员。

原告律师团团长新美隆说,原告是11个人,最终需要解决986个被掳全体成员的问题。鹿岛方面说,今后进行调解磋商,能否达成协议需要根据磋商内容来定。

当天,中国驻日本大使馆发言人李文亮关于“花冈事件”诉讼进入调解程序一事发表了谈话。他说:

“强征劳工是日本侵华战争期间犯下的严重罪行之一,骇人听闻的‘花冈事件’即是这一罪行的典型。那场战争虽已过去半个多世纪,但‘花冈事件’的受害者及其遗属至今仍承受着严重的身心伤害和痛苦。对于包括‘花冈事件’在内的战争遗留问题,日本政府及有关方面理应本着对历史负责的态度,认真对待,妥善处理。”

一时间日本各大报纸都进行了报道,美国洛杉矶也有报纸刊载,舆论认为:“它标志着战后遗留问题中的典型事例——‘花冈事件’的诉讼案有了重大进展。”

## 4

与中国红十字会相接触是当年11月4日，新美隆和田中宏为此事专程到了北京。

在此之前的9月21日，新美隆致信给中国红十字会介绍了和解的大致内容。信的最后强调，这的确是没有先例，为了抓住对这次对战后遗留问题的解决做出贡献的契机，希望能得到贵会积极的协助。

中国红十字会的秘书长会见了新美隆和田中宏，对他们十几年来为解决“花冈事件”问题所做出的努力表示肯定。因为问题前所未有，必须慎重的考察研究。

新美隆回国后，向法官透露了这个消息。法官认为，如果中国红十字会出面，对问题的解决十分有利，也期待着这个结果。

12月7日又是一次调解的日子，因中国红十字会尚未答复，法官对新美隆表示不满。新美隆在给我的电子邮件上说：“我们站在危机的关头了，我心里着急，努力做各方面的工作。”

12月16日上午，新美隆接到通知说，中国红十字会正式决定作为受托人参加在东京高等法院进行着的和解程序。

这个消息最先由在北京的日本《时事通讯》得知，他们刊发了消息。《朝日新闻》驻北京记者进行核实后，17日，日本《朝日新闻》《读卖新闻》和NHK进行了报道。

在当日的和解会上，鹿岛律师团十分生气，因为如此一来，鹿岛建设公司如果想终止和解程序就会很被动。在会上，鹿岛的律师当场质问是谁违约，将消息透露给新闻媒体的？

新美隆说，中国红十字会的介入提高了花冈诉讼案的地位和意义。对走到了这一步，他十分兴奋，充满自豪地说：“这是开创性的一步！”

1月17日，新美隆将中国红十字会给他的委托书出示给法庭，他有了双重身份，一方面代表原告即受害者，另一方面还代表中国红十字会。

2月23日，又是一次法庭调解的日子。24日我收到了新美隆的电子邮件。

他说，鹿岛负责人出席了昨天下午的调解会，法庭的意图很积极很清楚。“连我们也是第一次听到。对这次和解进程来说可能是最精彩的场面。”鹿岛负责人的回答是，研究法庭的意见需要一个月时间，于是法庭将下一次调解的时间定在3月31日。新美隆在电子邮件中说：“看来鹿岛负责人想不到法院态度这么明确，应该说，他们被迫做决断了。……春天还没来呢，可是一定马上就来。”

但3月31日的调解仍然没有结果，法庭定出下一次的调解日期是4月21日。新美隆认为这应该是最后的日期，因为法院打算决定：一是中止调解；二是出示法庭做的调解方案；三是其他的办法。新美隆在给我的电子邮件中说：“不用说，在这些选择中，二是最好的。……我相信最后胜利一定是属于我们的。”

4月3日上午，我把这个情况打电话转告耿谆。他用缓慢而平静的语气对我说：“请转告新美先生，案子胜不胜诉没关系，在历史上要为他们留下一笔。鹿岛如果敷衍，随便打发一点钱就算了，那是看不起中国人，我是不妥协的。”

他还说：“我们就是败诉，在道义上是胜利，在历史上他们总是欠下一笔账，总有一天，历史会有清算。”

## 5

在4月21日第十次调解时，东京高等法院向原告、被告双方出示了法庭起草的《和解劝告书》，要求双方作出最后的决断。

4月26日，新美隆和田中宏先期到达北京向耿谆通报情况。随后林伯耀、福田昭典也到北京，“思考会”的核心成员与原告及部分受害者召开了一次对于最终达成和解至关重要的会议。

会议高度保密，连陪伴老人的亲属都不许旁听。对此耿谆颇有看法，他说：“‘花冈事件’是公众的事，后来什么都保密，让人很不理解。”

开会之前，耿谆表态说，1989年公开信上的三条要求，第一条谢罪是最重要的，不能让步；第二条修建“花冈事件”纪念馆之事也希望办成；第三条赔偿金额可以让步，因为鹿岛给多少钱也不能收买我们的民族尊严。

当诉讼案和解之后，最有争议的就是关于法院的《和解劝告书》。因为原告同意和解的签名附在这份文本之后，而《和解劝告书》的内容与后来和解成立时的“和解条款”有较大差异，不是个别文字而是基本精神上有出入。但具有法律效应的“和解条款”上并没有原告和花冈受难者的签名。

显然，这是玩了一个偷梁换柱的把戏。

## 6

《和解劝告书》的内容如下：

**花冈损害赔偿请求上诉案和解劝告书**（2000.4.21）

（一）当事双方对1990年7月5日《共同声明》的内容进行再确认。

（二）被上诉人鹿岛一方为了解决上述《共同声明》中第二项问题，同意将五亿日元委托给本案的利害关系人中国红十字会托管，中国红十字会作为利害关系人参加和解。

（三）前项信托金，本着日中友好的观点，将用于对在花冈矿山现场受害者的祭奠以及追悼活动和对受难者及遗属们生活的帮助，以及日中间的历史研究和其他相关活动的经费上。

被上诉人鹿岛建设公司按照本案和解的意义乃至其宗旨，同意利害关系人将前言信托金中的一部分用于帮助上述受害者及遗属们生活之目的。用于上述目的之金额以前项所提信托金的30%~50%为限(其他与信托金相关之条款今后再进一步商讨)。

(四)本案和解是对有关“花冈事件”的所有悬而未决的问题的解决。同时将确保本案得以解决的具体之方法明确写入和解条款(具体条款再进一步商榷)。

从《和解劝告书》上看,与原告们提出的三项要求相比:谢罪要求被确认;修建纪念馆之事未提;赔偿金额后少了一个零,总数由原来的50亿日元退让到5亿日元,差了10倍。签名是另起一张白纸,如下:

**同意书**

对高等法院2000年4月21日所提出的和解劝告书的内容我们花冈受难者作为控诉人一致同意。

2000年4月30日

这次签名的要求比以往慎重,不仅要亲笔签名,还要加盖印章。一眼看去,一片红。

# 和解始末(二)

## 1

历史翻过这一页后,回头看,2000 年 8 月下旬新美隆、田中宏、林伯耀三人的中国之行,其实是为和解成立做善后工作的。

此行,他们与耿谆相约在郑州会面。8 月 25 日晚上乘飞机到郑州,翻译杨建群同行。我乘当夜的火车,第二天清晨到达郑州,住在一个战友的家里。他们下榻在中州假日饭店。

8 月 26 日上午,《大河报》召开"'花冈暴动'55 周年座谈会"。在去参加活动之前,新美隆告诉耿谆,他在自家的住宅旁又买了一栋新房,说是专门为日后花冈受难者到日本参加慰灵祭活动时所住而用,取名为"耿谆馆",并把房屋照片的影集送给了耿谆。

头天在北京采访新美隆时,他也给我看过这个影集。房子不大,有个小庭院,屋里尚没有摆置家具,唯一的摆设是墙上挂着的耿谆的书法条幅。他当时告诉我,说这栋房屋是送给耿谆的。

对新美隆将此屋命名为"耿谆馆",耿谆坚决反对。他说:"这个不行。暴动是大家的功劳,让我耿谆一个人享受这个荣誉我良心上也过不去。如果真要这样做,就改为'花冈馆',花冈的受害者到日本住这儿。"

耿谆似乎敏锐地感觉到了什么,在当天上午《大河报》召开的"'花冈暴动'55 周年座谈会"上,他面对媒体和新美隆等人旗帜鲜明地表态说:"现在法院提出和解方案,我们同意。但一定要坚持原则,纪念馆一定要建,钱的数目可以下调,最低 20 亿(日元)。我作为一个中国人,要保持我们中华民族的尊严,他们不答应,就一定斗争到底!"

## 2

8月26日下午在田中宏房间开会时，耿谆心情沉重地问新美隆道："如果官司败诉，对律师团有什么损害？"

新美隆说："没有，什么损害也没有。"

耿谆似乎松了口气，说道："如果对律师团没影响，就让官司败吧。宁肯败诉，不能妥协！在历史上我们站住了，道义上我们就胜利了。"

他还说："我们不能妥协，如果妥协我们就没法上诉了。"

新美隆低沉地说："日本法律黑暗。"

耿谆说："正是因为日本法律黑暗，宁可在法庭败诉，但政治上历史上胜利了，一百年后我们还有权揭露他们的罪行。"

看新美隆没有应答，耿谆又说："我们不能屈服！中国人有中国人的尊严！你们支持'花冈事件'是有正义感，如果妥协了，你们也不光彩。"

新美隆沉默不语。

在场的田中宏、林伯耀都沉默无语。

## 3

2000年11月9日深夜，中国时间是零时整，日本时间是凌晨1时，林伯耀从日本打来越洋电话。

声音在夜里十分清晰。电波穿过浩渺的夜空，白昼的嘈杂都随着黑夜的到来而歇息了，夜阑人静，声音便放大了。

出生在日本的林伯耀对日索赔十几年来，从日本到中国，不停奔波，与高层、底层，各色各样的中国人打交道，汉语越来越娴熟。

他再次谈到与刘智渠的矛盾，讲述了几次与之见面的情形。他说：“关于向鹿岛要求之事，我与耿老讲，不是要求工资，那是劳资矛盾，我们要求的是赔偿。”

说到诉讼，他说新美隆说，按照日本法律，耿老是不能代表1000名劳工的，他只能代表他自己。现在和解的方式，是一次性解决1000人的问题。

还说：“中国红十字会出面了，它表示的是中国政府支持的态度。鹿岛一直强调，道义上有责任，法律上没有责任。在调解过程中，他们一直这样强调。他们一直在回避法律责任。鹿岛坚持一次性解决问题，所以要求有中方保证。中方谁来担保呢？红十字会出面最可靠，因为它是国际上认可的团体。”

在钱数问题上，林伯耀说：“法庭提出5亿日元，我们提出20亿日元，鹿岛先说5000万，后又说1亿。土井多贺子出了很多力，做了很多工作。鹿岛说如果原则的问题解决了，可以给5亿。”

和解达成之后，当我翻阅采访笔记，看到这段话时心想，鹿岛说的“原则问题”指的是什么呢？是不是指不承担法律责任，即不承认罪行？

电话里林伯耀说：“我们的目的不是钱，是让他们认罪、谢罪，教育后代。5亿日元我们是不满意的，但可以作为底限。我们希望能尽快解决，花冈问题解决了，还有其他作业点的劳工问题。”

他还说：“德国‘二战’劳工问题已经解决，设立基金，给每个幸存者的赔偿合日币70万～80万元，死者没有。我们花冈如果得到5亿，每个人有50万日元，与国际情况差不多，还包括了死亡者。基金的名称暂定为‘鹿岛花冈中日友好基金’，尚未最后定名。有人说，给的太少了，不应该接受。我认为我们的主要目的不是钱，是精神。当然钱也重要。我们是看在德国的情况上才让步的。法官还说，3亿怎么样？我们说绝对不可以。中国人讲面子，要保全面子。”

林伯耀说：“11个原告里已经死了3个人，如果解决了，在日本司法上破了先例。11人代表986人是以前没有的先例，日本的法律没有代表诉讼，11个人只能解决本身的问题，就是调解也只能解决11个人的问题。中国政府的态度是：'我们中国人不是要钱的，希望中日友好世世代代下去，如果日本人用钱来买断历史，我们不同意。多少钱也不同意。外交部是这样跟我们说的，我们也是这样认为的。'"

时光在电波无声无息地穿越中悄悄流逝。当林伯耀与我道了晚安，放下电话，我不经意地瞄了一眼墙上的钟，指针指向1时45分，我们整整谈了1个小时45分钟的话。

第二天上午11时，我给耿谆打电话，告诉他林伯耀的电话内容，特意提到了和解的内容是以5亿日元了断历史。

耿谆说："依我的意见，原则不能变，谢罪，建纪念馆，精神上补偿，最低不下20亿日元。"

他还说："我们提出的三项要求不能轻易改动，这是中国人的尊严和中国人的脸面问题。宁肯官司败诉，这是历史性的，历史上站住脚了，宁肯败诉，中国人的脸面不能丢！中国人的形象不能丢！中国人的尊严不能丢！！这是跨国官司，也代表中国。"

电话另端的耿谆歇了口气，语调不再那么激昂，声音倏然显得苍老。

他说："林先生、新美他们多年投入其中的精力、金钱、心血，考虑到这些因素，可以做一些让步，但不能太大。让步太大，就等于我们屈服了。我们打官司有一定的原则。我们保护的是中国人的形象，中国人的人格，中国人的尊严！现在原告中的老人大多去世了，李克金死了，孟繁武死了，王敏死了，张肇国瘫痪了，就剩我了。我活着一天就坚持一天，在我嘴里不能妥协。当初暴动是为了中国人的尊严，一定要把这份尊严保持下去。"

## 4

11月16日，杨建群从北京打电话通知耿谆，说和解协议达成了，19日召开花冈受难者联谊会，请他18日到北京。

杨建群说话的时候,耿谆的目光正投向窗外。那棵孤零零的树,在暮秋萧瑟的寒风中格外孤单。

杨建群在电话里说,鹿岛建设公司承认1990年的7月5日《共同声明》,和解时会重新发表。

耿谆问:“达成协议谢罪了,但纪念馆盖不盖?”

杨建群说:“不盖。”

耿谆说:“那不行。纪念馆一定要盖!”

放下电话,耿谆心潮起伏,伏在桌上写了份《即会告言书》:

我“花冈事件”诉讼原告团11人,不幸相继去世多人。今天的聚会,由其子女前来参加,故此应将诉讼经过再行叙述,使其新来参加者明确情况。

关于1989年12月致鹿岛公开信起直至今日得到的结果止。现将致鹿岛公开信发给大家存阅参考。

关于向鹿岛提出的三项要求,促成法庭提出调解方案,同时由我国红十字会出面接管“花冈事件”。

能达到今天的结果,是主持正义、爱好和平人士田中宏教授、新美隆律师和他的律师团成员及旅日华侨代表林伯耀先生等的辛勤努力下取得的,实属不易。只有第二项(建立纪念馆)尚未解决,希望从速落实。建立纪念馆极为重要,它象征着吸取历史教训,教育下一代,促进真诚的中日两国人民的世代友好,因此纪念馆的建立是十分重要的。

耿谆

2000年11月16日

似乎言犹未尽,耿谆17日又写了一份《关于“花冈事件”索赔案的主张》。

他的主张是:鹿岛组必须从速建成北京和大馆市的花冈纪念馆;纪念馆的面积必须能容纳200人,以便开展追悼活动;追悼经费和纪念馆的费用都由鹿岛承担;本案的诉讼费也全部由鹿岛承担;中国红十字会在收到

“花冈事件”赔偿金后，希望将986人每人应得金额明确公布；而他耿谆在985人都领取后，再行领取。

## 5

据说，耿谆坚持盖纪念馆的态度传到日本，新美隆十分着急。因为如果坚持盖纪念馆，和解肯定达成不了。为此，林伯耀先行到北京，18日上午与亦是“花冈事件”顾问的聂德望（化名）一同做耿谆的思想工作。

林伯耀先交给耿谆一封土井多贺子的亲笔信。

土井多贺子是日本政坛的第一位女性政党领袖，于1928年11月出生。她1969年当选为国会议员，是社民党的党魁。1993年8月出任国会众议院议长，首创日本宪政史上女性当议长的纪录。

她与“花冈事件”的缘分，是田中宏搭的桥。土井当选议员后，主要从事外交委员会的工作，她对在日的外国留学生和外国人人权问题很关心。而当时田中宏正好在关照外国留学生的团体“亚细亚会馆”工作，他将许多有关外国留学生的资料提供给土井，建立了良好的关系。后来，田中宏当了“强掳中国人思考会”的代表，她亦介入了“花冈事件”，并会见过耿谆。

我于1999年7月9日采访过土井多贺子。采访中，她对我说：“从亚洲来看，日中友好关系能否发展，是世界和平进程中的一个重要的因素。我觉得今后的日中关系年轻一代是关键。我这一代人对战争依然记忆犹新，年轻人却没有这样的经历。不学习是不会知道的，所以日本青年与中国的交流特别重要，如果能为这种交流做些什么，我会很高兴，并尽力而为。”

她送给我一幅她的书法作品，是一句诗：“真理似寒梅，耐风雪开花。”她说，这诗是150年前京都同志社大学创立时请一位先生写的，那位先生特别喜欢汉诗，她书写的只是其中的一句，她特别喜欢这一句。

土井的字浑厚遒劲。她致耿谆的亲笔信，用毛笔写在荣宝斋的信笺上,有10页之多。

拜启耿谆先生:

闻悉贵体安康,不胜欣喜。

我对以耿谆先生为首的“花冈事件”受难各位自1989年以来将事件史实诉诸社会,顽强不懈地为夺还历史公道而进行斗争,从心里表示敬意。1995年6月,我作为众议院议长参加了秋田县大馆市举办的“花冈事件”五十周年纪念活动,耿谆先生的凛然正气,给我留下很深的印象。

这次我从新美律师那儿得知,长期的法院和解协议终于迎来了最后的局面。我一直关心注目和解经过。我认为这次和解的成立,即使放到日中友好的历史长河中看,也具划时代的意义,为了她的实现,我也尽了些许绵薄之力。

看了法院最终的和解方案,我以为其出色的内容一定可以载入史册。在此基础上,我愿和耿谆先生为首的受难者、遗属一起,期待能够早日迎来这个和解实现的日子。

得知新美律师为了这个最后局面要去中国,能够见到耿谆先生,托他捎去我的这封亲笔信。

衷心祝愿以耿谆先生为首的各位先生健康,正义必定取得胜利。

敬具

2000年11月

土井多贺子(多贺子印)

林伯耀对耿谆说:“咱们从5亿日元基金中拿出一部分钱来盖纪念馆。”

耿谆说:“那不行,鹿岛盖和我们盖的意义不一样。”

聂德望说:“胜利了,盖纪念馆的意义就不大了。”

耿谆不语。

林伯耀又说:“新美先生为这件事都急哭了,心脏病也犯了。”

听了这话,耿谆的心气一下子像泄了气的皮球。

## 6

11月19日上午，在北京南城的龙湖温泉酒店，召开宣布和解达成的会议。与会者除了原告，还有“联谊会”的部分成员，一开始气氛就很沉闷。

新美隆说：“11月2日，鹿岛对和解的态度还比较消极，他们主张由法院制定一个和解方案。11月8日法庭拿出《和解条款(案)》向我进行说明。从此，才真正开始了激烈斗争。”

他说：“像打仗一样，在休战前才是最激烈的，只因针对和解内容双方都争取自己的权益这一过程才是最艰苦的，互不相让，直到我从成田机场出发来北京，法院还在作最后的努力。”

他还说：“是否能在11月21日发表这一结果，还要看鹿岛内部怎样操作。总之，在最近有望发表。需要强调的是，考虑到鹿岛内部有反对派，大家不要对外讲。若花冈问题能够解决，意义将很深刻，对正在日本提出起诉的50件案子和正在美国开始起诉的30件案子将起推动作用。还要说明一点，法院态度和具体和解内容还有不一致的地方。法院认为，原告所受苦难极深，不能用数字表达。当事者双方应该对当年《共同声明》重视起来。法院为了和解采取了非常规做法，即请中国红十字会参与和解。今年正值7月5日《共同声明》发表十周年，20世纪即将过去，‘花冈事件’和解具有重大意义。”

会上，并没有宣读《和解条款》文本，只是讲解性地介绍了一下，说得比较概括，东一锤子，西一榔头，一个严肃而郑重的文本，在家常式的讲述中被模糊和消解了。

新美隆对《和解条款》的解说如下：

“1990年7月5日《共同声明》的精神，要解决当年公开信提出的问题。鹿岛向中国红十字会委托5亿日元委托金，成立‘花冈和平友好基金’。为管理好基金，须成立管理委员会，成员 5 人，由原告推荐人选。有一点，若鹿岛提出参与其中，应给鹿岛一个名额。”

他还说：“基金是为站在中日友好基础上运用基金而存在的。受害者可向管理委员会要求自己的权益。受托方和管理委员会要向受益者说明情况。一旦基金委员会的目的已达到，即终止它的作用。”

“另外，因为花冈和解方案是要达到解决‘花冈事件’所有的问题，所以，不能再向被告提出任何权益要求了。”

“还要说明一点，11 月 10 日谈判时，鹿岛方面一直要求将《共同声明》文字删掉。我们认为《共同声明》是关系到‘花冈事件’问题的历史文件，决不能删除。因为其中有承认历史事实的部分，也代表了原告方要求中的核心精神。”

还说：“《和解条款》与上次和解案（指 4 月份的《和解劝告书》）内容基本上是一致的，不需要再签字盖章了。”

最后他说道：“‘花冈事件’只有通过和解，互相让步才能得以解决。我认为在友好的基础上解决才有意义。”

和解之后，矛盾爆发，纠结的点就在于新美隆用轻描淡写的方式，把《和解条款》里的要害问题给掩盖了。耿谆说：“如果当时给我们看了条款，我们就不会同意和解。”所以和解之后，中日友好不仅没有加深，反而使互信受到了严重伤害，这是后话。

当时，耿谆听着，心情极其沉重，当即伏在会议桌上写了份发言稿《提几点意见请采纳》。

在当天下午的会议上，他先长吁一口气道：“开始难，善终更难。”

他问新美隆道：“和解还处在等待解决还是已经解决？”

新美隆说：“要等 11 月 21 日才能明确。即将要达成，要等法院来公布。”

耿谆又问：“是否有变化？”

新美隆答：“没变化了，只是还未正式公布。”

耿谆说：“大的变化没有了，现在是否可由大家推选出基金会成员？”

新美隆说：“可以。但我有个想法先说一下。基金委员会成立作用好坏是和大家的名誉联系在一起的。在日方，作为和解的责任采取信托方式，由红十字会接收这笔款项。在和解时，鹿岛若提出参加委员会，要给他们一个成员名额。”

耿谆说：“鹿岛出一个名额，我表示欢迎。希望他们知道钱如何用的。他不提，我们也要提出由他们派人参加，让他们放心。”

新美隆说：“我先讲一下个人的想法。大前提是大家都年纪大了，在不给大家增加负担的前提下，幸存者都参加进去；基金是大家的基金，大家以特别顾问的身份参加。”

而后他公布了基金管理委员会名单：田中宏、林伯耀、新美隆、红十字会1名官员，鹿岛1名职员，另外再邀请1名中方的有识之士。他说：“最终名单由大家来决定。”

接着，耿谆念了《提几点意见请采纳》，内容如下：

1. 在此基金中，提出1亿5千万元(日元)发放给受难者(986人)。

2. 由国家红十字会责成该市、县的红十字会对当年在花冈受难者详细查明，无讹，确系其人或其子女，发给证明书，使其持所发证明书到指定地点领取发放金。(会上口头说明：“确系身故并无后人者，由红十字会出具证明。”)

3. 领取发放金者，来去的车费应由基金会开支，不得在其发放金中扣除，使其领到完整的发放金额。

4. 耿谆作为986人中的一员，应得的发放金，出于自愿，应在985人之后领取。(说到这里，加了一句：“当时暴动也是自杀性暴动。”)

5. 我国红十字会(基金会)在接到5亿金额后，应登报向全国公布，促使各地花冈受难者(鹿岛管理的中山寮的986名中国人)皆知。

6. 我国红十字会(或基金会)应通报鹿岛，倘有花冈986人中有人向鹿岛要索赔，鹿岛应据理推向基金会，基金会对该索赔者解释清楚，使其向本人所在市、县红十字会索取证明。

7. 基金会的地址、电话号码，发放金的具体负责人姓名，写清楚加盖公章，交给耿谆收执，如有986人中到耿谆家来找时，以便出示来找者。

8. 耿谆年老多病,拒绝在基金会中担任职务。

9. 以上是耿谆的肺腑之言,敬请红十字会和与会大众采纳,不胜万分感激。

他还说:“今后有活动不要通知我了。我不参加了。我当初代表的是986人,一个人拿不到钱我就不拿。你们好好把钱搞到红十字会,985人的钱领到手后,你们再通知我。”

有幸存者提出,基金会除新美隆等5人外还应有受害者参加。

孙力发言说:“我的心情很沉重,高兴不起来。这些年林先生他们做了很多工作,我表示感谢!”

又说:“《和解劝告书》中第一条即提出双方对1990年7月5日《共同声明》进一步再确认。《共同声明》核心内容是:谢罪;赔偿受难者每人500万日元;在中国北京和日本花冈建纪念馆。这三项要求一直是我们坚持的原则。既然要进一步确认,就不是5亿日元问题,而应按每人500万日元赔偿。在去年8月的会上,耿老说得很明确,一定每人200万日元以上,不能低于这个数。”

“刚才讲的基金委员会组成人员5人都是客体,没有受害者主体参加,这个基金会性质是什么?”

新美隆岔开话题,说:“和解即在眼前,有些问题应该在和解之后去讨论。幸存者和遗属凑在一起很难的,能达成和解受到日本各界关注,可在11月21日发表一个心声,向日本各界发表。例如1997年12月7日一审败诉,针对法庭判决,耿老用书法表示愤慨心声,在日本产生很大反响,希望耿老一同去日本表达我们的心声,但目前看来不大现实,我想还是把大家的心声带回去吧。”

田中宏说:“大家可以先商讨一下,一旦和解成功,可立即发表。”

不少人也附和道:“对,和解成功了,耿老来写。”说着,就有人端来了笔墨,耿谆酝酿了片刻,提笔写道:

为“花冈事件”和解成功献言

讨回历史公道

维护人类尊严
促进中日友好
推动世界和平

二〇〇〇年十一月于北京

新美隆又说："大家可在后面签名，表达你们的心声。"之后便带头鼓掌，于是大家签了名并合影留念。

## 7

11月24日上午9时，新美隆发来电子邮件，说有了结果，但暂不能公开，最后确定后，将来京并见面。

我随即打电话给耿老，告诉他这个信息。电话那头，耿谆的声音十分苍老，他说："我老了，身体也不好，已辞退了名誉会长一职，今后由中国红十字会和花冈基金会来处理。"

这句话的深意我在很久之后才体味到，其实那时候，耿老对结果已经有了预感。

耿谆在电话里继续说："我在会上说，我当初代表的是986人，一个人拿不到钱我就不拿，等985人都拿了我再拿，实际上是选择放弃，我没把事办好，确实有内疚感。"

我安慰老人道："对于您来说，也只有这样了。"

他说："是的。"

耿谆说："新美在上次会议（11月19日）上讲，基金会由田中、林伯耀、新美、鹿岛组1人、中国红十字会1人组成，允许花冈联谊会两个人参加。现在他们成了主人。新美是律师团的代表，田中是"思考会"的代表，林伯耀是华侨的代表，我现在退下来了，有什么事情你问新美先生吧。"

11月28日晚上10时多，林伯耀从日本打来越洋电话，说："明天下午

2点(日本时间)达成和解协议,下午两点半举行记者招待会正式发表结果。”

我问道:“三项要求之中建纪念馆一项是否就不提了?”

林说:“放在基金会里解决,鹿岛方承认了历史事实和责任。另外,日本政府也有一半的责任,我们保留将来追究日本政府责任的权力。”

## 8

和解之后的2000年12月30日上午,在北京首都大酒店1314房间,新美隆向我介绍和解情况时说道,在和解的最后阶段,就是他与法官两人之间的协商。他解释说:“在和解最后阶段是我一个人进行的,没法和其他律师商量,这是件很困难的事。在和解最后阶段,必须把全部责任交给一个人。”

我提出把和解的交涉笔记给我复印一份的要求。他说:“我可以把我个人交涉中的感想以及起起伏伏的情况告诉你,但细节涉及他人,不能说。”

# 和解之后(一)

## 1

2000年11月29日。

还有32天,人类就将进入新纪元21世纪。

20世纪是动荡不安的世纪。在100年里,人类经历了两次世界大战和无数的局部战争,地球的躯体上满目疮痍,到世纪结束的时候,伤口尚未痊愈。

2000年11月29日下午2时,双方宣布和解成立。

当天晚上7时,我从网上看到花冈案和解的消息,打电话给耿老。他说林伯耀给他打过电话了,还说:“上次在郑州就跟新美谈过,就是如果官司打输了,在历史上我们是胜利的,起码保留了再诉讼的权力。这下可好,妥协了,有辱中国人的形象。上次我问过他,如果打输了,对律师团有什么损害?他说没有。”

电话那端的耿谆重重叹了一口气,说道:“我坚持在985人都拿钱后再拿,否则我良心会受责备。之前我说,凡是中国人都应该支持花冈的正义要求。但林先生说,红十字会急着要赶紧拿这笔钱,不知啥意思?”

11月30日中午,凤凰卫视台的《今日头条》栏目中报道了花冈案和解的消息。画面有“二战”时炮火连天的镜头,还有新美隆、林伯耀等人举行记者招待会的镜头。记者招待会的画面里,桌上摆放着王敏、孟繁武的遗像。播音员说,鹿岛建设公司认为这不是赔偿而是基金。李克金的太太发言,一面泪流满面地控诉鹿岛的罪行,一面又感激这个结果。画面一闪而过。

李克金的太太是日本人,居住在日本。法庭主持和解,这一重要的历史时刻，“花冈事件”诉讼的代表人物耿谆，以及原告团成员，竟没有一人出庭，令人深感不可思议。

后来律师团解释的理由是，时间紧迫，来不及办理出国手续。还有一种说法是为了照顾老人的病弱身体状况。但这两种说法都显得牵强。其实原告团里的幸存者也就剩下耿谆一人，其余都是遗属，年纪并不是很大。而且，有一位跟随花冈诉讼进程进行摄影的人，家住平顶山，离耿谆很近，他便受邀前往东京见证了法庭上的和解。为什么他的出国手续能办得下来，而耿谆等原告们的手续就办不下来呢？

这就难免让人猜疑，可能是由于原告律师团怕原告们不接受这个结果而造成尴尬局面，所以原告们不出庭是最佳选择。

和解成立的当天，中国红十字会代表原告方给新美隆传真过去《对“花冈事件”诉讼和解的感想》一文，请他向日本媒体公布，但日本媒体并没有刊载。

文稿内容如下：

> 日本军国主义发动侵华战争期间，大批中国人被强征到日本服苦役。在震惊世界的“花冈事件”中，数百名中国劳工惨遭杀害。1990年7月5日，“花冈事件”的直接责任企业鹿岛建设公司通过与耿谆等幸存者发表《联合声明》，明确承认了这一历史事实，并表示“认识到作为企业也负有责任，向中国劳工幸存者及遇难者遗属深切谢罪”，这构成了此次和解得以成立的重要政治基础。然而，被告方在本和解协议中仍加入了意在回避应负责任的表述，法庭还发表了有违当年历史事实和1990年《联合声明》精神的所谓感想。作为“花冈事件”的受害者，不能不对此深表失望和遗憾。

中国外交部发言人章启月在11月30日的例行新闻发布会上，回答记者就“花冈事件”和解提问时是这样回答：强征劳工是日本军国主义在侵华战争期间对中国人民犯下的严重罪行之一，“花冈事件”就是典型例证。我们一直要求日方对这一历史遗留问题予以认真对待和妥善处理。

## 2

时隔一个月，12 月 28 日上午，仍是在北京城南的龙湖温泉大酒店，新美隆向与会的花冈受难者们报告了和解经过。

他说：“我们来北京时（指 11 月 19 日那次）是准备在当月 21 日达成和解的。但实际上 21 日没达成和解。鹿岛反对的原因是鹿岛是大公司，要由董事会来决定是否同意和解。因为 21 日没开董事会，而在这次会上鹿岛代理人也没说明什么时候会开董事会，我们以为此事会无限期地拖延下去。”

还说：“从去年进入劝告和解程序以来，鹿岛一直百般抗拒和解。11 月 21 日上午 11 点，原定的时间谈判重启，很遗憾，也没有达成和解。为此，法院很严肃地批评了鹿岛的态度，于是在当天下午 6 点又重开谈判，这是第 19 次和解谈判。”

“晚上 6 点开始和解谈判，这在日本是个很特殊的例子，这可以看出法院是希望无论如何能达成和解的愿望。”

“在第 19 次和解谈判中，法院决定于 29 日下午 2 点再进行谈判，且双方必须达成和解。鹿岛方面说，在公司能召开董事会的前提下，他们同意在 29 日下午进行和解谈判。如果 29 日下午之前董事会没有任何决定或不同意和解的话，29 日就没办法达成和解，而且今后什么时候进行和解谈判都没办法安排。”

新美隆说：“日本的新闻媒体了解到 29 日下午要达成和解的消息，进行了大量的工作，每天晚上都有到我家来打听消息的记者。”

“21 日下午 8 点半，鹿岛建设公司的一位负责人讲道，如果在 29 日之前由于新闻媒体的报道引起了混乱，或由于新闻媒体报道了这件事，那么鹿岛建设公司董事会即便接受了这个和解，作为公司鹿岛也要把这个和解日期推延相当长一段时间。”

“29日上午鹿岛建设公司针对‘花冈和解’召开了董事会，与会者一致同意和解。29日早上就有报纸对此进行了报道，当天下午2点双方终于达成和解。在和解之前，我们一直担心鹿岛会不会以报纸已经报道为由而再次拖延，在和解谈判过程中，鹿岛方不置一词，和解就这样正式达成了。”

从新美隆的介绍里可以看出，鹿岛的态度一直顽固不化，自始至终他们都不想认错，也不想和解。令人费解的是为什么原告方要像受气的小媳妇似的，小心翼翼观察着婆婆的脸色，巴巴地乞求着和解？既然被告不情愿，而后来事实证明原告对《和解条款》也不满意，这个和解的价值和实际意义在哪里？和解的真正受益者又是谁呢？

这个问题只能交由时间去慢慢解答。

## 3

《和解条款》的原文如下：

平成九年(ネ)第5746号
损害赔偿请求控诉(上诉)事件
控 诉 人　　耿　谆　　外加10名
被控诉人　　鹿岛建设公司株式会社

和解条款

一、当事人双方再次确认平成二年(1990年)七月五日的《共同声明》。但是，被控诉人主张，上述《共同声明》并非承认自己负有法律责任，控诉人等对此予以了解。

二、被控诉人，为了解决上述《共同声明》中第二项所记载问题，向利害关系人中国红十字会（以下称“利害关系人”）**信托五亿日元（以下称“本件信托金”），作为一种对在花冈出张所受难人的（以下称“受难者”）予以祭奠等的表示**。利害关系人接受这笔费用，控诉人等对这一信托表示同意。

三、被控诉人，限于平成十二年（2000年）十二月十一日，支付本件信托金，将金额汇入利害关系人代理人新美隆律师指定的银行账户。

四、利害关系人（以下在本条款中称“受托者”）将本件信托金作为“花冈和平友好基金”进行管理，按照以下规定加以运用。

1.受托者为使本项基金得到合理管理运用，设立“花冈和平友好基金运营委员会”（以下称“运营委员会”）。

2.运营委员会由控诉人等选举任命九名以内的委员组成，由委员内部选举产生的委员长作为委员会的代表。但是，在被控诉人希望选出委员的时候，被控诉人可以在任何时候指派一名委员。

运营委员会的组织方式以及信托事务细则，由委员会另行规定。

3.**本项基金，从日中友好的观点出发，用于对受难者的祭奠以及追悼、受难者及其遗属的自立、护理以及后代的教育等方面。**

4.受难者及其遗属，作为第二项记载的信托的受益者，按照运营委员会作出的规定，可以要求支付本件信托金。

5.**受托者在向受难者及其遗属支付前项规定款项时，要说明本件信托金的委托者为被控诉人以及本件和解的宗旨，并向接受支付者收取承认本件和解的书面文件两份（需有本人署名或在名字上加盖印章），其中一份交给被控诉人。**

6.接受本件信托金的支付的遗属的范围，由运营委员会根据遗属的实际情况决定。

7.为了调查受难者以及遗属，运营委员会需取得其他机关团体的配合，彻底宣传本件和解的主旨。

8.本信托金在目的达成之时，由运营委员会作出决议，宣布终止。剩余财产的处理方法由运营委员会决定。

五、**本件和解，是对所谓“花冈事件”所有悬而未决问题的一揽子解决方案，控诉人以及其他受难者及其遗属承认：有关“花冈事件”的所有悬而未决的问题已经全部解决，包括放弃今后在日本国内以及其他国家和地区的一切请求权。**

**利害关系人及控诉人等保证，今后控诉人等以外的人向被控诉人要求补偿等情况发生时，无论其是否为提交过第四项第五号书面文件者，利害关系人及控诉人等负有出面阻止的责任，不给被控诉人造成任何负担。**

六、控诉人等、利害关系人和被控诉人彼此确认，在上述三者之间，除了本和解条款所定内容以外不存在任何债权债务问题。

七、一审二审的诉讼费用及和解费用均由各自负担。

八、本和解以日文版为正文。

以上

平成十二年十一月二十九日

东京高等裁判所第十七民事部

文中用黑体字标出的都是要害处。

明眼人可以看出，第一条玩了一个文字游戏。先说双方都确认1990年7月5日《共同声明》，接着说被告人主张《共同声明》并非承认自己负有法律责任，而原告对此予以了解。

7月5日《共同声明》里，鹿岛建设公司明确表示“中国人在花冈矿山出张所所遭受的不幸是历史事实”。虽然推脱责任道：“是基于内阁会议决定的强制押送、强制劳动所引起的。”但明确表示：“鹿岛建设公司株式会社承认这一事实，承认作为企业也有责任，并对中国人幸存者和遗族表示深刻的谢罪之意。”

日语里有很多模棱两可的词，但“谢罪”一词的意思是没有歧义的。如果没有“罪”，“谢”是为哪般呢？如果没有犯罪，为什么要谢罪呢？在《和解条款》里，被告不承认负有法律责任，实际上是推翻了过去的谢罪。而奇怪的是，对于被告的主张，原告的态度仅是表示了解。

“控诉人等对此予以了解”，日文版的表述是“了解した”，即“知道了”。

“知道了”是一个中性词，并没有明确的是非态度。是“认可”还是“不认可”？可以理解为默认。

条款表明，基金的性质是“用于对受难者的祭奠以及追悼、受难者及其遗属的自立、护理以及后代的教育等方面”。用通俗的话说，是香火钱。

撩起那一层暧昧的面纱，真实面目便暴露无遗。

收回了1990年的道歉，因此给了点儿香火钱。原告领钱时要给被告写保证书。即便是拒绝领钱的原告和遗属，任何人今后都不能再向世界任何地方起诉鹿岛建设公司。而且，中国红十字会和11名原告被绑架了，成为阻止受害者继续申述的拦路锁。这个思路，实际上是日本侵华战争期间，以中国人治中国人的模式的翻版。

一段邪恶和饱含血泪的历史就这样买断了。

《和解条款》的字里行间，透出的是被告鹿岛依然摆出的一副主子面孔，颐指气使。这是在长被告的威风，灭原告的志气。

如果回过头来，与最初交涉时鹿岛的主张相比较就会发现，其实坚守到最后的是被告鹿岛建设公司。

鹿岛自始至终的主张是：不道歉，不赔偿，出点祭奠费，一次性解决986人的问题。和解的结果，让鹿岛的目标全部实现。和解是一种相互妥协。鹿岛的退让是在金钱上，先前主张的5000万加X，如今X加到了5亿日元。

而花冈受难者打出索赔旗帜的三项主张则是：鹿岛郑重谢罪；在大馆市和北京市建一定规模的花冈殉难烈士纪念馆；向986人每人赔偿500万日元。而和解的结果，鹿岛收回了以往的道歉；不仅纪念馆不建，就连当初同意重新立纪念碑，由受害者来撰写碑文的应诺也取消了；钱的数额，不仅是从50亿日元减少到了5亿日元，关键是钱的性质变了，不是赔偿金，是祭奠费。可以说，受害者的三项要求，一项都没有满足。谁是赢家，谁是输家？其实一目了然。

# 4

就在和解的当天，鹿岛建设公司公司通过因特网向全球发表了《关于花冈事案和解的声明》。内容如下：

关于花冈事案和解的声明

就标题所记事项，本社声明如下：

昭和十九年至二十年（1944—1945），当时的日本政府内阁会议决定向日本内地输入中国劳工，根据这项政策，本社花冈出张所（秋田县大馆市）也有众多的中国劳工从事劳动。因为是在战争时期，这些劳工所处环境十分艰苦，尽管本社诚心诚意予以最大限度的照顾，还是出现了许多人因病亡故等不幸之事，对此，我们一向深感痛心。

近年来，部分中国劳工起诉追究本社责任，由于原告的要求在一审时遭到法庭驳弃，现在该案正在东京高等法院上诉、审理之中。该高等法院建议和解之后，本社在不承认诉讼内容法律责任的前提下，进行了和解协商。而且，本社主张，解决这个问题，祭奠等对象应当包括在花冈出张所从事劳动的986名全体人员，并为这一主张的具体落实进行了一系列协商。因本社上述主张得到法院及控诉人的充分理解，并且由于中国红十字会的参与，使得受难人的祭奠、遗属的自立和护理以及后代的教育等具体实施上有所保证，所以，本社捐出法院建议的金额，就包括设立"花冈和平友好基金"等和解条款达成协议。并且，本基金的捐出，不含有补偿、赔偿的性质。

我们强烈期待，根据上述宗旨设立的"花冈和平友好基金"能够达到预期的目的。

以上

2000 年 11 月 29 日

鹿岛建设公司

台湾作家陈映真于当年 12 月 19 日发表了“陈映真紧急声明”，对鹿岛的声明进行驳斥，说：看了鹿岛的声明十分震惊，非常愤怒！他认为至少有四点歪曲了“花冈惨案”的事实。

其一，日本军国主义在 1944 年间到中国大陆以暴力强掳中国人，强制送往日本北海道秋田县大馆市，交给鹿岛组花冈出张所，在暴力之下从事苛酷劳动。鹿岛声明将这一段残酷的事实说成是“基于当时日本政府内阁会议决定将中国人劳动者移入日本内地之政策”。这样的说法，是以“日本政府阁议决定”为饰词，将日帝暴力强掳中国人劳工和鹿岛组暴力奴役中国劳工的罪行合法化、无罪化。

其二，中国人奴工在鹿岛组残酷役使下，不但衣不蔽体、食不果腹，因过重劳动、饥饿、殴打、凌虐、生病致死者前后达 400 多人。奴工忍无可忍，于 1945 年 6 月 30 日冒死起义失败后，又有 160 多人遭酷刑拷问致死。而鹿岛声明竟说：“因为是在战时之下，这些劳工所处环境十分艰苦，尽管本社诚心诚意予以最大限度的照顾，还是出现了许多人因病致死等不幸之事，对此，我们深感痛心。”这样轻描淡写，就巧妙地否认了鹿岛组对奴工的暴虐罪行，掩饰了因受殴打、凌虐、拷问、过劳和饥饿致数百劳工死亡的犯罪事实，否认了在侵略国策下日本企业的罪行及责任。

其三，鹿岛声明拒绝承认 5 亿日元有“补偿”或“赔偿”的性质，这是避重就轻，坚决不肯认罪道歉的丑恶嘴脸。

其四，此次《和解条款》完全违反了 1995 年花冈受难人向日本法院提出控告中要求鹿岛社“向殉难者、遗族及幸存者谢罪”的目的，以近于欺瞒的手段达成“协议”。

陈映真在声明中说：“对于日本国家权力和日本资本自战后以来一贯拒不承认其重大战争犯罪，坚持不认罪道歉，本人感到至深的失望与不齿。”

## 5

和解成立之后,日本社会和华人圈的反应是冰火两重天。

在日本,由耿谆起草的“为‘花冈事件’和解成功献言”的字幅,作为受害者赞赏和解的表态被广为宣传。关键是日文译稿对原作进行了篡改。原文中的“讨回历史公道,维护人类尊严”改成了过去式,成了“讨回了历史公道,维护了人类尊严”。11 月 30 日《读卖新闻》上显赫的标题就是“讨回了相隔半个世纪的尊严”。增加了一个“了”字,原本没有评价之意的话,就被赋予了明确的肯定和赞扬,使读者以为受害者真的是打心眼里赞同这次和解。

日本新闻媒体铺天盖地的盛赞。称“花冈事件”和解为“战后处理的一大里程碑”,还说是“具有划时代的意义”。①也有报纸说:“这一模式将为今后同类案件的解决树立典范。”②

还是《产经新闻》将话说得较为透彻,题为《“花冈事件”和解——主张:非战后赔偿的解决方法》,文章说道:

> 就战时在秋田县鹿岛组的花冈矿山,因中国劳工暴动致使很多人死亡的“花冈事件”一案,中国遗族们和鹿岛之间达成了和解。和解内容是由鹿岛出资 5 亿日元设立“花冈和平友好基金”,对受害者进行救济。我们认为这是一个为避免无益争执的现实的解决方法。
>
> 有观点认为,此次和解为将来解决类似的战后补偿审理带来

---

① 《朝日新闻》2000 年 11 月 30 日社论《战后处理的一大里程碑》。

② 日本《每日新闻》2000 年 11 月 29 日晚刊。

了好形势，迈出了战后处理的第一步。围绕着慰安妇问题及南京事件等请求损害赔偿诉讼，还有在美国的前俘虏对日本企业的赔偿请求起诉等，最好不要过于寄予“期望”。

有关出资设立基金一事，鹿岛方面说，这里面并没有补偿和赔偿的意思。这话极其重要。有关战后赔偿问题，在旧金山和约（1951年）里几乎已经结束，而且与中国之间的有关事项都已通过《中日联合声明》解决了。也就是说，这一次的和解并没有改变战后赔偿以及战后补偿问题的框架。

看来这一解决方式符合日本的愿望。

## 6

花冈受害者当中最先做出强烈反应的是在日本留学的耿硕宇。

耿硕宇是耿谆的小儿子，1955年出生。1991年，由林伯耀等人出面担保，邀请花冈幸存者中的两位重量级人物——耿谆和王敏的后人到日本留学。

耿硕宇看到《和解条款》文本和鹿岛建设公司的声明后，于12月7日向东京高等法院发出了“紧急声明”。

声明中说，原告是在没有看到《和解条款》中文译本，不了解和解真正内容的情况下同意和解的。

文中写道：“鉴于此，强烈要求法庭立即采取紧急措施，重新议定《和解条款》。必须在经过双方充分协议及互译中日译文后，才能生效。否则，这种骗来的所谓‘和解’，只能是对中国人民和日本人民的欺骗和侮辱。‘和解’也将成为日本司法的一件丑闻而已。”

声明中强调：“日本任何法庭、任何人都无权阻止中国公民在任何时候、任何地点揭露日本政府、企业对中国公民犯下的罪行。”

12月14日，他给鹿岛建设公司的负责人发出谴责信件。指出鹿岛声明“是你们公司的反动势力在历史上残酷迫害中国人，战后并不悔改恶劣本性的再次大暴露。更是你们自己首先撕毁、否认《和解条款》的最大表现和证据”。他说：“既然你们颠倒历史恶劣至此，我们受难者就不得不声明：从现在开始，继续追究你公司在历史上的罪过和法律上的责任。”

耿硕宇12月7日给新美隆发出了一封言辞激烈的信件。信中说：

> 这个《和解条款》从根本上否定了花冈受难者斗争的本来目的和出发点，也违背了一直给这一斗争予无私支援的日本民众团体的初衷，不但践踏了中国人民的尊严，也给日本人民脸上抹了黑。
>
> 造成这样局面的是：你违背职业道德，在对《和解条款》不做中文翻译的情况下，中国高龄的受难者无法了解真实情况。你骗取了善良老人对你的信任，用你自己所说的「せっとく」（说服）的手段，骗取了原告的同意，你这种极端错误手法，现已彻底曝光。
>
> 事到如今，你必须幡然醒悟，悬崖勒马，除彻底向受害人道歉外，应立即采取紧急有效措施，向日本法庭提出重新协议和解条款，使鹿岛承认其强掳和迫害虐待中国劳工之历史事实。鹿岛所付款项性质，只能是对受难者精神和肉体所受创伤的象征性的一点赔偿。
>
> 如你执迷不悟，违背自己的一贯诺言，不立即补救挽回你的这个极端严重错误，不但你以往的努力成绩尽弃，并将成为鹿岛的帮凶，将以中日两国人民的罪人被记入史册。
>
> 此信在你收到日起三日内，如无明确反省挽回行动，本人将公开此信！
>
> 以上
>
> “花冈事件”受难者联谊会干事耿硕宇（印章）

新美隆没有作出回复。耿硕宇12月17日将此信公开。

另一位在日本挺身而出反对和解的是刘彩品女士。

刘彩品 1937 年出生在台湾嘉义，1956 年赴日本留学，从事天文研究。因为对台湾当局不满，她放弃了台湾“护照”。1971 年，她和同样从事天文研究工作的日本丈夫木村博举家搬到南京定居，成为紫金山天文台的研究员。自 1983 年起，刘彩品连续当选全国第六、七、八届人大代表。退休后，她与丈夫回日本定居。她是与田中宏、新美隆等人同时期介入花冈运动的，是田中宏、新美隆的高参，也是花冈运动坚定的支持者。曾经在 1992 年春天的“两会”上，就“花冈事件”的民间索赔是否违背《中日联合声明》的问题，她向时任的钱其琛副总理提问。

她是一个直率而言辞犀利的人。

12 月 9 日，刘彩品给新美隆发传真指出了“花冈和解”存在的问题。她说：《和解条款》完全阉割了原控诉目的，是对鹿岛的过分妥协和迁就。

并说：对于鹿岛提出的“并非承认自己负有法律责任”，令人费解的是原告方竟“表示了解”予以附会，不仅自我否定了 1990 年《共同声明》的精神，也给以下《和解条款》中出现的鹿岛的主张开了绿灯，是极大的失误。

她认为，《和解条款》的第二款，即“信托五亿日元，作为一种对在花冈出张所受难人的予以祭奠等的表示”一说，是阉割了原告的意图，背叛了耿谆的意愿。因为耿谆等人的第二条要求是修建花冈殉难烈士纪念馆，意在汲取历史教训，教育下一代。

她还指出，《和解条款》的第五款，实际上是掐受难者以及其家属的脖子，掐死受难者和其家属的声音。

并指出，“花冈事件”在《和解条款》里，被称为“所谓‘花冈事件’”，是对花冈受难者的冒渎。

刘彩品还致函给当时的国家领导人，题为“‘花冈事件’和解条款问题”，写道：“此和解内容有很多问题，其中有些是一些原则问题”，“希望引起中央领导的重视和注意，并希望将此转参与此和解案的各界人士仔细研究。”

12 月 27 日《北京日报》报道：美国华人社团“日本侵华浩劫纪念馆筹备委员会”于 12 月 21 日发出抗议书。抗议书指出：鹿岛建设公司欺骗“花冈惨案”受害者，在没有中文译本的情况下，骗取高龄受难者“同意”签订

《和解条款》。

抗议书中写道:“鹿岛建设公司以5亿日元之款作为受害者‘祭奠’之需,完全抹杀其因杀人而赔偿的真相。试问:区区5亿日元能抵花冈死难的418条人命吗? 不知改悔又如此吝啬能谈得上是中日友好吗? 鹿岛建设公司以富豪资本家之心态给花冈受害者一些施舍,这不仅侮辱受难者及其家属,也侮辱了所有中国人。”

抗议书呼吁全球华人声援“花冈惨案”受害者,重开庭外和解谈判。

“日本侵华浩劫纪念馆筹备委员会”是由美国南伊利诺大学历史学教授吴天威、罗仰斯特大学历史学教授朱永德等人发起和筹建的。

## 7

12月17日,在“强掳中国人思考会”组织的“花冈裁判报告追悼集会”上,远道而来的加拿大华人、“抗日战争史实维护会”会长列国远女士向新美隆表达了自己的看法。

列国远1952年出生在香港,大学就读于香港中文大学社会工作系,毕业后,到社会服务机构工作,主要从事对儿童的“行为矫正”工作。后来到英国约克大学进修社会工作之社会政策,之后在香港城市理工学院教授社会工作专业。

她1993年移民到加拿大。1996年日本右翼势力非常嚣张的时候,她恰恰阅读到了旅美华人史咏、尹集钧撰著的《南京大屠杀——历史图片中的见证》一书。这是一本中英文对照的图集,搜集了400多幅南京大屠杀的黑白图片,有叙事,还有证人、证言,是对历史的真实记录。

列国远看到一幅图片,一个妇女被轮奸之后,日寇将铁棍插入其阴道。她震惊了! 愤怒! 痛恨! 这是人的行为吗? !

就在这个时候,温哥华的华人要成立一个反对日本军国主义的大联盟。有朋友打电话给她，问她有没有兴趣。她说："兴趣是没有的，责任是有的。"

1997年，温哥华成立了"卑诗省抗日战争史实维护会"，列国远任会长。就这样，她的人生轨迹发生了改变。她辞去了学校的教师工作，专门进行日本侵华浩劫史实的调查研究和宣传。她发现加拿大的历史教科书里忽略了对日本侵华战争的记述，便组织加拿大的中小学教师，利用寒暑假到中国进行实地调查，并举办各种展览，揭露日本侵华战争罪行。她因此成了职业社会活动家。

她高个头，圆脸，眼角微翘，似一弯月牙。人到中年的列国远看上去温厚朴实。说话慢悠悠的，却思维敏锐，言辞犀利。

她对新美隆说："我们要求鹿岛撤回声明，否则就是给鹿岛脸上贴金。这么做是日本人希望这样解决历史问题，不是中国人的愿望。"

在当天"思考会"召集的晚餐会上，列国远再次表述了上述要求。她说："鹿岛说没有虐待过劳工，这是个谎言。假如他们在有和解条约以后又说谎言，我希望你们支持的团体和律师应该谴责鹿岛所有的谎言，才能保持历史的真实，不合理的条款也应该再跟鹿岛去争取。"

当她说到"最主要的是没有认罪只付钱，这跟亚洲妇女基金有什么区别"时，会场气氛竟像水烹油锅般炸了起来。"思考会"中的几个男士吼叫着围了上来，对列国远推推搡搡，甚至有人挥舞着拳头。坐在不远处的田中宏和新美隆静静地看着这个场面。

列国远不急不躁不胆怯，语调依然平和地说："你们要打人呀？要让别人说话嘛！你们要尊重我们受害国人的感受，对不对？不是日本人要道歉，是我们中国人要道歉。"

散场时，当人群簇拥、挤压着她时，她忍不住提高了声调道："你们是为谁做这件事情？是为你们自己做这件事的吗？！"

把这一幕摄录下来的是人民网驻日本的记者孙盛林和他的妻子王丽萍。

王丽萍在日本一桥大学攻读博士学位，田中宏曾是她的导师。因此她也参加了花冈运动中的一些活动，义务担当翻译。翻译成中文版的花冈案诉讼书 89100 多字，长达 129 页，是她和丈夫共同完成的。

采访时，王丽萍说，在和解成立之前，田中宏知道和解内容之后，有一段日子情绪低沉，很痛苦，后来就铁了心，要维护这个和解结果。

王丽萍说：“和解本身是对受害者的又一次新的加害。令我失望的是由日本和平势力搞的战后补偿运动走进了死胡同。更遗憾的是，‘花冈和解’是通过日本进步人士的手实现的，所以，我对日本战后补偿运动感到很绝望。”

说这话时，王丽萍流下了眼泪。

在利益诱惑面前，人往往会动摇自己的信念。在维护各自的国家利益时，正义又会显得苍白无力。

人类无法避免风雨飘摇的命运。挣扎就是历史。天空晴朗的日子，路也是泥泞的。写在泥泞的脚印上，鲜血的教训可能依然要用新的鲜血来记述。

## 8

“花冈和解”报告会于 12 月 28 日下午在北京抗日战争纪念馆举行。由花冈诉讼律师团向中国的相关人士进行报告。与会的有中国抗日战争史学会会长，有中国红十字会的官员，还有中国律师协会代表和其他相关人士。

新美隆首先报告花冈案和解的情况。他说：“在金额上有很多看法，多了，少了。但我认为从日本的现状看，这是一个最好的结果。和解的意义，不仅是解决战后 50 多年来的战争遗留问题，从日中友好关系上看是有意义的。”

他还说：“和解后，不仅在日本，另外在美国、德国都有人表示高度关注，并对‘花冈和解’给予高度评价。”

他举例《朝日新闻》12月24日的一篇评论文章,称赞"花冈和解"是像1989年柏林墙倒塌一样重要的历史事件。

跟随报告团一起来的日本驻德国记者梶村太一郎对此话进行了进一步的发挥。他说:"'花冈事件'受难者向鹿岛建设公司提出三项要求的1989年12月,正是柏林墙拆除一个月之后。我认为这不是偶然的。从历史角度看,过去是一道铁墙,将东西方隔开,现在西方柏林墙拆除,东方'二战'赔偿问题也提了出来,这绝不是偶然。"

德国柏林墙倒塌的意义有多种解读,一般是把它当作"二战"遗留问题解决的一种象征。但把"花冈和解"视为中日两国战后遗留问题得到了解决,未免牵强附会。若是解读为找到了解决问题的途径,也太有失公允。

极力张扬的评价失度,往往是为了掩饰不足。

中国律师协会的康健发表了对花冈和解的不同看法。

康健,1953年11月出生,1982年步入律师行业。她1995年9月作为中国女律师的代表之一,出席了在北京举行的联合国第四次妇女代表大会。在与日本女律师座谈会上,日本女律师大森典子提出,拟代理中国慰安妇起诉日本政府,希望中国律师帮助调查。这样,康健介入了中国慰安妇起诉日本政府的案件,步入了中国民间对日索赔的行列。

她参与中国劳工索赔案是1996年夏天,应日本律师小野寺利孝邀请。小野寺所在的日本"中国人战争受害赔偿要求事件律师团"有300多名律师,在日本各地起诉的中国劳工索赔案有15件,康健参与了其中11件。

在参加这次报告会的前几天,她刚去了石家庄,就日本强掳中国劳工问题向河北省高等法院提起了诉讼。这是在国内起诉日本企业战争犯罪的第一个案例,首开先河。她对花冈和解的了解,是11月底在日本参加一个民间审判活动时,孙盛林和王丽萍给了她一份中文版的《和解条款》,并提醒她注意这个和解存在的问题。

康健发言道:"我曾经研究过新美律师的起诉书,他们投入了很大精力,其敬业精神令我钦佩。"

她还说:"作为律师,如果当事人同意和解的话,别人是无法评判的。但由于众所周知,花冈案作为战争中的公众案件,我们非承办律师评判也是可以的。”

她指出“花冈和解”存在两个问题，一是《和解条款》第一款，她问道：“鹿岛认为虽然承认1990年的《共同声明》，但并非承认法律责任，这一条怎么理解？”

二是关于《和解条款》第五款。康健问道：“为什么写所谓‘花冈事件’？是否是对‘花冈事件’能否称为‘事件’表示怀疑？”

她说：“另外，《产经新闻》11月29日刊登了鹿岛的声明，我认为声明是鹿岛对‘条款’的解释。鹿岛对战争中强制中国劳工劳动的看法，是否是新美律师刚才所说的‘在相互尊重对方立场之下签订的协议’？我希望能对这一点进行解释。”

她质问的态度很平和，但问题很尖锐。

她还说：“鹿岛对自己的责任没有反省，我认为这是和解协议中非常遗憾的一点，而协议对原告进行了非常严格的限制。我感觉这个协议给人一种很不舒服的和解方式，非常遗憾。”

坐在主宾席上的新美隆，脸上有些挂不住。他接着康健的发言说道：

“我要说明几点。中国律师没有经历过这种诉讼案。现在日本国内有60多起相关诉讼，有几百名律师参加，但都没有提出这个疑问，因为大家在非常困难的环境下诉讼，所以能够理解。”

他还说：“关于法律责任，刚才梶村君也提到了，在德国的诉讼中，没有任何地方提到法律责任。当然，一般在和解条款中不用写进去。我们写进去，是说明承认鹿岛有这个主张的事实，并不是承认其主张。”

他还说：“关于‘所谓花冈事件’的说法，一般法律文件用语很严格。因为‘花冈事件’是个有名的历史事件，所以法院认为有必要写进去。一般日本人认为花冈暴动是‘花冈事件’。这次‘花冈事件’解决问题的对象是986人，而‘花冈事件’指的是狭义的花冈暴动，所以用了‘所谓花冈事件’。”

关于《和解条款》第五款，即和解是一揽子解决“花冈事件”所有悬而未决的问题。花冈受难者不可再到世界任何地方起诉鹿岛建设公司，原告和中国红十字会要为此负责。新美隆的解释是：

“第五款是法律技术上的问题，所以法院写进《和解条款》。其实对任何人没有意义，并不是对受害者有什么约束的问题。从常识上讲，信任关系成立后，受害人并没有放弃他个人的权利，这是常识。”

新美隆还说：“关于鹿岛声明，并不是我们三方协商的，而是鹿岛单方面私下散布的。我想强调，为什么从劝告和解以来花了一年多的时间，因为这是一个很激烈的斗争过程，如果等天上掉柿子是不可能的！”

他平缓了一下语气，继续道：“鹿岛是大公司，内部针对和解也有两方不同意见。在日本，当年参加强制中国劳工的有 135 个事业所，作为鹿岛，他们要考虑到周围的大环境，对于这一点，我们有所了解。”

他还说：“一审判决鹿岛是胜诉方。而二审的这个结果对他们面子是极大的打击，影响极坏。如果按 11 个原告进行赔偿，拿 5500 万日元就可结束了，而鹿岛方面拿出近 10 倍的资金，就必须向他的股东说明。在日本有这种情形，事情完结后进行辩解是常有的。当然，我们同样认为鹿岛没有正确的认识。但仅从声明来看和解的意义，我认为是本末倒置了，日本很多人都不这么认为。从鹿岛的辩解来看，可以证明和解是多么艰难，将来履行的并不是辩解，而是条款。”

新美隆最后说道：“50 多年的敌对关系在一个晚上扭转过来是不可能的，今后要继续努力，从敌对关系扭转到友好关系。”

会场的气氛有一些微妙。中国方面的其他发言者都回避了争论的焦点问题，只是泛泛地说着一些不痛不痒的话，对新美隆等“思考会“成员多年的努力表示感谢。

# 和解之后(二)

## 1

耿谆接到从日本用快件寄来的《和解条款》中文版和鹿岛声明，读着读着，只觉得全身的血液直往脑袋上涌，一阵眩晕，昏倒过去。

听说耿谆晕倒的事，我于12月20日给老人打了电话。

老人的声音显得苍老，嘶哑着。

他说："条款始终没有看到，签名的是另外的一张纸(即《和解劝告书》)，上面的内容是由红十字会接管，同意调解。当时的和解条款没让看，只是在会上讲讲，说由法庭调解，但没说鹿岛不承担法律责任。"

耿谆的声音渐渐铿锵，他说："如果说了，我们就不同意。新美说双方谈，如果形成决议，一方不同意，法庭还可以调解。11月开会时我提出纪念馆的事，他们一惊，不吭声。我强调要盖纪念馆，原来我们说的让步只是钱让到20亿。老头儿们是真心真意委托他们。他们欺骗了我们！我说纪念馆一定要盖，他们说从5亿日元中拿出1.5亿来盖。聂德望劝我说，我们胜利了，盖纪念馆的意义不大了。我不作声。"

停顿了片刻，耿谆的声调平缓了一些，说道："还有最让人气愤的，关于设立基金会。新美以前没让我们看和解条款，说是5个人，田中宏作委员长，4个委员，是新美、林伯耀、鹿岛作代表，另外一个名额，邀请国内知名人士参与。不知是指什么知名人士？把受害者给一笔抹掉了。这次看到和解条款，上面写的是由受害者选出9个人来管理基金，受害者是主体。但新美隆把主体变成了他们，当时在会上，孙力、李绍海提出我们是主体，这才同意增加两个人。哪能委托人成当家人了！"

耿谆喘了口气，继续道：“我在会上说，以后有活动不要通知我了。我不参加了。我对不起我这一千人，你们好好把钱搞到红十字会，985 人的钱领到手后你们再通知我。”

电话那头传来一声叹息，耿谆说：“原来我们很感谢他们，觉得他们为‘花冈事件’出力。谁知最后用骗术骗了我们，罪恶滔滔！”

“新美说，鹿岛谢罪，在法庭上把《共同声明》再发表一下，这就算和解成功。大家说那表示一下，拿了纸笔，我才写了‘讨回历史公道，维护人类尊严，促进中日友好，推动世界和平’四句话，我们哪知道他们是蒙蔽着人呐！”

“在郑州时，我说我们不能妥协，如果妥协就没法上诉了。新美说日本法律黑暗。我说宁可失败不能妥协。我问他们败诉对律师团有啥损害？他们说没有。我说那宁可在法庭败诉，但政治上、历史上胜利了，100 年后我们还有权揭露他们！”

耿谆的声音低沉下来，喃喃地：“我说既然你们律师团没损害就算失败也没关系。”

电话那端一阵静默，我默默地举着听筒。

久久，久久。耿谆的语调苍老而悠远：“他们太可恨了，欺人太甚了……”

他说：“中国人重感情，看他们十几年的奔波才决定全权委托，算我认错了人！”

耿谆的话语在跟着思绪走，声音沉浸在回忆中：“我在白纸上签的名，上面写着‘现在“花冈事件”进入调解阶段，委托新美隆为全权代表’，我们签字，别的什么都没有。”

“他这种骗术让人难以心平……”

“当初我决心多大！我一直跟他说，我们不能屈服，中国人有中国人的尊严。你们支持‘花冈事件’不也是有正义感么？如果妥协了，你们也不光彩。”

电话这端的我，想象着老人的目光可能投向了书房的窗外。窗外是一片青灰色的矮房，不远处立着一棵孤零零的树，冬天脱掉了如冠的绿叶，显得凄恻而萧瑟。

老人的语调变得舒缓了，显得凝重。耿谆说：“我心里憋屈得慌啊，中国人重感情，以诚待人，重的是道义。”停顿片刻，他又说：“是我没给大家把事情办好，我引咎辞职！”话语怒气冲冲，紧接着是一阵剧烈的咳嗽。

我无言以对。我不知道在这种时候该用什么话来安慰老人。

耿谆一生贫寒，在我打电话的时候，他家里唯一的电器是一台21英寸的黑白电视机。有一次到日本参加活动，一个遗属向林伯耀委婉地表达想要一台彩电的愿望，被耿谆严厉批评，说咱再穷也不能丢中国人的脸。

每次“思考会”召集受难者在国内聚会时，林伯耀一再对耿谆说，您这么大年纪了，健康至关重要，让他坐软卧，给儿子也买软卧票，好在身边照顾。可是他不。每次都是给自己买一张硬卧票，给陪伴的儿子买一张硬坐票。大家劝他，他说：“组织这些活动是‘思考会’出钱，他们挣点钱也不容易，为帮我们打官司，不但没赚钱，还要赔钱，能省就要给他们省一点。”

1999年的夏天特别炎热，襄城县的领导说要给耿谆住的房子里安装一部空调，耿谆坚决不要。

2000年春，耿谆从楼梯上摔了下来，头皮擦破了，医生让他住院观察几天，他坚决不肯。他对儿子说：“住院每天要花好几百元钱，县里没有什么企业，怪穷，不要给县里添麻烦。”在医院门诊输完液后他就回了家。

还是1995年8月，日本记者坂井臣之助采访耿谆时问道：“您始终坚持这样一种使命感，是这种使命感让您在艰苦的日子里活下去的吗？”

耿谆答道：“是这样。”

记得1999年春天，我在耿谆家里翻看《襄城县志》，人物篇里有东汉时期云台二十八将之一的祭遵，有东汉末期清流领袖李膺，清代画家黄甲云，北宋理学家程颢、程颐的后裔程玳，耿谆也作为襄城的名人记载在人物篇里。

耿谆对我说：“俗话说盖棺定论，就是人死了才能入史。现在把我写进县志，是相信我能保持住晚节。保持晚节很重要。有一首古诗：‘周公恐惧流言日（指篡位之流言），王莽谦恭未纂时。向使当年身先死，一生真伪复谁知。’”

历史把耿谆推到了代表中华民族气节的位置，他一生都在为这个形象活着。

## 2

“花冈受难者联谊会”对耿硕宇进行批判是在2000年12月28日下午。

当天上午，花冈报告团一行向原告们说明了“花冈和解”的情况，由新美隆主讲。

耿硕宇是“花冈受难者联谊会”干事。花冈诉讼的11名原告，除耿谆为联谊会名誉会长、王敏为会长外，其余9名是干事，另外，耿硕宇和夏芹花（化名）也是干事，一共11名干事。

12月27日，耿硕宇特意从日本飞来北京，参加此次活动。他心里涌动着“天将降大任于斯人也”的激情。他的想法，是把和解的真相向联谊会说明，说服原告们不接受这种和解，重开与鹿岛的谈判。但他只得到一个坚定的支持者，就是原告之一的孙力。

在12月28日上午的说明会上，当新美隆介绍《和解条款》第一款时，解释道：“鹿岛不承认法律责任，原告表示知道，并不是说原告同意鹿岛的主张。只是知道鹿岛有异议这样一件事，而不是同意鹿岛的主张。”

这时，孙力插话道：“是不是鹿岛不承认法律责任，我们知道这件事也没有异议？是不是这个意思？”

于是，翻译杨建群又念了一遍中文版的《和解条款》。孙力说：“说我们知道了，其实我们根本不知道。”

耿硕宇插话道：“关键是在和解宣布成立之前，没有给大家看《和解条款》。”

孙力说：“让我们签名的《和解劝告书》我抄录过，与《和解条款》的内容不一样。”

杨建群说：“不一样的内容是11月份以后才有的。”

孙力说：“凡是修改的都要给大家通过一下。”

新美隆说："很多小的修改，文字的变动，没办法一一征求大家的同意。这不现实。"

他还说："这些内容让我们从事法律工作的人来看，应该是没有疑义的，不存在什么问题，但不懂法律的人容易产生误会。"

时间在争执中飞快流逝。田中宏说："已经12点多了。下午要到抗日战争纪念馆参加一个活动，由猪八戒、聂总（聂德望）召集大家开讨论会，还有什么要说的，明天再充分讨论。"

下午的讨论会在下榻酒店的会议室召开。会前，《人民日报》的记者前来采访，被猪八戒挡了驾。他说："这是我们内部的讨论会，不对媒体开放。"

会议首先要决定增补两名联谊会成员参加"花冈基金运营委员会"。

早先，新美隆宣布的运营委员会有5个成员，除了红十字会参加1人外，都是日本方面的人士，有新美隆、田中宏、林伯耀和鹿岛建设公司1名代表。这个名单让原告们签名通过，但鹿岛建设公司并没有派人参加。原告们强烈呼吁，应该有受难者的代表加入基金运营委员会，纷纷说："我们是诉讼的主体，怎么不让我们参加基金运营委员会呢？！"

这应了"爱哭的孩子有奶吃"的老话，权利只有争取才能得到。

新美隆、田中宏、林伯耀等人经过商量，决定增补两名花冈受难者的代表加入运营委员会。在上午的会上宣布，提名夏芹花和王广财（均为化名），但要走一下选举程序，让原告们下午开会时唱票通过。

夏芹花的父亲是在和解达成之前去世的。此前，她一直作为联谊会干事与其父一道参与"花冈事件"的活动。她20世纪50年代初出生。中等个头，胖胖的，大脸盘，性格泼辣能干，能说会道，精明厉害。她原本是河北省某市一家工厂的工人，提前退休后，专职做花冈联谊会的工作。12月17日，夏芹花被邀请到东京参加"思考会"举办的"花冈和解"庆祝会。初来乍到，看了《和解条款》和鹿岛建设公司的声明，她义愤填膺。在会场，她接受媒体采访时说："我们本不愿意接受和解，是看在律师团和'思考会'多年的辛苦和付出的情况下，抱着感谢的心情才接受的。但我们在国内看到的和解文本和日本公布的是不同的。"当时在场的新美隆脸上就有些挂不住。有一名“思考会”的人冲过来对她嚷道：“我们进行了十多年的努力，花了钱，你们应该感谢！”

第二天，夏芹花改口了，成了和解的坚定支持者。说话依然是风风火火的，再面对媒体时，她最有代表性的言辞是：“只要鹿岛出1元钱，就是谢罪了！”

王广财是劳工幸存者，但是否是花冈的劳工，说法不一。在1990年新美隆等人与鹿岛进行密集交涉时，国内也在加紧寻找花冈受难者人员。那个时候对身份的认定没有和解之后认定的那么严格。因为在交涉之时，找到受难者的人数越多，对鹿岛的压力就越大。

王广财是山东人，做过某县的副县长，是正县级的退休干部。寻找花冈受难者的人曾向耿谆核实王广财是否是花冈劳工，耿谆说：“有王广财这个人吗？不记得了。”话很快就传到王广财耳朵里，从此王广财对耿谆很有意见。

12月21日中午，我打电话采访王广财对和解的看法。他说：“对于和解结果，我们认为很不像样！日本人根本没有诚心！这个结果只是说把这事给撂下了，我们不服！”

来北京开会之前，孙力打电话征求王广财对和解的意见，他说：“我早就看出来了，律师团是在糊弄我们！”

对于基金运营委员会里没有原告代表，他是强烈反对者之一。私底下到处游说，也向日方人士表达了他想加入的愿望。

或许是一种交易。在28日上午的和解情况说明会上，他积极表态拥护和解。说：“虽然赔的钱不多，但长了我们的志气。”并要求尽快成立基金运营委员会。

选举开始。参加投票的一共12人。耿硕宇、孙力、孟繁武的女婿和张肇国的儿子4人弃权，剩下8人，全票通过。

耿硕宇说，他弃权是因为不承认运营委员会，并当场宣布退出联谊会。

会议室的布置是由条桌围成的一个长方形的圈。把头的两端，即通常的会议主持人的位置，一端坐着耿硕宇，一端坐着王广财。

聂德望的演讲，占用了大半个下午的时间。

他说："上午，报告团为什么开这么多人的会？说这么长的话？因为对于和解，有的人理解了，有的人不理解。我关注'花冈事件'十几年了。"

耿谆对聂德望一直有些不解。采访时耿谆对我说："他是国家外事部门的干部，虽说退休了，但应该替中国人说话才对，可他总是向着新美他们。对于鹿岛设立的基金如何使用的问题，他竟然提议拿出一部分钱去搞西部大开发，说要让钱生钱。这是我们劳工的血命钱啊！"说到这里，耿谆叹了口气，摇了摇头。

话说回来。在12月28日下午的讨论会上，聂德望说："和解不是判决。和解是双方的妥协。我们是在不丧失原则的基础上进行了妥协。我们是胜利了，不是失败。但不可能满足所有要求。你们是全权委托律师团进行和解的。出现的问题不是和解的问题，是和解之后鹿岛声明引起的。新美他们花了那么多的钱，那么多的精力。新美上午讲了这么长时间，是因为你们伤了他们的心。"

他还说："和解了，是要继续斗争，但是要和鹿岛斗，而耿硕宇是跟新美斗。现在耿硕宇把矛头对准新美，会使亲者痛，仇者快，鹿岛高兴，日本右翼高兴，新美感到受到了伤害。"

他讲完之后，耿硕宇接着发言。

耿硕宇说："我在日本看到日本朋友的努力。正是他们的努力，才使'花冈事件'没有被埋没。但'花冈和解'后，看到《和解条款》和鹿岛组的声明，用家乡话说，肉都是绷的。"

他说："鹿岛的态度狡猾，在和解条文上做了手脚。大家认可不认可？我认为鹿岛是一手交钱，一面向我们脸上吐唾沫，打我们的耳光！如果我们不发表声明反驳他们，我们就成了讨饭的！"

他还说："我们要让鹿岛知道，我们接受这个钱，不是接受他的恩惠、他的救济！要让律师清楚地把我们的意见给他们传达过去！"

他接着说："对新美律师，我过去一直感激不尽，但看到和解条款，我对新美说了气话。要求他作为原告的代理人无论如何要向鹿岛传达我们的心情，拖的时间越长，鹿岛越瞧不起中国人，可他一直没有给我答复。”

说到这里，耿硕宇情绪激动起来，声调里带着泣音，道：“我求告各位大叔、大哥大姐们，我们无论如何感谢新美律师和日本朋友付出的努力，我们中国人啥时候都不能忘他们为‘花冈事件’努力斗争的恩。但是作为中国人，我们自己的人格，我们自己的立场，我们该说的话，我们中国人的原则，要跟律师说清楚。让律师跟鹿岛说清楚。我们中国人无论如何要向鹿岛提出抗议。联谊会包括原告，对鹿岛如果没有正式抗议，作为我自己来说，实在是没脸回国，除了在那里自杀之外，实在是没脸回来见大叔们了……”

说到这里，耿硕宇声泪俱下。

他最后说：“10年里我很少见大家，对大家照顾不周，我已经作为个人向鹿岛提出了抗议。在这个会上，咱们的心情、咋拿这个钱、今后鹿岛组不认账咋办？咱们说清楚，交给律师给鹿岛说清楚。大家能让我说这几分钟，也不枉我回来一趟。”

会场出现片刻的沉默。少顷，赵满山说：“我们联谊会的事情以后不要对外面讲。”

联谊会秘书长杨彦青是遗属。50多岁的样子。他发言时有些声色俱厉，说：“耿硕宇你没良心！我看你发给新美的信，眼泪都出来了，你怎么能攻击我们的恩人呢？”

与耿硕宇对面而坐的王广财真正动怒了。他声若洪钟，指责道：“耿硕宇你说和解推翻重来，但是和解是我们联谊会全体同意产生的！你重来就是把我们的意见也推翻。你有权推翻我们的意见吗？你太狂了！你狂什么你？！你胡闹！！”说着，狠狠地拍了下桌子。

隔着六七米开外的距离，耿硕宇面前的录音机录下的这段话听起来嗡嗡作响。

夏芹花站起身来，一手叉腰，一手指着耿硕宇，厉声道：“耿硕宇！你发声明和给新美写信为什么不跟我商量？你有什么资格以联谊会的名义发表？你能代表我们联谊会吗？”

耿硕宇辩解道：“我是以个人的名义写的。”

夏芹花说:“你署名‘花冈受难者联谊会干事’,就是盗用联谊会的名义!”

这时,一直坐在后排的一位年轻华人女子走了过来。她走到夏芹花身边说:“大家写一个证明,证明新美律师事先给你们看过《和解条款》。”

这是要求原告们白纸黑字作伪证,事关重大,气势汹汹的夏芹花顿时也哑了炮。

围桌而坐的原告们面面相觑,谁也不接腔,有的干脆低头扣手指,一时冷了场。

是孙力打破的僵局。她大声喝道:“你是干什么的?”

那女子说:“我是记者。”

孙力说:“这是我们的内部会议,人民日报的记者都不能参加,你为什么能参加?谁叫你来的?”

顿时,那女子显得有些尴尬,讪讪地,转身离去。

一番争执后,夏芹花转了话题,说:“我起草了一份给鹿岛的抗议书,给大家念念。”

### 对鹿岛建设公司“关于花冈事案和解声明”的抗议

鹿岛11月29日的声明使人发笑。在花冈町受苦役的中国人在你公司的压榨虐待下,仅仅不到一年半时间里就有418人葬送在你们手里。你们说什么“本社给予诚心诚意的照顾”,真是不知羞耻!不知你们是怎样厚着脸皮写出来的。

法律责任鹿岛肯定要承担的。早在1948年3月,国际法庭横滨裁判所的判决就是铁证。不是有3名鹿岛监工被判绞刑、1名终身监禁了吗?无可争辩!

请问鹿岛,“法院建议的金额不含补偿、赔偿”,那又是什么呢?无论你拿出金额多少?就是1元钱,也表示你们承认了罪责。

对鹿岛出尔反尔的态度,违反《和解条款》,我会表示可气、可笑、可悲、可恨、可耻!并强烈抗议!抗议鹿岛无视法律,无视中国人的尊严！铁证如山，证据永存。

花冈受难者联谊会

2000年12月28日

耿硕宇傍晚到我家时神情十分疲惫。他悲凉地说："我退出联谊会了。我不怪这些老人们。他们当年受了那么大的苦，想得到这点钱也是可以理解的。只是有的遗属骂我没良心，他父亲的血就流得这么不值钱吗？"

因为学业之事，他第二天清晨就要乘飞机赶回日本。我说："你也不回家看看？"他说："不了。回去怎么跟我父亲说呢？又勾起老人的伤心。"

他给耿谆打电话讲述了白天会议的情况，耿硕宇说："我不回家了，要赶回学校参加期末考试。"

耿谆在电话里跟耿硕宇说的什么我不知道，但耿硕宇听电话时的表情十分沮丧。

耿谆让我听电话。他说："李先生你告诉硕宇，失败就失败了，我们的出发点是正义的，让他好好上学。已经这样了，就不争了。对林先生、新美，他们要的，我都给了。我说过多少次，不能妥协，妥协就是失败，把中国人的尊严丢了。事到如今，我不会再答应他们什么了，我也不管了。"

耿谆的声音里透着苍凉，可以感觉出来，失败在耿谆心里是一个挥之不去的阴影。

20世纪最后一个冬天北京出奇的冷，入冬的第一场雪一直伴着古都到春天。

翌日，在晨霭浓重的早晨，耿硕宇孤单的身影冷清地站在灰蒙蒙的街道上，发出荧绿色光晕的街灯把晨色涂抹得越发凄冷。

## 3

2000年2月18日，耿谆接到闫宏达（化名）的电话，说林伯耀第二天到平顶山，是专程来看耿谆的。

放下电话，耿谆心里思量着，总是要见面的，看他咋说吧。

和解之后，耿谆的心里很矛盾。他一方面生气新美隆反客为主，用欺骗的手法达成了屈辱的和解。另一方面，又感恩是新美隆这些人多年的努力，把“花冈事件”宣扬了出去。两种情感相互纠结，伴他走完“花冈事件”最后一程。

他想，林伯耀此番来，如果不谈和解的事也就不说了。如果要说的话，自己就说他们十几年的努力不容易，有功有过，功大于过。但要告诉林伯耀，这个结果大家是不满的，有情绪的。过去你们咋说我都办了，现在我年纪大了，身体也不好，不管不问了，不再多说了。

林伯耀与耿谆见面时，并没有多说和解的事。他说希望耿谆6月前往日本，参加花冈慰灵祭活动。耿谆拒绝了。

林伯耀说：“鹿岛的社长很想跟你在日本见面并握手合影，那样会在日本造成很大影响。”

耿谆说：“我已经在大会上表过态，坚决不再过问花冈的事了。我已经尽力了，我如果再出来说话就是失信，有损我的人格。”

林伯耀说：“鹿岛的社长在日本很有地位。”

耿谆淡淡地回答道：“对我是荣幸，但我耿谆不能这样做，有损我的人格。对‘花冈和解’国内本来就有意见，我再那么做是对不起中国人。”

林伯耀说：“社长跟你握手就是谢罪了。”

耿谆道：“他没谢罪。他要是有诚意就公开谢罪，建纪念馆，按我们的要求金额赔偿。他按我‘和解献言’做到也可以。”

林伯耀说:“与鹿岛的社长握手是件光荣的事。”

耿谆接着说:“我耿谆觉得不光荣,我觉得是可耻。我耿谆不能出卖大家的利益,这是中国人的利益。”

当时耿谆的语气看似平淡,其实内心已是翻江倒海。气血翻腾拱得他不停地咳嗽打嗝,许久,他长长喘了一口气,说道:“请你转告新美、田中,我耿谆说不再过问了,我决不会怂恿别人闹事,生出枝节。耿谆说不问事就不问了。我跟花冈已经断绝缘分了。请转告他们,就当耿谆已经死了。”

林伯耀说:“新美、田中想来拜访你。”

耿谆说:“不必要了。路远,襄县又不靠铁路。我们还是好朋友,但不必来了。”

事后,耿谆在电话里对我说:“那天不欢而散。”还说:“他不愉快我也没办法,这是原则问题,是人格问题。”

## 4

2001年9月1日,我去信给耿谆,就2000年8月在郑州他与新美隆谈和解的详情、以及他对和解的评价等内容,进行书信采访。

耿谆9月14日复信于我。信发出之后,他打电话给我,相约在他百年之后再发表。

2012年8月27日下午5时20分,耿谆在河南省襄城县家中平静地逝世。享年99岁。走得很安详。

遗体火化之后,在骨灰里面发现有20多块指甲盖大小的金属片,疑似弹片。耿硕宇说,父亲身上至少有5块弹片,其中膝盖内的一块是造成他晚年走路不便的主要原因。

其实,还有一颗无形的弹片留在他心中,就是“花冈和解”。

耿谆的信全文如下:

李旻先生：

您好。

来信读悉。您所提问者，敬答于下：在2000年8月下旬，律师新美隆、教授田中宏、华侨林伯耀、红十字总会官员XX等来郑，由大河报社举行座谈会，标题为——本报与“花冈事件”律师团座谈会“花冈暴动五十五周年”。会上我和彼等皆作了发言。会后，我在新美房间座谈，田中宏、XX在座。谈话中，XX满口流畅的日语。于是，就请其作翻译。我向新美提问一事：我说花冈诉讼，如果败诉，对律师团的损失有多大？新美沉思片刻后，回答“没有损失”。我就接着说，要是没有损失，花冈诉讼，宁可败诉，决不能妥协。当知败诉是法庭上的人为败诉，而历史上是胜诉者，政治上是胜者，新美虽没有答话，但频频点头。

2000年11月中旬，花冈受难者联谊会通知花冈诉讼原告，到北京崇文区宾馆，举行律师汇报会。开会时，XX官员亦到，但会终前中途离会，翻译韩燕明。

会上律师新美，不是汇报，而是以通报的姿态向原告团宣告和解成功。说，鹿岛重新谢罪，赔偿五亿日元，此款定名为“花冈和平友好基金会”，以五人组成此款管理运营委员会，五人的组成人选是——新美、田中、林伯耀、被告鹿岛一人，一名空额留给中国知名人士。在大会结束时，要(为)和解成功献言，由耿谆执笔写成幅面，要原告团分别签名。当时原告团对和解虽不满意，但认为鹿岛从(重)新谢罪，五亿日元，虽微不足道，以为也是鹿岛认罪的象征。

会议结束，在回里(家)后不久，接到林伯耀先生寄我的和解报章、《和解条款》及鹿岛的声明。细阅之下，令人两眼冒火，顿时昏倒。

不仅花冈诉讼的要求全部丧失，而中国人的形象与尊严，亦被污蔑。区区五亿日元，说成是对中国人的捐助、救济，还指明不含赔偿不含补偿的字眼，这简直是对中国人的极大侮辱，实令人痛心愤慨。

新美隆，应该知道，花冈诉讼人是主人，律师是受委托者，和解协商中，在重大问题上不取得委托者（主人）的同意，无权签署协议。再者，运营委员会组成与人选，不通过诉讼者（主人）允许，你新美隆哪有权决定，并且，条款中指明运营会是九人组成，新美告诉原告团是五人，不知你新美隆的人格与职业道德何在！不知新美隆会不会扪心自问一下，对得起原告团对你的相信么？对得起原告团对你诚心委托么？你律师是主人还是诉讼人是主人？

这个和解，只有八个字作总结，即“骗取信任，强宾夺主”。

不禁今后会有人要问，新美隆，这样的职业作风日本律师界普遍是这样么？这是律师界中的常规么？新美隆个人洋洋得意，今后能作为律师界效仿么？

新美隆曾向人言，他父亲是侵华日军的一个兵，在中国杀害过中国的无辜人民，返乡后病中常常做噩梦。不知新美隆想过没有，像这样的处事，花冈的殉难人的灵魂也将出现在你新美隆左右，这只有新美自知了。

先生处事，力求真实。对“花冈事件”，更应求实，留给后人以真实的历史。因身体欠佳，迟复，抱歉。

祝秋安

耿谆顿首

2001年9月14日

追悔之下，捶胸自责，失之知人之明，又聊以自慰者，事之失败，失败在对人之真诚上。又及

附寄：《和解条款》《鹿岛声明》

# 人在漩涡中

## 1

关于耿谆领花冈基金的报道，最初刊登在2003年3月9日的《平顶山晚报》上，题为《“花冈事件”中国劳工索赔案有果：日方兑付赔偿金》。

报道中说：“4月2日，包括‘花冈暴动’领袖耿谆在内的我省20多名该事件的受害者及遗属，每人将在郑州领取25万日元（约合人民币1.6万元）的赔偿金。”还说，消息来自于日本侵华战争受害者河南省调查中心主任闫宏达。

闫宏达是一家企业的工会主席，喜欢摄影。他的人生转变源于耿谆1996年做的一次关于“花冈事件”的报告会。“花冈事件”的故事打动了闫宏达，他用镜头记录下了耿谆的形象，制作了一套精美图片送给耿谆，于是建立了联系。

1997年3月，林伯耀约耿谆到北京参加与花冈诉讼律师团的会晤，闫宏达得知后，主动提出自费陪耿谆前往，以便照顾他。耿谆开始婉拒，但最终被闫宏达的诚恳、热情和执着打动，于是应允一同前往。

闫宏达带着照相机，白天将会晤的现场拍摄下来，连夜冲洗，几天下来，制作了一套完整的活动图片资料。

他把洗印出来的图片分送给日方人士每人一套，林伯耀看他如此主动、热心，便邀请道：“和我们一起工作吧。”

此后，闫宏达作为林伯耀在国内的联络员，协助花冈联谊会的活动。

闫宏达对《平顶山晚报》的记者说：“赔偿金由花冈和平友好基金管理委员会负责发放。届时，该委员会委员长、日本一桥大学研究劳工问题的社会学教授田中宏将莅临赔付现场。”

闫宏达谈话里的不准确之处在于，花冈基金不是赔偿金，准确的称谓是“信托金”，是鹿岛建设公司信托给中国红十字会的对花冈受难者祭奠和生活补贴的费用，用“赔偿金”一词显然是在为颇有非议的“和解”贴金。

另外，引起耿谆愤怒的是报道开篇所说的耿谆4月2日将在郑州领取25万日元的赔偿金，这是杜撰。

3月10日，中新网转载了《平顶山晚报》的消息，题目改为“战后对日本诉讼第一案有结果　中国劳工获得赔偿金”。

耿谆看到报道后心绪难平。此事没有跟他通过气，而且明明知道他反对和解，并放弃领钱，却造谣说他将去领取25万日元的赔偿金，耿谆认为，造谣者这么做，其用心或者是逼他就范，或者是造假象以损害他的名誉，耿谆越想越气愤。

耿谆给闫宏达打电话道：“你说瞎话，是陷我耿谆于不义。”宣布与他绝交。

闫宏达的作为未必是他个人的意思，很可能是奉命而为。策划者对耿谆很了解，耿谆是一个与人为善、轻易不会撕破脸皮的人。这则消息传播开来，一是逼耿谆就范，二是造社会舆论，花冈诉讼的领军人物都领取了和解金，即表示赞成和解，其他反对和解的人还有什么话可说呢？

一石二鸟。

耿谆心底有些悲凉。

自从和解之后，他承受着来自各方面的压力。除了林伯耀的劝说，还有反对和解之人的责问。

早年关注并报道过“花冈事件”的一位新华社驻日本记者，虽然已退休，还是从北京打电话给耿谆，对和解表示了不满。这位退休记者的女儿在日本留学攻读法律，说话没有分寸，在电话里指责耿谆出卖了民族利益。

自和解以来，耿谆并没有在媒体上公开反对和解。他内心的矛盾，在于对新美隆等人对“花冈事件”的功与过之间的纠结。2000年2月，林伯耀到平顶山劝他与鹿岛建设公司社长会面并握手，耿谆拒绝了，但说他绝不会怂恿别人闹事，生出枝节。他一直恪守诺言。

2002年6月,《尊严》出版之后,出版社举办研讨会,耿谆说他一定到北京来参加。火车票都买好了,但研讨会临近之时,一位反对和解的学者,要求耿谆在研讨会上旗帜鲜明地反对和解。为此,耿谆退掉了车票,以身体不佳为由,取消了出席研讨会的计划。

耿谆与我通电话时语气里充满了无奈,他会时不时地长叹一口气。

他说:"我咋办?"

我说:"您只有发表声明亮明态度。"

他说:"他们手里现在有钱,能量又很大,我写声明也发不出去。"

我说:"您写吧。我帮您向媒体推荐。"

耿谆写了一份声明,他自己留着复印件,把原件寄给了我,希望我保存。全文如下:

## 严正声明

中新网3月10日报道,4月2日,包括"花冈暴动领导耿谆在内的河南20多名该事件的受害者及遗属,每人将在郑州领取25万日元(约合人民币1.6万元)的赔偿金。"花冈事件"中国劳工索赔案,不仅是我国乃至"二战"亚洲受害国家战后对日本诉讼第一案。同时并有平顶山晚报的报道,内容与中新网大致相同。

竟有丧失人格者置中华民族尊严于不顾,制造假象,混淆是非,误导世人视听,围攻耿谆,意欲迫使耿谆接受和解。

耿谆特此严正声明:耿谆仍然一如既往的反对屈辱的和解,拒绝领取可耻的鹿岛捐出的发放金(只限耿谆本人)。花冈受难者都有自己的权利,领与不领均由自己作主,任何人无权干涉。

耿谆是"花冈诉讼"的首席原告,对"和解"一案并未在和解文本上签字,"和解"对耿谆无效。

关于"花冈事件"始末,条述于后,以正视听。

(一)中国人被押送日本做苦工的概况:1944年,日军将我抗战被俘军人及日军在我抗日根据地进行"大扫荡"中抓捕加以"通八路"的罪名的无辜中国平民为数一千人先后押送日本，除途中死去者外，实到日本986人，交付花冈鹿岛组（现鹿岛建设公司株式会社）从事苦役。在鹿岛的残酷摧残下，为时仅半年致死者就达四百一十八人。

耿谆与难胞王敏等在1989年12月向鹿岛发出"公开信"（附件1）提出三项要求：（1）向我受难者郑重谢罪。（2）对我死难者建立两座纪念馆（日本大馆市和北京各一座）。（3）对我986人受难幸存者及家属每人补偿500万日元，以资弥补遭受摧残的创伤。于是在次年（1990年）的7月5日应鹿岛之约在其本部（日本东京）举行双方和谈，鹿岛出席者村上光春，对我方要求的第一项，当场深表谢罪，对二、三两项称双方派出代表继续协商，期早解决。同时作出《共同声明》（附件2）之后，不料鹿岛撕毁诺言，谈判中断长达四年之久，在和谈无望之下，耿谆等组成十一人的原告团，代表986人利益，在日本各界社会贤达支持下，并委托以新美隆为首的律师团（16人），于1995年向日本东京地方法院对鹿岛提出控诉。该法院受理此案后，历时二年半，虽进行七次开庭，既不取证，又以极短的时间即行休庭，最终以失去时效宣布原告败诉。我原告团在此丧失公正的判决下怀着满腹愤怒同律师团上诉东京高等法院，该院受理此案后，在1999年提出，对"花冈诉讼"在1990年的《共同声明》基础上，进行庭外调解。

（二）我原告团接受了这一调解。

首席律师新美隆向原告团要求称：跨国打官司，往返不胜其烦，于是原告团以十分信任的态度，委托律师团为全权代表进行谈判。

（三）新美首席律师，在得到原告团的全权委托，同鹿岛达成和解。于2000年11月17日在北京所住宾馆召集原告会议：声称以《共同声明》为基础，鹿岛重新作出谢罪，付出五亿日元的赔偿金由中国红十字会接管运营（发放），原告团欣然接受，并无异议，我原告团由于对律师团深信不疑，不苛求索阅和解文本。会议气氛和悦，田中宏教授示意耿谆应对和解成功写出贺词，耿谆应诺挥毫写出:“讨还历史公道,维护人类尊严,促进中日友好,推动世界和平”。北京红十字总会XX官员,曾参加此会。

(四)耿谆深感欣慰,总算“花冈事件”得到结果,而今而后,安度余生,乐快于心。在即将散会之时,耿谆提出:宜从速让报刊登出寻找受难者,红十字会应按千人名册,凡某地有花冈受难(者),或其子女,函请该市县红十字会查明、证实、开证,使其持证到北京领钱。

耿谆须在985人之后领取,985人之中有1人没有拿到,耿谆亦不得领取。耿谆已届风烛残年,身体极度衰弱,不再参与事件的会议和活动,幸会议全体没有异议,此次会议,当晚即行散会。

(五)当返回家乡不久,接到由日寄来的“和解文本”及鹿岛的声明,展阅之下,令人怒气塞胸,此时醒悟已陷于蒙骗深渊,不禁昏倒,送入医院。

(六)花冈诉讼,彻底失败于丧权屈辱的和解之中,让人捶胸顿足如利刃刺心。

和解所列条款,每条都是套在我受难者身上的枷锁。连1990年的谢罪已(亦)被推翻,建立纪念馆一项只字不提。付出区区5亿日元,尚称是捐出,注明不含赔偿、补偿性质。(附件3、附件4)

凡有血性的中国人,能不引为极大耻辱和悔恨?和解事实与新美大会所言,面目全非。由是耿谆宣誓:反对和解,拒绝领取发放金。“和解”对耿谆无效。

(七)鹿岛在声明中,对虐杀中国劳工罪行只字不提,相反竟以慈善家自居,真可谓怙恶不悛,恬不知耻。

(八)耿谆想前思后,皆因失于知人之明,遭受蒙蔽,花冈诉讼被人出卖,使事件不可挽回地失败,应当引咎自责。本想宁己安人不再问事,孰料遭无耻者步步围攻,蓄意迫使接受丧失民族尊严的和解和领取可耻的鹿岛捐出金。耿谆严正警告围攻者,耿谆虽届九旬老朽,尚能奋臂痛击丧失人格、人所不齿之徒。

(九)日本各界贤哲之士对“花冈事件”自始至终给予大力支持,增进了中日的传统友好,建立了中日两国人民的深情厚谊。耿谆七次访日,深有感受。

旅日的华侨,热爱祖国,对"花冈事件"的支持,不遗余力,花冈受难者及家属感谢在心。

耿谆(印)

2003年3月14日

附件:1.《致鹿岛公开信》
2.《共同声明》
3.《和解条款》
4.《鹿岛声明》

《中国青年报》于3月17日刊登了《花冈劳工领袖揭露日本委托人出卖中国原告利益》的文章。文章中说,《严正声明》"是耿谆沉默3年后首度就所谓'花冈和解'案公开表明立场——一如既往地反对屈辱和解,拒绝领取可耻的鹿岛捐出的发放金"。

3月28日,中新网也对此事进行了报道,题为《"花冈诉讼"原告之一耿谆声明:拒绝领取发放金》。人民网日本版对该文进行了转载。

2

暗箭从背后射来,是耿谆所料不及的。

耿谆至死都没有看透,日本人其实是借"花冈事件"搞自己的和平运动,而非纯粹地为中国受害者主持正义讨回公道。

记得在2001年3月10日的"中日律师研讨会"上,讨论设立"中国劳工基金"问题。一位亦是劳工遗属的学者,曾经做过"花冈事件"的顾问。他因为主张把官司拿到美国去打,受到新美隆的冷淡对待,此后不再邀请他商讨花冈问题，他因此站在了反对和解的行列。后来新美隆来北京时特意与他会面，并向他致歉，邀请他继续参加活动，于是他的立场就转换为理解并支持和解。

这位学者参加研讨会时尚未与新美隆和解，是站在反对和解的立场上，总结花冈和解的教训。他说，中国律师没有参加诉讼过程，才造成了这种令人不满的结局。他建议成立一个全国性的被强掳到日本的中国劳工联谊会与日本律师团合作，说关键问题是经费问题，没钱，日本团体如果真的支持这件事，应拨一笔款来，由受害者自己支配，而不是像花冈那样，仅是一笔一笔地报销路费，受害者没有自主权。

日本律师团的核心人物小野寺利孝赞赏成立全国性劳工联谊会的提议。但他说，经费方面，由双方各自解决。日方筹措自己的费用，中方的经费也应该自己来解决。他有一句话令我印象深刻，说："花别人的钱，怎么可能有自主权呢？"

这句话道出了一个社会规则：没有实力，完全依附他人，其代价就是丧失做主的权利。

耿谆并没有意识到这一点。他判断人和事基本从善和恶的角度出发。他认为日本的支援团体集合着一批有良知的人，他们支持花冈受害者是为了正义，是无私的。

可是世界上哪里有纯粹的正义而又为什么无私？正义和利益往往是纠缠在一起的。

所以，"花冈和解"之初，夏芹花在东京参加"思考会"举办的"花冈和解"庆祝会上，她对媒体说："我们本不愿意接受和解，是看在律师团和'思考会'多年的辛苦和付出的情况下，抱着感谢的心情才接受的。"当时就有日本支援团体的一名男士冲过来对她嚷道："我们进行了十多年的努力，花了钱，你们应该感谢！"

这就是逻辑。

显然，耿谆发表《严正声明》不符合日本的团队精神。在其公之于世不久，关于耿谆历史污点的材料就在内部和社会上散发开来。

共有三组材料。第一组是1945年秋田地方裁判所的《审讯调查书》，共两页，订在一起。两页，实际上是两份不同时间的审讯记录，被合并在一起，不细看还以为是同一份审讯记录。

第一页是 1945 年 7 月 11 日在大馆警察署的审讯记录，有编号，日文原版是 0307-12，中文版写的是 0307-0312，显然翻译时抄录有误。

此份《审讯调查书》审讯的问题，编号“一”和“二”，讯问的是耿谆发起暴动的理由和行凶的理由。

第二页的中文译本没有编号，审讯问题的编号是“三”和“四”，很容易让人误以为是连续的同一份审讯记录。

抹黑耿谆的内容恰恰在第二页上。耿谆在回答“有关经历和家庭情况”时，翻译成中文的记录是：“22 岁的时候，应招入队于中央军，之后晋升到将校。没有受到特别教育。民国三十三年四月，在洛阳之战的时候，负伤被捕，成为日本人的俘虏。受到文职人员的精心护理，为了日支亲善选择了来日本打工，于是在去年 8 月 7 日来到了花冈矿山。”

这段话里，一是耿谆称自己是将校军官与实际不符。另外，“为了日支亲善选择了来日本打工”也显然是谎话，刻画的是一副汉奸嘴脸。

不排除中文译成日文，日文又译成中文，来回地翻译中出现理解和表述的失误，但两份文件归在一起，显然有移花接木的嫌疑。

查日文原件就会发现，第二页其实是 1945 年 8 月 14 日在秋田监狱的审讯记录。时间、地点、审讯人、翻译都与第一份材料不同。当然，不排除翻译是否准确的问题。因为在第一份审讯记录里，耿谆对身份的回答是中队长。“中队长”亦是根据日军中的称谓所翻译，耿谆实际说的是“上尉连长”。

在第一份材料里，耿谆的回答很明确，是因为对冷酷的待遇不满才发动暴动，而第二份材料却说是因为受到日本人的精心护理，为了日支亲善来日本打工，完全不靠谱。

具有杀伤力的是第二和第三组材料。

第二组材料是战后远东国际军事法庭横滨BC级法庭的档案资料。制作成微缩胶卷，收藏在美国公文图书馆。原版是英文，散发的材料都译成了中文。

一份是1947年7月28日题为《联合国总司令部合众国第八司令官召集军法会议公启之“起诉状”》(简称《起诉状》),原告是美利坚合众国,被告是河野正敏。

河野正敏1925年进入鹿岛组,是鹿岛组花冈事务所所长。惨虐中国人的中山寮寮长伊势知得是由河野正敏于1944年8月1日任命的。河野是中山寮的主管负责人。1945年7月1日花冈暴动之前,河野正敏每月数次到中山寮视察,暴动之后,伊势知得被鹿岛组调离,由河野兼任中山寮寮长,新调来高久兼广任副寮长,冢田龟夫主管事务,佐藤勇藏管理病房。当年10月16日,进驻花冈的美军将上述4人逮捕,在1948年初的判决中,伊势知得和辅导员福田金五郎、清水正夫三人判绞刑,河野正敏判无期徒刑,其他3人释放。

在《起诉状》里,列举河野正敏的罪行,其中有23项条款,是作为中国人俘虏收容所所长的他允许手下对中国人实施暴行的记录。其中,1945年6月,有5起是伊势知得命令耿谆及张金亭等人殴打劳工致死。

还有一份是花冈劳工贾毅民的口供。口供原件是日文,说1945年6月的某个晚上,看到耿谆命令两个中国人在浴室里殴打逃跑的劳工王廷邦,王在10天之后死去。

贾毅民是河南省镇平县人,1943年3月参加国民党第38军。1944年5月在洛阳被日军俘虏时是兵站的少尉军官。他也是第一批被强掳到花冈的劳工,在作业班里干活。他显然没有参加暴动,因为暴动之后,他没有跪在共乐馆广场受罚,而是调到了护理班做护理员。

据“起诉状”的记载,贾毅民所供述的王廷邦挨打事件,当时伊势知得和其他辅导员都在场,但散发的贾毅民口供里,把这个内容删去了。虽然材料上注明:“贾毅民的口供书部分译文”,但显然是有意取舍。

第二组材料传递的信息是:耿谆杀过人。

判断这个问题的是与非不能脱离当时的残酷环境。这些殴打行为都是在中山寮寮长伊势知得和辅导员们现场的威逼之下的不得不为之举。对丧失了人身自由的人来说,这种违心之举,何尝不是内心深处最撕心裂肺的痛苦?事情都集中发生在1945年的6月,即暴动之前,可以设想,正是这种过分的屈辱催生了花冈暴动。

第三组材料是耿谆的所谓《悔过书》。亦是两份，一份写给河野正敏，一份写给柴田三郎。

柴田三郎是鹿岛组劳务部门的负责人，负责确保中国劳工和监督劳工负责人的工作。鹿岛组的总部设在东京，在花冈暴动之前，他每月三次到中山寮视察，由寮长伊势知得向他作口头报告，而后他再报告给河野正敏。这么看来，他的级别可能在河野正敏之下。1945 年 10 月 16 日，河野被美军带走后，他接任中山寮寮长一职，直到当年 11 月中国人回国为止。

向美军提交的关于鹿岛组发给中山寮的粮食、衣物的情况和中国人的死亡名单，是由柴田三郎提供。里面充斥着谎言，死亡原因统统写成各种疾病，还有人是“衰老”致死，显然在隐瞒暴虐的真相。

看来柴田三郎是年长之人，因为耿谆在信中称呼他为“柴田老先生”。信文如下：

柴田老先生大人阁下德览

谆违聆教言已逾三月之久，渴仰芝仪，无时能已，恭维盛德益隆，动静咸吉为无量颂　敬启者谆

自睹老先生德仪以来，下怀无时不在敬仰中，谆实以先生之道德涵养，鸿大无边，未有比如者，故谆私慕之心，莫可名状，谆又常蒙先生温和之言语，慈悲之态度，时赐慰问，先生对谆关重之情，可云至矣，谆乃远离乡井，举目无亲之人，复得先生同情恩顾，则谆心虽愚昧，亦知感泣。然谆因生性驽劣，知识浅陋，以致竟作出不法之举动，当是时，先生对此事不无心配（注：此为日语汉字，即“担心”），谆每念及此，声泪俱下，实有愧对于吾先生也。前德未酬，惭愧又加，方寸殷殷何以能止，谆现系幽室，当默坐凝思，一触往事，懊悔难已，然往事已矣，来事可慎，今后则已，老先生之道德为谆新生路之标的也。先生如能抽暇屈驾辱临一顾，则深慰平生，幸甚。否则亦盼多赐教言，为祷。狱中生活尚佳，并蒙所长及各课长青睐，希勿廑注，因乏纸笔，奉候迟，今奉陈可笺，藉表敬

忱，特此敬祝。

御恭安绥

藤野、佐藤先生大人代劳问好

囚徒耿谆顿首拜

耿谆致河野正敏的信：

所长先生大人阁下御鉴

谆自从隶属尊范以来，深荷青睐，铭刻五中，莫可或释，敬维。

诸凡咸宜，起居善佳，是为玉颂，启者。谆生性粗鄙，乏受教育，以致七月间，竟作出非法之行为，当时，大人御心配之劳瘁，殆不可言，谆扪心自问，实抱有万分之惭愧者也，然是时，先生对谆之态度，仍示之以温和，不怀丝毫之恶视，则谆性虽愚顽，亦当怀如何之感激也，谆现方身于幽方之中，思及往事，则恻然忏悔，不寒而栗。复念及，先生宽大之德，即五内投地，犹未能酬于万一也，寸心营营，无时能已，早当奉函致候，辄乏纸笔，今仅奉陈片言，聊表微忱，专吟敬祝

御安

幽囚者　耿谆　顿首　拜

信写得很客套，这是那个时代中国读书人的礼数和信函的套式。信中透露的信息是，耿谆写信的3个月之前，柴田三郎找耿谆谈过话。

谈的什么？至关重要。但恰恰没有留下记录。

记得是2003年10月的一天，在耿谆家里采访时，我委婉地提了一句。

我说：“耿老，您在秋田监狱时写过什么信件吗？”

耿谆怔忡了一下。此时的书房已经置换到南屋。那天秋阳融融，阳光十分明亮。在阳光的斜射下，我清清楚楚看见，立在书桌前的耿谆，眼眶里默默地滚落出两颗清泪，从布满皱纹的面颊缓缓滑落，他没有擦拭。

耿谆的神情有些戚然。片刻，他平静地说：“不如当时就死了的好。”

说罢，嘴角紧抿。我不好再深问。

两封信上均没有时间落款。而时间恰恰是判断是否有变节行为的关键。如果是日本战败投降之前写的，可以看作是变节求保命；如果是日本投降之后写的，那就是宽容、宽恕，是宽宏大量、以德报怨。——虽然我并不赞赏“以德报怨”。

2010年10月下旬，我到日本采访战后留在中国的日本遗孤，特意安排了半天时间到日本国立国会图书馆，查阅这两份信的原件。

日本人的敬业精神你不得不佩服。那天我是下午到的图书馆。因为日语不好，交流困难，图书馆的引导特意找来了会中文的加藤登茂子小姐。加藤小姐身材高挑，细眉细眼，细声细气，中文水平其实很初级，跟我的日语水平也差不多。当我们交流遇到障碍时，她常常会蹙紧眉头望着我，一副犯愁的模样。

公共图书馆里没有我要的文件。公共图书大厅的负责人说可能在历史资料馆。于是加藤小姐前面带路，领着我上上下下，像穿越迷宫一般，到了另外一座毗连着的建筑的6楼。

历史资料馆的值班领导，是一位看上去十分干练的年轻女子。她看了我要找的书目，立刻请技术员在电脑上给我查档，但还是没有。于是又找来一位年近50的中年男子，他反复地看我带来的复印件，说很可能在宪政资料室。但室外的天色已经暗了下来，快到下班时间，便约我改天来。我说我采访日程已经安排满了，没有机会再来了。那位女领导马上提议，办一个海外的借阅证，等他们找到之后，通过网络与我联络、传送资料。

后来是在宪政资料室藏书——联合国最高司令官总司令部法务局文件里找到了耿谆的这两封信。没有原件，是微缩胶卷影印件，上面依然没有写信的日期。

唯一的线索，还是耿谆给柴田三郎信中所说的“谆违聆教言已逾三月之久”。

暴动发生一个半月后日本就战败投降。据赤津益造所著的《花冈暴动——中国强制连行之记录》（三省堂1973年出版）中记载，花冈暴动之后，日本东条内阁的国务大臣安藤纪三郎，派出精通中国话的宣抚工作者川村（化名）赶赴花冈现场。川村在大馆市了解情况期间，8月15日这一天，他在花冈收听到天皇的投降诏书。从这一天开始，他就在中山寮的劳工中间进行分化、拉拢等怀柔工作。

书中还记载，9月份美军军官到中山寮进行调查。川村赶到秋田市，会见了负责审理花冈暴动案的检察官长谷川。他们已经知道了美军军官在花冈进行调查的事。长谷川将判刑记录给川村看，商量之后，决定将耿谆的死刑改为无期徒刑，其他人的判刑也相应减轻。宣判是9月末的事。

从耿谆等人在监狱获得自由后的照片上已经穿着棉袍来判断，这起码是11月之后的事了。河野正敏于10月16日被美军带走。可以推断是在此前后，由柴田三郎出面做耿谆的工作，让他写一封悔过书，以便减轻河野正敏等人的判刑。耿谆会答应的。从获得了自由的耿谆在监狱里给看押他的狱警们赠送书法作品来看，他这个人是很容易“相逢一笑泯恩仇”的。

这是计谋陷害。否则，私人信件怎么会落到远东国际军事法庭之上，只可能是河野正敏上交的。

耿谆一生都信奉以德报怨。尽管《论语·宪问》里说：“或曰：‘以德报怨，何如？’子曰：‘何以报德？以直报怨，以德报德。’”“直”作公而无私、该怎样对待就怎样对待讲。但中国人推崇的美德是“以德报怨”。

一生以德立世、善待他人的耿谆，奉行不记仇，处处予人以方便，这就注定了他这一生若陷在政治漩涡里，必会一次次地落入人情陷阱，受到伤害。

此后，细心的人可能会发现这样一种微妙的变化，原来媒体在介绍花冈暴动时，都说是由大队长耿谆领导的，而后来的一些报道就不再提耿谆的名字。

花冈劳工翟树棠1957年9月以笔名“洛泽”出版的小说《花冈河的风暴》，于2005年6月再度由上海文艺出版社出版。

再版的《花冈河的风暴》，封面上冠以鲜明的“1945年日本花冈中国劳工抗暴实录”字样。

在这本书里，大队长耿淳（注意：此字偏旁“氵”，与“谆”不同），是一个整天阴沉着脸、隐忍、怕事的灰色人物，而暴动的发起和领导者则是以王敏为原型的班长张华，显然与史实不符。

## 3

雨燕（化名）最初与我联系，是 2003 年春节前的一天。她说要把“花冈和解案”拿到美国去打官司。

雨燕是律师，与美国的华人组织“世界抗日战争史实维护联合会”（简称“史维会”）联系密切。她打电话给我时说，“史维会”的一位负责人要到上海参加一个关于对日索赔的研讨会，让我带孙力同去，与他商讨去美国打官司的事。

我素来对民间运动不感兴趣。里面鱼龙混杂，终究会成为一个欲望、金钱、名利的角逐或角斗场。中间介入、跳的最高、最活跃者，往往是投机者。最初的发起人会很快被埋没，初始的正义诉求，也会在复杂的博弈中变了味。看得多了，我愿意洁身自好。

我回答：“我只是一个作家，关注‘花冈事件’只是因为创作。我的原则是不参与任何民间组织。”

她说：“你掌握的材料多，对问题看得透彻，孙力年纪大了，我怕她说不清楚，你们的差旅费我从‘史维会’的经费里出，请帮帮忙。”

我答应了。

拒绝领和解金的一共 9 人。除了耿谆和孙力两名参加诉讼的原告之外，还有河北省正定县的 7 名花冈劳工遗属，领头的是 L。

耿谆拒绝到美国去打官司。他说他已经宣布不再过问花冈的事了，就真的不再过问了。

协助雨燕做事的是梁广（化名）。

2004 年，北京大学历史系和“史维会”共同举办“九一八”研讨会。在 19 日上午会议休息期间，L 找到我。

L说："李老师，我们到美国打官司的事都快两年了，至今也没有消息，同意和解的人都拿了钱，在看我们的笑话呢。"

我本不愿意参与这些事情，但当人有求于我时，又觉得拒绝会伤害对方的面子，就这样一次次的被卷入其中。

加拿大"史维会"会长列国远也在会议上，她是个热心快肠的人。我将事情原委告诉她，请她帮助问问，美国的官司到底打成打不成。我说，如果打不成的话，是不是发起个募捐，给这些拒绝和解的人予以帮助，也算将此事不失尊严地收场了。

列国远一口答应。她是个雷厉风行的人。午餐时将相关人士叫到一张餐桌上，边吃饭边商量募捐事宜。

我说："领和解金的人，除了25万日元以外，后来又补发了5000元人民币的助学金，加起来合人民币2万元。我们的募捐金额最好按一人2.5万元计算，稍高出一些，表示对这些人的支持。"

坐在我身边的美籍华人吕建琳支持我的建议。她是美国加州旧金山湾区"史维会"会长。"史维会"的活动宗旨是恢复历史本来面目，要求日本道歉。他们支持和帮助中国的战争受害者向日本索赔；协助华裔女作家张纯如完成《南京大屠杀》一书；还出资帮助国内的学者调查日本侵华战争罪行，做口述历史，等等。

吕建琳还是以帮助问题少年为任务的"博爱文化中心"的理事，同时也是欣欣教育基金会的理事。欣欣教育基金会成立于1997年，其宗旨是募集和提供资金协助中国偏远及贫困地区兴建小学，并提供长期的关怀和服务，使贫困地区的学童都能受到教育。从1998年至2004年，他们在中国新疆、西藏、内蒙古、黑龙江、吉林、辽宁、云南、贵州、四川、湖南、湖北、江西、广西等20个省市修建了148所欣欣小学，他们的口号是"十年树木，百年树人，众志成城，欣欣向荣"。吕建琳说，她做事全是凭着对中华民族的爱。

在餐桌上就将募捐事宜敲定了。由列国远负责统筹，由我、雨燕、梁广具体实施。当场计算了一下，9个拒领花冈基金的人，每人2.5万元人民币，共计225000元。吕建琳当场拍板捐10万元。列国远说，她和加拿大

“史维会”的另一个会长王裕嘉捐5万元，剩下的由我们在国内募集。

说到设立账号的事，梁广说以他的名字开一个专用的私人账号。列国远说，用私人账号不妥。雨燕说，在国内开基金账号的手续很麻烦，办不下来，就以梁广的名义开账号吧，密码由她来设定，这样，必须两个人同时到场才可以支取。列国远同意了。

耿谆放弃这笔补助金。因此实际需要募集金额20万元。我、雨燕、梁广各捐2000元，此时还缺44000元的差额。

梁广请了各路记者进行报道，并在网上张贴了募捐启示。募捐人是雨燕、梁广，似乎是他们二人在做这件事。虽然搞得风声水起，但并没有募捐到多少钱。年底时，为那4万多元的差额，梁广找到我。于是我向香港的钟惠明先生求援，补上了差额。

事情结束后不久，在一次集会上，梁广神气活现地站在台上，讲述是由他和雨燕发起为拒领花冈基金受害者募捐之事，像真的似的。

## 4

为了占有耿谆《严正声明》的原件，雨燕和梁广合演了一出戏。

2003年深秋的一天，雨燕和梁广一起到我家，说要借《严正声明》的原件做打官司用的公证件。

我说，耿老不参加打官司，你们要《严正声明》干啥？雨燕说，耿老是首席原告，要他的声明是证明他不同意和解，我们做完公证就把原件还给你。不存戒心的我，把原件给了他们。

过了一段时间，雨燕打电话给我，说按法律规定，公证书要到耿谆户口所在地办理，她已经用特快专递寄给了襄城县的陈某。

没过几天，雨燕再次来电话，说周六梁广开车去襄城县取公证书，约我同去。

周末公证处不上班，陈某说周一取了公证书后快递到北京。

回到北京后不久，一天雨燕电话约我到她的律师事务所，我到达时梁广也在场。会客室的桌上摊着开了封的快件。

雨燕说："快件是上午到的，来时就是开封的。送快递的人走了之后我才发现，信封里没有耿老的原件了，只有公证件。"

这时，雨燕拿起一份公证书打开封面给我看，《严正声明》的每一页上都盖着公证处"本件与原件相符"的印章。

雨燕说，这和原件是一样的效力，给你留一份吧。

至此，我才恍然大悟，他们把原件留下了。

几年之后，有一次去襄城县看望耿谆，我把《严正声明》原件丢失的事告诉了他。

老人一怔，有些惊愕。他说："咋能这样呢？"

我说："人家当文物收藏了。"

耿谆沉默。

过了一会儿，老人到北屋的卧室里取出了一份《严正声明》的复印件。他伏在写字台上，在信笺抬头的空白处，用钢笔一笔一划、工工整整地写下"原件遗失，此件作为原件。耿谆 2007 年 8 月 29 日"的字样。

而后，他脸色凝重地盖上了私人印章，嘱咐我好好保存。

# 5亿日元风波

## 1

2009年11月23日，在北京东城区干面胡同53号中国红十字会宾馆4楼会议室，由神户旅日华侨中日交流促进会召开了日本西松公司“安野和解”的中日民间座谈会，会上发生了令人尴尬的一幕。

坐在会场前端的是81岁高龄的劳工幸存者李良杰，他是“中国被掳往日本劳工联谊会”会长，河南安阳人。15岁时他被抓劳工到日本三井公司设在福冈的万田事业所，1945年回国。1949年参加解放军第4野战军，历经多次战斗并荣立战功，转业复员后任地方干部，1964年响应号召回乡务农。

坐在会场后端的劳工幸存者邵议诚，84岁高龄，天津人氏，是“安野和解”的劳工代表，即“广岛安野中国受害劳工联谊会”会长。1944年7月他被强掳到日本广岛西松公司安野事业所做苦役，退休前是天津园林场的职工，1993年参加对日索赔。

两位幸存者都满脸皱纹，老态龙钟。李良杰高个，邵议诚矮个。李良杰发言时并没有上前台，他腿脚不好，就坐在台下，但声音十分洪亮。

他说：“当年花冈的基金管理由五人组成，鹿岛一个，加上日本教授田中宏、日本律师新美隆、华侨林伯耀，最后是红十字会官员一个。当时的劳工遗属代表孙力说，这五个人都是客体，没有一个受害人主体。她大惑不解地问：这个基金会算什么呢？再看看今天的安野，甲方西松作为主体向乙方劳工双方同意的团体‘日本民间自由人权协会’信托基金。难道只有这个日本民间组织才是双方值得信任的吗？难道中国就没有这样值得信任的团体吗？还是觉得中国地方太小，放不下这笔大钱？”

他还说：“你们太看不起中国人了，这仍然是自以为亚洲霸主的强盗逻辑。总之，花冈和安野两个案件不管对中国受害者来说，还是对全中国人民来说，不但没有胜利，而且失败得很惨。竟敢把中方善意的不要求国家赔偿说成是民间也没有权利要求赔偿。这是日本单方面非法的行为。”

李良杰激怒了邵议诚的话语是：“‘花冈事件’，法庭内判我们败诉。法庭外，新美隆向劳工代表游说，说‘赔偿’这个词不能写在条文里，那样写国家要征税。给了钱，就等于赔偿。这个新美隆也太能糊弄人了！”

这时，坐在会场后端的邵议诚“腾”地一下站起来，用挖苦的口吻大声对李良杰说：“你们有本事也去搞一个啊！也要到钱啊！”李良杰勃然大怒，骂道：“你们不要脸！你们是叛徒！背叛了中国劳工！”

会场气氛一下子就激烈起来，插话帮腔的不少，邵议诚从会场后面向前面冲去，如果不是有人拉住，说不定真会动手打起来，场面着实火爆。

## 2

“安野和解”是继“花冈和解案”后第二例产生较大社会影响的中国劳工对日索赔和解案。负责这个案件的仍然是以新美隆、田中宏、林伯耀为代表的日本民间团体。只是新美隆于 2006 年 12 月 20 日病逝，便由内田雅敏接替了他的角色。

西松公司在日本建筑业 186 家公司中排行第 32 位，属于大型综合建设公司，擅长水库、隧道等大型土木工程，在“二战”时期叫西松组。

1942 年 11 月，日本东条英机内阁通过了《关于向日本国内移入华人劳工之要件》，开始了由政府主导、由军队和大型企业抓捕中国劳工的行动。据日本《外务省报告书》记载，从 1943 年 3 月至 1945 年 5 月，抓捕中国劳工 38935 人，分散在日本 35 家大企业所属的 135 个作业场里做苦役。

西松组作为35家大企业之一，当年抓捕中国劳工543人，其中广岛的安野作业所360人，新潟的信浓川作业所183人。据说，安野作业所原定名额是300人，但他们超额抓了60人，然后由军队荷枪实弹赶入“锦隆丸”号货船舱底，押转到广岛县山县郡加计町的安野发电站建设工地，为发电站修建8公里长的引水隧道，直到日本战败。

据统计，安野作业所的360名中国劳工一年之间死亡29人，负伤者112人，患病者269人次，终身残疾者至少5人。1945年11月底，幸存者们拖着残疾之躯回到祖国。

1998年，由邵议诚等5名受害者组成原告团向广岛地方法院提起诉讼。诉讼要求与花冈案基本相同：要求西松公司对历史罪行谢罪；赔偿受害者每人550万日元；建立纪念馆。

诉讼经历了三次审理计时6年。2002年7月，一审的广岛地方法院以“超过诉讼时效”为由，判原告败诉。

随后，原告上诉到广岛高等法院。二审出现了一点短暂的光明。2004年7月，广岛高等法院否决了地方法院的一审判决，判处西松公司向原告每人支付550万日元的赔偿。但西松公司不服判决，上诉到日本最高法院进行三审。

2007年4月27日，日本最高法院作出了“根据《中日联合声明》，中国国民的请求权已经被放弃”的判决。尽管中国政府当天就抗议日本法院单方面对《中日联合声明》作出曲解，并指出这种解释无效。但日本最高法院的判决，无疑发出了明确信息，要关闭中国战争受害者对日索赔的大门。

就像事先串通好了似的，在4月27日当天，就有五件中国战争受害者诉讼案在日本各地方法院被宣判败诉。至当年底，又有四件中国战争受害者诉讼案在日本法庭审结、败诉。似乎是大势所趋，中国民间对日索赔之路，经过春夏秋之后，走进严冬。

在判决之后长达两年的时间里，“安野案”的代理律师多次找西松公司寻求和解，对方置之不理。

为了促使西松公司坐到“和解”的谈判桌前，代理该案件的律师和支援团体的7名成员，从2001年开始购买西松公司的股票。“西松建设谈判支援会”会长川原洋子女士，用状告工作单位男女同工不同酬胜诉的1000万日元全部买了西松公司的股票。林伯耀购买了280万日元股票。内田雅敏买了250万日元股票。他们成了该公司的股东，是为了能够获得在股东大会上发言的权利，是要让西松公司的决策层知道不解决历史问题，这些股东们会纠缠不休。

2009年3月，日本媒体曝光了西松公司为收集工程竞标的有利情报和扩展关系网，从2004年开始，为日本产业大臣和多名政客提供政治献金。政治献金丑闻曝光后，川原洋子在股东大会上说，我们股东也可以告你们，50多个股东都跃跃欲试。西松公司包括正副社长等6人核心班子中5人下了台，为了挽回其在社会上的形象，新上任的领导表示愿意解决“安野案件”。

虽然这种和解对中国受害者并不公平，但从日本律师和支援团体人士身上，我们能感受到日本人极其认真、极其坚忍的特质。

就这样，“安野案”于2009年10月23日达成和解。但和解并没有突破“花冈和解”的窠臼。

西松公司拿出2.5亿日元，《和解条款》上直接就写着“救济本案受害人”之语。日方在将日文译成中文时，特意将“救济”译成“补救”，但并没有逃过关注的目光，还是引起了争议。

按照“花冈和解”的模式，“安野和解”也成立了“西松安野友好基金”。花冈基金名义上是由中国红十字会托管，实际上是由日方人士控制，据说有一部分钱并没有打回中国。安野基金就更直截了当，信托金索性就信托给了田中宏作代表的日本民间组织“自由人权协会”，似乎与中国无关了。

接受花冈基金分配的教训，此次不再扣取受害者所得金额。分配办法为，总计金额2.5亿日元除以360，每人实际领取45366元人民币。但360名受害者实际只找到了一半人数，剩下的人员基本不可能再找到，剩下的1.25亿日元就掌控在日方人士的手中。

矛盾就这样爆发。

“安野和解”首先遭到代理西松公司“信浓川案”律师们的强烈反对。

日本律师高桥融说："'安野和解'要比我们提出的条件低，接受了这个条件，接下来的'信浓川和解'可能就会不好谈了。"

10月25日中国律师康健在自己的律师事务所内召开了小型记者会。她激动地说："如果真诚和解，西松公司应统一处理下辖的安野和信浓川两个作业所强掳中国劳工的赔偿事宜，而不应当分别进行和解。"

她还说，不接受这种和解基于三点原因：一是和解条款中，再次延续了法院免除日本政府及相关日本公司法律责任的错误做法，仅空洞地"承认"事实。二是补偿金额过低，"廉价的补偿，毫无悔意与诚意。用这么少的一点钱换来和解，有这么便宜的事吗？"三是补偿基金由日本的民间人权组织管理，而不是交给中国的相关机构，她认为不可接受。

美国和加拿大的"史维会"通过网络向全球发表声明，强烈反对"安野和解"，并号召抵制西松公司。就是在这种情况下，林伯耀等人筹划了这次中日民间研讨会。

## 3

由林伯耀主持的讨论"西松和解"的座谈会拟定的主题是：为了解决中日之间战争遗留问题应该做什么。

走进会场，主席台的黑板上列出了指定发言人及自由发言人的名单。当时我心里便想：把发言人名单写上无可挑剔，可自由发言人也被指定，那还叫自由发言么？

与会人员，日方是一桥大学名誉教授田中宏，律师内田雅敏，林伯耀用的头衔是中华海外联谊会理事，另外还有天津外语学院教师老田裕美、"花冈事件"研究者猪八戒等。中方则是律师、法律专家、历史学者、劳工幸存者及遗属，还有其他人士。

首先由日方介绍"西松和解"的过程，林伯耀、田中宏、内田雅敏一一道来。

内田雅敏比我前些年采访他时老了许多，两鬓斑白。

他说："我们把这次和解看成是诉讼的延伸。和解是双方理解对方。从法律上说，是双方让步。我们这次和解是法律意义上的和解。我们要遵守一些原则：一、承认事实，谢罪；二、在此基础上赔偿；三、为后代留下印记。我们4月份在青岛和受害者谈清楚了这些原则，才与西松谈和解。而后，我们与西松代表谈，到今年8月，和解条款基本出来了。我们把第一条翻译成中文，向受害者报告。9月末，在西松最高董事会就同意了和解文本，先搞了一个试行的模式，我们搞了一个假定文本，经过法院认可，才最后确定。通过简易法庭，就有了法律效率。本来拿到简易法庭需要1至2个月的时间，由于我们向法院解释了是历史问题，他们三个礼拜就给我们开庭了。"

他还说："现在的条款有两行讲了对事实的认定，虽然和解条款不完善，但是在三个原则之内达成了和解。2.5亿日元平均分给360个人，如果有人不同意，他仍有诉讼权力。在其他法院是不可能认可有人可剥夺他人的权力的。从框架上，'西松和解'和'花冈和解'是完全一致的，把纪念的方式保存下来，还是更进了一步。"

内田还说："有人提出钱太少，我也这么认为。但德国的基金是政府与企业两方承担，也就是60多万日元。用钱把生命再买回来也不可能，这是个补偿，而且金额不是我们定的，是企业和受害者双方定的。我们也希望能尽快将钱送到受害者手中。这个钱，除了给受害者，再就是用于建纪念碑，我作为律师，还有支持者，我们不取其中的一文。我们的目的，是开一个头，让其他企业也争相效仿。和解后，西松的领导向所有参与和解的人表示了感谢。"

田中宏说："和解的意义，在于日本政权更迭后，可以在政府层面推动强掳中国劳工问题的全面解决。"

林伯耀介绍了和解的背景，有一句话使我印象深刻。他说："我们是做运动的。"

这句话道出了本质。

下午的会议上，清华大学国际关系学院刘江永教授的发言谈到了一个实质性的问题。

他说，当初中日恢复邦交谈判时，是日本提出的放弃一切战争赔偿，中国政府不同意，所以《中日联合声明》的表述，放弃的是日本国的战争赔偿，而不是一切战争赔偿。所以，首先日本最高法院对西松案的判决本身就站不住脚，前天，外交部发言人秦刚明确表示日本最高法院的解释是非法的。

第二，在最高法院的诉讼中，西松是原告，受害者是被告。虽然在和解条款中西松表示谢罪，但如果不撤诉，西松在和解条款中的谢罪就是站不住脚的，没有诚意的，西松还是原告啊。

第三，所得经费与韩国的劳工案差10倍。中国劳工案与韩国劳工案有可比性，但跟德国和美国的赔偿金额没有可比性。

第四，赔偿和补偿的表述问题。如果对直接受害者应是赔偿，对继承人则是补偿。

刘江永发言后，因有事提前退场。接下来是康健发言。

康健的开场白说："我是参与西松案打官司的中方律师。先请教法庭承认的是中文版本还是日文版？"

坐在前排的内田雅敏回答："法官确认的是日文版本，没有确认中文版本。"

康健："确认事项是否也在日本的简易法庭确认？"

内田雅敏答："这个确认事项没有经过简易法庭。"

康健反对"安野和解"。她认为"安野和解"是将重大人权侵害的赔偿责任转换成了人道救济，与"花冈和解"一脉相承。她说，廉价补偿，难显忏悔与和解的诚意。特别对安野将2.5亿日元基金信托给日本的民间机构表示质疑："对中国受害者的补偿金怎么能让日本民间机构来掌管？"

康健发言完毕，内田雅敏走上讲台。他反驳康健的发言，直接责问康健所在的律师团办的"大江山和解案"，说："你们只解决了6个人的问题，虽然每个人的和解金有350万日元，但其他190多人的问题没有解决啊！"

"大江山和解案"鲜为人知。

该案由以小野寺利孝为代表的"中国人强制连行强制劳动事件辩护团"代理，康健以原告法庭辅佐人身份参与了全过程。

案情是，日本冶金工业株式会社大江山作业所，“二战”期间强掳了200名中国劳工从事苦役。1998年8月，有6名受害者向日本京都法院提起诉讼，状告日本政府和企业，要求其为战争罪行谢罪，并要求经济赔偿每人2000万日元。

一审还是老调重弹，以过了诉讼时效驳回，但判定了日本政府和企业有违法行为，并负有赔偿的责任和义务。二审时，因为被告企业经济状况窘迫，濒临破产，依据日本法律中的“再生法”，由日本的相关银行监管从事经营。在此情况下，经由大阪高等法院调解，于2004年9月29日达成和解。

和解谈判过程中，企业坚持仿照“花冈和解”模式，原告律师团据理反对。经过艰苦交涉，双方都作出了让步。被告同意在“和解条款”中表述加害事实，承认是不法行为，但不承担法律责任，亦不谢罪，支付的钱定名为“解决金”。

6名原告每人获得解决金350万日元，扣除诉讼费用140万日元，原告实际所得210万日元，经由银行兑换成人民币，汇到受害者个人账户上的金额为167728.30元人民币。此案是中国劳工对日索赔案中受害者获得数额最高的一例。

这本是一个值得肯定的解决方式，因为受害者的利益被最大化。此案原告获得的金额，是花冈受害者的8.3倍，是安野受害者的3.6倍。而且，实名制的方式不会留下空额的难题和经济上的黑洞，其余同案人还享有索赔的权利。但这种解决方式，包括此案的律师们也不推崇，因为它没有留给其他人再操作的空间。

日本法律没有代表诉讼，赔偿只针对原告本人。和解的所谓“一揽子”解决，不仅是作为被告企业只是花点小钱一次性解决历史遗留问题，另外还存在一个漏洞，就是会留下相当数额的没有人来领取的钱——即空额。

已经不可能找到所有的受害者了。60多年过去，除了人口迁徙流动之外，当年有些被强行抓捕的劳工填写的本就是假姓名、假住址，注定了这些人根本不可能被找到。花冈案986人，实际才找到520人，即一半多点儿。安野案的受害者也是只找到一半。

花冈基金5亿日元，除了公开留下的2.5亿日元用于历史调查与祭奠等社会活动外，没人领取的金额近 1.25 亿日元，加起来由日本支援团体可支配的钱达 3.75 亿日元，占基金总额的四分之三。

日本支援团体用这笔钱做和平运动了，使之成为运动经费。

“安野和解”达成之前的当年 8 月 8 日至 10 日，田中宏、林伯耀等人组织了声势浩大的“世界和平祈愿——中国人俘虏殉难者慰灵活动”，中日双方的参加者达 300 人之众。中国方面，有两名劳工幸存者和 80 名遗属，还有各界人士，包括台湾地区立法委员高金素梅等人。8 月 8 日在东京举行慰灵仪式，当晚举行和平烛光游行。8 月 9 日在东京塔下的东京芝公园广场上，整整齐齐地摆放上 6830 双黑布鞋，代表着被强掳到日本客死他乡的中国劳工亡灵，令人十分震撼。8 月 10 日，82 名强掳中国劳工受害者游行到日本国会进行请愿活动。

年年都有各种各样的祈愿和平的活动。手上有了资金，他们已不似运动之初财务上窘迫，手笔亦越来越大，很容易吸引媒体的目光。

和平运动虽然并没有阻止住日本政坛右倾化加快的步伐，但毕竟将日本在“二战”中的暴行昭然于日本社会，具有积极意义。只是从法律的角度看，对于这些下落不明的受害者，谁有权力来支配本属于他们名下的索赔权利？

康健解释“大江山和解”的原委，说关键是被告企业濒临破产。

猪八戒站起来反驳康健道：“‘花冈和解’虽然拿到的钱不多，但是所有受害者都可以拿到钱。‘大江山和解’的人虽然拿到钱多，但只有 6 个人。”最后他冲着会场大声责问：“你们中国人为什么不去自己打官司？！”

接下来就是李良杰的发言，于是出现本章开篇的那一幕。

## 4

2011 年 9 月下旬的一天下午，《法制周末》郭姓记者打电话与我联系采访“花冈事件”事宜。

那天十分凑巧，上午接到《京华时报》一位记者约采访的电话，听声音是一位十分年轻的小伙子。他也是来联系采访“花冈事件”的事，不知他们是从何处得到我的联系电话。

《京华时报》的记者开门见山，问我中国红十字会是否动用了花冈基金的钱？我说不会，因为这笔钱的支配权不在红十字会，而在日本方面。记者问道：“你肯定吗？”我说：“肯定。”他说：“那就不采访了？”我问：“为什么？”“社会关注的是中国红十字会？”我说：“哦，知道。”

《法制周末》记者打电话给我也是约采访事宜。听声音郭记者比《京华时报》记者老成。

郭记者在电话里也问到了中国红十字会是否动用了花冈基金？我说：“红十字会对基金的使用没有决策权，决策权在日本方面，掌握在日方帮助花冈受害者打官司的律师、学者和旅日华侨的手中。”

10月19日，《法制周末》上刊登了郭记者写的报道，题目十分耸动：《日赔偿我劳工5亿日元去向成谜　曾信托红十字会》（以下简称《谜文》）。

《谜文》发表后，立刻在社会上引起轰动。我得知消息是当天下午3时左右，上网查看，新浪网转载时间是上午10时28分，不到5个小时，参与讨论人数已有87548人，评论跟帖达63页，众口一词，恨不得将中国红十字会千刀万剐。

《谜文》在前面写道：“记录‘花冈事件’的著作《尊严》的作者李旻接受《法治周末》记者采访时称，中国红十字会作为信托人，并不参与基金的使用决策，但负责监管基金的使用情况，同时并不从这份劳工索赔款中扣所谓的工作‘费用’。”文章后面却说：“李旻告诉《法治周末》记者：‘这笔钱无论是什么性质，作为托管单位的中国红十字会，肯定是把钱乱花了’”。

就是这句话，一石激起了千层浪，但我不曾对记者说过此言。

若如他所写，我前后之言不是自相矛盾么？而且，我说过的真实的话没有引号，不曾说过的话反而打了引号，新闻能这样造假吗？

在《谜文》发表的当天晚上，中央人民广播电台一位女记者电话采访了我。

我说:“《法制周末》的报道并不准确,红十字会对花冈基金没有决策权。我之所以没有发表更正声明，是希望红十字会能借着社会舆论的压力公开账目。”

我还说:“这笔钱的关键,在于性质是信托金。信托金是只对信托方即鹿岛建设公司负责,在法律上,其他人没有监督的权力,实际上是一笔不受监管的资金。”

第二天早上,中央人民广播电台通过广播和网络,报道了对中国红十字会官员及对我的采访。

记者评论道:“这笔钱属于信托金,信托金的性质是,只有委托方有权利查询、监督。而委托方是日本鹿岛建设公司,其他人没有权利查。委托方不查,公众无法知道资金去向,但公众的质疑又是一个客观存在。看来,其中的悬疑一时还难以解开。对此,‘中国之声’和中国广播网也将继续关注。”

5

问题的关键是，中国民间对日索赔运动从一开始就是由日本搞和平运动的民间团体发起并主导,中国受害者只是配角,所以过程一直很纠结。

# 耿谆的再和解

## 1

2007 年 3 月下旬，当时任职于日本关西学院大学的野田正彰教授前往中国河南省襄城县，对耿谆就“花冈事件”、花冈诉讼以及“花冈和解”等问题进行了 8 个小时的采访。

野田正彰是日本著名的精神医学专家，1944 年出生于日本高知县，1969 年从北海道大学医学部精神病理学专科毕业后，曾前往巴布亚新几内亚高地进行文化精神医学研究。历任长滨红十字医院精神科部长、神户外语大学、京都造型艺术大学和京都女子大学现代社会学部教授。所著的《电脑新人类研究》荣获过日本大宅壮一纪实文学奖，《居丧之途》荣获讲谈社纪实文学奖。1998 年 8 月，由日本岩波书店出版著作《战争罪责》，中文版的副标题是“一个日本学者关于侵华士兵的社会调查”。

在这本书里，野田正彰对众多参加过侵华战争的原日本官兵进行了社会调查和精神分析，剖析了 9 个典型人物。其中有曾经解剖过活体中国人的军医，有组织大规模捕抓劳工的军官，有参与南京大屠杀的特务，还有亲手拷打致死 300 多名中国人的宪兵，另外还有制造细菌武器的 731 部队队员，还有对中国志士和日军逃兵执行死刑的监刑医生，还有拒绝参与杀烧淫掠的士兵。

野田正彰用讲述故事的方法，对这些人战场暴行的心理，以及在抚顺战犯管理所的改造过程，和归国后对战争犯罪的认识，做了深刻剖析。并运用文化比较方法，将认罪和不认罪的日军官兵加以比较，还将日军官兵和纳粹官兵的战场暴行心态加以比较。该书出版后，不到一年时间，就在日本国内重印7次，并翻译成英文、中文、波兰文、朝鲜文等。

野田采访耿谆之后，撰写了一篇3000多字的文章，题为《没有谢罪的和解，懊悔的中国人原告》，对日本的战后补偿运动以及其参与者的思考方式和作为进行了批评。文章刊登在2007年6月19日的《每日新闻》上。《每日新闻》是日本的四大报纸之一，影响面深广。

“花冈和解”在日本原本是一片赞美之声，突然冒出了尖锐的批评，对花冈运动的参与者来说，无疑如芒刺在背。

6月25日，林伯耀和田中宏特意前往京都，在野田正彰的研究室里与他当面交谈，要求他发表更正文章并致歉。

据野田告诉刘彩品说，他与林伯耀是初次见面。初次见面林伯耀便对野田说，耿谆杀过人，还说，耿谆有些老年痴呆，他的话不可信。

野田心想，你们在背后把耿谆说得这么一文不值，可是在公众场合总是将耿谆对和解写的那四句话举出来，打着耿谆的牌子来证明自己的成功和胜利，这不是自相矛盾么？心里便产生反感。

野田问道：在和解成立前，律师是否将《和解条款》的原文给原告耿谆等人看过？

田中宏和林伯耀沉默。

野田又问：律师将鹿岛不承认曾经虐待奴役中国人的事实和不承认法律责任的部分如实告知耿谆等原告了吗？

田中宏和林伯耀还是沉默。

野田正彰说：“所以，我拒绝道歉，也拒绝发表更正的文章。”

6月30日，野田正彰前往大馆市参加了花冈慰灵祭活动。他在接受《每日新闻》秋田记者冈田悟的采访时，再次谈到了采访耿谆的情况。在慰灵祭当天的《每日新闻·秋田版》上，刊载了冈田悟的报道，标题十分醒目“七年前的和解　93岁原告受骗了”。

整个活动都笼罩在阴郁的气氛中，沉沉的，似乎要爆发。慰灵祭结束之后，散场时，一位男士冲到野田正彰面前，挥舞着拳头大喊：“骗子！”

野田一把揪住了那人的衣服，冲着田中宏大声说道：“田中宏这是你的人吧？”

场面尴尬。

这天晚上，在下榻的宾馆里，一位关注“花冈运动”的中国人建议林伯耀去看望耿谆。他说，如果林伯耀与耿谆握手或拥抱的图片刊登出来，将是对野田正彰的一击重拳。

## 2

那位中国人当即打电话给襄城县的陈某，电话里说，到现在了，耿老怎么还说日本欺骗的事，这边都吵起来了，闹翻了！

陈某说：“我在农村哩，等我问问耿老，问完之后答复你。”

第二天，陈某登门去见耿谆，谈起野田正彰的文章在日本引起的冲突。

耿谆说：“野田问我，我不得不把以前的事情说一说。”

又说：“‘花冈和解’，鹿岛说是捐出的钱，律师答应了，但没让我们看和解文本，我认为是受骗了。”

还说：“律师帮我们打了十几年的官司，他们想尽快解决，这是他们的愿望，但不让原告知道和解真相，这是他们的不对。”

耿谆说：“林先生对花冈劳工的支持，对我个人的支持，我什么时候都没有忘记。林先生什么时候来我都欢迎。公是公，私是私，事情过去就算了，朋友还是朋友，他什么时候来我都欢迎。”

陈某把耿谆所说总结为三点：一、对和解的态度没变；二、原告律师团打了十几年的官司，他们想尽早结束，但没有跟原告说清楚，是他们的不对；三、日本爱好和平的朋友对“花冈事件”尽了力，耿老是表示感谢的，什么时候都是朋友，什么时候来都表示欢迎。7 月 3 日，陈某在网上将与耿谆谈话的情况告诉了那位中国人。

7 月 8 日下午，林伯耀从日本打电话给陈某，说：“这次在日本开会，大家对耿老还是很怀念的,大家对他都很尊重,我一定去看他。”还说:“最近要到北京开会,届时见面谈一谈,我们的目标是一致的,求大同,存小异,时间定下来我通知你。”

7月10日,陈某将要去北京见林伯耀的事告诉耿谆。耿谆说,林先生来非常欢迎,对方不提花冈的事我也绝不提,咱不提过去的事。

## 3

当年8月末,刘彩品来北京办事时约我在她下榻的酒店相见。

她详细讲述了野田正彰与田中宏、林伯耀等人争执的情况,说能有日本学者站出来为“花冈和解”讲句公道话很令人振奋。

她说,野田告诉她,林伯耀和田中宏在6月25日谈话中说耿谆杀过人、有些老年痴呆,说话不可信。她当时问野田,从心理学角度来分析,你认为林为什么这样说?野田回答,他们的心理上长期以来形成一种唯我独尊的习惯,习惯自己说了算。

刘彩品担心林伯耀与耿谆见面后,他们会用这件事来打击野田。她想去看望耿谆,将情况告诉他,不要被利用,约我同往。

在我的《尊严》一书里,耿谆是个铮铮铁骨的硬汉形象,潜意识里我不希望这个形象被软化,便欣然答应与刘彩品一同前往去看望耿谆。

8月29日上午,我们到耿谆家。93岁高龄的耿谆看上去气色很好,声音还十分洪亮,待人一如既往,热情而真诚。

刘彩品将从日本带来的刊载有野田正彰文章的报纸翻译给耿谆听,细述了事情经过,明确地说,希望耿老不要见林伯耀。

## 4

林伯耀看望耿谆的计划最终还是实现了，一共两次。

第一次是2009年7月26日，牵线的是“中国被掳日本劳工联谊会”执行会长刘焕新。

刘焕新是刘连仁的儿子。“二战”日本强掳中国劳工罪行中，最著名的就是“花冈事件”和“刘连仁事件”。刘连仁因不忍虐待，逃出魔窟，在北海道深山老林里做了13年的野人，被发现时已丧失了语言功能，这是20世纪60年代轰动一时的事件。

刘连仁2000年9月病逝，享年87岁。刘焕新给我的名片上的头衔，除了有联谊会长一职，另外是“刘连仁纪念馆”馆长。

采访刘焕新是2009年9月7日下午1点多钟，在北京南站的候车大厅里。刘焕新此行到北京，将与电视剧制作中心的人商讨将刘连仁的故事拍成电视剧的问题，他即将乘7日下午16:05的火车赶回济南。

刘焕新身材魁梧，看上去50多岁，精明强干。

刘焕新说7月23日那位中国人打电话给他，说有一个在日本的韩国记者想采访耿老，请他帮助与耿老联系。他说好。

他给耿谆打电话。耿谆说，“我与你父亲是老哥，咱们好长时间没联系，很高兴。”

刘焕新告诉耿谆，林伯耀要去襄城县看望你。耿谆说，欢迎欢迎。

刘焕新问林伯耀见到耿谆打算谈些什么。商量确定只叙旧，不谈和解的分歧，并确定只交谈两个小时。

2009年7月26日上午9时，林伯耀一行7人到耿谆家。

见面时，耿谆对刘焕新说：“我大哥（指刘连仁）走了，见到大侄子很高兴。”刘焕新对耿老说：“你现在出名了，当了县里的政协副主席，享受了国家待遇，都是林（伯耀）先生他们帮的忙，过去的事就过去了，不要再提了。”

林伯耀还是向耿谆提了和解的事。他说：“在宣布和解的头一天给你讲了和解的内容，你是同意的。”

耿老说：“你讲了，我同意和解，但并没有看到和解条款。”还说：“鹿岛的声明说是救济我们，这是侮辱，不能接受。”

林伯耀说：“鹿岛发表声明是他们私下的动作，我们提出了抗议。”说着将当年抗议书的复印件拿给耿谆看。

他们谈到中午 11 点多，耿谆非要留他们吃饭，说是做了准备。

“中国 918 爱国网”在耿谆与林伯耀会面的第二天，即 2009 年 7 月 27 日，刊登了报道，题为“终于成行的探望”。

报道说：“林伯耀先生和耿谆先生有 8 年未见面了，这次他是从日本专程来襄城探望并向耿谆先生通报将于 8 月 8 日至 10 日在东京举办的‘纪念在日遇难劳工烈士遗骨发掘六十周年’活动的筹备情况的，8 年时间的分离让他们两个一见面就紧紧地拥抱在一起！林伯耀先生向耿老汇报了这 8 年来他组织的活动情况和 8 月东京活动的情况，耿老说，因为年老行走不便不能出门，请林先生代他向几十年来帮助中国劳工的华侨和日本朋友问好致意，对林伯耀先生及日本友人所进行的活动表示支持。”

报道配了 3 幅图片，耿谆与林伯耀拥抱的图片题为“八年后的重逢”。刘焕新说，耿谆与林伯耀握手的照片刊登在日本《世界周刊》上。

## 5

耿谆与林伯耀第二次会面是 2010 年 7 月 19 日。此行似乎是一次最后的告别。

日本方面除了林伯耀之外，还有田中宏、内田雅敏和谷地田恒夫，即“思考会”的主心骨人物都来了。

耿谆是年96岁，已老态龙钟，行走不便了，他坐在藤椅上，等待着客人到来。

先走上楼来的是林伯耀和谷地田。耿谆连连说：“久违，久违。”声音有些嘶哑。

林伯耀把谷地田让到耿谆面前。林伯耀说：“他给你带来礼物，是花冈纪念馆的图片集。”说着，谷地田打开影集给耿谆看。

在中国和日本各建一座花冈纪念馆是耿谆始终如一的心愿和坚持。2010年4月17日，这座耗资4800万日元的“花冈和平纪念馆”在日本大馆市落成并开馆，资金是由日本民间团体和当地市民募捐提供。林伯耀告诉耿谆，准备用花冈基金的钱在中国国内再建一座花冈纪念馆。

耿谆的愿望满足了，他很感激，神情舒展。

谷地田正要向耿谆介绍图片上的内容时，楼梯上又响起了脚步声。

林伯耀俯下身来，对着耿谆的耳朵说：“我们的朋友想看你，田中、内田……”

耿谆惊讶道：“他们来啦？”

林说：“来啦。”

说着，田中宏和内田雅敏就走了进来。耿谆高兴地大声说道：“好想念，好想念……”

耿硕宇用日语对来宾说老人身体不好，催促着他们离去。大家合影之后，便一一告别。

耿谆对离去的背影念叨着：“慢走，慢走。”

田中宏临别时说：“多多保重身体！”

耿谆说：“我就不站起来送啦，慢走。”

最后离去的是林伯耀。他扶着耿谆的肩头道别。

前后不过十几分钟的时间。

## 6

山边悠喜子发电邮给我说想去拜访耿谆是当年 8 月下旬的事。据说原本计划是在 8 月初，即林伯耀一行之后看望耿谆。

是年 81 岁的山边也是日本和平运动人士，她的一生充满传奇。

山边悠喜子 1929 年 1 月出生在东京。1941 年她 12 岁时，随母亲到中国东北同父亲团聚。其父在日本的辽宁本溪钢铁公司做电话技师。当时的东北在伪满洲国的统治下，山边经常看到日本人在大庭广众之下打骂中国人，她不明白在中国的土地上，日本人为什么这么威风？她问父亲。父亲只是淡淡地说了一句："因为他们是中国人。"

日本战败投降前夕，16 岁的山边和母亲还有许多日本妇女被动员到了日本人的"国防妇人会"。她们每天挽起袖子忙碌，将在家里烧好的茶水提到路边，为向南方转移的日本军人和其家属送行。山边后来才知道，这些军人们是在战败前夕溃逃，遗弃了他们这些被移民到中国东北来的日本百姓。

谈起这段往事，山边说："我们这些被蒙在鼓里的日本人，不知自己已被抛弃，还集合起来，一边招呼着'您辛苦了'，一边招待他们喝茶。连军队也保护不了日本国民，他们这样做的话，留下我们该怎么办呢？"

日本战败宣布投降之后，1945 年底，东北民主联军在山边家附近招募临时护士。

山边对共产党部队的好印象源于抗日战争期间。她说，日本战败之前，日本兵经常到她家借被褥、毛巾等生活用品，借去之后，从来没有归还过。战败之后的一天，有一个东北民主联军的小战士到她家来借锅。小战士衣服破破烂烂，看样子借去之后也不会还了。山边母亲把家里一口最坏、最不好看的锅借给了他。没想到，十天之后，这个小战士把锅干干净净地送还回来，锅里还有三个胡萝卜。小战士说，太感谢你们了。说完，放下东西就跑出去了。在当时胡萝卜是非常宝贵的食物，山边因为这件小事非常感动，她心里说，这到底是一支什么样的军队啊？

山边报名参了军，东北民主联军后来整编为第四野战军，山边成为某部后勤医院的一名护士。她随军一路南下，参加了平津战役、衡宝战役、宜沙战役，后来转战到广西、广东。1953 年 3 月，根据当时中日两国政府的协议，大批日本人返回本国。当了 8 年解放军的山边回到日本家中时，父亲已 80 多岁。看到女儿健康地回来，父亲对山边的第一句话就是："你感谢了中国没有？"

因为她有当过解放军的经历，回到日本后找不到好工作。1984 年退休后的山边再次来到中国，经由她过去在部队时的老上级的介绍，她先后在长春、北京、西安的医科大学担任过日语教师。1990 年黑龙江省社会科学院进行"东北沦陷 14 年史"课题研究，山边得知后，报名要求参加，得到中方同意。

她对日军侵华战争罪行的研究从此起步，她参加了"日中和平友好会""ABC 企划会""731 遗址登录目指会"等日本搞和平运动的民间组织。她还与其他人一起成立了"731 部队展览实行委员会"，她将《日本侵略中国与毒气武器》《日军遗弃的化学武器——中国受害者的控诉》等书翻译成日文，在日本出版。他们在日本各地举办了几十次"日军 731 部队罪行展览"，有 60 万人次的参观者。

为了搞和平运动，在她丈夫生前，他们卖掉了自己的房产，租赁政府摇号的公屋。她丈夫去世后，她退掉了公屋，住在老年公寓里。房屋很小，堆满了资料，生活很简朴，省下来的钱都用于搞和平运动的集会、办展览，支付资料费、旅差费等，有时还会拿出一些钱来资助中国受害者。我对她说："在你身上，我看到了老八路的传统。"

山边参与关于"花冈事件"的活动是在"花冈和解"之后。为了让日本社会了解"花冈事件"的来龙去脉，山边将我的著作《尊严》翻译成日文，

2005年8月在日本出版。

山边是一位看上去柔弱却十分有韧性的日本女性。她电邮给我，说：“自2007年底，日本《世界》杂志上刊登了野田正彰写的采访耿谆的文章，引起了许多人的关注。”并说：“《尊严》一书得到了重新评价，我们深感在日本人的良心上点起了一把火，虽然人员很少，我们成立了‘花冈学习会’。”

山边在信中说：“自出版《尊严》以来，虽然我们申诉了‘花冈和解’的无理性，但还是没能够动员舆论，对此我深感消极悲观。现在终于有有良心的市民和学者开始关注它，不由喜悦万分。我们通过翻译《尊严》，知道了耿谆先生对裁判寄予的期待和失望如此之大，并感到了被害者和加害者之间的认识差距之大。林伯耀先生在各地作演讲，向不知情的一般市民诉说了和解的正当性，并攻击了耿谆先生。通过‘和解’应得到的教训，我认为是作为日本人要如何正确理解无视原告主张的和解。当然，造成如此结果的羞耻的和解，其过程应该作为日本人的认识过程的历史而记录下来。”

正是基于这种认识，当林伯耀等人与耿谆会面的消息传到日本之后，山边想亲自拜访耿谆，把耿谆的近况和心声传达给日本社会。

2008年耿硕宇在日本获得博士学位后回国，那时他已53岁，在平顶山一所大专院校作为外聘教师讲授日语。山边通过电邮将拜访耿谆的想法告诉耿硕宇后，遭到了婉拒。

无奈而又执着的山边向我求援。她请我陪同她前往。她在电话里说，李先生如果去的话，耿老就不便拒绝了。我说，好。

我打电话给耿谆告知去看望之事，接电话的是耿谆的的儿媳妇。

儿媳妇说：“老人身体不好，你们别来了。”

我说：“就是听说老人身体不好才去看望的。耿老96岁高龄了，见一次就少一次。”

事情就这么说定了。

## 7

山边还邀请了日本作家野添宪治夫妇同行。

野添宪治1935年出生于秋田县山本郡藤琴村，“花冈事件”发生时，他是小学5年级的学生。他对“花冈事件”的最初体验已在本书“花冈惨案”一章里讲述，但当时他并不知道逃到他们村里的那两个中国人竟是花冈暴动的劳工。

野添中学毕业后当了工人，在近30岁时因调查其他事件到花冈矿山，意外地听说了“花冈事件”。

他听说1948年横滨国际军事法庭对“花冈事件”的审判结束后，有四个中国人留居在日本，为此他专程去了北海道的札幌市，见到了刘智渠、李振平和林树森。

听他们讲述往事，才知道真相，也才知道自己原来也曾扮演过加害者的角色。虽然他当时还只是个孩子，所做的事情是在老师带领下做的，但他认为不能原谅这一切。从此他开始致力于“花冈事件”的调查与写作，1975年出版第一本专著《“花冈事件”的人们——强掳中国人的记录》。

1951年有过一本由画家新居广治、泷平二郎、牧大介创作的木刻连环画集《花冈的故事》出版。但书出版后，木刻很快就下落不明，是野添在水户市找到了木刻版本，并于1981年交由无明舍出版社。

1981年11月，野添在NHK播放的一个题为《1945年，“花冈事件”》的广播节目里扮演了重要角色。节目播出的那天晚上，他出去参加一个集会没有收听，以后又外出了几天，走前拜托家人帮助录音电话，回来一听，这个剧目播出后的反应令他大吃一惊。

打电话的人大都是“花冈事件”发生时生活在花冈的人。有一个妇女在电话里大声地说：“请你不要再说我儿子所工作的那个公司的坏话了！

像现在这样萧条的情况，要是再说它的坏话，公司就越发不景气了，影响了我们的生活你能负责吗？”

录下的声音特别响亮，震得野添的耳膜嗡嗡作响。

还有一个老年男子的录音，十分不客气地说：“大馆的人们都已经忘却了那个令人厌恶的事件，为什么现在你又把它挖了出来，你要干什么？你与大馆市和矿山到底有什么仇恨呢？”

后来野添接到 NHK 的通知，说 NHK 以及东京、仙台都接到类似内容的电话。虽然野添不知道给 NHK 打电话的人是否就是给他打电话的那些人，但他感觉到当地人对“花冈事件”所持的不同态度了。

野添在一篇文章里写道：“37 年前在花冈矿山发生的‘花冈事件’，对当地人来说是个不愉快的记忆，不愿意回忆它的心情，我并不是不能理解。尽管这么说，只是出于自家的得失，怕说了自己儿子工作的公司的坏话，影响工作，而反对如实地传述历史事实；或者因为让自己想起了那些不愿回忆起的事情而大发雷霆等。那么，那些被强掳来，在花冈牺牲了的人们，又该如何呢？说句老实话，恐怕连灵魂都不能升天吧。”

但也有一些人将自己的电话号码留在了录音上，说对当时的情况记忆得非常清楚，如果有兴趣访问的话，会全部告诉他。

有不少当年在花冈生活过的人们写信给野添和 NHK，其中一个人的信写了 13 页纸讲述当时的情况，还有人把当时个人的所见所闻录音下来寄给野添。

这促使他制定出一份采访名单，为重新挖掘“花冈事件”踏上了旅途。

采访中，他得知了许多过去不曾听说、有关“花冈事件”的资料里也不曾记载的事。通过收集证词，他更详细地了解了“花冈事件”的真实情况。

在采访中他发现，对所有经历过“花冈事件”的人来说，这件事在他们心中并没有被淡忘。即使有的人不愿意再提起，即使日本政府对此采取掩盖历史的政策，但决不能说“花冈事件”已经结束了。

他在文章中写道：“可是，就这样下去好吗？我们越是调查就越发现有关强掳中国人和‘花冈事件’，决不能说‘战后已经结束了’。那种对事物采取模棱两可的处理方式，认为‘现在把过去发掘出来又有什么益处呢？’的日本人的思想意识，不正是一方面受着战争的沉痛打击，却又在制造走同样老路的根源所在吗？不正是采取着靖国神社法案、太阳旗、修改教科书及加强军备等形式在悄悄地去靠近战争吗？”

他认为，针对日本社会的思潮，不仅他自己需要重新思考这个问题，而且应该唤起更多的人来思考这个问题。所以，在搜集的新资料的基础上，他又写了一本《花冈事件记闻》，于1982年出版，1983年和1990年两次再版，根据读者要求，1992年4月又出版了增订版，并翻译成中文。

他在《为增订版写的序》里有这样一段话：

战争结束时的善后工作叫“战后处理”，同样“战后赔偿”也是属于战后处理之一。在这种战后处理中，也可以看出一个国家的国民风度。但是，对于作为强掳中国人象征的“花冈事件”，日本政府和使用过强掳去的劳工的企业，都以《旧金山和约》及《中日联合声明》的个别条款为依据，坚持战后处理问题已经获得了解决。但中国政府的高级官员曾指出，联合声明是国家对国家的约定，蒙受损害的个人向企业所提出的索赔并不违反联合声明，而日本方面却一直置之于不顾。日本从其开始发动侵华战争时起，就是以中国人民大众为垫脚石，在长期的侵略战争结束后，不但不主动地着手战后处理，反而采取着逃避态度。不，放弃战后赔偿，以此用来发展本国的战后经济，这是把中国人民大众当作了双重的垫脚石。

可是，德国战败后，德国政府首脑公开承认必须纠正过去的错误，进行了具体的赔偿工作。同时，战胜国的美国及加拿大对战时收容的美籍日本人，也进行了谢罪与赔偿。使我时常想到这一点，认为它和日本的对比也太鲜明了，这不仅表现了国民风度的卑下，而是从中可以看到做人的生存姿态了。

可以说，是“花冈事件”成就了野添宪治的作家生涯，说他是这方面的创作专业户毫不过分。

他的处女作《我的8月15日——我的战争体验》发表在1966年的《山

脉》杂志上。从题目上就可以感到战争在他身上的刻骨铭心的影响。

1969 年，他发表了《强掳中国人记录——“花冈事件”》一文；1970 年在《火炬》月刊 7 月号上发表了文章《即将消失的一个事实——“花冈事件”》；1974 年在《火内》杂志上连载了《花冈矿山劳工的变迁》上、中、下三篇；还在《思想科学》杂志上连载了《“花冈事件”的人们》。

从此一发而不可收，至 1992 年之前，关于“花冈事件”他发表的文章和专著达 21 篇（部），1997 年还出版了《耿谆传》。

## 8

看望耿谆的一行人集合日期是当年的 9 月 2 日，地点在襄城县的襄城宾馆。人分两路。一路是山边、野添夫妇和翻译；另一路是我和《光明日报》的摄影记者吴力田。

在襄城宾馆会合后，当天下午 5 点左右，我们到耿谆家去看望。

耿谆躺在卧室的床上，气色不佳，病恹恹的。

卧室是北屋，光线阴暗。我注意到，在床脚处立着一个输液架，上面挂了一个 250 毫升的吊瓶，标签是葡萄糖生理盐水，瓶子是空的，看上去有些陈旧。

我说：“耿老还好吧？”他说：“身体不行了。”说着就要起身。我忙打着手势说：“别起来，别起来，野添先生和山边悠喜子女士从日本来看望您，您就躺着说话。”

耿谆对山边不大熟悉，我简略介绍了一下，耿谆说：“久仰，久仰。”

接着走上前的是野添宪治。他已头发花白，眼角耷拉了下来，额头有几道深深的皱纹。

儒雅的野添提了一个蓝花布包袱，里面是他所写的“花冈事件”的著作。吴力田眼疾手快，搬过来一张方凳放在耿谆床头，把书摞在凳子上，便“咔嚓咔嚓”拍照。

野添深深地鞠躬，眼泪情不自禁地滚滚落下，哽咽着说了一串日语，翻译上前对耿谆道：“这是野添先生写的关于‘花冈事件’的书，都是他写的，送给您。”我数了一下，厚厚薄薄，有十本之多。

耿谆说：“谢谢！谢谢！”还说：“你的书是中日友好的桥梁。”说罢，闭紧了嘴角。

接着是山边到床前鞠躬。山边也是泪流满面。她用中文说：“耿老，我们很敬佩您，想听听您的想法。”

这时儿媳走上前，横在床头。她说：“就这样吧，老人身体不好，别说了。”

山边的表情有一点尴尬，但很快情绪转缓过来，语调柔柔地说：“那我们明天再来看望您，您休息吧。”

80 岁出头的山边满头银发，面容慈蔼。虽然涂抹了厚厚的粉妆，但仍能看出脸上一块块的老年斑。

儿媳领着野添、山边等人下楼去了，我和吴力田还留在房间。

我对耿谆说：“山边也是 80 岁的人了，他们来一趟很不容易。山边专门成立了个‘花冈学习会’，想向您讨教一些问题。您看，方便说的，就跟她说说？明天您什么时候合适我们再过来？”

耿谆说：“我明天要打针。”

吴力田问：“您是上午打针还是下午打针？”

耿谆说：“上午。”

我说：“那我们下午来，您午睡到几点？”

耿谆：“3 点。”

我说：“那我们下午 3 点半来。您休息吧。我们先告辞了。”

山边和野添此行，是想亲耳听到耿谆对“花冈和解”的看法，但失望了，因为耿谆不愿意再谈花冈了。

当天晚饭后，我们在襄城宾馆的庭院里散步。远离大城市的夜空，靛蓝色的天幕上，缀着大朵大朵浓浓的白云，没有被污染的天空离大地很近。

山边心情沮丧。她原定的日程安排，是在襄城县停留 4 天，但明天我们必须离去，因为已经没有待下去的必要。她的期望已经不可能实现，我从山边黯然的眼神里看出她内心深深的失望。

山边说话的语调绵软，但目光执着。她问我：“耿老为什么与林伯耀他们和好，而与我们保持距离？”

我回答道：“耿老这样做，是不愿意给林伯耀他们添麻烦了。”

山边垂下了头。

## 9

大馆市的偏远和冷清，只有一个人前往时才能真切体验到。

我特意去参观位于大馆市的“花冈和平纪念馆”，是与山边悠喜子一行看望耿谆之后的当年10月。我到日本是采访“二战”期间的日本遗孤，想借此机会看看耿谆执意要修建的纪念馆是个什么模样和它的社会价值。

中国东方航空公司驻日本的取缔役副社长邵康铭告诉我，你个人去很困难的。邵先生说，他来联系当地政府派人接待我一下。

我从东京乘坐夜行列车于10月24日清晨8点到达大馆车站，用完早餐后，在候车室里等待前来接我的人。

9点半时，来者如约而至。这是一位风度儒雅的中年男子，他的名片上写着：大馆市市民部环境课施设业务系系长成田博树。

成田先生让我先买好当天晚上9点的回程票。而后我们到稀稀落落停着几辆车的站前广场，他拉开一辆白色小轿车的门，告诉我，有40多分钟的车程。

站前广场也就篮球场大小，车一起步，就驶进了一条仅百米长的小街道，还没来得及看清楚两边的建筑物，车已驶到了旷野。

大馆没有公共交通，我理解了邵先生说的你个人去很困难的含义。

我们的车似行驶在静态的风景画中。40多分钟的路程，一路上没见到过一个人影。田野、树木、青山、河流，路边偶尔闪过的房屋更像是点缀在画中的风景。

车先开到花冈山林里的“中国殉难烈士慰灵之碑”前，这里就更冷寂。碑的底座上布满青苔，历经六十多年的风雨，石碑上的字迹依然清晰。树木青翠着，鸟在寂寞地鸣叫，空气中弥漫着植物青涩的味道，阳光洒下来，被树木分割成雾状，远离尘世，没有人烟。

从山林里出来，车又行驶了20多分钟，到了花冈纪念馆门前。

这是一座看上去像工棚一样的木屋。一堵水泥砌墙上用日文的汉字写着“花岡平和記念馆”字样。窗玻璃上喷涂着开馆时间，每年的4月1日至10月31日，一周开放四次，从周五到周一，上午10时至下午3时。

我去的这一天是周日，开馆的日子。我们到达时已近11点。纪念馆的门锁着。成田说，你在这儿等着，我去取钥匙。他开车走了，我打量起周边的环境。

纪念馆前面是一条窄路，路基下面就是花冈川。日语里，“川”即“河”。花冈川河床很窄，流淌着浅浅的河水。不远处的河上架着一座白色矮栏杆的水泥桥，河对岸有一片房屋掩映在树林里。

过了20多分钟，成田取钥匙回来。他还带了一位将细格子衬衫当外套穿的老头儿，是纪念馆的管理员。

成田打开门，向老头儿交代了几句，而后让我与他一同上车，到河对岸的一个“便利店”买了一份便当（盒饭）给我，把我送到纪念馆门前。

成田说：“你自己慢慢参观吧，下午4点我来接你，送你去车站。”

纪念馆木质结构，地板、房梁和壁板都是原色的木头，朴素而洁净。资料上说，面积有210平方米。长方形的大厅被隔板分成了前后两块。前厅窄小，即入口处，壁上是“‘花冈事件’关系略年表”，设有签名处和一间10平方米左右的工作室。后厅便是展厅，形状似一把长把斧头，长长的“把”是图片展厅，而宽阔的“斧头面”，一侧壁上是一副大型的反映花冈暴动情景的水墨画，另一侧则是花冈町地形图的模型盘。

这一天就我一个参观者。据说这种情形是常态。时光在这里寂寞着。

图片展示的是“花冈事件”60多年的历程。内容其实在画册《花冈事件》和《“花冈事件”60年》里都有。

主要是从花冈矿山的来历开始，讲述日本强掳中国劳工的历史背景及抓捕劳工经过的图片，以及中国劳工分布在日本135个作业点的图表。关于“花冈事件”，是一些劳工幸存者对当年在花冈劳动强度、生活状况的证言。对花冈暴动的介绍，标题是“6·30事件”，依然是采用证言形式，并没有突出耿谆是暴动领导者的地位。耿谆证言的图片，用的是重访花冈故地时四位幸存者的合影，其他人的证言都是用的单人照片，有的人还有好几幅单人照，似乎是在有意淡化耿谆的形象，当然耿谆不会介意和计较。

还有反映战后对“花冈事件”日本战犯的审判、遗骨送还等历史图片，突出的是花冈索赔运动，包括花冈诉讼、“花冈和解”。有两块展板是专门介绍新美隆的，一块是介绍新美隆的生平事迹，另一块是大幅的新美隆头像的版画。后面还介绍了西松诉讼及和解始末，但真正给人留下深刻印象的是那副描绘花冈暴动情景的大型水墨画。

画中的日本军警虽然端着枪，有的还在殴打吊起来的劳工，但面目并不可憎。反而不管是举着棍棒暴动的，还是暴动后被捆绑、跪在地上受刑的中国劳工，却各个面目凶恶狰狞，与1951年曾出版过的由画家新居广治、泷平二郎、牧大介创作的木刻连环画集《花冈的故事》给人的观感正好相反，似乎劳工的形象代表着邪恶。

资料上说，花冈纪念馆从2002年开始募集资金，目标是筹集5000万日元，实际募集到4800万日元。其实不仅仅是建馆需要一大笔资金，另外，纪念馆的管理维护是一个需要永久投资的无底洞，所以入口处签名簿的桌面上，摆放了一摞募集资金的广告。据说，只有每年6月末，花冈慰灵祭活动时参观人数多一些，平时参观者少。

据说，他们还要用花冈基金的钱在天津再建一个花冈纪念馆。其实，建在天津烈士陵园的“中国劳工殉难烈士纪念馆”里就有关于“花冈事件”的介绍，除了花冈联谊会搞活动，平时鲜有人去，有必要重建一个么？

## 10

记得“花冈事件”和解后，有一次我在耿谆家采访时，想与他探讨一下索赔失败的原因。

我说：“回过头来看，不如当初走追讨工资的维权之路，所获金额会高得多。而且进行实名制诉讼，虽然解决的是11个人的问题，但是为后来者开了路。”

耿谆站起身说头疼，离开了书房。

他不愿意面对这个课题。也不想总结经验教训。

我们曾经遭遇过许多不幸，我以为不幸的根源乃在于我们自身。你能说我们民族曲曲折折的历史都是由于外力扭曲的结果么？

## 11

2013年的花冈慰灵祭活动，国内赴日本参加者共27人。其中14人是花冈受害者遗属，另外13人，除一名是花冈基金会的事务员外，其余都是媒体、网络、摄影及拍电视片的文宣人员。

14名遗属中，只有3人是受害人子女，10人是孙子辈，还有1人是曾孙。这么年复一年做下去，这些后人里有多少是真正对他们先辈受苦受难的历史感兴趣的呢？

媒体当中有国家级报刊《光明日报》和《中国青年报》的记者。活动组织者给他们的材料里，其中有关于耿谆殴打过劳工之证言的“辛普森备忘录”，还有耿谆的《悔过书》。

耿谆在去世之前，与他们不是已经握手言和了么？

不知耿谆的在天之灵对此做何感想？

当然，他一定还会宽恕。这是中国好人的特点。

在中国世道上，正是因为善良人的宽容和宽恕太多，以和为贵，圆融把原则给软化了，使公平、正义和尊严都发育不良。

文化与苦难或辉煌是连带在一起的。

民间对日索赔运动之初，曾经像高原放歌一样嘹亮的“尊严”最终被消解了。消解在政治、名利、金钱和人情世故之中，只剩下余音袅袅。

…………

# 补白：立在日本的“和平碑”

## 1

日本的和平碑大都是给战犯立的，这真是绝大的讽刺。

位于东京东池袋中央公园里的一块看似尚未雕琢的浑圆之石竟是一座纪念碑，纪念当年关押东条英机等甲级战犯的巢鸭监狱，据说东条英机等人就在这里被执行绞刑。

我是1999年夏天去的，去时这里已成了街心公园。陪我前去的川口和子律师告诉我，70年代监狱被拆除后，因为是战犯伏法的地方，民间公司不敢开发，便由东京都政府制定开发计划，一半面积盖了座五六十层的摩天大楼，名曰“太阳大楼”，另一半做了公园。

我问川口为什么叫“太阳大楼”，她摇摇头说不知。

听听这名字！令人很容易联想到的是日本的国旗“太阳旗”。

日本人心思的细密与他们产品的精致是一脉相承的。毋庸置疑，他们把此地看作是大和民族魂集聚之地。

那天断断续续地下着小雨，公园里冷冷清清。小树林里有几顶无家可归的流浪汉用蓝色塑料布支起的窝棚。

碑并不起眼，正面刻着“祈愿永久和平”，背面刻着碑文，写道：

第二次世界大战后，在东京市远东国际军事法庭和其他联合国战争犯罪法庭判过刑的一部分人在这个地方被执行判决。

为了不再重演战争的悲剧,把这个地点作为上述事实的遗址,而建立这个碑。

昭和五十五年六月

我们去时,碑前的花插里插了三束新鲜的白菊,花瓣上残留着雨滴。

## 2

日本有一个最大的战犯墓碑群在位于爱知县三河湾的三根山，其规模和气派比这里也比靖国神社大得多——整整一座山。

据说这座山是国家级公园,位于日本的正中央,面对太平洋。听来似乎是悉心安排过,颇有用意。虽然许多日本人并不知道这个地方,它远不如靖国神社的名气显赫,但其气势之嚣张之逼人,只有身临其境方可体味。

在一个周末,我与田中宏一同去三根山,从名古屋乘坐电气火车,似乎是在向山的腹部行进。

繁华的都市从眼前旋转着退去,越走越荒凉,我们终于在名为“三根山”的小站下了车。

车站冷冷清清,却立着一座碑,由昭和四十二年(1967年)的爱知县县长书写了几个字:“三ヶ根山　殉国七士庙参道”。

站外有一个破旧的巴士站牌，据说只有在祭祀的日子里才有车。田中宏从站牌立杆上贴的各色广告里发现了一个出租车司机的手机号码，于是叫来一辆出租车。

哀思的气氛从山道上开始弥漫。

盘山公路两侧全是茂密的淡紫色的花朵，日本称作“紫阳花”，中国叫“绣球花”，由无数朵小花组成一朵大花，颜色多为白色、淡蓝和淡紫等肃穆之色。

这条山道蜿蜒十里，盘旋而上，十里旋阶铺排着浓郁的紫花，有一种无边无际的包围感，像悲戚的旋律压抑着人的心情，直让你感到透不过气来。

出租车司机告诉我们，每年的8月15日前后，是这条山路最喧闹的日子。成群结队的老兵，穿着昔日的军装，打着军旗，吹着军号，乘着包租的大巴士，一辆接一辆，浩浩荡荡向山上进发。也有队伍唱着军歌，从山脚阔步上山。

山顶的景色蔚为壮观，两翼是绵延的山峦，前面是碧蓝的海湾，山上林木苍翠，路边是淡紫色的哀花。

气氛和气势是凑足了。

极尽哀荣。

这么一块风水宝地，我问田中宏是国家拨给还是私人购买？

田中宏淡淡地答道：“既没有国家拨用的证明，也没有私人购买的证明。”看来似乎是不明不白，却是一种默契——政府与民间的默契。

山上没有一户人家，全是碑。——这里是鬼魂居住的地方。

位于三根山中心的“殉国七士庙”，绿荫掩映着巨大的石柱，柱上粗壮的“殉国七士庙”五个字由同是战犯后来却做了日本第五十六、五十七届内阁总理大臣的岸信介题写。

岸信介的外孙就是如今的日本首相安倍晋三。

石柱前，通往树林的小路上有一排尺把高的石塑观音，一个紧挨着一个，望不到头，延伸到密林深处。

山上的观音像数不胜数，最大的一座命名为“比岛观音”，此地是祭场，周边林立着上百个慰灵碑。

兴许是做恶心虚，才如此虚张声势地供奉菩萨。只是倘若菩萨真的连杀人不眨眼的刽子手都超度和保佑，那人类的道义不是显得虚伪了吗？

“殉国七士庙”并没有庙而是一片碑林，供奉的是当年被远东国际军事法庭判了绞刑的七位战犯。有侵略战争的总指挥东条英机，有制造了“南京大屠杀”的元凶松井石根，有侵占中国东北地区无恶不作的土肥原贤二，还有在中国华北地区实行“三光政策”的板垣征四郎、武藤章和木村兵太郎，另外一个是日本发动侵略的内阁总理广田弘毅。

各种各样的碑石，林林总总，有一块上书“尽忠报国之碑”，还有一块硕大的诗碑是战时日本驻德国的大使、陆军中将大岛浩所作，曰：

妖云锁狱朔风吹
昨夜三更七星殒
暴戾复仇还太古
雪冤何日靖忠灵

此人精通中国文化，诗用汉文所写，刻在碑的正面，背面是译成的日文。碑立于 1985 年 4 月，可见军国主义的阴魂在战败四十年后仍未散去。

离“殉国七士庙”不远处，有一座高达十几米的巨型雕塑，面对辽阔的太平洋海湾。雕塑是一块黑色巨石，像是一个盘腿而坐的日本古代武士。一眼望去更像鬼怪，塑像下方的花岗岩圆柱上刻有四个字——“万世太平”。

就是说，只有武士道精神能保日本的万世太平。

立碑的日子是平成元年（1989 年）12 月 23 日，这一天恰是明仁天皇的生日。这个日子也是当年东条英机等战犯被绞刑的日子。当年美国人是精心选定，在 4 月 29 日裕仁天皇生日的那天起诉A级战犯，把当时太子的生日定为执刑日。

看来都是用尽心机，围绕着天皇做文章。

“万世太平”碑由“殉国七士奉赞会”修建，在三根山上最显赫的位置。碑正面的水泥地面上，用白油漆画了个直径近 1 米带缺口的圆圈，缺口所指，两个大字“参拜”。

不容置疑的口吻。

不少的碑都刻着“祈愿和平”的字样，真真令人糊涂了。当年的战争是谁发动的？是谁不和平了呢？侵略他国残害生灵，到头来是贼喊捉贼，加害者倒比被害者还显得委屈，世界上还有无真伪与是非了呢？

三根山上看到的一切压抑着我的胸口。

下山时，汽车仍然在哀花浓郁的夹道上蜿蜒行驶，让人不免沉重地想到，在世界反法西斯战争胜利半个多世纪后，人类对于和平的渴望，在历经劫难之后，虽如小草一样复苏蔓延并且有了代表春天和未来的绿色，可是战争机器依然像大山一样坚硬强大。

根据英国《简氏防务周刊》和伦敦国际战略研究所提供的资料，日本的军费开支从 1983 年起就超过英、法、德，成为除了美国之外的世界第二大军费开支大国。日本和英国同属岛国，但与英国相比，日本的陆军拥有 3 倍于英国的坦克；海军拥有 2 倍以上于英国的战舰；空军则拥有与英国数量相等的战机，整体的军事力量已经超过了英国。①

## 3

从三根山下来的第二天，再到京都岚山谒拜周恩来的诗碑，便是另一番心境。

岚山位于京都的郊外，群山莽苍，林木葱茏，繁盛于如碧的蓝天下。著名的大堰川从丹波山地流出，围绕岚山蜿蜒而行，水急湍湍，声如磬钟。

过了渡月桥，大堰川北岸是龟山公园，周恩来的诗碑坐落在公园的山坡上。山路旁有一指示牌，这是一块被修整过的平地，一丛绿树包围着一块浑圆的青色巨石，上面镌刻着廖承志书写的，周恩来 1919 年 4 月 5 日写下的《雨中岚山》一诗，诗曰：

雨中二次游岚山，

① 摘自 2000 年 12 月 14 日《青年参考》，题为《日本涌动着可怕的军事暗流》。

两岸苍松，夹着几株樱。
到尽处突见一山高，
流出泉水绿如许，绕石照人。
潇潇雨，雾濛浓；
一线阳光穿云出，愈见姣妍。
人间的万象真理，愈求愈模糊；
——模糊中偶然见着一点光明，
真愈觉姣妍。

穿越历史时空，这首诗给我无尽的遐想……

# 后　记

有些事情看似偶然，其实有内在的逻辑。

2003年的一个偶然机会，我被邀请为纪念抗日战争胜利60周年撰写系列电视片脚本，为此翻阅了大量资料。虽然因为某些原因我最终退出了，但这个题材给我的触动很深。在中国近代史上，自甲午战争后的百年屈辱，对中国造成伤害最大的就是日本。我认为，中国人对日本的两次侵华战争不能仅仅停留在义愤上。偌大的中国被一个曾是学生的蕞尔小国欺负得体无完肤，中国人要思考这是为什么。否则，以史为鉴就是空话。于是我决定用纪实文学形式，从文化反思的角度来写这段历史。

这套书的写作时间跨度，若以1999年采访花冈事件算起，至2017年全部交稿，长达19年之久；若以形成完整的选题计划，被中国作协列为重点扶持作品的2007年算起，整整10年。其中的甘苦，一言难尽。

采访中，我得到了海外华人及国内学者的大力支持。他们从采访经费、资料、翻译诸方面给予我无私的帮助，没有这些支持和帮助，肯定不会有这100多万字的作品问世。

诚挚地感谢这些友人们！他们是：香港实用货仓有限公司的陈君实先生、陈怡碧小姐；香港中燃远邦船务有限公司的钟惠明先生；已故去的日本神户华侨总会会长林同春先生；中国东方航空日本分公司副社长邵康铭先生；原人民日报驻日本东京记者王丽萍女士；还有美国和加拿大的华人团体“世界抗日战争史实维护会”的同胞们。中国社会科学院研究日本问题的专家汤重南先生在史学上给予过我指教；国防大学的金一南将军百忙之中为这套书作序，是对我最大的支持。

所有的支持和帮助都令我没齿难忘。感谢！感恩！永远！

昊 子

2018年8月28日于北京